一切缘分

皆是冥冥之中的刻因。

梦溪石◎著

The
Plough

大结局

广东旅游出版社
QUANGDONG TRAVEL & TOURISM PRESS

中国·广州

目 录 Contents

君身红尘，君名北斗。
碧血燃心，青松俯首。

卷　四

姐夫的秘密

第120章

为什么要穿女装，这就得从他们避开宋先生的耳目讲起。

说到宋先生，难免要说到那批随着老夫人被运到北京的珍宝。

岳定唐还真怕凌枢口不择言，直接把事情和盘托出。

虽然老管家是自己人，但此事关系重大，自然是越少人知道越安全，知道得太多，对听到的人来说也未必是好事。

一碗热汤之后，最妙的是来上一壶温好的酒。

无须度数多高，桂花酒或青梅酒最相宜。

对旅途疲惫的他们而言，一壶小酒最能舒筋活络，将困倦丝丝牵逗起来，又让身体得到彻底的放松。

凌枢有一搭没一搭地说着在关家的见闻，讲述关家几兄弟的荒唐，把蛮不讲理的老大，热衷古玩实则一窍不通、志大才疏的老二，锯嘴葫芦的老三，装神弄鬼的老四，还有留洋归来、看似清高，却也对关老爷子分家产无比上心的老五形容得绘声绘色。

老袁开库房的那一幕在凌枢嘴里，变成娓娓道来的故事，成功转移了周叔的注意力。

有凌枢在的饭桌，人再少也是热闹的。

老管家这辈子见过的人和事不少，像关家这样荒诞不经的却不多见，直接听得入了神，等凌枢讲完半天，才叹了口气。

"其实大少爷说得对，你们本不该去这一趟的，平白遭了罪不说，若是夫人泉下有知，肯定也不希望这样的事情发生。"

岳定唐放下汤碗，用餐巾拭嘴。

"也不算白去，起码了却了母亲生前的一桩遗憾。"

还挽回了整整两箱的珍宝，免于流落洋人之手。

那些珍宝能不能称得上国宝，别说老袁不晓得，他和凌枢同样也不懂鉴别，只是关老爷子生前甘冒如此奇险，大费周折就为了保护这些珍宝，加上它们的来历本就不凡，或许后世有朝一日记载这一段历史时，也会将关老爷子护宝的功劳写入其中，不枉所有人的辛劳奔波。

不过现在，这些事情还是秘密，不足为外人道也。

在家里的时候总想着出外闯荡，可一旦在外面流浪久了，却又开始想念起家。

这是一个疲惫时能随时放松休息的港湾，在这里无须钩心斗角、生死搏斗，不必担心身边的人会谋害自己，会有关心他们的家人准备好热饭热汤，让他们消除长途跋涉的疲累。

对凌枢而言，这儿虽然不是他的家，不过他住下来也毫无负担。

自己给自己找心理负担，那这个人肯定活不长久。

他素来不会自寻烦恼。

周叔自然不会让他真去睡客厅沙发的，早将客房收拾得整整齐齐，被子枕头全部晒过换上新的，鼻子凑上去还能闻见阳光的味道。

岳定唐下楼一趟，手里就多了两碗冰糖炖雪梨。

周叔恨不得一天之内就把他们在外边受的苦全部消除，炉子上煮着的东西就没停过，原还要亲自上楼给凌枢送，岳定唐不忍他一把年纪还要爬上爬下，顺手接了过来。

一碗放在自己房间里床头柜上，一碗端过去，他敲了好几下门，才听见里面懒洋洋地传出一声。

"进来。"

倦意浓重，估计下一秒就要睡过去。

岳定唐推门而入，果不其然看见四肢展开、毫无形象仰面躺在床上的身影。

他一见就蹙起眉头："压到伤口了，别这样睡。"

凌枢毫无反应。

岳定唐走近，发现对方洗完头甚至都没擦干，就任由湿漉漉的头发洇在枕头上。

"起来。"

岳定唐吐了一口气，觉得无法忍受。

果然在外面将就的时候什么都无所谓，回到家看见对方如此随意就开始挑三拣四了。

凌枢含糊回应一声，身体却很诚实，动也不动。

岳定唐忍无可忍，终于亲自动手，从浴室里拿出干净毛巾往对方脑袋上一盖，开始上手揉搓。

"左边一点儿，对对，就是那里，风池穴再按按……"

凌枢得寸进尺，对他略显粗暴的动作不以为意，居然还享受起来了。

岳定唐无语。

这真是个天生的大少爷。

要是凌家家境还没没落，这厮估计依旧是个娇生惯养、玫瑰花刺扎一下都会吹半天气的主儿。

要是凌枢当初拿着姐姐给他的家产去留洋，说不定会在异国他乡与岳定唐见面，因为留学生的圈子就那么大，抬头不见低头见，岳定唐就会知道对方没有跟杜蕴宁结婚，也会知道凌家的事情。

可知道了又能如何？

彼时他自己也不过是个衣来伸手、饭来张口的大少爷，依靠岳家给的学费和生活费，还未接触到那广袤的精彩世界，还未练就处变不惊的本事和见惯波涛的境界，更没有相应的身份和能力。

也许，现在相逢才是最恰到好处的安排。

揉着揉着，他发现手下的脑袋任凭揉扁搓圆，完全失去挣扎。

再一看眉眼，还真彻底放松地睡过去了。

岳定唐摸摸对方的头发，已经干得差不多，第二天醒来也不会头疼了。

这个时候，他本该自然而然地起身关灯悄声退出。

但他看见床头那碗还没被动过的冰糖雪梨。

岳定唐伸手，轻轻掐住凌枢一边脸颊，凑近他耳畔。

"明天发薪水了，三百大洋。"

凌枢蓦地睁眼，从床上弹起来！

岳定唐坐在床边，冷静镇定。

凌枢："明天发薪水了？"

岳定唐像看傻子一样的表情。

"明天才月中，怎么可能发薪水？"

凌枢："那我怎么听到三百大洋？"

岳定唐淡定："你在梦里听到的吧？"

两人大眼瞪小眼。

凌枢斩钉截铁："我不可能听错！"

岳定唐："既然你醒了，就把这碗甜汤喝了，周叔的心意，不能浪费。"

把碗递给他，人诡诡然走了。

凌枢："……"

他绞尽脑汁地回忆，自己到底是做梦，还是真听见了？

凌枢在岳家整整待了一个星期。

这七天里，因为旧伤未愈，没有去警局报到，反正去了也是闲坐着，换药看伤又有岳家的家庭医生上门，他也不敢回家，不然被其姐看出自己面容枯槁外加一瘸一拐，可能另一条腿也要被打折。

岳定唐起码还能去学校上课，凌枢直接就在岳家生根发霉了。

他也不无聊，每天就拉着周叔，给他表演十八般武艺。

今天是《西厢记》，凌枢也用不着旁的帮手，他一会儿学崔莺莺娇滴滴宛转蛾眉，一会儿跳到对面变成愁眉苦脸的张生，一会儿又扮作俏皮活泼的红娘，时而捏着嗓子，时而低沉粗粝，把周叔逗得乐不可支，凌枢自己也玩得挺乐呵，就连岳家下人们都觉得有趣，不用干活的时候就围在旁边看，还给凌枢喝彩。

后者就越发来劲了。

直到岳定唐下班回家。

岳定唐不像凌枢这么闲。

警局固然大多数时候没什么事，他却还有一个专业的学生，这次在东北耽搁的时间太长，远远超过本来请假的时间，他除了得回学校销假之外，还得多上几节课，把之前学生们落下的课程补回来。

甄家听说他回来的消息，也很快找上门来。

还是甄书蓝。

岳定唐一看见他，就知道对方的来意了。

去东北之前，甄书蓝曾就其妹甄丛云失踪的事情来过，希望他们在东北如果看见甄丛云，就帮忙联系甄家。

但甄书蓝还不知道，岳定唐他们不仅在东北遇到了甄丛云，对方甚至还伙同洋人想要杀人盗宝，最后却死在他们手里，被甄丛云拿走的缀满珠宝的佛塔，甚至到现在都下落不明。

岳定唐自然不可能告诉他真相，只说他们根本没有遇到甄丛云，也不知道对方究竟是不是还在东北。

甄书蓝也没表现出格外的怀疑。

"罢了，其实拜托你们此事时，我也觉得希望不大，舍妹的性情，我自己最了解，她太任性了，以为全天下都围着她转，这种性格在甄家还有我们宠着，去了外头根本就行不通。"

一边说着，甄书蓝露出苦笑。

"父亲大发雷霆，宣布以后甄家就当没有她这个人了，她跟柳家的婚约，也另外找了个妹妹替代。"

岳定唐沉默片刻："我很遗憾。"

他是惯会说这些场面话的，平淡的面容里看不出一丝端倪，但毕竟甄丛云是跟他毫无关系的人，甄书蓝也没有半点怀疑。

"哎，不提它罢，此番叨扰了，待舍妹结婚，我们会向贵公馆送来请柬，届时还请您和令兄拨冗光临，喝杯薄酒。"

岳定唐："一定，甄先生客气了。"

甄丛云再受宠，对于甄家来说也就是一个特殊些的存在，但甄书蓝的妹妹很多，没了这个，还有另一个可嫁，甄丛云以为自己的特殊是唯一，更以为自己离开甄家可以海阔天空，孰料她的自高自大却成了她的催命符。

同样是想要逃离牢笼摆脱固有的命运，她与何幼安的结局有些相似，可两者之间又是千差万别。

最起码，岳定唐永远都会记得何幼安这个名字，却不一定会记住甄丛云。

除了甄丛云的父母、亲人，或许也不会有人再记得她。

下班回来的路上，岳定唐遇见一个意想不到的人。

两人寒暄一阵儿，对方受邀上车，跟着岳定唐回来。

上班一趟再回家，岳定唐差点儿要以为自己进错家门了。

向来静悄悄，家里仆人连说话都要放轻声音的岳公馆，居然隔着门就能听见里面的欢声笑语。

开门的仆人小心翼翼地看了他一眼，生怕他不喜，又小心翼翼地解释。

"四少爷，凌少爷不知道您回来了。"

岳定唐嗯了一声，喜怒不辨。

第 121 章

岳定唐有时会觉得，有凌枢的地方，才像一个真正的家。

三姐岳春晓显然比他更早明白这一点。

所以她很喜欢留凌枢在岳家吃饭。

哪怕闲话家常，谈天说地，进行岳家三兄妹眼里毫无意义的对话。

凌枢比起他们，都更像是岳春晓的亲兄弟。

不过这些话不能当着姓凌的面说，不然他只会更加嘚瑟飘飘然。

"凌枢这么闹腾，实在是叨扰贵府了，我这就把他带回去，好好教训。"

反倒是与他同行的人站在门口听见动静，面色难安，连连致歉。

"无妨，姐夫不用太拘谨，就当是自己家好了，来，请进。"

岳定唐冲他点头致意，将人带进门。

周卅一时闹不清岳定唐是假客气还是真礼貌。

他知道凌枢跟着岳定唐干活，也知道两人是老同学，可再多交情也是过去的事了，周卅在职场上混，见过太多的人情冷暖，人前客气人后嘲讽再常见不过，没有两副面孔的人是没法在那里生存下去的，虽然凌枢只是一个小小的秘书，但他势必得接受从前平起平坐打闹玩笑的老同学一跃成为他所必须仰视的存在的事实。

结果他刚才站在门外，听见凌枢在里头的闹腾，再看岳定唐的脸色，不由惴惴，心说这妻弟未免也太不把自己当外人了。

欢笑声在岳定唐他们进门的那一刻就逐渐停下来了。

周叔脸上笑意未退，显是心情很好。

"四少爷回来了，饭菜已经备好……这位是？"

他发现凌枢脚底抹油似的已经准备往楼上溜了。

"凌枢！"

周卅喊住他。

凌枢暗叹自己受了伤速度不够快，无奈驻足。

"姐夫。"

周卅沉下脸色："你何时回来的，怎么能在岳先生家里赖着不走呢，快随我回去吧，你姐天天念叨你，她都不知道你已经回上海了！"

凌枢还未想好借口，岳定唐却先出声。

"这次出门，凌枢受了点伤，他不想让凌遥姐担心，是我让他彻底养好伤再回去的。"

周卅一愣，上下打量着凌枢。

"哪里受的伤，严重吗？怎么好似瘦了许多？"

凌枢打了个哈哈："腿伤，没什么大碍，你也看出我瘦了吧，那我姐更得一眼看出来了，为了我的小命着想，姐夫你还是别让我那么快回家了！"

周卅苦笑，看了岳定唐一眼，欲言又止，似是不好意思在别人家里说家事。

岳定唐道："来都来了，不如一道坐下来吃完饭再回去。至于凌枢，他就在这里多住几天，白天跟我一道去上班也方便。"

天地可鉴，凌大少爷哪里需要上班，现在每天就在家里混吃等死当一咸鱼了。

老岳啊老岳，关键时刻真是讲义气。

背着周卅，凌枢冲岳定唐竖起大拇指。

岳定唐面色如常，只当没看见。

面对岳家，周卅还是很拘谨的，闻言连连摇手。

"不了不了，你们吃，你们吃！凌枢他姐姐已经烧好饭在家等我了，我得赶紧回去，不然饭菜凉了她还得重新热一遍，我这就告辞了！"

"姐夫！"

凌枢喊住他，嘿嘿两声，啥也不说。

周卅却知道他在打什么哑谜。

"放心，我不会跟你姐说的，不过你得快点回来啊，我撑不了两天的，被你姐发现马脚，咱两个都要吃不了兜着走！"

人家坐立不安，把人强留下来，对方也吃得不痛快。

岳定唐道："那我送送你。"

周卅忙道："不用不用，岳先生您留步，我自己走！"

他一边说一边后退，还差点儿被门槛绊倒。

老管家上前扶住，亲自把人送到大门口。

周卅诚惶诚恐，好似在岳家多待一刻都能扎到脚，对岳定唐的态度就像对顶头上司，或者说，比对顶头上司还要有礼貌。

反倒是孑然一身的凌枢，比他更潇洒随意些，所有在岳定唐面前的毕恭毕敬，要么是为了气岳定唐，要么是假模假样地另有企图——岳定唐早就看透姓凌的真面目了。

不过这也没法比较。

听说周卅出身乡下小户人家，全凭自己努力向学，又有贵人提拔赏识，这才得以跻身市政公务员的行列。

就连岳定唐有时也觉得，凌遥嫁给周卅，有些委屈了。

"我过两天得回去一趟。"

吃清蒸鲈鱼的时候，凌枢忽然道。

岳定唐看他一眼："不怕你姐姐了？"

凌枢："那我也得回去救我姐夫啊，你没看他刚才都急成啥样，指定是跟我姐又吵架了！"

岳定唐："凌遥姐看上去挺明理的。"

怎么到了他和周卅那里就跟混世魔王一样。

凌枢唉声叹气："那是对你，你是外人，她当然明理，难不成还张牙舞爪吗？"

岳定唐的筷子一顿。

片刻之后，凌枢低头喝了口汤。

"周叔，这汤真鲜。"

周叔还乐呵呵地在说明天再让人多煮些，岳定唐接过话头。

"不用那么麻烦了周叔，他今天晚上就要回去了。"

周叔："啊？不用这么急吧。"

凌枢也一脸无辜："不用这么急吧？"

岳定唐不动如山："你姐夫那么惧内，很难保证会不会说漏嘴，如果你姐姐知道你回来了却没有先回去，等待你的只会是更猛烈的暴风雨。长痛不如短痛，晚死不如早死，你先回去，让她看看你，过几天想过来也不迟。"

凌枢心道自己就怕有命回去，没命再出来。

这个老岳太残忍无情了，刚才夸他全白夸了。

小气鬼，喝凉水。

"周叔，我要是被我姐罚不准吃饭，您可要来给我送饭啊！"

他可怜兮兮的，看上去就像即将入狱的囚犯。

老管家怜爱道："凌少爷放心，明天我就让司机给你捎上饭菜。"

这两人就跟生离死别一样，岳定唐实在没眼看下去。

"周叔，待会儿你让司机载他回去，我先回房看书了。"

"好，我知道了。"

老管家应道，在岳定唐上楼之际，冲凌枢悄声道："你又惹四少爷生气了？"

凌枢喊冤："我怎么敢惹他生气，他手里还捏着我的薪水呢！"

老管家轻轻拍了他的脑袋一记。

"四少爷很惯着你的，别皮。"

其实凌枢也觉得自己应该回去瞧瞧凌遥。

只要凌遥不骂他，他还是挺想念姐姐的。

毕竟父母去世之后，就剩他们两姐弟相依为命了，他离家一走就是八年，这八年里，如果不是凌遥柔弱的肩膀挑起重担，还给自己找了个姐夫，也许等凌枢回来，凌家父母旁边又会多一座坟茔了。

但在一个小时后，他就发现，以上这些想法，全是多余的。

"说，你去东北到底干了什么偷鸡摸狗的勾当？为什么受了伤还瘦成这样！

"你少拿岳定唐来说事，人家会像你这样成天上蹿下跳吗？你有本事像他一样当个大学先生，我就不骂你了！

"我告诉你，你这次回来就甭想再出去了，从明天起，下了班就老老实实给我回家，隔壁孙校长的闺女比你小两岁，今年正好中学毕业，赶明儿你们去见见，合适的话就把亲事定下来。

"听见没有！"

"疼疼疼！松手……哎哟，我腿伤又犯了！"

凌遥吓一跳，赶忙松开捏住他耳朵的手。

"怎么了，我瞧瞧，严重不？"

凌枢愁眉苦脸："被子弹打了，是枪伤，你说严重不？"

凌遥："你别唬我，你们不是去给关家奔丧吗，怎么就受了枪伤？"

"我没骗你！"

凌枢叹了口气，掐头去尾，将东北之旅胡诌一通，成功把凌遥给吓住了。

"那你这腿怎么样了？咱们再去医院瞧瞧吧，好端端的腿可不能落下病根！"

凌遥风风火火地就要去换衣服。

凌枢连忙把人按住。

"岳家有医生，已经帮我看过了，只要过两天再去换药就行。姐，我想你了，所以赶紧回家来看看你，姐夫呢？"

凌遥心头一软，摸摸他的脑袋。

"都多大的人了，还像小孩子一样撒娇！你姐夫还没回来呢。"

凌枢：啊？

那他急急忙忙回来做什么，自投罗网？

死贫道不如死道友。

凌枢毫不犹豫选择了出卖姐夫，转移矛盾。

"怎么可能，老岳明明在回家路上遇见姐夫了，我在岳家吃了晚饭换了药才回来的，这中间得有两三个小时了吧，姐夫怎么还没回来？"

凌遥脸色一变，大有山雨欲来风满楼的架势。

就在这时，外面传来钥匙转动的动静。

门从外面被推开，周卅出现在两人视线之内。

"凌枢，你回来了？阿遥你怎么这样看我？"

见势不妙，凌枢转身就溜。

身后，凌遥的声音如同火山爆发。

"周卅，你知道现在几点了吗！"

凌枢脚底抹油，赶紧回房。

三十六计，走为上策。

房门外面，两人声音由大而小，逐渐听不清了。

凌枢想出去劝架，又怕被战火波及，蹲在门口伸长耳朵纠结了半天，才把手放在门把上。

没承想房门从外面被打开，他猝不及防地直接摔倒在地。

凌遥根本没计较他偷听的行径，也没有半句责怪。

凌枢不抬头还好，一抬头就瞧见凌遥坐在床边，泪光闪闪。

他顿时吃惊不小。

这可是泼辣豪爽的凌遥啊。

"姐，你怎么了？你可别吓我！姐夫可能有什么急事去办了，不是故意晚归的，你们千万别吵架，有事好好说，都怪我，怕你骂我，就把祸水往姐夫身上引！"

"不关你的事！"凌遥恶狠狠地抹了一把眼睛。"凌枢，你姐夫在外边有人了。"

第122章

事情要从最近说起。

凌枢跟着岳定唐去东北之前，也是三天两头不着家，顶多回家蹭个饭、睡个觉，对家里的变化并没有太大感觉。

但凌遥却发现了一丝不对劲儿。

周卅在市政府工作，上下班时间原本是固定的，凌遥每天端上最后一盘菜之后的十五分钟内，丈夫就一定会打开家门。

不知从哪一天起，这个规律忽然被打破了。

周卅开始晚归。

一次两次倒也罢了，他说工作上有些事，凌遥不疑有他，但后来一周里，总会有三四五六天是晚归的。

凌遥开始起了疑心。

她不是三从四德的家庭主妇，凌家风雨飘摇那些日子，凌枢还小，是她一肩挑起家里的担子。

有一回，趁着周卅还没回家，凌遥直接掐了个他快下班的时间，在市政府外边蹲点，等了大概半小时，终于等到周卅出来。

他独自一人，步履匆匆，身边也没有同事朋友，走到路边叫了一辆黄包车，却是直接往家里相反的方向走去。

凌遥光靠两条腿跑，很快就把车给追丢了。

第二次就有了经验，她也雇了一辆黄包车在外面隐蔽处守着，等周卅一上车，她立马就让车夫不远不近地跟在后面，直到周卅停车落脚，进了一栋小洋房。

那门房似乎跟他还挺熟悉，说说笑笑态度热络。

凌遥瞅了一眼，附近房子全是这样的小洋房，还有外国人进出。

住在租界里不稀奇，但能跟有身份地位的洋人毗邻为居，就不是寻常人能办到的了，要么得有钱，要么得有租界里的人脉。

"当时我留了个心眼儿，就在街对面等着，等到天黑，才看见你姐夫出来，你猜我看见了什么？一个女人把他送出来，送到门口，两人依依惜别，那女人的表情还挺不舍的。"

说到这里，凌遥冷笑一声。

"我特意紧赶慢赶，赶在你姐夫到家前先到一步，等他回来就问他去了哪里，怎么这样晚，他说上司有点儿事留他，一时忘了时间，所以晚了。

"当时我便想与他吵了，可是想想，这几年他待我不错，就忍了下来，谁知道此后他变本加厉，晚归的次数越来越频繁，今天的事情你也瞧见了，我……"

凌遥再也忍不住，捏着帕子呜呜哭起来。

凌枢拍拍她的背。

"姐，今天你可能真冤枉姐夫了，我在岳家遇到他，跟我回到家里，中间间隔不超过两个小时，这两小时他要是再跑一趟租界去幽会，还要赶回来交差，未免也太匆忙了，时间上说不过去啊！"

凌遥猛地抬头："那他们就不能约在咖啡馆里幽会吗！"

凌枢："我姐夫也不像是这么折腾的人吧？"

凌遥气道："我就知道男人总是向着男人说话！"

凌枢无可奈何："姐，我也觉得姐夫肯定有事瞒着咱们，那女人是什么来历暂且不说，一码归一码，今晚他半路跑去幽会这事儿，我真觉得不太可能。你想想，你要是他，前脚刚从小舅子那里走，后脚就赶去跟别的女人私会，他也没小汽车，顶多叫黄包车，刨去来回的路程不说，中间他能幽会的时间也就半小时不到，能说上几句话？连喝口咖啡都嫌热吧。我看他刚才饿得很，分明是没吃晚饭就回来的。"

凌遥："那你说，他从你那儿离开之后，到底去哪里了？"

凌枢："你没问姐夫吗，他自己怎么说的？"

凌遥："他说路上看见有人晕倒了，就去扶人家，还把人安顿在路边茶馆，眼看着人没大碍才回来的。"

凌枢笑道："这倒像是姐夫的作风。"

"你还笑！你还笑得出来！"凌遥气得捶床，"我辛辛苦苦撑起这个家容易么！你姐夫那边老想让我生个孩子，我难道不想生吗？我念着他对我的好，我也想给周家留个后，可，我看了那么多大夫，肚皮就是没动静，我能有什么法子！你姐夫嘴上跟我说没关系没关系，背地里就去找小妖精！"

她越说越觉得悲从中来，由怒而悲，眼泪再度唰地流下。

"我就知道，他心里还是介意的，他肯定是觉得我平日里管他管得严，又凶，就去外边找那些温柔小意的女人，我都听说了，他顶头上司，就那个楼处长，外边养了两个，他老婆明明知道，却还要装作不知道……我是没想到，你姐夫现如今还未发达呢，就也开始变成这样的人了！

"小弟，你说我该怎么办，要是他真在外边有女人了，我该怎么办？"

"姐，姐，你别急，姐夫要是真做了错事，我肯定不饶他，大不了离婚好了，我养你！"

听见凌枢的话，凌遥未见欢喜，却摇摇头。

"离婚，你听见哪家好女子会离婚的？这放在古代不就是被休弃吗，我的名声不好，你以后还怎么找媳妇儿？"

凌枢叹气："这在古代也不叫被休弃，应该是和离。还有，姐，现在是新时代了，咱不讲究那些陈规陋习！现在满大街离婚的多的是，盛家小姐跟几个哥哥打官司争遗产，这不还闹到天下皆知了吗？争取自己的合法权益，有什么好丢人的？要是我未来的妻子因为这个就瞧不起我们，那这门婚事要来何用？"

凌遥抽噎："你这说得好像他真在外头有了人一样！"

凌枢："……"

"我这不是给你先说说最坏的结果，再坏也不过是离婚，还有什么可担心的？再说你跟姐夫成婚几年，应该对他有所了解，说不定那女人欠他的钱，又或者是，他上司让他去找的，在没有问清楚之前，在这里妄自猜测，都毫无意义。"

凌遥："我不敢问，我怕问了，是我承受不了的结果。"

凌枢起身。

"那我去问！"

凌遥忙拽住他。

"别问，万一他承认了，怎么办？如果，万一，我们冤枉了他，怎么办？别看你姐夫平时瞧着脾气好，要是知道我这样怀疑他，肯定会气坏了！"

"那你想怎样？"凌枢抽抽嘴角，拿这亲姐没辙。

凌遥想了想："你去暗中调查吧。"

"我？"

凌枢指指自己，没想到祸水最终会被引到他身上来。

凌遥："对，你不是破获过大案子吗，现在又在警局当差，正好，你悄悄地查，别给你姐夫发现了，查清那女人的身份，还有，查查你姐夫跟她到底是什么关系！"

凌枢苦笑："姐，我只是个小警察，手里头没权，查不了什么，再说了，那些案子跟姐夫的事情能比吗，这充其量就是——"

"家事"两个字还没说出口，凌遥盯住他，泫然欲泣。

凌枢举起双手投降。

"我查。"

怎么查？

从哪里开始查？

这是一个问题。

三天之后，凌枢就发现，这可能是一个比甄丛云还难缠的问题。

与此同时，岳定唐也发现，凌枢行径里透着古怪。

第 123 章

第一天。

凌枢早早去到周卅工作的地方外头，找了个角落蹲在那里等。

结果天黑也没等到周卅从市政府办公大楼里出来。

他自己倒是被晚风吹得瑟瑟发抖，鼻涕横流，脚边还多了几个铜板。

凌枢迷茫抬头，正好看见一名中年妇人给他扔下一个铜板。

"年纪轻轻一表人才的，怎么就傻了，快拿去喝碗粥吧，别给人抢了！"

对方飞快说道，匆匆远去，连个澄清的机会都不给他。

凌枢吸着鼻涕默默捡起那几个铜板。

当天晚上他回到家，才知道他姐夫那天从后门离开了。

凌枢差点儿想打人。

第二天。

凌枢有所准备，穿上厚外套，雇一辆黄包车，让车夫停在大楼后门跟他一块儿等。

这次终于等到周卅出来了。

但周卅却直接回家，根本没去凌遥所说的租界。

以至于凌枢回去的时候，他姐姐姐夫已经把晚饭吃了一半，他还饥肠辘辘滴水未进。

周卅还笑道："你又上哪儿潇洒快活去了？你姐做了你最喜欢吃的酸菜鲈鱼，鱼都快被我吃光了，只剩下酸菜了！"

凌枢身心俱疲，已经不想说话了。

又是一无所获的一天。

第三天。

凌枢问凌遥要了那天她循迹而去的地址，直接去了租界，在凌遥说的那栋洋房外面等着。

结果他没等到那个跟周卅形迹暧昧的女人，却等到了岳定唐。

岳定唐从街道对面的小洋房里走出来，与他同行的还有一个年轻女人。

一个年轻的，穿着时髦，漂亮的西洋女人。

肌肤赛雪，发丝泛金。

撑着小洋伞，穿着蕾丝长裙，甭提有多洋气了。

她与岳定唐离得很近，两人在说话，后者似乎听不清，将上半身微微前倾，年轻女人的嘴几乎贴在岳定唐的耳朵边上。

不知说了什么，然后两人就都愉悦地笑起来。

哟呵，这老岳桃花运还不错，凌枢暗道。

这几天他没去警局，没去岳家，岳定唐也没派人来问一声，甚至就连周叔说好了要送酱鸭给他的，也没影子。

他心里有些不是滋味，觉得周叔不讲义气。

两人一前一后上了轿车。

凌枢拍拍黄包车夫。

"快，给我追上前面那辆汽车。"

黄包车夫正在打瞌睡，冷不防地肩膀挨了一下，差点儿吓得跳起来，再看逐渐远去的小汽车，不由得面露难色。

"先生，我两条腿怎么追得上汽车？"

凌枢二话不说往他手里塞了一块大洋。

"瞧我的，看好嘞！"

车夫精神一振，犹如打了几管鸡血，两条腿一迈就拉着车开始追。

一前一后距离逐渐拉开，但前面汽车在城区行驶，速度注定不可能快到哪儿去，车夫这一路跑，倒也能远远缀着。

直到出了租界，汽车一路往前。

凌枢让车夫停下来。

"好了别追了，先到这里吧，你去歇歇。"

他已经知道对方要去哪儿了。

岳家。

正好是傍晚时分。

岳定唐在何教授的沙龙上跟丽贝卡相谈甚欢，大有倾盖如故之意，正好两人一道离开，顺便把人邀请到家里来用餐，丽贝卡也欣然接受邀请。

站在客人身后，岳定唐正要入内，就听见身后一把熟悉的声音响起。

"岳长官，许久不见，甚是想念。"

岳定唐挑眉，缓缓转身。

"今日我有贵客在，恐怕无法招待你。"

凌枢笑嘻嘻地拎高手里的东西。

"我带了酱菜，来看周叔的。"

岳定唐面色不变："我可以代为转交，你好好在家养伤吧，什么时候伤好了，再去警局报到就行。"

凌枢："这多不合适，周叔几天没见我了，肯定很想我，你不能剥夺他看见我的乐趣，是吧？"

见岳定唐没有让路的打算，他只好提高声音。

"周叔，周叔！"

周叔闻声出来，果然一脸惊喜。

"凌少爷来了，快请进来！正好今天有客人来，四少爷让我做了许多菜，你就留下来吃晚饭吧！"

岳定唐似笑非笑地让开路。

凌枢脚步轻快地蹦跶进去。

"周叔，我这两天没上门，怎么也不见你找我，是不是把我给忘了？"

"怎么会呢，我是想差人去找你过来吃饭的，但四少爷说你要在家陪姐姐。"

两人的声音逐渐向厨房远去，岳定唐眼明手快地把人揪回来。

"来跟客人打声招呼。"

丽贝卡在沙发上看书，娴静的样子像极了教堂里彩绘玻璃上的天使。

离得近了，凌枢才注意到她手上那本书还是法文的。

"丽贝卡。"

她看得入神，直到自己的名字被人叫起。

"这是凌枢，今晚也在家里吃饭。这是丽贝卡·盖兰，我朋友。"

岳定唐作了简单扼要的介绍。

的确是很简单。

朋友分很多种，有萍水相逢的、交浅言深的，还有这种异性相吸的、表面朋友，实际上逐渐了解深入，最后谁知道呢？

"你好。"

丽贝卡微笑伸手，凌枢彬彬有礼地握住，嘴唇在她手背轻轻碰一下。

"很高兴认识你，盖兰小姐。我能知道你在看什么书吗？"

丽贝卡道："《给女士写的植物学》，你可以叫我丽贝卡。"

她的中文很流利，只有一点点口音，如果没看见人，很容易让人误会那是中国人在说话。

凌枢讶异："植物学还分男女吗？"

丽贝卡耐心解释："这本书的书名就叫《给女士写的植物学》，因为作者是位女性，而且当时很多女作家的植物学著作都是以书信或对话方式存在，所以她另辟蹊径，用了一种全新的写法，把这本书变成一本具有普遍性的科学入门读物。"

凌枢不见尴尬，还恍然点头："原来如此，我很感兴趣，可惜法文我看不懂，如果有一位像您这样精通中法双语的人，把书翻译成中文版就好了。"

丽贝卡高兴起来："你也是这么想的？我现在就是在着手做这件事情，岳先生说他家里有这本书更原始的版本，我就冒昧过来打扰了，等翻译好了，我会寄送一本给你的！"

凌枢翩翩弯腰："那我就等着当您的第一位读者了。"

岳定唐不能不佩服凌枢讨好女人的功力。

这种功力并非特意为之，而更像一种天赋。

吃饭的时候，丽贝卡跟岳定唐聊起学术问题，自然而然用了英语和法语。

岳定唐抽空觑了凌枢一眼。

后者明显插不上话，他正埋头吃饭，筷子一次次夹起饭粒往嘴里送，速度明显比往常慢了许多，最后还剩下半碗。

岳定唐偶尔看他一眼，凌枢都没有抬起头，看不见他的表情。

要不要说点他感兴趣的话题？岳定唐如是想。

但凌枢这两天到处乱窜，没在他面前露面，也不交代自己去了哪里，长此以往，两人必然渐行渐远。

对方却没有给他太多思考的时间。

"我吃饱了，你们慢用。"

凌枢冲他们点头致意，起身离开餐桌。

岳定唐仿佛听见他在跟周叔说要先走，不由得皱起眉头。

"岳先生？岳先生？"

丽贝卡的声音让他回过神。

"我能问问吗，这道菜叫什么？"

岳定唐舒展眉头："是龙井虾仁，杭州名菜，家里厨子是江浙人，对这道菜很拿手。"

丽贝卡开心道："的确很美味，如果方便的话能否给我食谱，回去我也让厨子尝试去做。"

岳定唐："当然可以。"

他承认自己有点儿心不在焉，接下来丽贝卡同他说了什么，岳定唐都是入耳不入心。

直到饭后女士起身告辞，岳定唐让司机送她回去，才找到单独问周叔的机会。

"你怎么让凌枢走了？"

周叔："他说得赶紧走，趁时间早还能叫到黄包车，今晚有舞会，去晚了就没法跟雅琪小姐跳第一支舞了。"

岳定唐以为自己耳朵出问题了："他不是回家，而是去舞场跳舞，你还让他走了？他腿伤还没好，怎么跳舞？"

跳瘸子舞吗？

"小孩子嘛，难免爱玩，他有分寸的。"周叔不以为意，还反过来笑他，"四少爷，你嘴上说不管他，心里可比我还惦记，是不是想去找人？正好你也去玩一玩吧，年轻人需要多走动，他去了翡冷翠舞场。"

岳定唐没好气："司机去送丽贝卡了，这么晚了还哪里有车？"

周叔笑道："我特意交代司机了，晚一点儿走，就说要检查车子，要不你现在出去看看，丽贝卡小姐肯定还在等你。"

有时候岳定唐真觉得，周叔是岳家成了精的老狐狸，什么都看在眼里，什么都考虑到了。

要是没有他，岳家就是个徒有其表的空壳子了。

凌枢正在享受暖玉温香的服侍。

一呼一吸，都沉浸在胭脂水粉的海洋里。

左边是雅琪递水果，右边是萝丝揉肩膀。

耳边是靡靡之音，张眼是环肥燕瘦细腰肥臀。

他感觉自己的心志被腐蚀了。

痛并快乐着。

"凌少，听说你出远门去了，什么时候回来的？"

雅琪把"你知不知道我很想你"咽了下去，笑盈盈地换成另外一句。

"我们可想你了，大班隔三岔五就念叨你呢！"

"是你想我吧？大班只会想我的钱夹。"

凌枢就着她的手把苹果咬下来，送入口中咀嚼，浑然不知身后黑云压城城欲摧。

第 124 章

"好久没来看你，你好像瘦了。"

雅琪的下巴被挑起，她听见凌枢如是道。

但实际上她根本没听清对方说了什么，只觉凌枢的气息近在咫尺。

熏人欲醉。

"是不是变丑了？"

雅琪下意识摸上自己的脸，她很在意凌枢的看法。

"没有，还是跟以前一样漂亮，就是瘦了，我还是喜欢你胖点，捏起来有肉。"

凌枢嘴上说着轻佻的话，实际上却只是伸手捏住她的脸，跟那些喜欢动手动脚不老实的客人完全不一样。

"萝丝，这葡萄在哪里拿的？"他问另外一边的舞女。

"今天刚刚新鲜运来的，凌少真识货。"萝丝笑嘻嘻道，已然没了头一回见面时的拘谨青涩。

这里就像一个大染缸，白布进来，就算不被染黑染蓝，起码也要被染个粉色出来。

"再去帮我拿点儿，这一丁点儿哪里够我们分的？"

凌枢开口，萝丝就款款去了。

她最近有点儿跟雅琪别苗头的意思，喜欢找雅琪的客人有不少被她拉过去，隐然有些争夺翡冷翠第一舞女的野望了。

雅琪不是傻子，自然也明白，只是两人面上和和气气，所有暗潮涌动都在鲜为人知处，她也不愿意让凌枢知道这些，坏了对自己的美好印象。

正走神时，手心却多了一个香囊。

"这又是哪个漂亮小姐送你的？我可不要别人送你的东西。"

她假意娇嗔，掩饰内心的酸意。

凌枢道："打开看看再说。"

雅琪嘟着嘴拆开香囊上的丝带，表情随即转为讶异。

里面竟塞了好几卷美钞，还有一些白花花的大洋，把香囊塞得满满当当，难怪掂量着沉实。

"这，凌少？"

"拿着吧，都是干净钱，你不是一直想离开翡冷翠吗，这地方不适合你，先找好投奔的亲戚，孤身一人在外头不安全，还有，财不露白。"

当初何幼安给他留下的报酬不少，凌枢把其中大部分都捐赠出去了，还有一些留给何家遗孤，剩下的就都在这个香囊里了。

雅琪红了眼眶。

"谢谢凌少，但这钱，你也来得不容易吧，我不能拿……"

凌枢懒洋洋地往后靠在沙发上，不耐烦她这哭哭啼啼的作态。

"行了行了，别腻歪了，赶紧收起来，等会儿那个萝丝回来要是看见，肯定会去找大班告状，到时候你就一分钱都拿不到了！"

雅琪眼角余光瞥见萝丝走来的身影，来不及多说，赶紧先把香囊塞到身上，低头调整表情。

再抬起头时，她又是那个风情款款的舞女雅琪了。

"你对我这样好，却不肯碰我，别人都要买我出街钟的，就你从来没买过。"

这话不乏幽怨，实际上若是凌枢肯碰她，雅琪自己都愿意倒贴钱了。

凌枢挑起她的下巴，左右看看。

"我不喜欢怨妇，我喜欢你笑起来的样子，像蜜瓜一样甜。"

雅琪扑哧笑出声："怎么不是葡萄？"

她感觉自己的细腰被长臂搂上，凌枢整个人挨过来，心跳不由得漏了一拍两拍三四拍。

"因为葡萄还有点儿酸，偶尔吃到一颗酸的，就难以下嘴了。"

两人这样的姿势持续了好几分钟。

雅琪感觉自己像个不谙世事的小女孩，完全不知道手脚往哪里放了。

面红耳热之余，又有些奇怪。

"你在躲后边那个男人？他在那里站了好一会儿了，是特务吗？还是坏人？"

雅琪小声问道，几乎贴着他的耳朵，有些顺水推舟的意思。

"嘘。"

凌枢只回了一个单音节。

雅琪彻底从脸颊红到耳根，热气还有向脖子蔓延的趋势。

幸好灯光昏暗，瞧不分明。

萝丝看得眼热，也凑过来依偎撒娇。

"凌少，跳舞吗？你今儿来了就只跟雅琪姐跳了一支舞，还没跟我跳过，你可不能偏心！"

"跳舞和小费，你选哪个？"凌枢打趣。

萝丝眼珠一转："那我还是选跳舞。"

"那好吧。"

凌枢耸肩，捏着她柔弱无骨的手起身，两人步向舞池。

雅琪偷空往后飞了一眼。

那人依旧站在角落阴影处。

身材颀长，就这么斜斜靠着墙，还低头点了根烟。

雅琪看不见他的长相，但从气质风度依稀能猜测此人肯定不会难看到哪里去。

可惜长得再好看，也比不上她的凌少。

一曲跳罢，凌枢牵着萝丝的手回来。

后者香汗淋漓，脸色红扑扑的。

雅琪适时解意递上一杯酒给凌枢，顺带又顺着凌枢的视线扭头。

她咦了一声："那人不见了。"

凌枢没说话，打发萝丝再去开一瓶酒。

"你看上他了？"他调侃雅琪。

雅琪娇滴滴道："如果是的话，你会不会吃醋？"

凌枢仰头把酒杯里的酒喝掉大半，实话实说："不会。"

雅琪明知答案，但仍有点儿酸溜溜的。

"你还没告诉我那人到底是谁？跟踪你的坏人吗，要不要我报警？"

凌枢哈哈一笑："我就是警察。"

"那他下次还来，我该怎么应付，要是问起你呢？"

说到这里，她还真有点儿紧张起来。

"他是我朋友，不是坏人，也不是特务。"凌枢道。

雅琪不信："那你们俩怎么没打招呼？"

凌枢："我给你讲个故事吧。"

"有两个人，他们青梅竹马，从小一块儿长大，感情很好，男人对女人说，等他参军回来，就娶了她。女人相信了，日复一日地倚门相望，好几年过去，却等来男人的阵亡通知书。

"她很悲痛，痛不欲生，差点儿轻生，但最终还是活下来。几年过去，她慢慢平复伤痛，又遇到一个更好的男人，两人结婚，生下孩子，有了幸福美满的家庭。

"这时她才偶然得知，当初自己青梅竹马的恋人不是死了，而是受了很严重的伤，也许命不久矣，也许天不假年，就算跟她在一起，两人也没几年的好日子，所以他伪造了一份儿阵亡通知书，让对方死心，彻底放她自由。"

雅琪听得很认真，最后却似懂非懂。

"你的意思，你是那个姑娘？"

凌枢抽抽嘴角："我哪点像那个姑娘？"

雅琪思考："这么说，那个姑娘根本就不喜欢她的恋人。"

凌枢："这又是哪门子歪理？"

雅琪："如果她真的喜欢，就算恋人真死了，她也会继续等，一直等下去，用下半辈子来等他，但她没有坚持下去，也就等不到真相到来的那天。"

凌枢："时间会治愈一切，包括你曾经觉得难以迈过去的坎儿。"

雅琪摇摇头，在这个观点上有异乎寻常人的固执。

"那个男的以为牺牲自己，成全别人，对方就会感激他。如果那姑娘后来过得不好呢？他会不会后悔自己没有跟她在一起？对女人来说，与其跟一个不喜欢的人，浑浑噩噩地过一辈子，还不如跟自己喜欢的人，轰轰烈烈地过几年。说不定，他看见的美满，也只是他自己以为的，真相并非如此。"

凌枢都快被她绕晕了。

他从没发现雅琪居然还是个如此能言善辩的人。

"你们男人，总喜欢用你们那一套来安排别人，以为是为对方好，可实际上呢，你有没有问过她愿不愿意？"

这时候，萝丝拿着酒回来了。

凌枢主动倒酒。

"说不过你，我自罚三杯。"

在雅琪的强烈要求下，凌枢又跟她跳了一支舞。

离开翡冷翠的时候，天开始下起小雨。

春雨贵如油，凌枢酒气上涌，神志倒不至于混乱，就是脚步有点儿飘。

他没带伞，饶有兴致地伸出手去接雨，思忖着要不要把大衣脱下来往头上一罩，直接步行回去算了。

然后，他就看见街道对面的男人。

对方撑着黑伞，站在路边，静静看他。

凌枢没动，对方动了。

他大步越过马路，将伞举过凌枢头顶。

凌枢抬头一笑："真巧啊，岳长官！"

岳定唐却没笑。

凌枢没了笑。

他撇开头，嘟囔一句。

但岳定唐听清楚了。

对方说的是：我身上旧伤很多，活不长。

"我早就问过刘镇和纪竹庭了，也咨询过医学教授，他们说子弹碎片留在体内取不出来，以后可能会对身体造成隐患，也可能会影响寿命，但这些都不重要。

"欧洲的医学很发达，我可以带你去看病，只要活着，就有希望，这也不是什么绝症。就算你遍体鳞伤，没法活到七老八十，起码四五十岁也是可以的吧。"

岳定唐知道他的过往，也知道他受过很多伤。

否则从前皮实的人，现在又何至于动辄发烧卧病？

这分明是旧伤累累的身体开始做出报复。

一想起那只无法再像常人一样提重物、做精细活儿的右手，岳定唐的心就开始绵绵密密地疼起来。

第 125 章

凌枢回到家的时候，凌遥居然还没睡。

她就端坐在沙发上，双手扶膝，不知在想些什么。

她仅仅是看了凌枢一眼，就又垂下视线。

"你姐夫还没回来。"

凌枢咯噔一下，顾不上整理仪容了。

"这么晚，是加班了？"

凌遥："我打电话去他的办公室，没人接。"

如果加班，应该是有人接电话的。

这的确有些诡异。

凌枢道："外面下雨，说不定中途有事耽误了，我出去看看吧。"

"带上伞，你吃饭没有？"

幸好凌遥还没完全忘了弟弟，起身去给他拿伞。

"吃了吃了！"

凌枢匆匆来去，转眼消失在门口。

暗夜因为下雨更加混沌，就像水墨画被人泼了水，变得模糊一片。

凌枢撑伞走出家门，迎面就是潮湿的泥土混夹的烟味。

……烟味？

他循着气息望去。

屋檐下站着一个人。

不是周卅。

"你怎么还没走？"凌枢讶异。

"抽完这根烟。"

岳定唐道，深深吸一口尾烟，丢到地上踩灭。

"在外面压压火气再回去。"

凌枢："……"

凌枢无中生有地拍拍衣角。

"我去找我姐夫。"

岳定唐："怎么？"

他还不知道最近凌家发生的事情。

凌枢只好三言两语解释一下。

"我去租界那块儿瞧瞧，弄不好姐夫去了那边。"

岳定唐道："你姐夫肯定不在那里。"

"你怎么——"

"知道"两个字还没问出来，凌枢已经看见周卅了。

他脚步急促，连伞都没带，一路低着头，走到近前才发现凌枢。

"阿枢，你怎么在这里？这是……岳先生？"

岳定唐颔首致意："你好。"

"您好您好！"周卅有些不好意思，"快进来坐坐吧！"

他形容狼狈，浑身湿透了，凌枢把伞往他头顶挪去，周卅自己却恍若未觉。

连岳定唐也看出他的神思不属。

周卅刚把钥匙插入锁孔，门就被打开了。

凌遥站在门后，冷冷看着他。

"你还知道有这个家。"

周卅尴尬一笑："我有点儿事，回来晚了。"

凌遥转身入内，看也不看他一眼。

凌枢喃喃道："我好像闻见'世界大战'的味道，要不今晚去你家将就一下吧。"

"逃避不是解决问题的办法。"

岳定唐残酷道，把人给推了进去。

凌遥的怒气累积到一定程度，根本就不在意是否有弟弟或外人在场了。

两人果不其然地争吵起来。

照周卅的说法，他说自己回家路上遇见一个迷路的小孩儿，他帮对方找家，所以耽误了时间。

但凌遥根本就不相信。

"你自己数数，这两个月以来，你多少次晚归了！以前你从来就不会这么晚回来的，上上次是遇到受伤的老人，上次是上司有事留你，这次又是迷路的孩子，怎么全天下的事儿全让你给摊上了？这话你自己说了不脸红吗？周卅，我们之间已经到了要用谎言来维护的地步了吗？"

说到后面，凌遥脸上流露出悲哀之色。

周卅也急了："阿遥，你听我说，我真没骗你！"

凌遥冷不丁地问："租界的那个女人是谁？"

周卅一愣。

凌遥："你以为你去租界幽会的事情没人知道？那女人是不是你的外室？"

周卅下意识望向凌枢。

后者拨浪鼓似的猛摇头，意思不是自己查出来的。

周卅皱起眉头，问凌遥："你跟踪调查我？"

凌遥冷笑："怎么，被我问出来，心虚了？"

周卅："我要是对你有二心，天打雷劈，不得好死！"

凌遥："所以那女人究竟是谁？"

周卅："她是个寡妇，我跟她清清白白，什么都没有！"

这是间接承认女人的存在了。

凌枢扶额。

果不其然，接下来两人的争吵越发激烈，趋向白热化。

凌枢被吵得头疼，感觉在翡冷翠喝的那些酒从胃里再度上涌，只好蹑着脚步悄悄回房。

进了屋子才发现，多了个不速之客。

"你来做什么？"他瞪圆了眼。

"在你这儿将就一晚。"岳定唐淡然自若。

他从没来过凌枢的房间，趁机大大方方地参观起来。

凌家的家境远不如岳家，凌枢的卧室自然也不可能像他那样装潢不菲，仅仅是书桌和床，再简单放点书和文具。

岳定唐一身潮湿，没法坐在床边，就拉开书桌前的椅子落座。

凌枢服气："您还真不把自己当外人。"

岳定唐："那你把我当外人了吗？"

一句话堵得他无话可说。

司机早回去了，现在下雨，附近也没黄包车，他想回估计也没法子。

凌枢捏着鼻子默认了这个事实，认命地从衣柜里找毛巾和干净衣裳。

"我的衣服都是便宜货，还请岳长官不要嫌弃。"

岳定唐轻轻松松还击："没关系，人我都肯将就了，更何况是衣服。"

凌枢恨得牙痒痒。

外面的争执声越发大了，把凌枢想要还口的反驳也给塞回去。

夫妻之间的吵架，凌枢这个当弟弟的很为难。

毕竟凌遥的怀疑只是怀疑，还没找到证据。

凌枢也没见过她口中说的那个女人。

虽然周卅目前的表现的确有些可疑，但他们结婚这么多年，他对凌遥的好，凌枢都看在眼里，凌遥膝下没有孩子，心里一直有点儿发虚，凌枢也是知道的。

就算周卅真在外头有了女人，凌遥甚至也没考虑到离婚那一步，只是跟弟弟哭诉发泄，凌枢给她提供的法子，她一个都不想用。

清官难断家务事，凌枢觉得很头疼，比喝了三斤白酒还要头疼。

不知何时，岳定唐从盥洗室出来，就看见凌枢坐在那里发呆。

凌枢表情迷茫，迟钝呆滞，就像遇到难题的小孩儿，无从下手，不知所措。

甚至有点儿可爱。

第 126 章

外面还在断断续续地争吵。

夫妻俩的声音时高时低。

凌遥已经不顾忌有没有外人在场了，周卅平时的好脾气似乎也消磨殆尽，伴随着一声水杯落地的声响，周卅摔门而出，动静戛然而止。

凌枢被岳定唐塞进浴室去洗澡。

后者则推门出去。

凌遥坐在客厅，眼眶通红，脚边地上是破碎的杯子。

"抱歉，让你看笑话了。"她哑声道。

岳定唐："我跟凌枢感情很好，你不用对我见外，他挺担心你们俩的。"

"我知道，我也不想当着你们的面吵起来，实在是忍不住……周卅到现在都不肯说，他养在外面的那个女人到底是谁，原来我在他心里的地位就那么低。"

凌遥小声啜泣。

岳定唐递去一条手帕。

"这会不会是一场误会？"

凌遥摇头："他自己也承认了，对方是个寡妇。"

岳定唐耐心道："是寡妇也未必就有染。据我从凌枢口中了解到，你跟姐夫的感情始于患难，自然也不同寻常，你应该多给他一些信任，他那样老实的一个人，可能其中真有什么误会。"

凌遥接道："他方才发那样大的脾气，怎么还能说是老实？"

"狗急跳墙，老实人被逼急了当然也会生气。当然，我不是说姐夫是狗，两者没有可比性。"岳定唐一本正经分析，"不管怎么说，凌枢是你的亲人，他自然站在你这边。万一真到了最坏的后果，你却没有想好应该怎么办，我们就算帮你查出真相，也未必是你想要的真相。"

凌遥怔怔出神，并不作答。

岳定唐看她这副样子，就知道凌遥对周卅还有很深的感情，她根本就没有想好如果周卅真养了外室，自己要怎么做，也许仅仅是想大闹一场，引起丈夫的重视和愧疚。

他自己也是男人，很清楚男人的愧疚就像一种奢侈品，挥霍得越多，剩下的就越少，总有一天两人的旧情会消失殆尽，凌遥毫无目的的作为反倒会让周卅越来越觉得不可理喻，甚至生出厌恶。

在外人看来，凌遥跟周卅的结合，就是落魄的千金小姐下嫁穷小子的故事。

大家为千金小姐惋惜，暗暗感叹穷小子好命，却也难免揣测他们之间真正是否存在过爱情。

如岳定唐的三姐岳春晓，就曾经私下聊天时说过，以凌遥的脾气，周卅很难忍受她一辈子，说不定哪天飞黄腾达了，就要把落魄的糟糠妻踢下堂。

眼下周卅还未发达，不过是一个市政府的主任科员，对于普通市民来说，也算是小有特权了，否则没法通过关系把凌枢给塞进警察局去。

他如果想养外室，凌遥肯定是拿他一点儿办法都没有的。

除非离婚。

可凌遥愿意吗？

凌遥没有孩子，又是这样的年纪，学历也只有中学，离了婚，下半辈子就真要靠弟弟养了。

凌枢肯定愿意赡养姐姐，可凌遥自尊心那么强的一个人，她能接受这样的现实吗？

岳定唐将客厅留给凌遥，他自己则返回凌枢的房间。

盥洗室没有动静。

因为凌枢已经趴在床上呼呼大睡了。

翡冷翠的酒精起了作用，此刻的他已经天昏地暗，不省人事，任凭岳定唐叫了几声也叫不醒，还把床占掉大半，歪七扭八，睡相堪忧。

岳定唐没有睡意，随手从书架上抽出本书来，视线却停在其中一处。

《罗密欧与朱丽叶》的英文版。

封皮很陈旧，翻开来，里面在一些英文单词下面还有翻译注解。

字迹幼稚，笔意凌乱，一看就知道是出自许多年前的凌枢之手。

前面几页还挺认真地查辞典，老老实实地写中文意思。

后面估计是不耐烦了，间或在某一页涂鸦，画点馒头包子，一条小狗一只小鸟，要么给英文插画添油加醋，在女士脸上画胡子，男士嘴唇加口红，简直是能让英文老师看了之后便会勃然大怒的滑稽荒唐。

其中几页还有一些可疑的印记，岳定唐怀疑那是对方打瞌睡时流下的口水。

不知不觉，他嘴角上扬，翻得很慢。

岳定唐大约知道这些痕迹都是何时留下的了。

那会儿凌枢瞧见他在看《罗密欧与朱丽叶》的英文版，嘴上虽然奚落不屑，心里肯定想默默努力，回头再反将自己一军。

每一页都是珍贵的青春痕迹。

记载着曾经死鸭子嘴硬的凌枢，明明不喜欢看原文书却为了在他面前不落下风结果死要面子活受罪的凌枢，还有那个心里藏着无穷精彩万千世界，愿以一腔热血行走天下、闯荡四方的少年。

虽然后面每个人都在现实面前撞得头破血流，少年时的理想支离破碎行将不存，旧日同窗天各一方，甚至阴阳相隔，所有美好都停留在那个树影斑驳、阳光充足的春天。

此后的世界，残酷冰冷，鲜血淋漓，勇士之心百折千回、一往无前，却也千疮百孔、伤痕累累。

幸而，他们两人，还未错过彼此。

被注视的对象浑然不知，呼呼大睡，上下嘴唇微张，发出几不可闻的鼾声。

岳定唐伸出手，依次解开他的衣扣，轻而无声。

薄薄睡衣下的身躯精瘦却蕴含力量。

这种力量平日里也许看不出，但唯有到了生死险境时，才能彻底爆发出来。

但岳定唐看的却不是这些。

他的目光从对方肩膀往下移去。

新新旧旧、浅浅深深的伤痕，有刀伤、枪伤，还有许多，连岳定唐都说不上来的伤口。

那是凌枢从未展示在人前的隐秘。

自从岳定唐知道他的过往之后，就一直想找个机会看看他身上的伤。

但现在他却发现自己竟然数不清。

也许有些伤痕已经变得很浅，不细看几乎看不出来，可那并不代表不存在，不代表没有对凌枢身体造成损害。

"弹片在哪里？"

岳定唐轻声问。

凌枢根本就没察觉。

他呓语两声，似乎觉得有些冷，在岳定唐给他重新拉上衣服之后，转眼又睡得深沉。

第 127 章

一觉无梦，凌枢神清气爽。

凌枢起身下床，宿醉后遗症，头重脚轻还有点儿飘，他的动作比往常迟缓一点儿。

岳定唐一笑，慢悠悠地起身换衣裳。

呢子大衣和西装在壁炉边上挂了一夜，大都干得差不多了。

岳定唐琢磨要不要去学校之前先回家洗个澡换一套新的，他有些许洁癖，总觉得即使衣服干了也还是被雨水弄脏了的，穿在身上别扭。

客厅里，早餐已经做好了，油饼豆浆。

凌遥坐在桌边发呆，见他们出来，起身掩饰做出忙碌假象。

"我吃完了，出去买菜，你们慢慢吃。"

凌枢左右张望："姐夫呢，上班去了？"

凌遥黯然："他一夜没回来。"

啊？凌枢一时忘了咀嚼嘴里的油饼。

这次好像真有点儿严重了。

夫妻吵架是寻常，但一般床头吵架床尾和，周卅也很快就消气，在外面过夜更是破天荒绝无仅有。

"姐，你别着急，我吃完饭马上就去找人。"

凌遥居然看开了："算了，找着了又能怎么样，回来还是吵架，他如果真有新欢，我就放手好了。"

"别别，这种消极的想法要不得！"凌枢赶紧劝道，"我吃饱了，我现在立马去找人，等我把人找回来，你们俩好好谈谈，可千万别再吵架了啊！"

说罢他端起豆浆杯子喝一大口，嘴里还叼着没吃完的油饼匆匆出门。

"等等，你的帽子！"

凌遥慢半拍地反应过来。

人早就消失在门口，连岳定唐都顾不上了。

"凌遥姐，我拿给他就好了。"

岳定唐不紧不慢地起身，动作远比凌枢优雅淡定。

"定唐留步！"

凌遥叫住他，顿了顿，冲他露出一个苦笑。

"我有几句话，想跟你说。"

岳定唐："我先出去找他，有话晚上回来再说也不迟。"

"我知道他那几年没出洋读书。"

凌遥突如其来的一句话，就让他止住脚步。

"凌枢一走就是八年，回来的时候整个人都变了，我差点儿认不出来，他说自己出洋读书，去了法国，却连法文都说不好。我不知道这八年他是怎么过的，甚至不知道他去了哪里，干了些什么，我试过旁敲侧击，他却很警醒，一个字都不肯吐露。

"但我知道，这八年里，他一定吃了不少苦。他以前睡觉，天打雷劈都是叫不醒的，回来之后稍微一点儿动静就能吵醒他，还骗我说练了左手写字，觉得好玩，明明就是右手受了伤，使不上劲，真把我当成傻子了吗？"

说着说着，凌遥眼眶微红，语气哽咽。

"说到底，我只是一个见识有限的女人，帮不上他什么忙，偏偏这家伙眼光高，寻常姑娘还看不上，我也不知道自己这个当姐姐的还能照顾他多久。定唐，你们俩旧时同窗，情谊非同一般，劳烦你平日帮我多劝劝他，帮他多留意些，就算是那些舞女，但凡倾心于他的，只要品行好，我也就认了。"

岳定唐微微皱眉。
这话怎么听起来跟交代遗言似的？

"你别担心凌枢。"
没让她再说下去，岳定唐直接打断。
"他没出洋留学又如何，这世道多的是一身才学却没用在正道上的豺狼虎豹，反而他一颗赤子之心，玲珑剔透，人间难得。喜欢他的人很多，可真心待他，能不离不弃患难与共的又有几个？哪怕一腔真心，却身不由己，护不住他，又有何用？

"往后，他右手不能用，我就是他的右手。有我在，他不会有事。
"凌枢最希望的就是你能开心自在，他已经长大，是个男人了，可以走自己想要走的路，但你是他永远放不下的人。不管你和周卅分开也好，继续在一起也罢，你都是他的亲姐姐，只有你过得好，他才会放心。"

凌遥微微愣住。
岳定唐却没给她太多思考的时间。
拿起凌枢的帽子，冲她颔首，说一句我先告辞，就匆匆离开了。

凌枢早忘了帽子的事。
他先去了市政府一趟，打听到周卅今日休假，并没有去上班。凌枢就直奔租界，也就是上回凌遥"捉奸"的小洋房外头。
凌遥跟周卅之间的矛盾已经到了不能不解决的地步，凌枢这回没再在外面干等，而是直接主动上门。

他按下院子外头的门铃。
不一会儿，小洋房的门被打开，一名用人打扮的妇女站在门口打量院门外头的凌枢。
"你好，我姓凌，是市警察局的一名警察，这是我的证件。"
女佣很讶异："警官先生，请问有事吗？"

凌枢："我手头有一桩案子，与你家女主人有关，如果不方便让我进去，你可以通传一声，把人请到外面来，我们在这里谈也行。"

女佣迟疑片刻："您稍等。"

凌枢还在琢磨要不要搬出周卅的名字，以便对方见自己一面时，女佣再度出现，她从屋子里走出来，为凌枢打开院门。

"您好，凌先生，我家女主人有请。"

"多谢。"

小洋房的前一任主人应该是洋人，因故出售房子，被现任主人买下，凌枢触目所及的摆设，处处充满西欧风情，许多东西都是前主人留下来的，中国特色的摆件几乎没有。

一般来说，拥有房子的第一件事肯定是摆上属于自己的东西，尤其是女人，一些细小的物件可以宣示占有和存在，多多少少总会留下一些痕迹。

但这间房子却没有，从头到尾，只有西洋风格的陈设。

而坐在凌枢面前沙发上的这位女士，却浑身上下都是中式打扮，找不出半点留洋归来的新式痕迹，就连女佣给凌枢拿的茶杯，也不是西式瓷杯，而是青花茶盅。

这只能说明一个问题，那就是这位女主人没在房子装饰上花什么心思。

确切地说，她对这栋房子，没有归属感。

凌枢发现，对方对自己的到来，表现出了微妙的焦虑。

双手叠在膝盖上，手指不自觉地屈起，揉弄衣料。

嘴角微微抿起，不时地咽下口水。

视线似乎在看他，又时不时地飘向别处。

这些都是紧张的细节表现。

抛开这些不说，对方年纪很轻，可能也就二十出头，虽然头发往后梳成发髻，却依旧留存几分风韵姿色。老实说，比不上凌遥，但不排除周卅贪图新鲜，毕竟男人的本性，凌枢也是了解的，不管再怎么老实，难免也有心猿意马、行差踏错的时候。

"凌长官，不知突然上门，是有何事？我们家奉公守法，从来就没有作奸犯科之事。"

凌枢原想把身份如实告知，见她如此反应，却又改了主意。

"孙女士，你不必紧张，我这次拜访，是与一位姓周的先生有关。"

之所以会知道女主人的姓氏，还是外头门边木牌写着孙宅的缘故。

他还未将话说完，门外就传来一阵动静。

紧接着又是孩童稚嫩的声音。

"妈妈，我回来了！"

女佣开门，小男孩咚咚咚地跑进来，看见屋子里有客人，好奇地停下脚步打量。

凌枢冲他笑笑。

他有些不好意思，转身扑向母亲。

"妈妈，我饿了！"

孙氏搂住他，低声安慰几句，就让女佣带他走了。

"抱歉，凌长官，孩子胡闹，您请继续说。"

凌枢道："请问你认识周卅吗？"

孙氏面露惊讶，点点头，旋即有点儿不安："认识，可是他出了什么事？"

凌枢："我想请问周先生与孙女士你的关系是什么？"

孙氏："朋友，周先生帮了我许多忙，我很感谢他。"

凌枢："实不相瞒，我姐姐姓凌，是周卅的妻子，而我，则是周卅的妻弟。我姐姐与姐夫因你而出现一些家庭变故，我作为亲人，责无旁贷，必须过来了解一下，冒昧打扰，不知孙女士你能否告诉我，你与我姐夫的关系，真的仅仅是朋友吗？"

一个小时后，凌枢从孙家出来。

他没有跟孙女士发生任何冲突，两人和和气气地从头聊到尾。

但他满腹的疑问古怪，却越发浓郁了。

凌枢亟须找一个人倾吐分析。

屋外不如屋子里暖和，风吹来，他忍不住打了个喷嚏。

已经入夏了，凌枢没觉得冷。

那是谁在背后喋喋不休念叨自己？

第 128 章

"我觉得很奇怪。"

凌枢坐在岳定唐对面的椅子上。

跷着二郎腿，鞋尖一动一动，手里还拿支笔转动。

笔在手指之间旋转跳舞，宛若穿着舞鞋的小姑娘。

蓦地，"小姑娘"脚下一滑，身躯飞了出去。

凌枢弯腰捡起来，继续转。

如是再三。

笔啪嗒嗒嗒掉在地上的动静委实让人没法忽略。

岳定唐忍无可忍。

"坐有坐相，说正事。"

凌枢无辜道："我这不是看你老低头写字，想等你忙完再讲。"

两人对视片刻，岳定唐没了脾气，放下笔。

他其实也没什么要紧事，纯粹是今日出门之后发现凌枢跑得飞快，转眼已经不见人影，外套帽子都没来得及带上，回来又不断地打喷嚏，一副"行将生病"的模样。

岳定唐心里不爽快，索性就懒得理他了，任凭凌枢回来之后絮叨个没完，也只作低头办公。

他寻思自己像是比凌枢还要在意对方的身体，姓凌的倒好，吊儿郎当，浑然不把小命当回事。

"怎么奇怪？"

岳定唐一发问，凌枢就来了精神。

他伸出手指。

"第一，孙氏住的房子，是栋小洋房，她自称丧夫守寡，原是乡下小财主之家，夫婿早死，上无父母，旁无亲戚，她将家当变卖，来上海买了这栋小洋房定居，因为觉得租界比其他地方安全，起码左邻右舍都是洋人，没人敢找他们孤儿寡母的麻烦。"

岳定唐想了想："这话听上去挺合理，有什么问题？"

凌枢啧啧两声："所以说，老岳你读书厉害，但对细节的关注真不如我。我问你，乡下小财主的媳妇，平日大门不出二门不迈，怎么就知道要在租界买房子？她没有读过书上过学堂，穿着也是传统古旧，全身上下的饰物没有一样西洋舶来品。按理说，她既然如此传统，无论那栋房子前任主人留下什么，她就算不全部换掉，也会替换一小部分陈设，但是没有，客厅里面所有家具摆件，都是西洋风格，一件中式家具都没有，你不觉得奇怪吗？"

岳定唐双手交叉，终于认真了点儿，摆出洗耳恭听的架势。

"也许是她是个精明节俭的人，与其花钱重新置办，中西合璧不伦不类，倒不如原封不动保留。"

凌枢挑眉。

"好，这条先跳过。

"我刚进门拜访的时候，孙氏很紧张，双手攥裙，眼神游移，起初我没有挑明我的身份，只说是警察，她也并没有怀疑，说明她不知道周卅是我姐夫，那么她的紧张就很没道理了。等我表明跟周卅的关系之后，你道她什么反应？

"她反倒如释重负，开始主动跟我谈心。她说她跟周卅之间清清白白，什么都没有，之所以认识，是因为上回她儿子走丢了，周卅帮忙找回来，两人才由此结识，她对周卅心怀感激，绝不敢有非分之想，还让我回去劝我姐姐，对我姐夫多顺从些，说什么男人再老实，吵多了也会烦的。"

岳定唐若有所思："这么说，她还挺能言善辩的。"

凌枢一拍大腿："对吧，你想，这么能说的女人，又能从乡下搬到租界来定居，性子能是内向的吗？既然不内向，又注重传统，怎么会一屋子西洋摆设都不改？而且她一开始紧张，后来得知我的来意反倒放松了，又是什么缘故？难不成她做了什么见不得光的事情？"

岳定唐："这些都只是你的揣测。"

凌枢："疑点多了，猜测就会变成现实，我觉得孙氏肯定有什么古怪，只是现在还——"

话音未落，他接连打了好几个喷嚏，一时有点儿蒙，差点儿续不上前面的话了。

"还……还没找到更多线索！"

岳定唐皱眉。

他起身倒了杯温开水，往凌枢手里一塞。

凌枢敷衍地喝上半口就放一边了。

岳定唐："把水喝完再说话。"

凌枢不以为意地把手一挥："我不爱喝白开水，你要是有酒，我倒不介意大白天跟你对吹一瓶！"

岳定唐："……凌枢！"

他微蹙眉头，幽幽道："你身体现在看着平时还行，那都是靠年轻的底子在支撑，再过几年就很难说了，我只是希望下个十年，二十年，还能跟你坐在这里谈天说地。喝一杯水，对你来说就那么难吗？"

岳定唐要是疾言厉色，凌枢一准儿左耳进右耳出，但他现在软言温语，好声好气，根本就令凌枢无从拒绝。

只要张口想说点硬话，对上岳定唐的眼神，凌枢就什么也说不出来。

他抓起水杯一饮而尽，又被烫得咳嗽咋舌，但总算盖过颈子耳根油然而生的滚烫。

无非是吃软不吃硬，口是心非死要面子罢了。

岳定唐暗自冷笑，心说我还治不了你？

凌枢擅长调戏小姑娘，但一旦局面反主为客，他就束手无策。

寻了个借口早退，暗自琢磨明天怎么在岳长官身上扳回一城，凌枢心不在焉地从警察局步行回家，居然还在路上发现了他姐夫周卅。

周卅也是步行，没有雇黄包车，就在凌枢前面不远处，脚步匆匆，看起来像在追寻什么。

这条路本不该是他下班回家的路。

凌枢起了好奇心，自然要跟在后面找出个答案。

孙寡妇的问题暂且放在一边，姐夫姐姐之间的矛盾是时候解决了。

路上人还多，但凌枢也不敢太过靠近。

他不远不近地缀着，只要保证对方没从自己视线范围内完全消失即可。

周卅似乎没发现自己被人跟踪，但他的脚步越来越急，走的路也越来越偏。

凌枢的好奇心越来越强烈了。

他心里已然浮想联翩无数奇奇怪怪的走向。

包括但不限于周卅私会情人，私藏财物，甚至是有着不为人知的身份和任务……

毕竟乱世繁华，各路妖魔鬼怪屡见不鲜，要是哪天别人忽然告诉他，他这位姐夫其实有个曲折离奇的身世，凌枢觉得自己也不会感到丝毫奇怪的。

但他没想到，自己追了周卅差不多半小时，竟只是看到周卅跟一条狗上演人狗情深。

第129章

周卅根本没有发现自己被跟踪了。

他背对凌枢，蹲在前面不远处，跟一条小黄狗玩得不亦乐乎。

那劲头，比在家里跟凌遥温存还要柔情万千。

仔细一听，他嘴里还不时蹦出点怪言怪语。

"小黄，你说你不是猫，怎么就那么喜欢吃小鱼干呢?

"你别吃这么快啊，我身上可没多少了，你要一下子吃光了，后面几天可就得挨饿了!

"哎哟，你这精的，还真听懂了，这就对了，哈哈，慢慢吃，我今天又不急着走，你吃完还能陪你玩一会儿!"

凌枢差点儿以为那条狗是人变的。

他上看下看，左看右看。

狗约莫两个成年男人手掌大小，还未长大，黄毛微卷，蓬松虚胖，一双眼睛乌溜溜的灵性得很。

的确挺可爱。

那狗吃两口小鱼干，就抬头看周卅一眼，像是怕他跑了。

等凌枢悄然走近几步，周卅还没发现，小黄狗却立马察觉，小鱼干也不吃了，蹦到周卅屁股后面，冲着凌枢汪汪叫，警惕威胁。

周卅扭身，露出惊讶的表情。

"凌枢?"

…………

入夏之后天气渐热，潮闷交加，人的胃口也跟着不振。

什么山珍海味，也比不上一碗鸡丝凉面配上一盅酸梅汤。

酸梅汤不能完全放冷，最好放在炉子上温着，等客人要用的时候再拿出来，否则这种天气贸贸然喝冷饮容易引起肠胃不适。

至于凉面就无妨了。

凌枢在四川时经常吃凉面，入口必然是辣的，一开始把他辣得涕泗横流，刚到那边时，逢辣必上火，不得不让厨师做饭的时候免辣，结果正好遇上个脾气火暴的饭馆厨子，人家直接就撂挑子了，说不辣不会做，你自己来做。

川蜀之地潮湿，花椒、辣椒、八角都是必需品，吃着吃着也就习惯了，后来凌枢辗转去东北，又回到上海，吃什么都觉得口淡。

就像眼前这碗凉面，有煎过的手撕鸡肉、花生、芝麻酱、香油、醋，再根据客人喜好加上葱丝或香菜，唯独没有辣椒。

凌枢略微惆怅地叹了口气。

"吃啊，你怎么不吃，不合胃口吗？"

周卅囫囵吞枣地已经把大半碗凉面干掉了，他拿起酸梅汤灌一大口，又满足地吐出长气，给了两个字的评价。

"爽快！"

饥肠辘辘的时候，有没有辣椒也就不太重要了。

凌枢惆怅归惆怅，但并不影响他进食的速度，风卷残云几分钟过后，他碗里的面就跟周卅差不多了。

周卅笑道："我没骗你吧，这里的凉面比你姐做得好吃吧？"

凌枢回以两声嘿嘿："那是好吃多了。"

周卅："有时跟你姐吵嘴了，又或者家里饭菜吃腻了，我就会到这里来要一碗面。你还真别说，这里虽说装潢差了点，看着有点儿脏，但他家的面不比肖记面馆差，哎，可惜肖老板了，遭逢横祸，后继无人！"

在岳定唐出现，凌枢卷入各种稀奇古怪的案件之前，凌枢跟周卅的关系是很不错的，哥俩儿隔三岔五就出去喝一盅，周卅与人和善，八面玲珑，在市政府比上不足比下有余，虽说囿于出身平平无法高升，但要是得遇时机往前更进一步还是可以的。不过他自己安于现状，也算是跟凌枢脾性相投了。

"姐夫，你跟那寡妇到底是怎么回事？"

凌枢打开天窗说亮话，也不兜圈子了。

今天他必须得把这件事弄清楚，不然周卅跟凌遥回头还得吵。

周卅苦笑："你姐姐那些揣测都是凭空捏造，你别是信了吧？"

凌枢："那你总得给我说说，那寡妇是什么来头，你们俩怎么认识的，回头我姐问起来，我一问三不知，还怎么帮你说话？"

周卅："有一天我在街上看见一个小孩子追着一条狗跑，那条狗被追得东躲西藏，我看着挺可怜的，就跟在后头，把那条狗救出来，还因此跟小孩儿吵了两句。"

凌枢："那条狗不会就是你刚才喂的小黄吧？"

周卅点点头，又有点儿不好意思："你姐不是不让养狗吗，我也不敢带它回去，带回去又得跟我吵，只能每次下班回家路上去给它喂点东西，说来也怪啊，这狗聪明得很，不单认得我，还会在我回去的路上等，别人它也不亲，就只跟我玩儿，你说这不会是前世的缘分吧？"

凌枢心道：啥前世缘分啊，您前世总不能也是狗吧？

"所以你每天回家晚了，就是看小黄去了？"

周卅："大部分是，刚不是说到那小孩儿吗，我们俩不打不相识，他那天还迷路了，我就带他去找家，这不就认识了孙寡妇。他们俩孤儿寡母的，又是人生地不熟，在上海生活也不容易，平日里我能帮一把就帮一把，无非是搬点重物，换个灯泡罢了。孙寡妇说不想欠人情，还经常送点东西过来，我头几回还带回家去，结果被你姐追问，非说我是对人家有情意，现在我也不敢拿了。"

凌枢："这些事情，你给姐姐说了没有？"

周卅："说了，可她就是不信啊！"

凌枢沉吟道："姐夫，你们俩之间的事，本来我不好插手，但最近你跟我姐总为了这事吵，这样下去也不是办法。依我看，我姐有个心结，多年来一直盘桓不去，这也是她患得患失的原因。"

周卅："你是说孩子吗？"

凌枢嗯了一声。

甭看周卅平日憨厚不好事，但心里还是透亮的。

"凌枢啊，我也给你交个底。其实孩子这事儿，我们早就谈过了。我知道，我老家父母催着抱孙子，我也想要孩子，可这不是我们说了算的，得看上天给不给面子。我从来就没怪过你姐姐，也想方设法地安慰她，当时谈的时候，明明她也答应得好好的，可是每回吵起来，她就总要拿孩子说事儿！"

说着，周卅苦笑起来。

"一次两次也就罢了，每回都这样，我也是有些累了，可不就惹不起躲得起吗？"

他也是人，脾气再怎么好也会累，周卅甚至无法保证凌遥再次挑起事端的时候，他还能不能在家里待上一分钟。

老实说，凌枢还挺同情周卅的。

他也知道凌遥脾气急，这是从娘胎里就带来的性子，江山易改本性难移，想改也改不了。

但总不能让一对恩爱夫妻就这么散了，得有一方做出让步。

"我回去劝劝我姐，你也坐下来和我姐好好聊聊吧，把心结打开，你们还年轻，孩子的事情大可不必这么急，我姐也是担心自己不能给你们周家留个后，才会如此着急。"

周卅拍拍他的肩膀。

"知道了，把面吃完，咱们就回去。你呢？你姐也老操心你的事情，有没有什么喜欢的姑娘，要是家世那关过不去，我跟你姐说去。"

凌枢原想说喜欢自己的姑娘太多，自己都挑花眼了，话到嘴边，不知怎的就吞了回去。

"姐夫，我不着急，先把你们的事情解决吧。"

有了周卌跟狗这档子事，凌枢就彻底把岳定唐那边给忘了，他原本晚上还准备去岳家蹭饭，这会儿半道跟周卌吃了冷面，直接高高兴兴地回家了，还顺路给凌遥买了糖炒栗子，打算把人哄开心了再谈心。

晚上一切也挺顺利的。

凌遥见他们早早回来，周卌又给她带了吃的，心情不错，凌枢趁机提出一家三口坐下来好好聊聊，将事情原委跟凌遥说一遍，使出三寸不烂之舌，耐心劝说，陈述利害，凌遥也都能听进去。

凌枢心道大功告成。正准备回房，将客厅留给小两口继续深入沟通，外头就响起急促的敲门声。

虹姨最近告假回乡下去了，凌枢只好自己去开门。

大半夜的，他实在想不通会有谁找过来。

除非是岳定唐。

但外面站的却不是岳定唐。

是孙寡妇。

她面色焦急，一看见凌枢就扑通跪下了！

"凌长官，求你救救我孩子！"

凌枢吓一跳，忙弯腰去扶。

"起来说话，这是怎么了！"

孙氏："我那孩子下学之后就不见了，到现在都没回来！"

凌枢："你怎么会知道我住在这里？"

孙氏："之前周先生告诉过我，我本来没想过上门打扰，可此时实在是无头苍蝇一般，只能过来相求了！"

她面色焦急，双目通红，眼看就要流下泪来。

凌枢探头看了一下。

门外停着一辆黄包车，车夫像在等她，除此之外却没有女佣同行。

她竟是深夜孤身出行的，看来的确是急坏了。

在里面的凌遥和周卌听见动静，也都走了出来。

凌遥看到孙氏，又听见她自陈来历，原本已经转晴的脸色唰地乌云笼罩。

凌枢暗道不妙，赶紧抢在孙氏和周卌开口之前道："人口失踪的事情应该去警察局报案，我陪你去一趟警局吧，姐夫你就在家陪着姐姐吧！"

凌遥怒声道："她自己怎么不去警局报案，反倒直奔咱们家来，咱们家难道是警局吗！"

凌枢没等她说完，赶紧推着孙氏往外走，顺带把门关上。

门后隐约还响起周卅安抚妻子的动静。

孙氏抹着眼睛连连道歉。

"凌长官，对不住，不是我不肯去警局，是我一名弱女子，这么大半夜孤身过去，人家也不当回事，顶多讹诈些银钱再打发我走，从前我初来乍到时，已经被这样的事情吓怕了。这大上海我认识的能人也就周先生一位，实在是走投无路了……"

"得得，打住，咱别废话了，先去警局报案吧，找孩子要紧！"

凌枢抬手制止她继续说下去。

老实说，他对孙氏没什么好感，反倒诸多怀疑，只不过孩子是无辜的，一切先等孩子找到再说。

第 130 章

天色已晚。

孙氏是坐着黄包车来的，但凌枢不可能跟她同乘一辆，只能跟在旁边加快脚步，听她飞快说明来龙去脉。

孙寡妇的孩子姓陆，叫陆祖德，今日像往常一样去上学，原该是傍晚到家的。他上的是教会学校，就在租界，离家不远，按理说很快就能到家，就算贪玩，也不至于晚饭时分还未露面，孙氏出门去找，学校里老师说他早就走了，孙氏又回家一趟，也没等到孩子回来，她这才着急了，确定孩子是在下学这段路途中失踪的。

凌枢道："会不会去找小狗玩了，我听我姐夫说，他跟你家孩子认识，就是因为一条小黄狗。"

孙氏道："他平时也贪玩，可从未这么晚还没回来过，今日出门前我还给他说，晚饭做了他最爱吃的虾，他肯定不可能忘记回家吃晚饭。"

凌枢回忆自己白天看见的孩童，八九岁的年纪，聪明机灵，反应敏捷，也不像是脑子迟钝的孩子，如果情况确如孙氏所说，那孩子十有八九是遇到什么意外了。

这年头什么事都有可能发生，别看这座城市光鲜亮丽，内里却暗潮汹涌，既有鹿先生和江河这样的乱世枭雄，也有沈十七和成先生这样浑水摸鱼的投机分子，拍花子更是随处可见，尤其那些细皮嫩肉的小男孩、小女孩，是人贩子首选的下手对象。

陆祖德迟迟没有回家，也难怪孙氏会担心，这孩子要是真出了岔子，对一个寡妇来说，无异于天塌下来。

孙氏的话格外多。

先是自责自己不该让孩子一个人下学，应该让女佣去接他，然后又开始询问凌枢。

"凌长官，我听周先生说，您破获过许多案子，其中还有前阵子很轰动的袁公馆血案，是真的吗？"

换作别处，雅琪这样的漂亮女人问起来，他倒是很有兴致地给对方讲个细水长流的故事。

但凌枢这会儿没什么心思炫耀，只是信口道："那都是报纸上瞎写的。"

"哪能呢！我那时候也看了报纸，说是您还因此受了表彰，被誉为'东方第一神探'。"孙氏却没有停止夸奖他。

所谓"东方第一神探"的名头，凌枢也知道，那都是一些小报为了博取眼球故意夸大案情弄出的噱头。

"孙太太也有看报的习惯吗？"

孙氏："我不认识几个字，还是听人念报的时候知道的。"

两人有一搭没一搭地说两句，凌枢敷衍居多，孙氏却像没看出来似的，一个劲儿地找话和凌枢交流。

也许是过于紧张担心，需要分散注意力，凌枢知道有些人越紧张反倒话越多。

但他和孙氏刚认识没多久，着实谈不上交情，这也太过交浅言深了。

租界的巡捕房凌枢说不上话，但岳定唐可以。

凌枢陪同孙氏抵达之后，就问人要了个电话，打到岳公馆，请岳定唐出面找史密斯，又通过史密斯那边的关系，终于让洋巡捕正视这件事，开始录口供，派人出去寻找小孩儿。

孙氏坚持不肯回去休息，非要在巡捕房里等消息，看在史密斯的面子上，人家没赶她走，就任由孙氏坐在巡捕房靠近门口的凳子上。

凌枢见她穿得单薄，抱着胳膊瑟瑟发抖，就劝她回去休息。

孙氏忽然再度起身朝凌枢跪下。

"凌长官，真是多谢您，要不是您，今天我恐怕连巡捕房的门都进不了！"

凌枢对她这动不动就下跪哭诉的毛病头疼万分，见人家死活不起来，又不能不伸手去扶。

这时岳定唐来了。
他身后还跟着一名妇女，女人手里牵着个小孩儿。
凌枢认得他们。
女人是孙家的女佣，白天给他开门的时候见过。
小孩儿则是大家遍寻不获大半夜的正主陆祖德。

"太太！"
女佣一看见孙氏就叫起来。
"您怎么跑这儿来了！小少爷找到了，咱们回去吧！"
陆祖德一脸惶然，怕是被大人们的反应吓坏了。
孙氏扭身看见儿子，二话不说扑过去，将人紧紧搂入怀里。
"德哥儿，你可算回来了！"
她又哭又笑。
"你到底上哪儿去了，知不知道为娘很担心你？！"
"我……我去追小狗玩了，就迷路了。"
陆祖德抬头环顾四周众人，吞吞吐吐，害怕地低头，像是怕母亲责怪自己。

凌枢见状也松一口气。
"你在哪里找到他们的？"他问岳定唐。
岳定唐道："我接到你的电话之后，就去孙家看看，正好在他家门口撞见女佣带着陆祖德回来，他听说孙太太到处找自己，还上巡捕房报案，就让我带他过来了。"
孙氏将陆祖德搂得紧紧的，似乎在与儿子诉说自己的紧张之情，但她背对着人，凌枢听不大清楚，只看见陆祖德怯生生看了他们几眼，伸出手去拍拍母亲的背脊。
"妈妈对不起，让您担心了，我以后再也不敢了。"

岳定唐道："天色不早了，你们现在回去也不安全，不如先在巡捕房将就一晚，等明日再回去。"
孙氏有些意动，女佣却提醒她："太太，明日乡下老家的老太爷老夫人说要过来探望小少爷的，您忘了？"
"是了，瞧我这记性！"孙氏面色微微一变，而后苦笑，又朝岳定唐和凌枢行了个福礼，"多谢两位长官，今晚多亏你们了，我实在是感激不尽，请恕我先行告辞了，来日定当奉上厚礼致谢！"

岳定唐道："你们孤儿寡母居住，的确容易惹出麻烦，今晚我的司机会跟着你们，在孙宅外面守着，有什么事需要帮忙，你们只管喊他一声就行，等明日你们家长辈来了，家里人多，我再让他回来。"

凌枢难得看见岳定唐如此热心，简直像看见太阳和月亮同时升起。

孙氏千恩万谢，带着陆祖德坐上黄包车离开，女佣则跟在旁边。

"这样看我做什么？"

岳定唐收回视线，发现凌枢的眼神。

凌枢："我在看你是不是鬼上身了？"

岳定唐："我收回之前的话。"

凌枢：嗯？

岳定唐："孙氏有些古怪。"

"你终于发现了，不说我疑神疑鬼了？"

"刚才来的路上，陆祖德趁女佣没注意，跟我说，孙氏不是他的亲生母亲，孙氏对他不好，要害他。我想，你之前说孙氏有古怪，的确是有道理的。"岳定唐委婉承认自己之前对凌枢的评价有点儿武断。

谁知凌枢没有得意扬扬，反倒咦了一声。

"巧了，我这里也收到一个求救消息。"

岳定唐："陆祖德？"

"不，是孙氏。"

他从兜里摸出一张字条，上面歪歪扭扭写着两个字。

"救我。"

两人四目相对，都意识到事情的不简单。

原本以为就是一桩周姐夫在外头和小寡妇藕断丝连的家庭闹剧，接着成了帮忙找孩子的小案子，现在又变成母子相告的戏码。

凌枢："刚才孙氏给我下跪的时候，趁机把这东西塞到我手里。陆祖德说孙氏不是亲娘，要害她。孙氏却让我救她。难不成孙氏早就料到陆祖德会给你说这些？"

岳定唐："不太可能。"

凌枢："假如孙氏当真有什么不可告人的秘密，应该会竭力把事情压下，大事化小小事化了，而不是主动找上门来，让我们帮忙寻人，这摆明是要将事情闹大才对。而且这妇人不简单，她一开始完全可以拒绝我的拜访，却又让我进门，让我发现家中摆设与她格格不入，起了疑心和兴趣。今晚来巡捕房的路上，她还提起袁公馆那件案子，现在看来，倒是有些刻意的味道了。"

岳定唐："故意提醒你，隐晦求救？"

凌枢点点头。

"但陆祖德向你求救，我是想不到的。这两个人，谁说的是真的？我们又要相信谁？"

一般来说，小孩子柔弱无害，他们肯定会倾向相信小孩子。

如果没有孙氏故意引诱凌枢去挖掘的种种疑点，凌枢也会选择去相信陆祖德。

但现在他却不那么肯定了。

"如果陆祖德说的是真的，那么孙氏有可能就是专门做人口买卖的拍花子，我让司机在外面盯着，也是以防万一。以免孙氏狗急跳墙，对陆祖德做出什么，有他在，这一晚上不会有什么事情。"

凌枢耸肩："我没意见，但你有没有想过，如果孙氏才是需要被救的那个人呢？像她这样的妇女，也是容易被下手的目标之一。那么谁又会是迫害她的人？那个女佣？我看倒是挺像，那个女佣对孙氏的态度不太恭敬，不像是对待家里的女主人。"

岳定唐道："明日我们以探望之名上门拜访，看能不能挖出什么线索。"

凌枢打了个呵欠，嘟嘟囔囔地抱怨。

"也行，这一天折腾的，你没瞧见我姐那脸色，我姐夫刚哄回来一丁点儿，孙氏上门了，她那脸色立马又回到暴风雨来临前。我现在回去，还不晓得会不会被殃及池鱼。"

岳定唐看见他头发没梳好，两根呆毛迎风招展，伸手顺平。

"去我那里休息吧。"

"不行，我还得回去给他们说一声孩子无恙，不然以我姐夫那老好人性子肯定会担心。这件事蹊跷，我正好让他别插手了。"

他的眼睛都快睁不开了，像只睡意浓重的慵懒猫咪，一步三摇地往外走。

岳定唐摇摇头，就怕他不看路摔一跤，只得跟在后面。

第131章

凌枢回去之后连澡都没洗，倒头就睡。

第二天起床时，他才想起姐姐姐夫的事情，结果走出卧室一瞅，姐夫已经去上班了，姐姐在给他煎蛋，一切风平浪静，好似什么都没发生过。

凌枢疑心这是暴风雨前虚假的宁静，蹑手蹑脚走到他姐背后，试探开口。

"姐——"

凌遥手一抖，猪油放多了。

"你要吓死我呀！"

凌枢赔笑："那正好，多煎一个，老岳待会儿来接我，估计要在这里吃早饭的。"

其实岳定唐肯定是在家吃了才过来，凌枢这么说只是为了多骗一个煎蛋吃。

老岳不吃，可不就得他来收拾吗？

凌遥一听："那我多煎两个！"

凌枢吃味儿了。

凌遥没注意到自家弟弟的情绪，兀自道："定唐爱吃鱼吗，你晚上喊他回来吃饭吧，我多做一条鱼，昨天买的，现在还养在池里，活蹦乱跳。对了，我再出去买点菜吧，你知道他还喜欢吃什么？"

凌枢酸溜溜道："姐，敢情我不是你亲弟弟，姓岳的才是吗？"

凌遥嗔怪："胡说八道些什么！"

凌枢："难道不是吗？你看看人家春晓姐，对我就跟对亲弟弟一样，有我这么好一个弟弟，你还不知道珍惜！"

凌遥冷笑："你哪里好了，是不声不响地走了八年好，还是去东北又带了一身伤回来好？"

凌枢："今天天气真好。"

凌遥："去去去，一边待着去，别妨碍我！"

凌枢打量她的脸色，小心翼翼探问。

"你跟姐夫没事了吧？"

凌遥撇撇嘴："能有什么事？"

凌枢叹了口气："我的姑奶奶，你昨天可是一哭二闹三上吊的，这会儿就开始犟嘴了，姐夫他就不是那种人，那孙寡妇跟他也没什么关系，都是误会！"

更何况此事个中另有古怪。

不过他没打算跟凌遥说那么多，以免把她给吓着了，又要禁止自己去调查。

凌遥斜睨："你在帮他说话？"

凌枢举起双手："天地可鉴，我是站在你这边的！"

凌遥："行了行了，你姐夫都给我说清楚了，我没事，有人敲门，赶紧去开！"

凌枢见她脸色无碍，揣摩着夫妻俩的确是和解了，这才放下心。

门一开，果然是岳定唐。

凌枢长臂一伸，搂上人家脖子，一副哥俩好的架势。

"老岳，你吃了早饭来的吧？"

岳定唐刚想说是，闻见厨房里飘出来的香气，顺势改了口。

"还没有，正想尝尝凌遥姐的手艺。"

凌枢：嗯？

这明摆着睁眼说瞎话。

凌遥正好端着煎好的鸡蛋走出来，闻言眉开眼笑。

"定唐，快快，来尝尝姐姐做的煎包和油条。"

她眼明手快，一根筷子打掉凌枢朝煎包伸出的魔爪。

"去洗手！"

半步之遥，没能先尝到煎包的美味，凌枢遗憾地缩回手，悻悻走开。

他走到洗手间拧开水龙头，手上抹了点肥皂糊弄一下，听见身后动静，抬头从镜子里看见岳定唐也过来了。

"也被赶过来洗手了？"凌枢幸灾乐祸。

岳定唐老神在在："早半刻和晚半刻有什么区别，东西又不会飞了。"

凌枢："你吃饱了自然这样说，我一起床就马上去探听我姐跟我姐夫的事情，到现在滴米未进，容易吗？"

"挺不容易。"

岳定唐低笑附和，却怎么听都不像是真诚的同情。

凌枢告诫他："等会儿我姐要是问起孙寡妇的事情，你别说太多，免得她听到我们想深入调查又要瞎担心了，唠叨起来没完没了。"

话音刚落，手被一把捉住。

"擦手。"

岳定唐见他抖着湿淋淋的双手就要踩出去，忍无可忍地把人揪回来。

凌枢无可奈何地嘟嘟囔囔，拽着擦手巾胡乱擦拭，岳定唐好气又好笑。

"凌枢。"

"干什么？"

"闭嘴。"

凌枢气呼呼地当先走出去。

"凌枢，你脸怎么回事？"

岳定唐听见凌遥在外头问弟弟。

凌枢没好气："被岳定唐气的。"

凌遥："我看是你气他还差不多。"

凌枢陡然拔高声音："你怎么成天胳膊肘往外拐？"

姐弟俩斗嘴的动静隐约传来，岳定唐一笑。

这里比起岳公馆，虽狭窄逼仄，却也更有烟火气。

吃完饭，两人就前往租界。

小洋房外头，凌枢按下门铃。

按了三四下，才有人来开门。

是孙家的女佣。

她看见凌枢和岳定唐，明显一愣。

"两位先生，请问有事吗？"

"昨天孙太太带着孩子回来之后休息得如何，我们过来看看孩子。"

凌枢发现女佣对他们的到来并没有过于惊喜或欢迎，她甚至堵在门口，隐隐露出不想招待他们的肢体语言。

"怎么，不方便吗？"

他明知故问。

"那倒也不是，是太太生病了，恐怕起不来招待两位先生。"女佣面露难色。

凌枢跟岳定唐对视一眼。

"怎么就病了，昨天还好好的。"

女佣道："昨天大半夜的就说头疼，今儿一早就起不来了，应该是连夜奔波着凉了。"

"谁来了？"

孩子的声音从里面传来。

女佣回头道："是凌先生和岳先生他们。"

小孩子噔噔噔地跑过来，一脸惊喜。

"凌叔叔好，岳叔叔好，你们快进来坐！"

小主人发话，女佣就不好拦着了。

凌枢和岳定唐入内。

"孙太太怎么了，叫医生了吗？"凌枢问道。

"叫了叫了，一大早就赶忙叫了医生过来看，医生说是发烧，给打了一针，现在太太正睡着呢！"

又是女佣回的话。

凌枢没理她，直接看陆祖德。

"是这样吗？"

女佣面露不悦，一闪而过。

第 132 章

女佣的神色变化被凌枢捕捉到了。

但他视而不见。

陆祖德点点头，瘪着嘴："医生说妈妈会睡一觉，晚上才醒，凌叔叔，我很担心妈妈。"

凌枢安慰道："听医生的话，让妈妈乖乖吃药，很快会好。方便让我们去看看你妈妈吗？"

女佣面露难色。

陆祖德却主动道："我带你们去。"

男女有别，凌枢也不可能真去翻弄孙氏，只是跟岳定唐站在门口看了一会儿。

孙氏盖着被子沉睡，单凭肉眼，看不出有什么异状，但从身体起伏的频率来看，她肯定不是一具尸体。

陆祖德拉拉凌枢的衣角，小声道："叔叔，我们别打扰妈妈睡觉了。"

凌枢他们回到客厅，重新落座。

"宋姐，你倒两杯茶给凌叔叔和岳叔叔喝吧。"

陆祖德很懂事，还主动让女佣倒茶。

女佣却没动。

她看看两人，又看看陆祖德，有点儿犹豫。

凌枢拿腔作调："我们昨天帮忙找人，闹那么大动静，今日上门来，连一杯茶都配不得了？祖德，你家这女佣，到底还听不听主人的话？要是不行，我让老岳给你们另外找个，这个就辞退算了。"

岳定唐知道他故意想要把女佣遣走，好单独询问陆祖德，也就任由他阴阳怪气，毫不阻拦。

不得不说，凌枢想要挤对人的时候，那是真能把人给挤对得脸色都变绿了。

女佣这才回过神来，赶紧赔笑："两位先生，我这就去准备茶点，昨儿太太买了些西洋的糕点回来，有拿破仑蛋糕，还有奶油蛋糕，你们想吃点什么？"

"每样都来一点儿吧啊，你再去街上买点菜，中午我们就在这里陪祖德吃饭，顺便看看孙太太恢复得怎样？"凌枢故意问陆祖德，"你欢迎我们吗？"

陆祖德很高兴："当然了！"

女佣敢怒不敢言。

凌枢他们能喊得动巡捕房寻人，自然有关系有背景，女佣只要不是傻的，就不敢得罪他们。

她强赔着笑问陆祖德："那小少爷想吃点什么？"

陆祖德想了想："妈妈喜欢吃鱼，宋姐你买鱼吧。"

凌枢补充："我也喜欢吃鱼，来两条鲈鱼吧，清蒸鲈鱼不错，没有的话鲤鱼也勉强，还有红烧肉，再来个蒜蓉茄子，差不多了。"

女佣："……"

她嘴角的笑容越发扭曲，终于忍不住反抗。

"凌先生，我们是小户之家，堪堪温饱，平日里一顿也就是两个菜，太太特意嘱咐我要节俭的！"

"你们平日就三个人，两个菜肯定够了，今日不是多了我们俩吗，再说如果你太太醒着，必然将我们当成贵客，你现在明着为主人家省钱，实则却是替她得罪人。

这里有你说话的份儿吗？不知道的还以为你才是孙家的主人吧。"

凌枢毫不留情，把人说得脸色发白，又望向陆祖德："这样桀骜的女佣，你们是从哪儿找的，平日里该不会也这样对你们母子的吧？要不然这样，让她跟我去巡捕房走一趟，查查她过往有什么劣迹，有一算一吃几天牢饭就老实了。"

女佣这才知道害怕，扑通跪下来求饶认错，苦苦哀求，又说自己跟了孙氏很久，忠心耿耿，只是天天节俭惯了，绝不是有意刁难客人。

凌枢摸出点钱，让她拿去买菜做饭，又不耐烦地赶人，女佣期期艾艾半晌，见他们没有继续追究的意思，才拿起钱赶紧离开。

关门声响起，女佣离开。

"她在你们家有多久了？"凌枢问陆祖德。

陆祖德坐得端端正正，仿佛学生应答。

"我们搬来这里之后，宋姐就来了，妈妈说宋姐是奶奶的远房亲戚，做饭很好吃，还能帮忙干活，妈妈身体不好，有时候没法做家务。"

岳定唐道："你昨天跟我说，孙太太不是你的亲生母亲？"

陆祖德点点头："我妈妈生病死了，这位新妈妈是爸爸后来娶的。"

那就是继母。

岳定唐："那你爷爷奶奶还在吗？"

陆祖德："在的，爷爷奶奶在乡下。"

岳定唐："既然他们还在，你妈妈又是怎么带你离开乡下的，你爷爷不反对吗？"

陆祖德嘟起嘴："妈妈说上海的学校好，要让我来这里上学，比上私塾要有出息，她说我爸爸以前就是在城里读的教会学校，但是我来了之后，妈妈没有让我去上学啊！"

此言一出，不只凌枢，连岳定唐也很意外。

他不得不跟孩子再确认一次。

"你没有去上学？那昨天孙太太为什么说你下学之后不见了？"

"妈妈说学校不收我，要等下学期开学，但她让我对外不能说自己没有书读，还说这样会让人瞧不起。"说至此处，陆祖德有些心虚，"昨日我太贪玩，回来的时候迷路了，在不认识的地方打转，一位牧师收留我，给我糖，最后是宋姐找到我的。"

岳定唐："我看孙太太对你失踪很着急，还上门来找我们帮忙，你却说她要害你，她想怎么害你？"

陆祖德低下头扭手指，半天才小声道："我奶奶说后母都不好，她让我要小心，昨天早上我想吃咸鸭蛋，妈妈非不让，我不高兴……"

凌枢啼笑皆非，弄了半天是这个原因。

看来孙太太作为继母，对孩子是不是当成亲生儿子疼爱且不说，最起码没有苛待虐待他，否则陆祖德就不会是现在这样了。

那么，孙氏那张"救我"的字条，又是从何说起？

凌枢灵光一闪，似乎找到答案。

"你刚才说，宋姐是你奶奶的远房亲戚，那是不是你奶奶让她来这里帮忙的？"

陆祖德茫然地摇了摇头，对一个小孩子而言，这问题的确有些难为他了。

凌枢："宋姐平时对你们好不好？"

陆祖德："她做的饭很好吃，但她会跟妈妈顶嘴，还跟我说妈妈的坏话。"

凌枢："说什么？"

陆祖德："说后母都不好。"

凌枢："昨晚也没下雨，孙太太看上去身体还可以，怎么突然就生病了？"

陆祖德："昨天我睡到半夜，听见宋姐和妈妈好像在吵架。"

凌枢："吵什么？"

陆祖德懵懂："我不知道。"

问题似乎出在女佣身上。

但现在孙氏昏睡，这半大孩子又说不出个所以然，他们只能等孙氏醒来之后，再问个清楚了。

两个大男人跟一个小孩子，似乎也没什么好聊的。

左右无事，他们还想等孙氏醒来，凌枢索性问起陆祖德的功课。

"你以前在私塾读的是什么书？"

陆祖德道："《千字文》，还有四书五经。"

凌枢大惊小怪："现在都什么年代了，怎么还有人读四书五经，难道没人告诉你，上学堂是要念新课本的吗？"

陆祖德不好意思道："新课本我在乡下也念过的，还有英文，但我笨，学不大会。"

凌枢撸起袖子："这有什么，来，叔叔教你，你有课本吗？"

陆祖德兴奋起来："叔叔会英文吗？妈妈说下学期想给我报教会学校，但是教会学校要考英文的。"

凌枢笑道："当然会了，你叔叔我在读书期间可是学业全优。"

说这句话的时候，他瞧见岳定唐露出一个古怪的笑容。

那意思很明显：除了英文。

凌枢怒了，瞧不起人是不？

他就算英文平平，法文惨不忍睹，可那也要看跟谁比，教一个还未入门的小孩子，那不是手到擒来吗？

岳定唐嘴角翘起，大有拭目以待看好戏的意味。

可惜了，凌枢没能让小孩子大开眼界惊呼厉害。

因为女佣回来了。

她去买菜的速度出乎意料地快，但凌枢看她篮子里鼓鼓囊囊，还真装满了东西。

"宋姐，我想吃的鲤鱼买了吗？"凌枢故意问道。

"买了买了，鲤鱼、鲈鱼各两条，我怕两位先生不够吃，特意多买了！我还给你们买了零嘴，糖炒栗子和煎包，小少爷和两位先生先垫垫肚子，待我做好饭马上就能吃了！"

女佣满头大汗地笑道，态度比之前殷勤不少，可见出去一趟脑子也灵光了，知道不能得罪凌枢他们。

凌枢："那孙太太呢，你就没给她准备点吃的？"

女佣忙道："太太现在身体虚，医生交代了只能喝粥，我给买了青菜，待会儿给太太做一碗蔬菜粥。对了，我这还买了排骨，等会儿弄糖醋小排，小少爷最爱吃的，还有凌先生您点名的红烧肉，也都有！"

陆祖德欢呼起来："我要吃糖醋小排！"

女佣将煎包和糖炒栗子各装了盘子送上来，就钻进厨房去忙碌了。

凌枢小声对岳定唐道："她脑子突然好使了，该不会鬼上身了吧？"

岳定唐白他一眼："你要是被人这么挤对一通，你脑子也得灵光！"

凌枢呵呵笑道："承蒙您看得起，我脑子本来就挺灵光。"

"凌叔叔，这个词要怎么读？"陆祖德问。

凌枢："我看看，唔，它有两个意思……"

直到吃饭时间，凌枢他们也没能见到孙氏醒来。

吃了饭总不能继续赖在人家家里，凌枢私下让陆祖德多留意女佣，不要让她靠近孙氏，蔬菜粥也得让女佣先吃一口，才能喂孙氏，陆祖德也答应了。

凌枢寻思，就算陆祖德的爷爷奶奶再不喜欢他这位继母，也没那个胆子下毒杀人，他这样交代，不过是以防万一罢了。

临行之前，凌枢还特意当着女佣的面，告诉陆祖德，过两天他们还会上门来探望的。

女佣也不知道有没有领会他的弦外之音，脸色并无变化。

出了孙宅，岳定唐脚步一顿，回头去看。

小洋房没什么特别，与周围其他房子一样，红砖嵌着玻璃窗，外面种满爬山虎和蔷薇，宁静而漂亮。

但他总觉得有些奇怪。

岳定唐微微皱眉，却说不上来哪里奇怪。

第 133 章

"你在看什么？"

耳边传来凌枢的声音。

岳定唐在看二楼的窗户。

那扇窗擦得很明亮，窗框边缘还有石刻花纹，富有西洋风情，是这个时代租界地区典型的建筑风格。

窗后就是孙寡妇的卧室，此刻窗帘拉得紧紧，密不透光，想必是因为主人在睡觉。

岳定唐有种错觉，屋里屋外如同两个世界，一方黑暗，一方光明。

那扇窗户就像界线，将阴间与阳世切割开来，窗户之后，是无从探究的彼岸。

魑魅魍魉，万鬼异域。

好奇心未必能带来最终的答案，有时却会把你拉进万丈深渊。

岳定唐收回视线。

阳光照在他身上，再度为他带来温暖的实质感。

凌枢的存在就像世上所有最美好的一刻凝聚停留，就连发梢都跳动着闪亮晶光。

凌枢见岳定唐若有所思。

"你认为，谁在说谎？"

"我不知道。"

凌枢摸着下巴，他没有岳定唐那么强烈的怪异感，但也觉得这件事疑点重重。

两人推敲总好过一人琢磨。

"如果孙氏意在骗人，她没有必要闹出这么大动静，主动去找我们。如果她求救是真的，就算那个女佣是陆祖德祖父祖母的眼线，想要把孙子从她身边抢走，甚至下毒害她，孙氏只要遣走女佣，带着儿子搬家就行了，完全没必要求救。陆家老人山遥路远，根本奈何不了她，为什么孙氏还要求救？"

孙氏求救是真的。

陆家内宅那些矛盾，经陆祖德之口加以证实，也是真的。

但两者根本对不上因果。

这正是他们觉得古怪的地方。

"难道孙氏另有苦衷？又或者——"

凌枢的脸色忽然浮现出一丝怪异。

他下意识看向岳定唐。

后者的视线正好与他对上。

岳定唐显然也想到了什么，眉头微微皱起。

凌枢不确定他是不是跟自己想到一块去了。

"如果是陆祖德撒谎？"

岳定唐这话一出，凌枢就知道他跟自己想到一块去了。

只是这个可能性委实有点儿荒谬。

一个八九岁的小孩儿，那么乖巧，顶多有点儿贪玩。

平日里也许会为了糖果或偷懒撒点小谎，那是每个小孩子都会的本事。

但编造一个故事？

有些离谱荒诞了。

凌枢拉回自己脱缰野马般的思路。

"也许这一切只能等孙太太醒来，才能得到答案了。那女佣应该不至于有那个胆子害人吧？"

岳定唐道："之前我不敢肯定，但我们临走前已经说了，过两天再来探望，她不敢那么做的。我之前已经跟人说过了，让史密斯派个人来外头蹲守，她就算想要卷款跑路，也跑不了。"

"你还找了人盯梢，在哪儿？"

凌枢没想到他还有这手准备。

岳家司机毕竟只是个司机，还要帮岳定唐开车，不可能专门干这种事，盯梢跟踪也不专业，还得让巡捕房的人来，不过那帮人可不是好使唤的，动辄要钱，没点能耐也喊不动。

但以岳定唐和史密斯的关系，想叫人自然是小事一桩。

岳定唐努努嘴。

凌枢循着他暗示的地方望去。

对街的西洋糕饼铺，一个戴着假发，穿着西洋裙，身形高大的女人正在柜台后面搔首弄姿，招呼客人。

凌枢定睛端详，发现那不是个女人，而是个男人。

一个男扮女装的男人。

很伤眼睛。

连客人都知道那是个男人，可他的存在的确很吸引眼球，还真有不少人冲着他多买了两块蛋糕。

本来，这里小洋房多，附近洋人多，出手阔绰的客人也不少。

凌枢越看那人，越觉得眼熟。

他突然失声叫起来。

"沈人杰？！"

还真是。

这可是老熟人了。

当初凌枢被当成杀害杜蕴宁的凶手抓进巡捕房，审讯他的人就是沈人杰。

后来为了找出袁家地下仓库的秘密，他跟老沈还患难过一回。

没想到人生何处不相逢。

"他怎么这副打扮？这也是你的要求？"

凌枢神色古怪，想起自己穿旗袍的经历，嘴上没说，心里难免觉得岳定唐有某种特殊的变态嗜好。

岳定唐光听声音也知道他在想什么。

"……当然不是，我只是让他在外面盯着。"

沈人杰正在卖力地招呼过往路人买蛋糕。

冷不防面前多了个人影。

"你这儿哪种蛋糕好吃？"

沈人杰没看清，下意识地扬起笑脸，嗲声嗲气。

"拿破仑蛋糕最热销了，先生来一份儿吧？刚刚出炉的，还热腾，可软可香了！"

"我要不加糖不加盐不加面粉不加鸡蛋，放新鲜樱桃不要樱桃罐头的蛋糕，有没有？"

沈人杰：……这是来砸场子的吧？怕是不知道爷是什么身份。

他抽抽嘴角，表情一变狞笑起来，也不捏着嗓子了。

"这种蛋糕没有，你要是皮痒痒，我倒是可以——嗯？凌？凌枢？"

凌枢调笑："哟，老沈，好久不见，怎么变美娇娘了，来给爷香一个。"

他伸手过来勾沈人杰的下巴。

沈人杰赶紧往后仰头，差点儿没闪着腰。

"去去去，你就别戏弄我了，老子在这儿当差呢！"

他压低声音。

凌枢左看右看，觉得这一幕实在太滑稽了，可惜手头没有照相机，否则定要拍下来。

"你可真敬业啊，盯个梢还需要在这儿扮西洋女子卖蛋糕呢？"

沈人杰这时也看见岳定唐了，想想就知道他们怎么会出现在这里，便淡定下来。

"你懂个锤子，我这叫两不耽误，盯梢还能多赚一份儿工钱。"

凌枢："那入夜之后呢，这糕饼铺总不能一天到晚都开着吧？"

沈人杰嘿嘿一笑："入夜之后，前头街口会支起个面汤摊子，那摊主平日的保护费，啊不，是环境管理费是我收的，我就在那儿歇会儿，顺便喝碗面汤，还能唠会儿嗑。"

一举三得。

凌枢冲他竖起拇指，不愧是他记忆里的沈人杰，干啥都不忘占便宜。

"这户人家有些古怪，你可真得上点心。"

沈人杰对凌枢的话不以为意，撇撇嘴，心说你又没给我工钱，我在这儿一天十二个时辰盯着容易吗？一家妇孺有什么好看的，时间到就交差了。

岳定唐道："沈人杰。"

沈人杰腰板一挺："岳长官好！"

岳定唐："孙宅要看好了，不能出一点儿差错，有风吹草动你就告诉我，我会把岳公馆的电话给你。"

沈人杰："好嘞，您放心，保证完成任务！"

岳定唐点点头，似不经意地提了一句："你如此勤勉，这位置也该换换了，回头我就和史密斯提。"

沈人杰顿时打了鸡血，更来精神，脸上那笑容都快把凌枢给晃瞎了。

如果说沈人杰是一头驴，那岳定唐的话无疑就是吊在老沈脑袋前边的胡萝卜。

连着两天，沈人杰都没来报告过异常。

凌枢倒是去孙宅外面逛过一回，没什么动静，女佣照常出门买菜，陆祖德偶尔也在院子里玩耍，凌枢没有惊动他们，只在暗处观察。

他还看见女佣带着一名医生进屋，不久之后又把人送走，似乎的确是请过来给女主人看病的。

单从观察结果来说，这是一户很平常的人家。

除了二楼卧室的窗帘始终没有拉开，白天也是如此。

就算孙氏的病情反复，总不可能一点儿阳光都不想看见。

他去问了沈人杰，沈人杰也说白天没见过有人拉开窗帘。

凌枢准备隔天借探望之名再去一趟孙家看看。

他在沈人杰那里消磨一会儿，眼看跟岳定唐约好的时间就快到了，不得不起身走人，临走前还特意绕到孙家后门，等于绕着小洋房走了一圈，抱着可有可无的希望期待窥见一点儿什么线索。

功夫不负有心人，还真让他看见一个人从孙家后门出来。

那人戴着顶帽子，步履匆匆，半低着头，一看就是不太想被人发现的做派。

非但如此，凌枢还觉得此人好似在哪里见过。

想也不想，他立马跟上去。

远远地，对方走出街巷，左拐右绕，进了一家中药铺。

凌枢等了半天，等到对方提着药包出来。

在他抬头看路的瞬间，凌枢也终于想起这人到底在哪里见过。

黄包车夫。

那天晚上，孙氏上门哭诉孩子不见，求他们帮忙，拉着孙氏去巡捕房的，就是这个黄包车夫！

眼下他穿着长袍，显然已经不是黄包车夫的打扮，难怪凌枢一时没认出来。

难道孙氏求救的源头，是出在此人身上？

凌枢满腹狐疑，跟在那人后面，眼看他又回到孙家的小洋房，像之前一样从后门进去，这才转身折回刚才的药铺，拿出点钱贿赂柜台上抓药的小伙计，问他刚刚那人抓药的药方。

"首乌藤，酸枣仁……这些是有什么功效的？"

凌枢不通中医，也看不懂方子。

药铺伙计道："这是助眠安神的方子，不过量下得大，我原本不肯给那客人抓的，过犹不及，用在人身上肯定不行，但那客人说是要去喂自家那些鸡啊鸭啊，免得它们成日叫个不休，吵人清梦。"

孙太太住在小洋房，哪儿来的鸡鸭养？这分明是要给人吃的！

第134章

在凌枢眼里，那栋宁静漂亮的小洋房，已然变成怪兽的血盆大口，不知何时就会张开，将人连皮带骨吞进去，孙氏也许就是其中一个牺牲者。

那张求救的字条，并非她无中生有。

一瞬间，家宅内斗、主仆不和、仆人联合起来谋财害命，种种猜测接连在眼前闪过。

凌枢甚至觉得，孙氏的确有生命危险，如果女佣跟黄包车夫在屋子里对孙氏干了什么，事后又以急病身亡的借口蒙混过去，在对街监视的沈人杰是起不了什么作用的，最后充其量只能阻止凶手逃离，却不能阻止孙氏免于杀身之祸。

看来拯救孙氏势在必行了。

凌枢没有贸贸然去闯孙家，而是先去找沈人杰。

沈人杰还穿着那身洋装在卖西饼，洋人明知道他是男的，但见他怪腔怪调装模作样觉得有趣，也都愿意买，沈人杰就用那半生不熟的英文在那儿跟客人比手画脚，西饼店老板乐得生意兴隆，也不去管他。

刚送走一男一女两名客人，沈人杰乍看见凌枢，没反应过来，嘴里就蹦出："哈喽？"

"别哈了，我有事找你！"

凌枢心急火燎，一看就是有正事的。

沈人杰不敢耽误，跟老板说一声，在店铺后边将洋装假发扯拉下来，就是脸上浓妆没来得及卸，显得滑稽。

凌枢拉着他走到无人的角落处，将刚才尾随看见的一切说了一下。

沈人杰听罢嘿嘿两声："这还不容易，我现在去巡捕房喊人，跟着你抄家伙杀进去，把他们抓个现行。"

凌枢："你那身巡捕房的行头有没有带身上？"

沈人杰："带是带了。"

西饼店老板本来也知道他的身份，换套衣服不麻烦。

麻烦的是脸上这浓妆，一时洗不干净，换了衣服反倒更奇怪。

凌枢却没管那么多："那就成了，咱们先光明正大上门，借机把孙氏和陆祖德带出来问明情况！"

沈人杰勉强收拾妥当，跟着凌枢去敲门。

敲了半天，里头的人才姗姗来迟。

门后是女佣宋姐。

她看见凌枢，先是愣了一下，再瞧见后边一身巡捕装的沈人杰，脸上慌乱一闪而逝。

"凌先生，您……您怎么又来了？"

"这个'又'字用得妙。"凌枢拍两下掌，"怎么，不请我进去？"

宋姐勉强笑道："哪能呢，只是您来得不巧，孙太太带着孩子出去了，还没回来。"

凌枢："那正好，我进来等她，你上回买的糖炒栗子不错，我一直惦记，就是不知道你在哪儿买的，还得劳烦你再去买一回。"

话说着，他轻轻拨开女佣，人已经堂而皇之地进去了。

沈人杰跟在后边。

怎么会有如此厚颜无耻之人？

女佣瞪大眼睛，却不敢拦他们。

凌枢且不说，单就沈人杰那身衣服，就足够让她发怵。

"这位是巡捕房的长官，姓沈，你喊他沈长官就行了。沈长官可是老闸捕房的后起之秀，明日之星，极受上司看重，不日就将升迁，以后就负责管你们这一片了。"

后面几句纯属赠送的。

沈人杰被他吹得差点儿都以为是真的了。

沈人杰对屋内摆设很有兴趣，四处察看。

"这件是珐琅百寿盘，里面大大小小有一百个'寿'字，虽然是近期的仿制品，但也挺值钱的。那件是中西合璧的花瓶，上边有西洋女子和中国女子，市面上比较少见，我问过了，这要是拿到典当行里，起码也值个好几十。"

凌枢兴致挺高，如数家珍地给沈人杰介绍。

不知道的还以为他才是这栋房子的主人，简直反客为主，毫无违和感。

沈人杰还吊儿郎当地拿起一个花瓶，在手里转来转去。

女佣战战兢兢的，没敢接话。

凌枢反倒主动问她："你家太太身体可好全了？"

女佣忙道："是，都好得七七八八了，所以今日小少爷闹着要出门玩耍，太太就亲自带他出去了，说是去看戏，也不知道何时才能回来。"

凌枢："看什么戏？"

女佣："这，我不晓得。"

凌枢："无妨，左右今日我也无事，就在这里等她回来好了，想必她看见我和沈长官这样的贵客，也会很高兴的。"

女佣："……"

凌枢可不管她在想什么，兀自吩咐道："你还愣着做什么，出去帮我买两份糖炒栗子啊！不然等你家太太回来，知道你怠慢客人，恐怕是不高兴的！"

女佣低声下气道："家里没人，我等太太回来再出去吧，不是信不过两位，是太太吩咐我看家，我不能擅自离开，不然太太回来是要怪罪的，还请两位先生就不要难为我了！"

正常情况下，有客人在，主人家的下人自然不能离开，不过凌枢现在急着想找人出来，对她说的一切都持怀疑态度。

"那好，我们就在这里等，你去给我们上茶吧。"

对方没法赶人，只好忍气吞声去了。

过一会儿，茶送过来，凌枢又有新要求了。

"我有点儿饿了，你不能出去买栗子，总有些东西吃吧？"

女佣："……要不，我给您下个面疙瘩？"

凌枢："没饿到那种程度，没西式点心吗？算了，看你也不懂这些，那你就下两碗面吧，要青菜和鸡蛋。"

你不是说你不是很饿吗？女佣在内心大骂，瞅见沈人杰的巡捕制服，只得老老实实地往后走了。

凌枢眼见她离开，冲沈人杰递了个眼色，示意后者看好人，自己就上二楼去。

他怀疑孙氏根本就没有离开这栋房子，而是被软禁起来了。

二楼共有四个房间，其中一间是主卧，也就是孙氏住的房间，凌枢上次过来的时候已经认得路了，眼看门关着，直接就握上门把手。

门没锁，一旋就开了。

窗帘依旧是紧紧拉上，但床上什么也没有。

被子凌乱，也许主人起来得匆忙，可女佣也不应该不收拾。

凌枢入内，在四周察看。

他依次打开衣柜，又走到窗边，掀开窗帘一角。

从这里可以看见楼下街景，以及对街的成衣店和西饼铺子。

窗台上还有几盆桔梗，映着夕阳，分外灿烂。

但他不是来看景也不是来看花的，把窗帘拉上，又开始搜索床底。

凌枢弯腰，掀起床单！

床下空荡荡，一无所获。

他有点儿失望，但随即咦了一声。

身体凑近之后，倒是瞧见靠近枕头的地方，有一小缕头发。

发丝柔软细长，除了孙氏应该也没别人的，断截处不一，说明是在仓促的情况下不小心被扯下来的，说不定还是出于非自愿。

所以，孙氏根本没有外出，还在这栋房子里吗？

凌枢不敢贸然下定论。

他离开主卧，又去了其余几间卧室，都毫无收获。

最后一间卧室其实是衣帽间改的，进去之后，两旁都是柜子。

一面等人高的落地镜竖在门后的柜子旁边。

凌枢镜子旁边的柜子。

里面全是衣服。

各式各样的衣服。

冬大衣，夏旗袍，厚呢子洋裙，上袄下裙的文明装。

凌枢皱起眉头。

先不说孙氏是一个守寡的女人，她怎么会兴起穿学生裙的念头，为什么这些衣服的尺寸大小还是不一样的？

难不成几年前孙氏还有过上学的梦想？

这就离谱了。

凌枢伸手揉弄，发现这些衣服也不是全新的，有些是下过水的，还有些能看出穿了很久，颜色都掉了不少。

笃笃！

凌枢手一颤。

房间里没有开灯，借助的只是外面残阳余晖。

笃笃笃！

声响是从最后那个衣柜传出来的！

凌枢猛地看过去。

"凌先生，您不能这样，您怎么能擅闯民宅！"

女佣宋姐的声音在楼梯间遥遥响起，想必是发现凌枢上楼搜查了，沈人杰正在跟她扯皮，两人推推搡搡，后来好像又多了些嘈杂的动静，脚步声一下子杂乱起来。

隔着房门，凌枢听见沈人杰大呼小叫，居然好像拦不住人，又好像有好几个人冲着这里奔来。

为首之人异常凶猛，直接让人把沈人杰拦住不说，还让手下把二楼房间逐个打开找人，不过片刻就来到最后一间房，他想也不想猛地踹开房门！

凌枢正好也打开了最后那个衣柜，也就是刚刚发出敲动声响的柜子！

还是衣服。

什么也没有。

凌枢直接上手去翻，把衣服都翻开。

但这的确只是个寻常的衣柜，装满了衣服，别说人了，连只老鼠都没有。

方才的笃笃声仿佛是凌枢急欲寻找答案之下的幻觉。

没等他想明白，闯进来的人已经不由分说上前来抓人。

凌枢脑子还在转，身手却丝毫不慢，撂手抬腿就把上前的两名巡捕逼退。

直到一把手枪隔空指住他的额头。

凌枢慢慢抬头，一脸无辜。

"有话好说嘛，何必动手动脚，你们是哪个捕房的？"

为首之人冷着脸："虹口捕房，张简。"

凌枢笑道："那不就对了，楼下的沈巡捕你们看见没有，那是老闸捕房的，至于我，也算你们半个同行，市警察局的，都是自己人，有话好说，何必动枪？"

张简的表情没什么变化，他在看见沈人杰的时候就已经清楚对方来历，依然动手说明他根本就没必要给沈人杰面子，也说明他有更大的靠山。

上海滩龙蛇混杂，关系错综如蛛网，寻常人稍有不慎就可能得罪了人还不自知。

"我们虹口捕房，跟老闸捕房井水不犯河水，跟你们市局更没有瓜葛，你们过界了。"

凌枢："我是来找朋友的，这家主人是我的朋友，我找不到她，现在怀疑她的仆人杀主，麻烦张兄弟你帮我立个案吧。"

张简冷冷道："巧了，现在就是这家主人报案，说你擅闯民宅，意图不轨。"

第 135 章

别看张简现在一脸不近人情的样子，那是因为没见到好处。

凌枢自己在上海滩混了几年，虽说身在白道，可这年头黑白混淆，日月颠倒，哪儿来那么分明的是非爱恨，他对游走通吃黑白的那些小门道清楚得很，自然也知道怎么打发张简。

嬉皮笑脸的那几秒工夫，张简手里就多了几张纸。

轻飘飘的，连块银洋都够不上，张简没好气儿，心里觉得这个人实在不上道，再低头一看，眼珠子不由得瞪圆了。

这几张纸可不是废纸，而是英镑。

英镑不是时下国内通用货币，但地位人人皆知，想换成银圆也方便，在租界里行走，有时候比银圆还管用，而且面额也不小，这份见面礼可算是不轻了。

张简的脸色虽然还是冷冰冰的，但眼神一下子柔和许多。

这就是传说中的见钱眼开。

"张老弟，大家都是自己人，你给透个声气吧，谁报的案，怎么就劳动你们兴师动众地过来了？"

从张简赶过来的时间上看，估计是女佣一发现凌枢去二楼，立马就报警了，他刚才看见孙家一楼是有电话机的，打电话去巡捕房容易。

但，一个女佣，怎么会知道巡捕房的电话？况且，擅闯民宅这种事情可大可小，摊上洋人自然不得了，巡捕房第一时间就得赶过来，可这户人家的主人是个寡妇，膝下只有个儿子，夫家还是乡下老财主，根本没什么关系背景，张简他们行动如此迅速，实在不合常理。

张简面皮没动，嘴皮却动了动，冒出一句悄悄话。

"这电话是直接打到江公馆府上的，我正好在江公馆府上做客，江爷一接，立马就让我过来了。"

凌枢一头雾水："哪个江爷？"

上海滩数得出名号的人在他脑子里转了一圈，都没反应过来。

张简："江河。"

是他？

凌枢微微眯眼。

又是一个老熟人。

雨夜追杀，他恰逢其会，拉了江河一把，后来江河带人赶到火车上，也救了他一回，还间接给他提供了何幼安的消息，两人算是互不相欠，扯平了。

之后凌枢再没跟江河打过交道，这人像从眼前世界消失得干干净净，不闻半点音信。

但这是因为大上海其实也很大，你不想见一个人的时候，可以让他感觉你从未在生命里出现过。

江河跟凌枢本就是两路人，对方估计也不想跟凌枢有太多牵扯。

但现在，这个熟悉的人名又冷不防地跳出来，宣示自己的存在感。

江河跟孙寡妇会有什么关系？

凌枢面色古怪起来。

张简显然知道他在想什么，因为半小时前他也跟凌枢有一样的想法。

"江河是这家小孩子的干爹。"

陆祖德的干爹？

凌枢的表情更古怪了。

江河并不是爱多管闲事的人，居然会收一个小孩儿当干儿子，莫非真跟孙寡妇有什么牵连？

难道孙寡妇那个早死的丈夫，坟头上已经是一片青青草原？

张简见他神色变幻莫测，还以为他后悔得罪人了。

"你要么现在跟我走，去给江爷赔个罪，兴许还来得及。"

凌枢倒是想见见江河，问他怎么跟孙寡妇母子扯上关系的，但现在不是时候，他迫切地想弄明白那个发出响动的衣柜究竟是怎么回事。

不过有张简在这里作梗，现在肯定是探不成了。

"也成，那我就……"

话音未落，女佣惊喜的声音响起。

"太太，您可算回来了！凌先生趁您不在就随意搜查翻找，也不知道想做什么，还跑到二楼去了，把房间全部闯了一遍……"

她一边喋喋不休地告状，一边跟着孙氏上楼来了。

那的确是孙氏，瘦削苗条的身材，身量也是凌枢记忆里的那般高矮。

对方面色苍白，像是大病初愈，但神情却很严肃，浑然没了那天夜里的急切哀求。

凌枢看着她上楼，走近。

"凌先生，您怎么会在这里？"

她没有问张简等一帮巡捕，反倒先问起凌枢。

语气之中，隐含质问。

但她的眼神——

孙寡妇站在张简他们面前，离凌枢很近，也就是说其他人都看不见孙寡妇的眼神，唯有凌枢看见了。

她的眼神和语气截然相反，若说语气有多严厉强势，眼神就有多绝望。

哀泣，痛苦，悲戚。

短短一瞬，仿佛已经历过世间最绝望之事，沉浸在苦海无法自拔。

一盆冰水由头浇下，把凌枢由头到脚浸透了。

他内心的震撼远比面上浮现的、浅浅克制的惊讶来得浓重。

孙氏一个守寡妇人，家有余财，日子也不难过，就算跟公公婆婆关系不睦，现在也已经搬到上海来了，老人鞭长莫及，再想干涉也有限，一个死了丈夫的人，虽说不幸，可天下大不幸比比皆是，比孙寡妇惨的人数不胜数，可凌枢从未见过有人露出孙寡妇这样的眼神。

她在用眼神向自己求救。

就像那天夜里塞了一张字条，上面写着"救我"两个字。

不同的是，这个眼神远比那短短两个字，更具有震撼力。

孙寡妇到底遭遇过什么？

求救可以作假，眼神却作不了假。

如果她连这一眼神都是装出来的话，那凌枢真要对她佩服得五体投地了。

她是不是有什么难言之隐，又或者处于什么险境之中，无法说出来，只能通过这样的方式，隐晦地向凌枢发出求救信号。

如果她周身充满危险，连她也随时无法幸免，那这份危险又是从何处而来？

会是跟江河有关吗？

漫天思绪滑过脑海，凌枢继续照着自己的思路，将应答进行下去。

"上回过来探望，我看孙太太你昏睡不醒，女佣又多有怠慢，陆祖德还曾私下与我上司岳长官说，你不是他的亲娘，仿佛多有隐情，所以担心你出事，特地再过来看看。"

孙氏僵着声音："多谢凌先生的关心，您上门做客，我自然是很欢迎的，但您这样未经主人许可就四处搜查，如强盗一般，让宋姐如何不误会呢？凌先生的做派委实令我不解，但是您先前帮忙找回祖德，我心里是很感激的，往后还请不要这样了。"

她说完，又转身对张简道："多谢张长官来得这样及时，不过凌先生是我朋友的妻弟，还请看在这分儿上，不要与他计较。宋姐，拿些茶酒钱来，给各位长官都送一送。"

宋姐赶紧应是。

张简看看凌枢，又看看孙氏。

"这么说，孙太太是不想追究了？"

孙氏道："只要凌先生以后别再这样擅闯民宅，今日的事情，我就不追究了。"

张简："那江爷那边，我要怎么交代？"

孙氏："江爷那边，我改日带孩子上门致谢，张长官无须担心，回头我就遣人和江爷说的。"

女佣拿着托盘过来，上面全是白花花的银圆，张简身边的人都笑开了眼。

张简点点头，他本来就是受人之托走一趟，两边的钱都收了，自然也就不想多事。

"兄弟们，收队！"

临走前，他还不忘拍拍凌枢的肩膀。

"走吧。"

凌枢自然不能不走了。

他根本找不到单独与孙氏说话的机会。

女佣宋姐一直牢牢黏着孙寡妇，寸步不离。

孙寡妇微微扬起下巴。

"还请凌先生下次上门的时候，光明磊落些，别再干这些窃贼才会干的事了！"

凌枢笑道："抱歉，今日是我孟浪了，不知孙太太下次什么时间方便，我再登门致歉。"

孙氏冷着脸不置可否："日后再说吧，凌先生请，我就不送了。"

随着一行人下楼，刚刚被拦在楼下的沈人杰看见凌枢安然无恙，也松了口气，要不然他还真不知道怎么跟岳定唐交代。

凌枢和沈人杰算是被张简半强迫带出孙家的。

张简拿了他的钱，加上大家都是当差的，他也想做事留一线，就没板着脸，还跟凌枢开玩笑。

"孙寡妇是挺有钱，就算是寡妇，能娶到手也不亏，兄弟理解你，可你未免太猴急了些。"

凌枢嘴角抽动："人家是江爷的人，我哪敢觊觎，我就是真的以为那女佣想谋财害命，所以才擅作主张闯进人家卧室瞧瞧。"

张简根本不信，他拍拍凌枢肩膀，道一声有空喝酒，就带着弟兄们收队走了。

沈人杰挠挠头，觉得今天这事儿实在有些倒霉。

怎么就正好赶上主人回来，那娘儿们怎么就突然多了个靠山？

"你发现什么没有？"

"什么都没有。"

"哎，要不就算了吧，依我看，你完全是好心当作驴肝肺，人家寡妇眼皮子浅，不领情，由得她去吧，咱们赶紧收工回去，天气热吃锅子不相宜，粤菜怎么样？我知道一家粤菜馆……"

沈人杰在那儿絮絮叨叨，凌枢左耳进右耳出，他绕到小洋房后面，看着人家二楼的窗户若有所思。

"你在看什么？"

"两个房间的窗户间隔未免太大了，我记得那堵墙没有这么厚，那地方是衣柜……按照这距离，是衣柜后面还有隔间？"

沈人杰根本听不懂他在说什么。

"你该不会真看上那孙寡妇了吧？"

凌枢看他，冷不防地问："你有没有觉得孙家有些奇怪？"

沈人杰："是有些奇怪，他们怎么就突然攀上江河了，那可是鹿先生的人。"

凌枢暗暗摇头，沈人杰完全说不到点子上。

他奇怪的是孙氏。

前倨后恭，还有那个眼神。

如果岳定唐在这里，肯定能生出和他一样的感觉。

可惜他不在。

"我觉得我们有必要再去一趟孙家。"

沈人杰忽然生出不妙的预感。

"你说的'们'，是什么意思？"他小心翼翼提问。

凌枢："字面上的意思，就是你和我。"

沈人杰打了个哈哈："你就别跟我开玩笑了！"

凌枢指着自己鼻子："你看我像开玩笑的样子吗？"

沈人杰："我忽然想起家里还有点儿事情，八十老母卧病在床，我得赶紧回去看看她老人家！"

说罢就要溜，可惜胳膊被先一步拽住。

沈人杰发现自己根本挣脱不开凌枢的钳制。

"凌少爷，凌大公子，你就别拿我寻开心了，孙家刚才你也搜过了，等会儿人家又去江河那里告状，你有岳长官撑腰，是无所谓，我一个小小的巡捕，没背景没来历，可就成炮灰了！"

"哪有你说的那么可怜？"

凌枢一把揽上对方肩膀，把人给拽过来拉近。

"刚才孙氏虽然不假辞色，但她给了我暗示，让我更加确定这孙家里头肯定有问题。"

沈人杰狐疑："什么暗示？"

凌枢："一个眼神。"

沈人杰："……"

凌枢没理会他的表情，继续道："孙氏向我求救，如果她真有事情，肯定是十万火急的性命之危，我就算被发现了，顶多让老岳出面调解一下，再说我认识江河，也未必会怎样，但要是能救孙氏一命，这点小麻烦还是值得的。"

沈人杰无可奈何："那你想怎样，再硬闯一次？"

凌枢："我是想再进去看看，不过不是现在，要等天黑之后，偷摸进去，我看过了，从后面园子溜进后厨，孙家人口不多，又没护院，很容易瞒过他们的。"

沈人杰："……你是不是先跟岳长官商量一下？"

要不是胳膊还在人家手里当"人质"，他早就一溜烟跑了。

凌枢："自然是要跟他说的，我还想让他去找江河，兵分两路，双管齐下。"

沈人杰另一只手积极举起。

"我可以去当信差！"

所以你就别再抓着我了吧！

凌枢笑眯眯："那不行，你得跟我一起去孙家探险，我一个人没接应，有事消息也传递不出去。"

沈人杰苦了脸："兄弟，我是来放哨把风的，不是来做贼的！"

凌枢："看你这出息，我就和你交个底吧，老沈啊，这要真是一个案子，背后层层挖掘，弄不好你还能立个大功，就算最后一无所获，江河那边自有我顶着，你怕什么！"

沈人杰心说我怕麻烦。

凌枢没管他怕不怕，扯着人往外头走，一边走一边和他分析。

"咱们先去吃个饭，十点再过来，还有，用不着你去报信，那太大材小用了，我正好瞧见个熟人……"

声音渐行渐远。

…………

岳定唐第三次看怀表了。

他怀疑凌枢已经把约定忘个一干二净。

今天本来应该是他们去看《马布斯博士》的日子。

那是一部上映于十几年前的悬疑电影，国内新近完成译制，在电影院播放，凌枢见着了，嚷嚷着想去看，岳定唐就让人提前买好电影票送到办公室来。

现在票有了，时间也快到了，凌枢人却不见了。

市警察局犯罪顾问办公室的门被敲响。

岳定唐道："进来。"

他以为是凌枢。

但并不是。

来的是一位不速之客。

第136章

一个很漂亮的女人。

翡冷翠舞场的舞女，雅琪。

岳定唐记得她。

上回凌枢去跳舞，就是跟这个舞女调情。

那时他站在阴影里，看得一清二楚，即使灯光昏暗，也记下了舞女的模样。

雅琪也很讶异。

她很快扬起下巴。

"您就是岳先生吗？是凌少让我过来的，他说今日没法赴约了。"

她以为岳定唐会生气。

但对方没有。

"他还说了什么？"

雅琪故意道："没了！"

岳定唐没催她，也没赶她走，只是点点头，继续低下头办公，好似浑不在意。

最后还是雅琪按捺不住了。

"您就不问问吗？万一凌少出事了呢？"

岳定唐气定神闲："你不说，那就是他一时半会儿也没事。"

雅琪还拿他没辙了。

"凌少说，他入夜之后跟沈人杰去探探孙宅，没法赴约了，还说陆祖德是江河的干儿子，让岳先生您去找江河问问。"

这里头的人名，她大多数不认识，只是原话照搬，为了记住这些名字，一路上来回也背了不少次。

岳定唐终于停下动作抬起头，显然也被这个意外的消息震了一下。

"我知道了，多谢你。"

雅琪微哼一声，见他起身收拾东西似要准备出门，自己也不好再多留，但又不甘心这样甩手就走，悻悻地还是蹦出一句话。

"岳先生，凌少很好。"

岳定唐把笔记本锁回抽屉，闻言就接道："我知道。"

雅琪噎住了，一时不知说什么好。

岳定唐倒是有了点笑意，不像刚才那么公事公办了。

"他想做什么，我拦不住，他只管往前冲，但我会跟在他身后。"

雅琪愣了。

岳定唐有这样的身份、这样的能力，自然可以跟在后面，哪怕凌枢干出什么惊天动地的事，他也会帮忙收拾，但她自己呢？

她只是一个舞场的舞女，多年攒不够为家人还债的钱，还得凌枢反过来出手相助，她能有今日，全靠凌枢。

正因如此，心中又甜又酸又涩，大有"还君明珠双泪垂"的叹惋憾恨。

她越想越难过，转头跑了。

岳定唐有些莫名其妙。

但他没工夫多想，凌枢没有让雅琪转达更多的内容，但寥寥几句话足以说明大概情况。

凌枢跟沈人杰想必已经准备潜入孙家，他现在赶过去阻拦也来不及了，倒不如想想怎么从江河那里套到更多的消息。

沈人杰想哭。

他觉得自己在吃断头饭。

就是牢狱里那种专门给秋后问斩的犯人吃的最后一顿饭。

无比丰盛。

可越是丰盛，就越是心惊胆战。

现在这顿可不就是断头饭吗？

"多吃点啊，老沈，甭跟我客气！"凌枢还挺热情地给他夹菜。

他……他吃不下！沈人杰味同嚼蜡，一边寻思有什么法子让凌枢打消夜探孙宅的念头。

"其实你想打探孙家的内情，也不是非得选当贼这个法子吧，像左邻右舍都可以问问。"

凌枢不以为然："你当我没留意？早问过了，孙家左边没住人，那洋人去年举家回国了，宅子至今还空着，右边的洋房被一个山西富商买下了，这宅子是他每年带着姨太太来上海谈生意游玩的时候住的，现在里头是一对老仆人夫妇，每天负责打扫、出门买菜，一问三不知。"

沈人杰弱弱道："那还有对街，成衣店、糕饼铺呢！"

凌枢："那你打听出什么了？"

沈人杰无言以对。

凌枢放下筷子，摸摸肚皮。

"差不多了，一般人家晚上早睡，现在十一点钟，他们怎么也该歇下了，轮到我们了。"

沈人杰："要不我现在去找两条面巾，咱们把面蒙上再说！"

"不用了，我都准备好了。"

凌枢不知道从哪儿掏出两条黑色帕子。

沈人杰："……"

"那总得带点趁手的武器吧，万一出什么事呢？我便装出行，身上没配枪，得回巡捕房去拿。"

他不死心地挣扎。

凌枢又摸出一把匕首塞到他手里。

"枪只有一把，你枪法没我准，还是我带着，你拿着这匕首吧，足以自保了。"

沈人杰欲哭无泪。

吃饭的摊子距离孙寡妇家里大概两条街，凌枢跟沈人杰步行过去的时候，那里绝大部分果然早就熄灯，有些微弱昏黄的光线，也是来自洋房门口的路灯。

万籁俱寂，只有夏天的虫子不甘寂寞，在夜里的枝头吱吱叫唤。

孙家自然也早就关灯睡觉了，漆黑一片。

沈人杰手里揪着帕子，想蒙上脸，又看凌枢一副光明正大犹如逛花园的样子，这要是他被发现了，那自己蒙不蒙脸还有区别吗？

想想又把手帕给塞兜里了。

沈人杰心里苦。

他默默跟在凌枢后面，眼睁睁着对方站在锁住的后院铁门外头，双手抓住栏杆脚跟着攀爬，三两下就越过铁门，然后朝后门走去。

后门是上了锁的，凌枢力气再大，总不可能徒手把锁链扯断，沈人杰就等着他铩羽而归，这样自己也可以跟着收工回去了。

谁知道凌枢摸出一根铁丝，插入锁孔里捅了一会儿，居然把铁链给打开了。

沈人杰：嗯？

凌枢冲他招手。

沈人杰深吸口气，只好跟上。

两人一前一后地进了后厨，再从后厨溜进一楼客厅。

很安静。

也许是都入睡了，竟有种无人存在的安静。

这只是个普通妇人住的房子，全是妇孺，被发现了也不会怎样，至少不会有比他跟凌枢去夜探袁公馆更危险了吧。

沈人杰如是想，他做贼心虚，蹑手蹑脚，不知怎的，心脏怦怦跳得比以往更快。

就像老觉得会有什么东西突然蹦出来一样。

凌枢早就先他一步，上了二楼。

沈人杰回过神，赶紧跟在后边。

他看见凌枢蹲在主卧门外，一动不动，像在听墙角。

沈人杰无语，听一个寡妇睡觉，这是什么变态癖好？

但凌枢像是听得入了神，耳朵贴上去，一动不动。

半晌之后，他居然还伸手去拧动门把手。

沈人杰吓了一跳，这不是打草惊蛇吗？

万一人家睡得没那么死，被发现了，那立马不得炸了锅？

心都快蹦到嗓子眼了，沈人杰看着凌枢悄悄开门，往里探身，整个身体都没了进去。

真要看寡妇睡觉？

拦着还是不拦着？

沈人杰挣扎几秒，也跟着溜进去。

视线自然而然落在房间里唯一的大床上。

沈人杰呆了三秒。

床上根本没人！

第 137 章

他第一反应是：被发现了！

心跳猛地又加快几下。

但沈人杰很快意识到不对劲儿。

就算被发现了，也不该是这样的死寂，就像是——

整间屋子都没有人。

此时凌枢已经在主卧悄无声息转了一圈，顺道揭开窗帘一角往外张望一眼。

外头静悄悄的，打更的动静遥遥传来，空气里有些闷，但还没到最热的时节，正是万千夏夜里再寻常不过的一个。

沈人杰这时也起了疑心，不用凌枢吩咐，就出门往别的房间探寻。

连着看了两个屋子，都没人。

他一身虚汗都冒出来了。

明明白天还在的人，到了晚上就消失不见。

孙寡妇一个肩不能挑、手不能提的妇人，能跑哪儿去？

还有陆祖德，大人消失就算了，连小孩子也不见了。

这也就几个小时的工夫，他们还能神不知鬼不觉地举家搬迁？

不是闹鬼是什么？

凌枢从主卧出来了。

他直奔白天里来过的衣帽间。

那里头自然也是没人的，但他早就心存怀疑。

孙家人不可能一家子都出去，就算出去也不可能没动静，唯一的可能就是他们还在这间屋子里，只不过在没人发现的地方。

那个地方，会是哪里？

沈人杰就看着他弯腰伸手在衣柜里摸索半天，忽然动作一顿，不由得跟着紧张起来。

"有发现？"他压着嗓子悄声问。

凌枢点头。

沈人杰更紧张了。

衣柜里的隔板没贴着后面墙壁，是中空的。

凌枢怕惊动人，没敢敲，只是用手指轻轻去碰，一碰，就有感觉了。

他探索了一会儿，发现隔板是可以推开的。

也就是说，里面果然有个空间。

弯腰进去，正好可以容纳一个人。

沈人杰眼睁睁地看着凌枢直接消失在衣柜里，对方动作很快，没等沈人杰伸手去拉，就已经消失在衣柜里头。

那自己是跟，还是不跟？

沈人杰茫然想了一会儿，认命地弯腰探身。

衣柜后面居然是一条斜道，起初他只能缩着身子佝偻着往下挪动，到后面就越来越宽敞，甚至可以容纳两三个人。

到底是一条笔直暗道，两边还有煤油灯，不至于视线全是漆黑。

从灯芯上看，应该是新点不久的。

也就是说前边可能有人。

沈人杰跟在凌枢后面，两人不必走很久，就看见一道铁门。

门锁着，但门上有铁栏小窗，后面透出光亮和人声。

啪，啪，啪。

一下又一下。

那是鞭子抽在肉体上的声音。

不知怎的，沈人杰浑身鸡皮疙瘩都起来了。

他没忍住好奇心，见凌枢在悄悄地看，也跟着凑过去，小心隐在阴影里，不被门后的人发现。

然后他看见了令人毛骨悚然的一幕。

一个衣冠不整、披头散发的女人趴在地上，脖子上拴着铁链。

铁链另一头的人动手往反方向拉扯，她就得被迫往那个方向爬，时不时地还有人往她身上抽鞭子。

女人的皮肤上遍布红痕，紫淤渗血，脖子上和耳朵后面也都没能幸免。

可抽鞭子和牵着铁链的人丝毫没留情。

前者看着眼熟，但光线不亮，沈人杰一时还没能认出来，可配合拉扯铁链的人那半高不矮的身形，他很快就知道这两人是谁了。

女佣宋姐，还有小少爷陆祖德。

他这几天就在街对面，看见女佣和陆祖德进进出出，自然认得他们。

那这个被逼着在地上爬的——

沈人杰飞快捂上嘴巴！

要不是反应够快，这时候他就要倒抽一口凉气了。

那个人不人鬼不鬼的女人，居然是孙寡妇！

沈人杰的想象力不算匮乏，他在巡捕房这些年，大大小小也见过不少世面。

其中有不少离弦走板的奇事，有些还能上三流小报当作坊间奇谈的。

但眼前一切比起他所见过知道的更要荒诞离奇。

"饶了我吧，饶了我吧，我不敢了，再也不敢了……"

孙寡妇的声音在门后边回荡，虚弱凄凉，有种穷途末路的绝望和恐惧。

"你不是挺能耐的吗？还想跑，想反抗？是不是这阵子对你太好，不知道天高地厚了？"

"我看她就是不见棺材不掉泪，其实我们也不是非她不可，不然过两天就让她病亡算了，省得再闹出什么事来。"

"不行，那个姓凌的这几天盯得紧，已经起疑了，他过两天肯定还会来，到时候还得这贱人出面，先把人打发了再说！"

"这我就不明白了，那姓凌的再能耐，能大过三爷去吗？"

"咱们都是三爷跟前无关紧要的小喽啰，这种小事自然要自己解决，怎么能事事去惊动他老人家？我打听过了，姓凌的不算什么，但他背后有点儿牵扯，最好不要把事情闹大，事后把这女人悄悄解决掉就好了，别误了三爷的大事。"

"你说的也对。"

陆祖德的声音还有点儿稚嫩，但女佣宋姐却对他言听计从，显然是以他为主。

沈人杰只觉得离奇恐怖。

难不成那副孩子一样的躯壳里竟装着什么妖魔鬼怪吗？

他从小窗里望进去，只能看见陆祖德的侧面，看不见他的所有表情。

但是那双眼睛无疑是阴森冷血的，连带对方手里捏着的铁链，也像是阴间无常的索命锁。

两人略说两句，宋姐又开始虐待孙氏，一鞭鞭抽下去毫不留情。

不知道是不是被喂了药的缘故，孙氏虽在哀号呻吟，音量却不大，听着让人心里发慌，偏生宋姐和陆祖德两个人跟心理变态似的，颇为享受，还笑出声奚落她。

饶是沈人杰这种见惯了巡捕房里用刑的，也有点儿看不下去。

这时凌枢捅他一下，率先撤退。

沈人杰还真怕两人离开的时候弄出什么动静，让后面那两个恶魔发现追上来，一路蹑手蹑脚，大气都不敢喘。

虽说那只是一个女人和一个小孩儿，但看在沈人杰眼里，却比两个成年男人还要可怖。

两人从衣柜里钻出来，重见天日的那一刻，沈人杰不由得松了一口气。

他赶紧把衣服拨拢，衣柜关上，再小心检查一遍，免得对方回头发现这里被人潜入过。

"接下来怎么着？我们去找岳长官吧？"

凌枢没吱声，示意他先离开房子再说。

"老岳得到我的消息，肯定会去找江河问个清楚，但我从来没听过江河有什么'三爷'的外号，所以这件事情背后未必就是他。"

从小洋房后门出来，凌枢终于说话了。

沈人杰："那不然我们去巡捕房报案？"

凌枢："你自己也是巡捕房出来的，你觉得这种案子，他们会受理吗？"

不会。沈人杰心道。涉及有背景的人物，最后八成就是不了了之。

"那你想怎样？"

沈人杰是真怕他二话不说冲到下面去。

救人事小，单看宋姐他们，也知道这背后没那么简单，万一牵扯出更大的事情，沈人杰觉得自己是担不起的，也没多几条小命去冒险。

他盼着凌枢要么赶紧放弃回家，要么直接找巡捕房的人过来搜一搜，把孙氏解救出来也就算了。

凌枢道："我觉得孙氏只是个引子，从他们的话来看，应该还隐瞒了什么。从衣柜下面方向来看，刚才那间密室应该是位于孙寡妇家左边的房子里，我们再去那间房子看看。"

沈人杰：……你还不死心啊？

凌枢说完就朝那边走，走两步发现沈人杰愣在原地，不由得催促。

"你快点跟上来。"

沈人杰哭丧着脸："我内急！"

想尿遁。

凌枢嘿嘿两声，先他一步揪住他的后领，把人给掉了个方向。

"老沈，咱可是患难与共的兄弟，你不能临阵脱逃。"

沈人杰生无可恋……

江河在上海有好几处房子。

像他这样的身份，狡兔三窟也好，为了彰显身份也罢，总不可能在一处地方待着的。

虽说要风得风要雨得雨，但恨他的人也不少。

岳定唐不知道他今晚在哪里下榻，但是他自然有办法联系到江河。

岳家的人脉不是摆着好看的，通过中间人联系，很快就接到江河的来电，约他今晚在礼查饭店三楼一个房间见面。

这是一家闻名遐迩的饭店，不少名人来华访问，曾在此下榻，周末也会有各种舞会茶会，绅士名媛齐聚一堂，岳定唐以前来过一回，觉得这样的聚会很没意思，就没再来过。

他没耽误片刻时间，很快就来到江河跟他约好的三〇五号房间外头。

刚敲一下门，门就从里头打开了。

江河亲自来开门，房间里也只有他一个。

"江先生，冒昧打扰了。"

"找我这样急，是有事？我可是为此推掉一个约会。"

岳定唐没多寒暄，单刀直入。

"听说你收了个干儿子，名叫陆祖德？"

江河："是有这么个人。"

他的表情很淡，也不意外，说明可能早就猜到岳定唐的来意。

岳定唐："还请江先生指点迷津。"

江河笑道："指点了，我有什么好处？"

他拿出烟盒，点起一根烟，也给岳定唐递了一根。

淡然闲适，如与多年老友相聚。

他不急，岳定唐却不能不急。

因为凌枢。

第 138 章

隔壁房子果然也没人。

凌枢跟沈人杰两个在房子里搜索半天，终于在客厅地毯下面找到一个四方形的铁盖子。

盖子上面有把手，想必是可以拉出来的，但凌枢看了几秒，并没有去动把手，而是把地毯恢复原样盖上，示意沈人杰一道离开房子。

沈人杰吭哧吭哧地跟着他又从后院爬出来，明明四下无人，还是禁不住一边左右张望，一边暗叹自己堂堂一个巡捕，竟干起窃贼勾当。

"你也觉得不能打草惊蛇吧？这样，我们现在先回巡捕房，召集人手，天亮了再把这里围起来，将里面的人一锅端，不就省事了吗？"

他不遗余力地劝说凌枢，希望他打消跟对方硬碰硬的念头。

凌枢摇摇头。

沈人杰心凉了半截："你还想下去找他们？"

凌枢奇怪反问："为何要去找他们，等他们上来不行吗？你现在把那两人抓起来，顶多救出孙氏，可未必能挖出他们背后的秘密，孙氏一时半会儿不会有性命危险，这几天且先盯着他们吧，说不定能顺藤摸瓜，把他们背后的人也给端了。"

这里的确是够隐蔽，角落前面有草丛，但他们蹲在这里……

天气渐热，他们该不会是要喂几个晚上的蚊子吧？

沈人杰苦着脸，心说每回摊上这个姓凌的，自己就要倒霉，以后说什么都不能跟他一道了，任凭岳定唐开出什么价码，自己都不能意志不坚了！

正在自怨自艾，就感觉凌枢捅了自己胳膊一下。

"看前边！"

沈人杰忙循声望去。

他看见一高一矮两个人影从孙家小洋房出来。

是宋姐和陆祖德！

沈人杰非但没有兴奋，反而感到一阵悲凉油然涌上心头。

你们什么时候出来不好，偏要挑这个时候！

果不其然，凌枢低声对他道："看来我们运气不错，今晚就会有发现，走，跟上去！"

这算是哪门子的运气不错？

沈人杰在内心疯狂吐槽，但没等他想好临阵脱逃的借口，凌枢已经起身跟在那两人后面，他不得不含泪跟在后面。

三更半夜，路面上没几个人，陆祖德跟宋姐眼看没人，走得也就慢了起来，不过他们沿街走到尽头之后右拐进入小巷，形迹就开始诡谲起来。

不走大路，专往暗巷里钻，七弯八绕，有时候走了一圈又绕回原地，特地停下来等，想瞧瞧后边有没有人跟踪自己。

起初沈人杰不察，见他们身形拐弯消失，还真准备追上去，却被凌枢及时摁在墙边，果然不一会儿，那两人又出现在原处，他这才出一身冷汗，不敢再迷迷瞪瞪，只专心跟着凌枢。

如此半个小时之后，他们远远看见两人进了一家歌舞厅。

一般晚上九点之后实施宵禁，任何人不得在街上逗留，可也是有例外的，譬如眼前的这家，明显是背后有人脉，被特许经营，外边还停靠不少小汽车。

宋姐和陆祖德二人，并非真的女佣和从乡下来的小少爷，这地方竟像不是头一回来了，也无须打量招牌就直接推门进去。

凌枢知道他们认得自己，不敢贸贸然上前，等了好一会儿，才带着沈人杰上前。

门口没有侍应生，进门不久就看见正中一个舞池，周围摆了桌椅，人倒是没多少，稀稀落落，有些在跳舞，有些就坐着低声说话。

看上去与一个正常的舞厅无异。

来这种地方，凌枢是驾轻就熟了，挥挥手就招来侍应生，也不说要什么酒，就说与前边那桌一样，又给了丰厚的小费，说自己相熟的舞女今天没来，让侍应生推荐两位。

侍应生会意，笑容满面很快去了。

沈人杰忧心忡忡："这里会不会是他们一处联络点，要是咱们对不上露馅儿了怎么办？"

凌枢摇头："前边那桌的客人我认识，是柳七公子，他平素好逸恶劳，热爱享受，号称逛遍全上海滩每一家舞场，跟每一个舞女跳过舞，风流倜傥，无出其右，家里恨其不争，正准备送他出国留学，按理说他不太可能掺和进这种事里，所以这里还是有正常客人的。"

言下之意，像柳七公子这种肤浅的人，是不太可能掺和到这种事情里面，他没那个脑子。

两人看似闲聊，凌枢也分出眼睛四下观察。

没瞧见陆祖德和宋姐的踪影，否则很容易从身形上辨认。

他打算找个机会问问。

这个机会很快来了。

侍应生去而复返，带着两瓶洋酒和两个舞女。

舞女一个叫娜娜，一个叫琳琳，这样的名字在上海滩舞场里遍地皆是，凌枢也不会认为那是她们的真名。

大家萍水相逢，逢场作戏，不过如此。

娜娜是经年老手了，琳琳却稍显稚嫩，应该是刚来没多久，手脚笨拙，还差点儿把酒洒在凌枢身上，凌枢假意恼怒，娜娜连忙圆场，亲自带凌枢下场跳舞。

舞跳到第二支，彼此东拉西扯，也有些熟稔，凌枢的皮相让娜娜有些芳心缭乱，不知不觉话题就被对方牵着鼻子走了。

"告诉你一个小秘密。"

凌枢的气息几乎喷在娜娜脸上，带着古龙水的暗香，令她无法抗拒。

"什么？"她有些恍神。

凌枢："不瞒你说，我是头一回来这里。"

娜娜笑道："岳先生又不住在附近，怎么会知道此处的？"

凌枢："自然是有人告诉我的，他还与我说，这里会有天大的惊喜等着我。可我喝了半天酒，除了你之外，也没有什么称得上惊喜。"

娜娜被他逗得很开心，花枝乱颤："那是因为你没有找对门路！"

凌枢得到自己想要的答案，心下有数，也跟着笑："三爷够不够分量？"

娜娜吃了一惊，停下笑："你认识三爷？"

凌枢："我这种小人物，哪能认识三爷？是认识三爷手下的人，人家给我说的。"

娜娜："他叫什么？"

凌枢随口瞎掰："他给我说别人都喊他阿康。"

娜娜沉吟："我没听过这名字，他可能是胡诌骗你的。"

凌枢满不在乎："管他的，我跟他也就是酒友，可他说的地方是真的，你也是真的，那就不虚此行了。"

娜娜笑道："你是不是总这样哄女孩子开心？"

凌枢凝视她："你是我头一个这么说的女孩子。"

饶是觉得这男人在哄她，娜娜还是挺开心的。

"我给你指条明路吧。"

"嗯？"

"看见你们坐的前面那桌没有？"

"柳七公子？"

"你认识他？那就好办了，等会儿找个机会跟柳七公子认识认识，你就可以跟着他去开开眼界了。"

"他认识三爷？"

"他也是第一次来，不过他是正经有人介绍的，不像你这小骗子。"

"我不是小骗子，怎么说也算个大骗子了。"

凌枢从兜里掏出一支崭新未开封的口红塞到她手里。

"你竟还随身带着口红？"娜娜一看牌子，又惊讶又欢喜，"是准备给哪个女孩子？"

"我本来给姐姐准备的生日礼物，可见了你，就觉得你更配它。"

凌枢的表情很真诚，真诚到娜娜完全没法怀疑他。

一舞既罢，凌枢准备去找柳七公子。

娜娜拉住他。

"你去见见世面也就罢了，可别上瘾入戏，那地方本不是你该去的。"

她不说倒也算了，一说反倒更让凌枢起了兴趣。

"我晓得。"

他回去端了杯酒，又去找柳七公子搭讪。

柳七公子听凌枢自称姓岳名知了，又是一副自来熟的样子，原本一脸茫然不耐烦，但听说对方是岳家远亲，倒也给几分面子。

凌枢想要讨好一个人的时候，定然是能让人觉得天上星星也是抬手可摘，更何况是不学无术的柳七公子，被凌枢一顿套近乎外加吹捧，顿时飘飘然，对凌枢也印象大好起来，两人一杯接一杯，从女人聊到上海滩的风月场，凌枢已经让柳七公子引以为知己。

在一名侍应生拿着号牌过来邀请柳七公子去赌场时，柳七毫不犹豫地就把凌枢带上，就连凌枢提出捎带自己的朋友沈人杰，柳七公子也欣然应允。

连同跟着柳七公子一道来的跟班，他们一行四人，穿过舞场，侍应生打开后门，掀开厚重的天鹅绒布门帘，热气与山呼海啸般的喧哗声扑面而来。

人。

一眼望去，满场都是人。

错落有致的赌桌周围，无不围满赌徒，他们吆喝欢呼，双目充血，死死盯住庄家手里的圆筒，仿佛那里头装的不是骰子，而是他们未来的命运。

有些赢了的固然狂喜乱舞，可那毕竟是少数，也有不少一输再输，最后痛哭流涕不肯离去的，被赌场的人一左一右拖出去，他哀号求饶的声音刺耳高亢，周围的人却似听不见，两只眼睛依旧落在赌桌上。

沈人杰没想到舞场背后还隐藏这么个赌馆，一时竟看呆了。

时下不禁赌，因为开赌馆的往往背后也都有各种势力，但既然如此，为何这间赌馆还要如此神秘兮兮，生怕被人发现呢？

开赌馆嘛，难道不是客人越多越好？

沈人杰怀着这个疑问凑上去看热闹，在视线落在赌桌上时，不由得咦了一声。

第 139 章

每个人面前，不是银圆美钞这样常见的筹码，而是一张张金纸。

沈人杰疑心自己看错了，揉揉眼睛又盯着观察片刻，发现那应该是硬纸上刷了金粉，在灯光下闪闪发光，乍看像是沉甸甸的纯金。

金纸上还印了一些数字，有的人手里是"伍"，有的人是"叁"，还有"壹"的，沈人杰不明其意。

这一桌的玩法是赌大小和单双。

沈人杰亲眼看着对面那个赌徒连赢了三场，手里攥着三张金纸，转眼又全部输光，一无所有，输红了眼的他嚷嚷庄家作弊，还伸手去抓人，不知从哪儿冒出两个大汉就把人给堵上嘴巴拖走了。

周围的人无不一脸狂热，沈人杰想问也找不到人问，转了半天终于找到一个看似也在凑热闹，手里却捏着一张"捌"字金纸的人。

对方脸上犹豫不决，像是在考虑下注与否，表情比起其他人还算冷静。

沈人杰凑过去跟人搭讪，随口聊了两句，自认有些交情之后才开始打听。

"老哥，你手里头这些金纸是做啥的？"

对方反倒奇怪："你没金纸？那你是怎么进来的？"

沈人杰赔笑："我是跟着我们家老大进来的，我身上也没钱，就是进来看看热闹。"

"钱？不用钱也可以赌。"

"那赌什么？"

"喏，你看见没，那些人手上拿的金纸，号码不同，筹码也不同，有些人拿房子抵押，有些人没房子也没钱，就拿妻儿下注，赢了嘛，想换钱换大烟也可以，女人也可以，输了，妻儿自然是要被拖走的。还有的拿自己性命当筹码，反正就算你一无所有，身上总也有可以拿出来的，胳膊、腿、心肝脾肺肾，这里也无所不收。"

往常赌馆里虽然也有输光了财产就拿妻儿抵债的现象，可那毕竟不是像现在这样直接烙在金纸上变成筹码，现今提倡新文明、新文化，像这等明目张胆拿妻儿买卖的行径，只怕就算是背后有人，也会让巡捕房很头疼，一旦在报纸上曝光，定然会群情激愤，连洋人也坐不住，难怪这间赌馆要如此隐蔽。

"兄弟，那你呢？你这张纸上的号码又是什么意思？"

此人露出一个奇异的笑容："我没钱没房子，妻儿已经输掉了，现在就剩下父母了，正好我也养不起他们，就让他们为当儿子的出最后一点儿力吧。"

沈人杰目瞪口呆，只觉浑身鸡皮疙瘩都要离体而去，就差立地飞升成仙。

他小心翼翼问："你家父母恐怕已经老迈，赌馆也收？收了去做什么？"

对方道："便是老朽，四肢能动，也是能干些苦力的，提水搬砖，再不成就去矿窑里拉矿车，就算动不了了，也还能当肉托。"

沈人杰："什么是肉托？"

对方："你这人，怎么啥都不懂？"

沈人杰做出尴尬卑微模样："我乡下来的，全靠兄弟指点开阔眼界呢！"

那人这才满意，懒洋洋道："这里每逢初一、十五，会有一场展会，这些老人皮肉粗糙、皱纹横生，正好可以给上台被估价的女人当肉托，衬得她们皮光肉滑，满足有钱人那点子癖好，啧啧，可惜我没那个资格参加。不过我不好那口，有些人也许喜欢吧。卖儿鬻女也是这个用处，买主折磨一通，新鲜劲儿过了，再来买下一个，哎，可惜我家妻儿长得都不好看，不然还能多抵两次赌债。"

他说得理所当然，轻描淡写，像是在谈论自己晚饭吃了什么菜，哪道菜更好吃，哪道菜馊了被扔掉一样，令人毛骨悚然，不寒而栗。

沈人杰自认不是什么好人，平时也多有贪小便宜、好吃懒做和吃拿卡要的行径，可他现在忽然觉得比起这个人，自己简直就是圣人一般的存在，他甚至觉得脚底长刺，恨不得立马逃出这里，躲得远远的，只当从来就没踏足。

此时此刻，沈人杰下意识想念起凌枢。

那个虽然总是一副没骨头的样子，遇到事情却又是一个天不怕地不怕的青年。

沈人杰虽然经常抱怨吐槽，可他现在宁愿跟十个凌枢打交道，也不想面对眼前这个人。

想及此，他发现自己跟凌枢走散了。

抬起头四处张望，人涌着人，到处都是赌徒，哪里还有凌枢的身影？

"对江先生而言，这件事本身就是好处了。"

岳定唐接过烟，却没有点燃。

江河挑眉："我不明白，此言何意？"

岳定唐："如果你不希望解决事情，就不会特地让张简去告诉凌枢，你跟陆祖德有关系。"

江河敲敲烟灰。

"我让他知道这件事，只是想让他就此作罢，别再追查下去。"

岳定唐笑道："江先生认识凌枢，也知道他是个不得真相誓不罢休的性子，这个答案，我不太相信。"

江河也笑起来。

"好吧，信不信由你，我其实不认识那个陆祖德，收他当干儿子，原本也不是我的主意。"

岳定唐忽然问："鹿同苍在哪里？"

江河本还想多绕几个圈子，冷不防对方如此直接，一口烟卡在喉咙差点儿呛着，忍不住咳嗽两声。

上海滩藏龙卧虎，大佬自然也不错，可真正要算数得上名号的，鹿同苍应该算一个。

江河也只不过是他最得力的助手。

但岳定唐知道，这两个人早就面和心不和了，江河太过能干，手下势力发展太快，鹿同苍卧榻之侧岂容他人鼾睡，自然有心除掉江河，否则也就不会有那次追杀。

一次追杀不成，江河后来陆续又遇到了投毒、车祸、美人计等各种想要置他于死地的事故，他跟鹿同苍背地里斗智斗勇，见了面却还是亲亲热热的兄弟情。

岳定唐不知道之后那些事情，却知道江河夜半被追杀的那件事。

有了那件事，江河跟鹿同苍之间，就绝对不会风平浪静。

能让江河如此拐弯抹角暗示，不想得罪又想掺和一脚的人，就只有鹿同苍了。

"我不知道他在哪里。"

看到岳定唐不以为然的神色，江河叹了口气。

"我没敷衍，的确是不知道他在哪里，狡兔三窟，以我们的关系，他防我都来不及，你觉得他会告诉我吗？而且，我之所以迟迟没跟他撕破脸，就是因为他和各方关系错综复杂，以他现在的地位，我也不敢保证自己一定能扳倒他，你一只脚踩进来，想抽身还来得及。"

岳定唐沉默片刻："陆祖德跟他是什么关系？"

这个问题表明岳定唐并不想抽身。

有他和凌枢这两个不确定因素加入，也许这次真能对付鹿同苍，江河想。

"据我所知，鹿同苍长久以来有一门一本万利的生意，就是人口贩卖。他不像寻常拍花子，只负责掳掠良民进行贩卖，而是通过把持赌场、大烟馆，中间运输，再到青楼妓院、矿场码头等，让那些人流落各处，要么成为名流的玩物，要么沦为苦力，终年不见天日。"

岳定唐明白了，这是把源头到终点全程都包揽下来，让那些人无处可逃。

至于那些被贩卖的人，自然也有在各地灾荒里活不下去自卖的，但现在毕竟不是过去卖身为奴的时代了，那些人面黄肌瘦，更不漂亮，未必会受青睐，所以鹿同苍更喜欢用诱拐、绑架、胁迫等方式，找来那些漂亮的，供给他名下那些高级妓馆里的客人赏玩，至于那些身强力壮的男人，自然就是落得被拉去偏远砖窑或矿场干苦力的下场了。

当然，也不排除某些权贵有特殊癖好，鹿同苍为了促成生意，往往会把这些作为别致的"小礼物"送给对方，以达到锦上添花的效果。而那些人不可外传的小秘密也因此被鹿同苍捏在手里，彼此互为把柄。

"而陆祖德，就是他这门生意的得力助手，但这些勾当毕竟见不得光，上不了台面，鹿同苍既要笼络人心，又不想直接沾手，就让我收了那人当干儿子，实际上我连人都没有见过。"

江河说罢，氛围一度陷入沉默。

岳定唐皱着眉头思索，江河也没有催促他，兀自吞云吐雾，任由对方慢慢消化这些信息。

"这样一本万利的买卖，你就不想插一脚吗？"

江河停住抽烟的动作，冷冷看着他，目光锐利如同刀子，刀刀剜在他身上。

岳定唐面不改色。

江河哂笑："我五岁的时候，亲妈被亲爹卖掉了，从那个时候起，我这辈子就不碰这玩意儿。岳先生，在你眼里，我自然不是好人，我也不认为自己是好人，不过欺负妇孺这种事，我还是不屑做的。"

岳定唐点点头："我相信你的保证，你的坦诚也会为我们的合作增加更多胜算。"

江河鼓掌："不愧是读书人，岳先生真会讲话！我听说陆祖德已经十几岁了，身量面容却和八九孩童差不多，好像说，这是一种病？不过，生病能生成他这样，也算因祸得福了。此人虽然帮鹿同苍冲锋陷阵，却不是炮灰之流，知道不少这项买卖里头的秘辛，不过，逮了他就会惊动鹿同苍，除非你有把握连鹿同苍一起拿下，否则我建议你，最好不要轻举妄动。岳家的名头固然可以让别人给面子，可狗被逼急了也会跳墙，你要动鹿同苍这门买卖，他肯定跟你急。"

"这不是还有你吗？"岳定唐笑了一下，"何况，如果加上洋人呢？"

江河目光凝住，来了兴趣。

"愿闻其详。"

…………

柳七公子很快就离开了。

赌馆有意将他发展为高级客户，让他连赢了几把，又请出这里的头面人物做东，邀他去吃酒席，柳七公子被捧得乐陶陶，走的时候把凌枢他们都给忘到九霄云外去了，压根儿没想起还有两人。

凌枢在哪里？

沈人杰越来越焦虑了。

他在人群里四处寻找，幸而人也够多，没引起旁人特别注意。

该不会是被人发现拖出去套麻袋了吧？

沈人杰知道这间赌馆不是寻常赌馆，他的巡捕身份在这里未必管用，亮出来可能还会惹麻烦，背后的人手眼通天，压根儿不在乎他们两条人命。

他的目光乱转一圈，忽然停在前面不远的某处。

"买定离手，买定离手啊！"

庄家吆喝道，与别桌没有两样。

赌徒们也都赌红了眼，压根儿没留意到这桌庄家从一个中年人换成年轻人。

年轻人似乎注意到沈人杰的眼神，还眯起一只眼睛冲他眨了一下。

沈人杰："……"

第 140 章

沈人杰一颗经不起折腾的老心差点儿跳出嗓子眼。

他忍了又忍，才把那一声惊讶却无意义的呻吟给吞进肚子里。

凌枢到底是什么时候摇身一变，从混迹人群的普通客人，化身赌桌后面的庄家？

他身上那身黑褂子，与别桌的荷官无异，却又异常合身，可见不是随便从哪个人身上扒下来的，而是看准了人才扒？

沈人杰抽抽嘴角，忍不住为那个不知道在何处昏迷的倒霉鬼默哀三秒。

凌枢摇骰子的动作熟练无比，吆喝声更是一波三折、抑扬顿挫，跟半辈子都在赌馆里厮混过似的，毫无违和感，周围那些赌徒莫说已经赌得三魂七魄出窍无暇留意，在沈人杰看来，就算仔细观察，轻易也不会看出凌枢是个外行人。

沈人杰想起来了，很久以前，凌枢以杀害杜蕴宁的嫌犯身份被抓进监牢审问的时候，这厮就贿赂过自己，买了赌具和吃食，在牢里开局，还把岳定唐给气走了，吓得他当时以为自己要吃不了兜着走了。

现在回忆起来，敢情这小子是"家学渊源"啊，肯定以前在哪个赌场干过，要不然不会这样信手拈来。

要照这么说，那他拿着铁丝开锁的功夫，也是以前当过开锁贼？

沈人杰摇摇头，把自己那不着天际的胡思乱想都抛开。

凌枢那桌，原本有个客人一直赢钱，手里的金纸从一张变成三张，直到十张，客人们连连惊叹，围在他身边的人越来越多，这也引起赌馆的注意。

沈人杰冷眼旁观，发现几名打手不知从哪里冒出来，正在慢慢靠近那个客人。

赌馆暴利，说到底是要赚钱，而且赚得让人倾家荡产，这种地方更不会有仁义道德可言，不可能让客人无休止赢下去，那人不肯见好就收，还做得这样招眼，早晚都会被盯上，说不定还会死得很惨。

果不其然，很快那客人四周已经被四名赌馆大汉包围，稍有理智的人赶紧离他远点儿，生怕被殃及池鱼。

却见凌枢手腕一摇，骰筒往桌上一扣。

"买定离手！"

那客人将三张金纸押在大上。

他已经连续五把押大没有输过了。

旁边不少人打算蹭蹭他的运气，也跟着押了大。

有人不信邪，押了小。

还有观望看热闹的，输光了不甘心想要翻本，寻思找个机会跟人借赌资的。

七情六欲，众生百态。

"开！"

伴随一声吆喝，凌枢拿起骰筒。

众人哗然。

是小。

那客人的好运气没了，三张金纸旋即被收走，沈人杰看见原本要出手的赌馆打手们又退回原地，静观其变。

以前他虽上不上瘾，也算小好这口，三不五时会进赌馆来两手，有输有赢，输多赢少，甚至会向朋友同僚借钱先顶过手头拮据的时候，此时此刻看见这一幕，犹如雪水当头浇下，顿时浑身激灵，清醒透顶，似乎突然间就理解了赌博的本质，看见画皮恶魔撕下姣好人脸，露出狰狞血肉。

无穷无尽的欲望，会将人拉入无穷无尽的深渊，一步步蚕食吞噬，直到灭顶。

那个连赢五把又开始输的人，显然没有沈人杰这种觉悟，他咬咬牙就又下了三次注，中间赢了一次，输了两次，这让他更加上头，直接把手头剩余的金纸都押下去。

"围骰！"

凌枢笑吟吟，那人登时面如死灰。

"你是不是出千了？！你再给我一次机会，我先赊欠一次行不行，一次肯定翻本，你信我！翻本了我都还你！"

对方越说越激动，就要伸手过来抓凌枢。

只是没等他上手，人就被拖走了，嘴巴随即也被堵上，再没了出声说话的机会。

沈人杰不知道此人会被拖去哪里，总归不会有什么好下场，说不定赌馆看他孑然一身又没什么背景，直接就拉去砖窑里干活干到死了。

一身冷汗徐徐冒出，沈人杰犹如从照妖镜中看见赌红了眼的自己，只不过从前的他没到这地步，可要是往后稍有赌瘾，这便是深渊中的自己。

但很快，他没精力多关注这些了。

沈人杰发现凌枢被人叫走，看模样应该是赌馆内的人，对方对着凌枢说了两句话，凌枢纠结半秒，就跟着走了。

凌枢这是被人发现身份了？

他有点儿担心，眼看着两人朝这边走来，不由得愣了一下，正寻思要不要找个地方躲起来，凌枢已经快步与他擦身而过。

没有半分言语，沈人杰只觉腰被轻轻拍一下，两人已经走远了。

自己这是被吃豆腐了？

沈人杰先是愣住，然后才是愤怒。

没想到你凌枢浓眉大眼的，居然是这种人！

他往腰上摸去，不由得咦了一声。

裤袋里的翡翠戒指哪儿去了？

那本是他拿了一个犯人的贿赂，原想给家里人。

是凌枢？

沈人杰勃然大怒，这家伙还真是贼不走空！

不对，他怎么知道自己裤袋里有个翡翠戒指的，自己没说漏嘴啊！

那头，凌枢跟着人进了一间小屋子。

他心里也有点儿忐忑。

对方自称是蓉姐有请，天知道他根本就不知道蓉姐是谁。

看样子就算不是赌馆主人，应该也是管事之流了。

女人跷着二郎腿，坐在竹椅上。

旗袍是紫红相间的绸缎料子，电灯下透着光泽，连带那双正在修甲的手，也莫名莹润发光。

凌枢有点儿心虚，他自问刚刚趁人尿急在暗巷里小解，把对方给打晕的事没被任何人发现，估计对方现在还昏迷不醒呢，就算醒了也暂时回不来告状。

"蓉姐，您叫我？"

对方不吱声，就是等着凌枢吱声，凌枢不得不先开口。

"你怎么混进来的？赵老四呢？"

蓉姐抬起头，徐娘半老，却风韵犹存，那双眼睛勾魂摄魄，给她本来不算出色的容貌增添了不少风情，看起来竟还有让人多看几眼的魅力。

她不置可否，瞧不出是试探还是真不知道。

"老四不舒服半途走了，小的是他远房侄子，叫赵无病，临时过来帮忙搭把手的。"

凌枢露出人畜无害的笑容。

这笑容他曾对许多人展露过，也有不少人因此上当受骗。

蓉姐看他一眼，似狐疑稍解。

"赵无病？这名字倒挺有趣。不过赌馆规矩，不准生人随意进来，更别说顶替干活了，赵老四没告诉你？"

凌枢赔笑："说了，只不过我老叔突发腹绞痛，家里又有事……您是不晓得，他新纳了一个在外头，结果被我那婶子发现了，我赶紧过来通风报信，老叔这才赶回去，不然家都要散了。"

他毫不磕绊地在那儿胡说八道，赌的就是蓉姐对赵老四此人没有了解。

不过也不完全是赌，因为赵老四负责的赌桌，在赌馆里处于边缘位置，刚进来的时候他听柳七公子身边的人介绍过了，越往中间的赌桌，赌注就越大，像赵老四这种边缘人物，兼之邋遢又丑陋，想来也不是蓉姐能看得上的。

果不其然，蓉姐没有对他的话产生疑问，只是撇撇嘴。

"就赵老四那丑样儿，还能娶小的，这全天下的男人都死光了还是怎么着？"

凌枢："蓉姐说的是！"

蓉姐："是什么是！"

凌枢："我也觉得我那老叔不像话，像我这种俊俏的小青年，不是才更应该有许多小姑娘喜欢吗？"

蓉姐上上下下打量他一眼，哂笑："面皮是还可以，就是嫩了点儿！"

凌枢凑近几步，摸出一枚翡翠戒指。

"那蓉姐再看，我这面皮可还使得？"

蓉姐的目光在翡翠戒指上滑过，嘴角翘起。

"成色不错，总不会是你买的吧？"

凌枢笑道："来路绝对干净，借花献佛，这不是今晚我老叔不合规矩嘛，我不顶替他的话，他肯定还得受罚，还请蓉姐您大发慈悲，饶过他这一回，就当什么事也没发生过！当然了，您要是看我顺眼，想顺便让我来这儿干活，我也是一百个愿意！"

蓉姐横他一眼，美目流盼："小兔崽子算盘还打得挺精呢，一枚戒指就想让我答应两件事？"

凌枢蹲下身，仰头看蓉姐。

"那我就胆大妄为，再加一个小小的请求？"

蓉姐挑起翡翠戒指，一边在电灯下看它的种水，一边从鼻腔里软软哼出一声。

"嗯？"

凌枢："只要能让我每日都看见您一眼，我就满足了。"

蓉姐从他眼中看见自己的倒影，不由得心头微动，好似一根羽毛挠到了心尖上。

"你真想来这里干活？"

凌枢点头："我老叔在这里干了这么久，天天跟我吹嘘这儿有多么好。"

蓉姐点点他的脑门："他那种人跟你说的话你也信，你要来这里也不难，这个盘口是我看的，只要我说句话就行。不过最近上头又派来个人，回头还得他也点个头才成。"

凌枢一派高兴："那您给我安排离您近点的赌桌呗！"

蓉姐嗔道："你这人！"

两人正说着话，眼看凌枢的美男计就要奏效，外头忽然响起敲门声。

还未等蓉姐开口，对方已经推门进来了。

蓉姐满脸不悦，正要训斥，却忽然僵住，忙换上一副笑脸。

"陆少爷！"

来人正是陆祖德，后面还跟着女佣宋姐。

这两人是认识凌枢的。

凌枢一看就暗叫不妙，但此时已经来不及了，对方转眼也发现了他。

两人陡然变色。

"你怎么在这里！"

陆祖德反应更快，二话不说就从兜里掏枪，对准凌枢扣下扳机！

第 141 章

事实证明，陆祖德是个心狠手辣的人物。

起码他的行动力已经远远超越表面看上去的年纪。

即便是职业杀手，也很难有他这样的反应，在看见凌枢瞬间，立马就做出掏枪杀人的举动。

只要凌枢稍微一愣，或者用多余半秒的时间思考自己应该如何反应，恐怕立马就要血溅当场，横尸这里了。

陆祖德万万没想到，凌枢在看见他的第一眼，居然想也不想，就伸手拽过蓉姐。

蓉姐毫无防备，竟直接就像个木偶一样被他扯过来挡在身前！

陆祖德堪堪将要扣下扳机，手已经摁下去，见状不由得大惊失色，另一只手飞快将自己持枪那只手拍开。

砰！

子弹擦着蓉姐的胳膊，钉入她身后的墙壁。

她杏眼圆睁，对这一切的发生根本都还未反应过来。

凌枢虽然刚才与她言笑晏晏，对这里的人却委实提不起半点同情心。

表面光鲜亮丽的蓉姐，私底下必然也是做尽了龌龊勾当，才能掌管这一间赌馆，沉浸在欲望血海中沉浮的人，没有一个是无辜的。

如果没有陆祖德这一出，蓉姐不伤害他，凌枢自然也不会主动杀人，但千钧一发之际，他毫不犹豫地将蓉姐当作挡箭牌，陆祖德几乎收手不及，可见对方心思狠辣，出手就准备置凌枢于死地。

如果蓉姐死在陆祖德手里，那麻烦可就大了。

宋姐亲眼看见这惊险一幕，不由得叫了一声。

陆祖德脸色大变，哪怕这一枪没有命中，手中动作难免停滞片刻，第二枪的扳机怎么都扣不下去。

也正是这个空隙，凌枢推开蓉姐，把人往他们这里一丢。

陆祖德总不能开第二枪，下意识地腾出手去接！

而凌枢已经从蓉姐身后扑了过来。

他直接一脚踹开宋姐，就地打了个滚儿，再抓住伸手去接蓉姐的陆祖德！

陆祖德只觉脖颈一紧，命脉已经被死死捏住，整个人被凌枢与其说抓住，倒不如说抱在怀里，由于他身形过于矮小当不了挡箭牌，陆祖德手上的枪自然而然被凌枢顺势夺走，顶在了他的太阳穴上。

"再动我就杀了他！"

凌枢如是威胁道。

他的声音既不凶狠，也不尖厉，却成功让宋姐僵成一具石人。

凌枢知道自己这人质抓对了。

甭看陆祖德跟宋姐在一起的时候，好像宋姐处处在出风头，又看两人身高差距，很容易让人产生错觉，实际上陆祖德才是两人里发号施令的那个。

非但如此，凌枢还从江河那里得到一个消息。

江河特地让张简过来告诉他，陆祖德是他的干儿子。

这句话意味深长，很有些此地无银三百两的含义，间接也说明了陆祖德的地位。

最起码不是像宋姐这样的籍籍无名之辈，更不是像孙寡妇那样随时可以被牺牲的炮灰。

"你敢抓我！"

陆祖德气得脸都红了。

他这几年风光得意，走到哪儿都有人捧着，没人敢因为他的身材外貌瞧不起他。

凌枢像抱小孩儿一样的动作，比用枪指着他的太阳穴，还要让陆祖德倍感屈辱。

"放开我！"

凌枢哼笑："小朋友，你现在都是刀俎上的鱼肉了，就别说这些没意义的话，不然我擦枪走火，你死了算谁的？蓉姐，劳烦您个事儿，外面的人要是想冲进来，还得请您去挡一挡，让我们安静地叙会儿旧吧！"

陆祖德虽然杀别人心狠手辣，对自己的小命却很是爱惜，闻言果真不动了。

蓉姐死里逃生，整个人都瘫软在地上站不起来，她惊疑不定地看着凌枢，似乎还无法相信眼前这个谈笑风生、杀伐果断的青年就是刚刚跟她温言软语调情的赵老四的侄儿。

枪声惊动了外边的人，许多赌徒输了钱，趁机一哄而散，赌馆的打手也顾不上去抓他们，果然都要冲进来。

陆祖德尖声叫嚷："快拦住他们！"

蓉姐赶紧从地上连滚带爬去开门，堵在门口冲他们喊道："都别进来！"

"蓉姐！"

"蓉姐！"

外头的声音此起彼伏。

凌枢微微挑眉，心说蓉姐在这里还真是一呼百应。

蓉姐也顾不上狼狈，扶着门框起身，气息不匀。

"你们都出去！没有我的允许，谁也不许进来！"

"蓉姐？"

离她最近的人战战兢兢，想探头来看，却被蓉姐挺身挡住，差点儿一头撞在她身上。

"没什么事，刚才擦枪走火了，陆少爷过来视察，我们有事商议，全都给我出去！出去！"

她那泼辣劲一使，没人敢再好奇，当即三三两两地散了。

蓉姐赶紧重新关门反锁，差点儿虚脱。

"你挟持我，自己也跑不了的！"

陆祖德冷静下来，自诩对方不敢伤害自己，开始放狠话。

凌枢笑道："我暂时没想杀你，陆小朋友，毕竟你还有用，但是对她们俩，我就不一定会这么手软了，我也知道，你比她们重要。"

陆祖德："你到底想干什么？"

凌枢："孙太太怎么样了？"

陆祖德："还活着！"

凌枢："让我来猜猜，你做这门生意，背后一定有人，是谁，江河吗？"

陆祖德冷笑一声："你说是便是了！"

凌枢："原来是鹿同苍。"

陆祖德身体一僵。

仅仅是这一僵，他立马就察觉自己已经被凌枢套出话来了。

凌枢笑了笑："果然是鹿同苍。"

陆祖德此时满满全是杀心，可他又没法杀了凌枢，憋得脸色涨红，异常狰狞。

宋姐与他搭档多时，深知他的辣手，见状不由得胆寒。

凌枢在他背后，看不见陆祖德的表情，就算看见了也不当回事。

"赌馆是你们起家的地方，这里的人和东西流向四面八方，那总得有个去处，人可能是被你们拉去卖了，那东西必然就是拿去当铺或者直接拍卖。你放心，我不想闹到鹿先生那里去，毕竟我一条小命，不够他老人家轻轻一挥手的，我只想去你们当铺或拍卖的地方长长眼，权当玩耍了，带我过去，我就放了你，怎么样，这笔买卖很划算吧？"

陆祖德压根儿就不相信对方的目的这么简单，但眼下凌枢的提议不失为一个好机会，他眼珠一转，朝蓉姐使了个眼色，后者立时会意。

"有这样的地方，叫春山会，再过一小时正好开席，我们可以带你过去！"

第 142 章

"鹿同苍应该算是全上海滩最有权势的男人了。"

"可以这么说。"

"知道他的人不多，但许多行业，衣食住行，他都插了一手，从赌馆到饭馆，再到电影院、黄包车行，但凡上海叫得出名堂的行业，背后也许都有他参股。如今他什么也不必做，舒舒服服待在家里，就能坐享其成，每天都有人双手捧着丰厚的利润送上门来。"

"的确是这样。"

"就连洋人见了他，也得客气礼让三分。醒掌天下权，醉卧美人膝。鹿同苍虽然没有掌天下权，但在这一亩三分地上，也可以算是能在背后操弄风云的人物了。人，尤其是男人活到这份儿上，应该别无所求。"

"那不一定，有些人小富即安，有些人得了首富还想当皇帝，欲望是无穷尽的。"

岳定唐听见这句话，笑了笑。

"这就是鹿同苍想要对你下手的原因？狡兔死，走狗烹；飞鸟尽，良弓藏。你知道他太多事情了，好与不好，甚至是他许多见不得光的脏活，都是你过手的。现在他需要上岸，抖落一身的湿淋淋，而你则在水中日益壮大，已经威胁到他的后背。"

江河叹气："我有时候很讨厌跟你们这些文化人打交道就是这样，好好说一件事不行，非得用上各种话术，绕得我头晕脑涨，没了耐心。"

岳定唐没接话，他依旧拿着手上的烟，在等江河开口。

下定决心对付鹿同苍不是一件容易的事。

江河不可能仓促地做出抉择，岳定唐能理解。

今天如果不是凌枢查案顺藤摸瓜查到了幕后黑手身上去，他应该也不会主动过来提出合作铲除鹿同苍。

但事已至此，回头路已是走不成，只能勇往直前，将案子破了的同时，顺道将山顶上那只大老虎打倒，才能一劳永逸，永无后患。

对于江河来说同样如此。

他跟鹿同苍面和心不和，而且他们私底下的这种"不和"，已经到了不死不休的地步。

从鹿同苍派杀手追杀他的那一刻起，两人就再也没有回旋的余地。

江河之所以蛰伏不出，也正是因为忌惮鹿同苍的实力。

打蛇不成，很容易反被蛇咬。

没有充分的准备，江河绝不会轻易出手。

今晚是个突如其来的机会。

不过，江河没想到岳定唐会直接找上门来，开门见山地要求合作。

他平日杀伐果断，此刻却有点儿摇摆不定。

毕竟对手是鹿同苍。

江河在思考，岳定唐没有催促。

时间一点一滴过去。

不答应岳定唐，由得他和凌枢去闯，办砸了自己也能置身事外，坐山观虎斗。

但自己也会错过对付鹿同苍的最好机会。

过了今夜，他可能就不会再有这样的盟友了。

就算岳定唐他们失败，迟早有一天，他也会正面对上鹿同苍，到时候，也许就是孤军奋战了。

说不定，这次还能打鹿同苍一个措手不及。

"你方才说，他吞了洋人的好处，洋人也想对付他？"

"不错，这些年鹿同苍看似呼风唤雨，其实也得罪了不少人。"

从鹿同苍对付江河的手段就能看出来了，他对同道兄弟尚且如此，何况是外人？

岳定唐道："前阵子有一批走私的货物到码头，本来是鹿同苍跟洋人合作的，说好了五五分账，跟他接洽的莫里斯出事了，换了个人跟鹿同苍交接，鹿同苍就反悔了，重新提出七三分账，他七洋人三，洋人那边自然不肯，最后鹿同苍仗着多年经营老树盘根，成功拿下了六四分账，但是梁子也结下了。"

江河挑眉："我知道这件事，后来有些人说鹿同苍打赢洋人，扬眉吐气，把他捧得很高，鹿同苍自己都快当真了。"

岳定唐道："来这里之前，我去找过史密斯，由他引荐，见了租界工部局董事会的人，他们的意思是，如果我们能钳制住鹿同苍，他们可以帮你分担后面的事情。"

后面的事情是什么？

鹿同苍代表一股势力，他死了，江河未必能压得住那些群龙无首的牛鬼蛇神，如果有洋人出面，事情就会好办许多，局面也不至于混乱到什么地步。

说白了，洋人是来分赃的，只是说得好听些罢了，但江河自己也吞不下那么大的饼，他势必要找人合作，找洋人不失为一个不错的选择。

"你呢？岳先生搭桥铺路，穿针引线，能得到什么？"江河问。

他知道岳家的能耐很大，也知道岳定唐的身份清白无瑕，从不掺和这些江湖恩怨、利益划分，更不必说与黑白两道来往。

"凌枢已经一只脚踩进去了，除非彻底解决这件事，否则我们不可能全身而退。"

岳定唐看着他，若有深意，似乎听出他的试探。

"江先生只管关心如何摆平鹿同苍和洋人，事后利益，我们一分都不要，我只要凌枢平安无事。"

江河目光微闪："你对凌枢倒是上心得很。"

"孽缘。"

岳定唐言简意赅，无意多言。

他今晚戴了眼镜出来，哪怕度数不高，也习惯性地扶一下。

金丝眼镜，一派斯文，虽说关心则乱，但江河没看出他半点乱了方寸的模样。

"时间不多了，江先生考虑得如何？"

江河沉默片刻。

"鹿同苍在全上海有七处房产，南京两处，杭州一处，天津一处。但据我所知，他最近没出过上海，所以每天晚上都会临时起意，选一处宅子过夜，为的就是不让人猜到他的行踪。"

鹿同苍也知道自己仇人多，个个都想置自己于死地，不说身边保镖环绕，自己也日夜提防，就怕江河之流什么时候反手一击，派十个八个杀手蹦出来，那乱枪一起，就是金刚铁骨皮也未必抵挡得住。

江河既然被岳定唐说服，决定一起对付鹿同苍，就会倾尽全力。

要么不做，要么做绝。

"他的老婆孩子在乡下老家，只有大儿子被接过来，在鹿同苍身边做事，但是这小子烂泥扶不上墙，空有他老子的心狠手辣，却只会狐假虎威，能力不足。鹿同苍也知道这一点，他有不少情人外室，希望她们能给自己生个聪明伶俐的接班人，这七处宅子里，有三处就是他的外室所住，其中两个已经怀孕了，要安胎，鹿同苍派人照顾她们起居，自己很少过去，就怕仇人循踪而去，伤了母子。"

岳定唐听到这里，似笑非笑。

"也是怕他儿子兄弟阋墙，把小儿子伤了吧？"

江河也忍不住笑了。

"确实。抛开这两处，剩下的五处宅子，我都知道地址，但是我也不知道他今晚会在哪里过夜。"

鹿同苍这些房子的地址，除了一处公开对外招待客人的鹿公馆，其他都是保密的。

江河之所以能知道，自然是早就想对付鹿同苍，所以做好一切周全准备了。

岳定唐问："他是个什么样的人？"

江河："多疑，善妒。表面上很讲义气，我曾救过他三次，有一次差点儿没命，那时候他拍着胸脯告诉我，下半辈子不管自己打下多少江山，总有我的一半。"

岳定唐："那时候你信了。"

江河："我信了。我跟着他出生入死，为他挡了不少明枪暗箭，还帮他出手干了不少脏活，到头来他却开始猜忌我，面上喊我好兄弟，背地里派人追杀我，觉得我逐渐坐大不可掌控，还培养了他儿子来跟我争抢地盘生意。"

岳定唐："他最近有什么动向吗？"

江河："凌枢捅的那个马蜂窝，是他手底下最赚钱的盘子之一，现在是他自己捏着，不假手于人。他弄了一个叫春山会的拍卖场子，只邀请自己熟悉的有钱公子哥儿和政商名流，每周一次，那里头有珍奇古玩，也有真人表演和拍卖。"

岳定唐微微蹙眉："奴隶？"

江河面露嘲讽："有些人表里不一，为了名声不敢太过张扬，也不买人，就去他那里玩，拍人分短拍和长拍，实际上就是租，玩腻了还能还回去，鹿同苍会让人再卖个次一些的价钱，一举两得。陆祖德是这门生意的实际掌管人，因为他的身形与常人不同，所以对鹿同苍忠心耿耿，也不会背叛他。"

说至此处，外面忽然响起敲门声。

两人交谈中断。

"谁？"

"江哥，是我，有人来找岳先生，他说他叫沈人杰。"

是一直守在外头的手下。

江河看了看岳定唐，后者点点头。

"让他进来。"

沈人杰满头大汗，见了岳定唐的面第一句话就是——

"出事了，岳先生！"

他在看见江河之后，像被捏住脖子的鸭子，声音戛然而止。

岳定唐道："你说。"

沈人杰定了定神，把他和凌枢怎么追踪陆祖德两人，混入赌馆，凌枢又扮成荷官，最后挟持了陆祖德的事情快速说了一遍。

"我在外头，没敢进去，就看见他抱着……不是，挟持陆祖德走了，临走前冲我使了个眼色，应该是让我来通风报信赶紧找您的，我去了岳公馆，他们说您来了这边，我才……"

一气儿说了许多话，他有点儿喘息，咳嗽两声。

"我也没来得及跟上去，不知道他们去了哪儿，这……这怎么办？！"

岳定唐皱起眉头。

他也有点儿急了。

凌枢挟持陆祖德，必定是想深入虎穴，单凭他一个人，再怎么有急智，也很容易被算计，但此时有江河在旁，他还不能将这种急切过分表现出来。

对方目前虽是盟友，却不是自己人。

他捺下混乱着急，望向江河。

"你觉得他们会去哪里？"

江河思考片刻："春山会。今晚正好有一场，地点我也知道，就在——"

他忽然顿住，似想起什么。

"那地方是个淮扬菜馆，离此不远，正好就是鹿同苍的其中一处宅子！"

岳定唐："这么说，他得到消息之后会过去？"

江河："很有可能，这门生意不能砸，陆祖德又是他的得力干将，要是他出手，凌枢肯定会很危险。"

岳定唐苦笑："以我对他的了解，他肯定会把这件事的动静闹大。"

越闹腾越混乱，反倒更容易趁乱逃生。

江河若有所思。

"那也许，今晚我们不是没有成功的机会。"

…………

凌枢有陆祖德在手，简直是畅通无阻。

他让蓉姐找了一辆黄包车，又不许别人跟着，让车夫拉他们到蓉姐口中所说的"德成菜馆"。

这家菜馆在本地的名气不是特别大，因为它价格偏贵，不亲民，老板还三不五时地歇业休息，凌枢偶尔路过，觉得这地方迟早倒闭，却没想到它背后的东家居然是鹿同苍。

难怪如今都还开着呢，也不图赚钱。

"你一直拿着枪，又把我勒那么紧，不累吗？"陆祖德冷冷问道。

他此时的神情已经完全不是个小孩儿了，先前在孙寡妇家里的天真聪明荡然无存，取而代之的是与面容完全不符的成熟阴沉，他不必再掩饰，自然也就不必再做戏。

"累也得勒着啊，你现在就是我的保命符，蓉姐那边肯定很快就找人追上来，没了你，我肯定小命不保！"

陆祖德没想到事到如今，凌枢居然还是一副吊儿郎当的调调，完全没有大祸临头的自觉。

"你现在去火车站，离开上海，也许还能保住一条小命，去了春山会，再想逃也来不及了。"陆祖德阴恻恻道，"你想知道孙氏如今的下场吗？"

凌枢："她不是被你们虐待，用鞭子抽得死去活来吗？"

陆祖德一惊："你怎么知道？！"

凌枢嬉皮笑脸："我想知道的事情，自然就知道。你不是奇怪我为什么自投罗网吗？我大闹你们赌馆，又挟持了你当人质，你觉得事情传到鹿先生耳朵里，他是会表扬你宁死不屈？还是会觉得你办事不力，回头找个由头把你踢了？你的干爹江河，可是鹿先生的生死兄弟，他连江河都想杀，还会对你留情吗？到时候说不定鹿先生见我有勇有谋，背景清白，一个高兴就把我给收用了呢？"

陆祖德听得脸色都快阴沉得滴出水来。

虽然这家伙明显在胡说八道，但他有一点说对了，今天这事闹出来，传到鹿先生耳朵里，陆祖德肯定没有好果子吃。

凌枢铺垫到位，拍拍他的肩膀。

"其实我本来就是为了救孙太太，她一个女人也无足轻重，你让人把她带到春山会，再买两张去南京的火车票，我带着她连夜离开上海，咱们一手交人，一手放人，不是皆大欢喜吗？"

陆祖德："这我做不了主。"

凌枢故意道："怎么，你真把孙太太当成你娘了？"

陆祖德大怒："你懂什么！她妹妹是鹿先生的情人，很受宠爱，她自己在鹿先生那里是挂了号的，又负责代我出面，做些我不方便出面的事情，不是我想放就能放的！"

凌枢明白了，孙氏既是人质，又被迫帮他们做事，知道的事情太多了。

陆祖德很是恼怒："今日你把事情闹大了，蓉姐跟宋姐肯定会报到鹿先生那里，到时候别说孙氏了，你自己也跑不掉，还有你姐夫，你们一家都得死！你要是现在放了我，带着家里人离开上海，说不定还有一线生机！"

凌枢叹了口气："反正我放了你也是死，不放你也是死，还是有个人质安全点，顺带在死前见见世面，这春山会到底是什么，听了名字我就觉得好奇。"

陆祖德冷笑："你有没有听过一句话？多管闲事死得快。"

凌枢笑道："你坏事做绝都还没被雷劈死，我怎么也比你死得慢点吧？"

论口舌，陆祖德只有被气死的份儿。

他果然不再说话了。

黄包车夫停下脚步，他们到了德成菜馆门口。

三更半夜，门口冷冷清清，一个人也没有，菜馆的门也关着。

凌枢带着陆祖德下了车，前者伸脚轻轻一踹，门就开了。

耳边适时响起陆祖德比清明节下雨还要湿冷的声音。

"你想清楚了，踏入这道门，就不是你想离开，就能离开的。"

第 143 章

对陆祖德的警告，凌枢付之一笑。

怕？

他在袁公馆地下仓库时怕过，调查何幼安时发现背后的成先生时也怕过，还有在东北……

恐惧是人的正常情绪。

但害怕就不干了吗？

那是不可能的。

他的步伐甚至没有因为陆祖德的话而出现片刻凝滞。

"祖德小朋友，待会儿要是遇到你们的人，你知道应该怎么做吧？如果你当场揭穿我的身份，我就立刻打死你，一命换一命，我也不算亏。"

陆祖德抿紧了嘴唇。

他还真有想过大喊引来人，把凌枢给乱枪打死。

但他也舍不得给对方陪葬。

正如恐惧一样，求生也是每个人的本能。

陆祖德的今日得来不易，像他这样生来残缺的，都是天生低人一等，极少有人能因缘际会，似他这般靠着给鹿先生卖命坐享荣华富贵，即便危险，也像上瘾一样令人欲罢不能。

来得不易，所以更不想舍弃。

走在菜馆前头这一路，足够让陆祖德考虑清楚。

等到凌枢在他的指点下，穿过回廊，来到一扇小门前面时，里头有人应声开门，询问他们来历，无须凌枢开口，陆祖德就已经主动出声。

"我带朋友过来见见世面。"

他示意凌枢从自己怀里拿出一方小铁牌。

贴牌上面标着一个号码。

贰。

守门人见了贴牌上的号码，立时恭恭敬敬地请他们入内。

另一个人则提着灯笼在前头引路。

凌枢抱着陆祖德，枪口隐蔽在衣服遮掩下，看上去人畜无害，对方决计想不到两个人是人质与绑匪的关系。

出了小门，就到了菜馆后院。

此处像是被改造过，比寻常后院还要宽敞许多，四处都挂着灯笼，廊下每隔十步左右就站着一人，比起前头的乌漆墨黑，这里多了不少生气。

陆祖德经常来，这些人认识他，他身形特殊，被人这样抱着，别人倒也不以为奇，甚至视而不见，只恭恭敬敬地喊上一声"陆爷"。

也就是在这里，陆祖德觉得自己能找回一个正常人的尊严，甚至是超越正常人的权柄。

平日那些高高在上的大人物，私下所有见不得光的嗜好都要在他面前暴露无遗，这让陆祖德有种掌控的快感。

"为什么你的号码牌是'贰'？"

凌枢的声音打断了他片刻的遐想，让他再度回到现实里，感受被蝼蚁拿捏住的厌恶。

此人不为自己接下来的处境烦恼，居然还有闲情好奇询问这种问题。

陆祖德暗自冷笑，闷不吭声。

但他不吭声，凌枢也是可以自言自语的。

"从他们对你的态度来看，这个号码牌，应该是象征你在这里的地位吧。你是'贰'号，那么'壹'号就是鹿同苍，对吧？你不用回答我，你的表情已经告诉我答案了。"

"闭嘴！"陆祖德忍无可忍。

"我劝你不要总想着怎么从我这里逃脱，顺便让人将我拿下，我刚才已经说过了，我死了，肯定也要拉你一起垫背的，我烂命一条无所谓，你可是好不容易才爬到如今这个位置，要是跟我同归于尽，不觉得可惜吗？不如定下心来，好好陪我逛逛这里，让我长长见识，说不定我一激动，转头就把你放了，鹿先生要是赏识我，咱们回头还是同门呢！"

同你个大头鬼的门，做你的春秋大梦吧！

陆祖德心里默默骂道，嘴角忍不住抽搐了一下。

但是凌枢的话提醒了他。

这里是他的地盘，周围都是他的人，自己大可不必紧张，就权当满足一下此人临死前的愿望好了，只怕他到时候看得合不拢嘴，正是心神动摇容易被乘虚而入的时候。

想及此，陆祖德的怨恨也就稍稍缓解，脸上露出一丝诡异的冷笑。

"进去之后，你别说话，我说坐哪里，就去坐下，这里来的客人都是有号码牌和固定位子的，不可乱坐。

"还有，若有人与你搭讪接话，不可接话，也不必管，这里每桌各自有屏风隔开，看不见对方，不会询问彼此身份。"

这些过来消费的达官贵人，自然也知道自己那点爱好摆不上台面。他们悄悄地来，看中了人，让随从拍下，再悄悄带回去玩。如果爱好特别一点儿，这里也能提供房间。被拍卖的人，也大都是毫无背景身世的飘零之人，沦为玩物便如落入天罗地网，无处可逃，只能任人蹂躏宰割。

说这个春山会是魔窟，也不为过。

凌枢和陆祖德从中间通道被引入座席。

通道两旁都是屏风，左右以倒金字塔的形状由前而后排列，一层层次第列开，既能将后面的座位隔绝了，又不让每一席的客人看见彼此。

凌枢依稀能听见说话声，却无法听清，反倒因为四面八方的窃窃私语汇聚到一起，变成了噪声，显得嘈杂而混乱。

进了包间，他们的位置有两把椅子，中间摆着一张桌子，凌枢拉着陆祖德，把他塞进自己旁边，两人身体紧紧挨在一起，一把椅子差点儿被挤坏了。

陆祖德：嗯？

凌枢笑眯眯："咱俩挤一挤，要是分开两把椅子，我拿枪不方便，举着累。"

怎么有这么不要脸的人？陆祖德心想，你还累，我更累好吗！

他心里已经把凌枢当成死人了，闻言忍住咆哮的冲动，在生死簿上又给对方记了一笔。

叮！

小锤子敲在玉磬上的声音。

清脆，动听。

但周围的嘈杂声蓦地安静下来。

原本幽幽发光的几盏灯笼忽然灭了，取而代之的是中央空地高台簇拥而起的光。

凌枢发现那里不知何时趴着一个女人。

旁边阴影处还站着个精壮大汉，不细看还真没留意。

只见大汉举起手中皮鞭，不轻不重地落在女人白皙的背脊上。

凌枢混迹流连过舞场，自然也见过不少肮脏事。

不少良家女子，就被人用诱骗或绑架的方式掳到此处，从此暗无天日，再也没有重见光明的一天。即便性命得保，要么苟延残喘变得人不人鬼不鬼；要么受不了折磨而自杀；要么干脆投身深渊，与恶魔共舞，同流合污。

凌枢面上虽还带着看戏的笑容，心下却一刻也没停止过对陆祖德的防备和警惕。

以及，对眼前这一切的愤怒。

他不知道也就罢了，既然知道了，不好好闹上一场，他就不姓凌了。

"此女名曰宛蓉，十七岁，花样年华，肤白，色佳，身娇体软，上上品，起拍价，五十大洋。诸位爷，开始吧！"

台上大汉朗声喊道，台下立时有人报价。

"八十！"

"一百！"

"一百二！"

"一百五！"

叫价的多是随从下人，隔着木板屏风，谁也看不见谁，只能听声音。

可光是这叫价的声音，也足以让人热血沸腾。

直到有人喊出——

"一千大洋！"

全场瞬间静了下来。

陆祖德看着凌枢的眼神像在看疯子。

第 144 章

这么一个女人，即便是上上品，也要不了一千大洋。

陆祖德知道，凌枢是绝对拿不出这笔钱的。

正因为知道，第一反应是对方疯了，第二反应则是，凌枢在捣乱。

"你知不知道你在干什么！"

陆祖德压着声音咬牙切齿，恶狠狠的。

"你要是想引来鹿先生，那你只会死得更快，到时候他可不会管你的人质是谁，咱们俩都得玩完！"

凌枢还是那副漫不经心的语气："我没钱，你不是有吗，这是你的场子，陆老板一千大洋都拿不出来了？"

陆祖德快被他气死了："我们是开门做生意的，你这样别人还要不要玩了！"

凌枢这一千大洋喊出来之后，会场就安静下来，直到有人推门而入，对着陆祖德点头哈腰。

"陆爷，这宛蓉您是看上了？"

"看你的大头鬼啊，这是他……我朋友开玩笑的，你让他们继续拍！"枪还顶在自己腰眼上，陆祖德一口气憋着，生生把对凌枢的怒火都撒过去。

"是是！"对方赶紧退出去。

凌枢笑道："火气那么大做什么呢？这种地方不就是来玩的吗？一千大洋我没有，几百大洋我还是有的，来者是客，你不能有钱不赚吧？"

陆祖德觉得自己错了。

这人不是疯了，是傻了。

他一个将死之人，在别人的地盘上，四面楚歌，还有闲心想着女人？

"行，你要是真有钱，你就去拍。"

陆祖德阴阳怪气道，心说只怕你有命拍下来了也没命享受。

凌枢依旧乐呵呵的，没心没肺，也不知道听没听出自己的弦外之音。

陆祖德是头一次看见有人当绑匪当得如此轻松惬意，这宛蓉被重新拍卖带下去之后，中途有一名女子上来弹唱琵琶，凌枢还跷着二郎腿打拍子，嘴里跟着哼出声，仿佛自己当真置身青楼歌馆，只差边上再来一盘瓜子、一盘糖豆，成就完美人生。

"小陆，这曲子太长了，听着没意思，我给你讲个故事吧。"凌枢忽然开口。

陆祖德对他乱七八糟的称呼已经麻木了，也不知道他葫芦里卖的什么药，嘴巴闭如蚌壳，不肯张开。

凌枢也不指望对方回答，兀自道："我上回去东北，长了老大一番见识，亲眼看见一座由纯金打造，镶着各色宝石的佛塔，那佛塔还极轻，捧在手里头几乎没感觉到重量，风一吹，你猜怎么着？"

陆祖德：……你怕不是在发梦。

凌枢："风一吹，那些铃铛居然会叮叮当当作响，我一看啊，那些铃铛也就米粒大小，里面居然还是镂空雕刻，无所不精，简直巧夺天工，令人咋舌。"

陆祖德：呵呵，梦还没做完。

凌枢："可惜啊，当时那佛塔被人偷走了，至今下落不明，我呢，也因为追捕盗贼，受了挺重的伤，差点儿就折在那儿了。要说这东北可真是个好地方，珍奇无数，沧海遗珠，随随便便就能淘到好玩意儿，你要是有空去那儿走一趟，保证手不落空！"

陆祖德听他东拉西扯，忍无可忍："你到底想说什么？"

凌枢笑道："我想说，如果你上次遇到我，说不准我就没法要挟你了，可现在我的伤养好了，今天晚上，就算在你的地盘，你也未必逃脱得了我的手掌心。"

陆祖德现在确信了，这个人果然是个疯子。

前言不搭后语不说，还没长脑子，自己好端端一个盘口，不小心被他窥见一角，还真是百密一疏。

"这里只有你一个，就算你杀了我，也没法活着走出这里。"陆祖德冷冷提醒道。

凌枢："你确定只有我一个吗？"

他的反问句成功让陆祖德起了疑心。

什么意思？

难道他还有帮手内应？

是自己的管理出了纰漏，还是有人混进来了？

许多念头在陆祖德脑海里瞬间闪过，他不停地思索各种可能性。

"你知不知道你为什么这么矮？"

对方那令人讨厌的声音再度响起，让陆祖德恨不得一拳打过去。

"因为你满脑子全用来酝酿坏心思了，自然也就没有多余的营养长在其他地方。"

说完，凌枢似乎还觉得自己挺幽默的，不自觉地笑出声。

陆祖德平生最恨别人拿他的身高开玩笑，凌枢直接踩中他的死穴。

现在他不只是想一拳挥过去了，陆祖德简直想拿把刀子，一刀刀在凌枢身上捅出无数个血窟窿，让他在恐惧和痛苦中失血而死，还有其他无数种折磨人的酷刑，都是陆祖德曾经在别人身上实践过的，他不介意全部在凌枢身上用一回。

这时，台上又上来两名大汉。

大汉双手搭连，中间坐着个女人。

身上薄纱似的几缕衣裳，更添诱惑，也更能勾起人性深处的欲望。

凌枢觉得，陆祖德的手下里头，一定有深谙男人心理的人才在，说不定就是从青楼里招徕的经年老鸨，对所有能够勾引男人的手段了如指掌、信手拈来。

果不其然，从叫价的情况来看，现场反应比刚才那个"宛蓉"还要热烈很多，最后甚至叫到了六百大洋，除开凌枢刚刚捣乱喊出来的一千大洋，这已经拔得今夜的魁首。

可这所谓的魁首对于台上那个女子来说没有丝毫好处，从今夜起，她的人生就将沦入万丈深渊，劫数难逃。

"七百！"

凌枢再度高声道，价压全场。

没等陆祖德开口，凌枢就道："一千大洋我是出不起，不过七百大洋的积蓄我还是有的，牡丹花下死，做鬼也风流。这小娘儿们我看着很喜欢，价高者得，你这回总该没什么意见了吧？"

陆祖德冷冷看着对方，如同在看一个死人。

刚刚他喊一千大洋时，会场里的长衫伙计进来确认，陆祖德已经暗中传了暗号过去，加上蓉姐跟宋姐她们，现在怎么也该报到鹿先生那里了。

只怕现在会场四周早已布下天罗地网，就等着将这不知死活的小子抓住。

想及此，陆祖德也不那么着急生气了，他就等着看凌枢什么时候死。

没有人比七百更高。

这个女人被凌枢得到了。

长衫伙计再度进来，冲着凌枢弯腰笑道："这位爷，恭喜您拍得倩玉，我们这儿有房间，不知您是想将她带回去，还是在这儿开个房间，我们先给您把倩玉送过去呢？"

凌枢笑道："先开个房间送过去吧，你瞧见我身边这位了吗，是你们的大当家陆家，我与他是好友，今晚要请他一道享受这极品的销魂滋味！"

陆祖德冷哼一声，也不反驳。

对方连声应是，又道："那不知，您何时过去呢？"

凌枢挑眉："让鹿先生亲自去找我，太劳动他老人家的双腿了，我多不好意思，不如趁现在热闹，大家在这里齐聚一堂，坐下来喝杯茶，谈谈心，岂非美哉？"

旁人避鹿同苍如蛇蝎，他手里还抓着陆祖德，却迫不及待想要见鹿同苍。

对方看了凌枢好几眼，似乎也跟陆祖德一样，觉得他脑筋有点儿不正常，但还是依言去回话了。

没等多久，凌枢就看见台后幕布被挑起，一行人走了出来。

被簇拥在中间之人，正是上海滩许多人只闻其名，鲜见其人的大佬鹿同苍。

就是现在！

陆祖德瞅见鹿同苍，趁凌枢没反应过来之际，用力挣开凌枢，朝旁边打滚儿躲开！

嘴里一边高喊："鹿先生救我！打死他！"

第 145 章

鹿同苍鲜少露面，为什么凌枢认得他？

因为上回何幼安说起自己被鹿同苍追求未遂时，凌枢起了好奇心，向她询问鹿同苍的模样。碰巧，何幼安有一张跟鹿同苍的合影，就拿出来给他瞧。彼时这位鹿先生虽然不爱露面，但面对大美人明星，还是难免生出想用照片留住红颜的念头，估计鹿同苍也没料到，那张照片会成为他跟何幼安的最后一张合影。

回到眼前，在陆祖德往旁边滚去的同时，鹿同苍身边的人也纷纷掏出枪。

凌枢毫不怀疑，只要自己的动作慢上那么零点零一秒，他的身体就会遍布枪眼窟窿。

但早在鹿同苍走出来之际，凌枢就已经有了一套完整的腹案。

或者说，他早就在等这一刻。

砰砰砰！

连着三枪！

现场顿时一片哗然。

拍卖虽然结束，但还有许多客人没走，也有些人还带着女客过来的，大伙听见枪声顿时尖叫高呼，四处奔散！

凌枢打的是台上那三盏水晶灯！

原本为了突出氛围，场内除了台上那几盏水晶灯，就没再开别的灯，如今三盏灯都被凌枢打掉，三根吊灯钢丝被精准打断，水晶玻璃撒落一地，发出轰然巨响，场内也顿时陷入黑暗。

保镖双目短暂性失明，想要扣下扳机的动作也就慢了一瞬。

正是这一瞬，凌枢已经偏离原来的位置，鹿同苍身边的保镖几枪打出去，都没听见惨叫声。

反倒是已经躲到桌子下面的陆祖德被一只手提溜起来，还未等他反应过来，腿上就中了一枪，陆祖德万万没想到凌枢这么狠，不去对付鹿先生身边的人，反倒干脆利落地冲着自己下手。他当即惨叫出声，凄厉哀号。

但他也因为没了力气挣扎，像个破布玩偶一样被凌枢拎着跑。

黑暗里不辨东西南北，他也不知道凌枢到底要跑哪里去，整个人被颠得上上下下，脑浆都快摇晃出来。

客人们惶恐四散，互相踩踏推搡的动静不绝于耳。

跟在鹿先生后面的蓉姐急中生智，赶紧去让人打开外面院子里的灯。

会场里虽然只装了三盏水晶灯，但外头还是安装了电灯的，这会儿外头的电灯都开起来，会场门也纷纷打开，光线铺照进来，映出场内大半轮廓。

狼狈跌倒趴在地上还被拽掉裤子的，鞋子被踩掉不得不单脚跳跃的，还有在黑暗里被流弹打中，流血受伤的。

乱作一团。

蓉姐胡乱扫了几眼，居然没发现凌枢的身影。

连陆祖德那矮冬瓜都不见了！

"人呢！"

"那小子呢？跑哪儿去了！"

"他跑出去了，快追！"

凌枢已经狂奔出了会场。

早在进来时，他就已经暗暗记下地形，所有对陆祖德的挑衅，不过都是为了此刻的混乱。

以寡敌众，任凭身手再强，也很难有脱身的机会。

可要是现场混乱就未必了，越乱他才越能从中获利。

追兵们远远看见他，却没法开枪，一来凌枢跑得极快，二来他腋下还夹着一个陆祖德，后者毕竟是春山会的大当家，鹿先生跟前的得力助手，没有鹿先生发话，谁也不敢冲着凌枢打，万一把陆爷给打坏了，那他们也要吃不了兜着走。

话说回来，这么多人，按理说也不可能追不上一个凌枢。

陆祖德被颠得快把肺都吐出来了，四肢下意识地挣扎，直接就被凌枢一拳砸下，成功昏过去了。

没了意识的陆祖德更像一个沙袋，或者说一块板砖，哪里需要被往哪里搬，每当春山会的喽啰们想要开枪，凌枢总会恰到好处把陆祖德放在挡箭牌的位置，让他们不敢轻易动手。

更要命的是，他一边跑还一边扔东西。

前楼饭馆桌上一摞碗筷碟盘被他随手抄起来就扔，拿到什么扔什么，准头还特别好，就冲他刚刚三枪把三盏水晶灯打下来的枪法，这绝对够得上神枪手，现在扔东西也是，那些人左闪右避，原以为自己躲过去了，结果凌枢似乎连他们要往哪里躲都提前预知了，直接一扔一个准儿，加上那些惊慌失措四散奔逃的客人，躲还不好躲，偶尔还被撞开，甭提多憋气了，场面一度鸡飞狗跳。

托电灯全开的福，凌枢错眼一扫，哟呵，居然还有几个面善的！

譬如在市政府有头有脸的某某高官，再有某位经常在报纸上写社论，天天吆喝新文化的知名教授，还有某位经常高谈阔论的社会活动家。原来他们个个嘴上仁义道德，背地里全是衣冠禽兽。

眼看凌枢这都要跑出饭馆了，众人当下就急了。

"站住！"

"别跑！"

他们知道，今夜是决不能让此人跑掉的，否则鹿先生怪罪过来，所有人都不好过，心急之下，有人已经准备开枪了。

几个人从后门绕过来，直接堵在门口。

前有狼后有虎，凌枢直接被团团围堵住。

这次似乎逃脱不开了。

蓉姐站在人群后咬牙切齿，她是恨极了这家伙，偏偏自己还差点儿被对方的美色所惑，铸下大错，幸好现在有个陆祖德挡在身前，她那点儿微不足道的失误，也就将功折罪了，说不定事后鹿先生一高兴，直接让她取代陆祖德的位子。

话说回来，这次要不是陆祖德，事情也不会出这么大的纰漏，导致一只孙猴子闯进来大闹，以鹿先生的为人，陆祖德这次不死也是要脱层皮的。

想及此，蓉姐觉得凌枢似乎也不是那么可恨了。

但就在她胡思乱想这几秒之间，情况再度发生变化！

凌枢直接把手里的陆祖德朝身后一扔，把人扔到蓉姐他们这里来。

蓉姐抬起头，只见矮冬瓜像颗彩球被高高抛起，又重重落下。

手下始料不及，不得不伸手去接。

这一接，后面就没了威胁，凌枢趁机抄起身旁的长凳冲向门口几人。

枪声响起。

凌枢躲开，一跃而起！

一切变故不过在几秒之间，甚至几秒都不到。

开枪的人只来得及胡乱开出一枪，就被长凳撂倒。

几个人七零八散地被拍开，凌枢突围而出，眨眼消失在视线之内。

"追！"

"快追！"

这注定是一个不眠之夜。

蓉姐眼睁睁地看着凌枢逃脱，不由得跺跺脚，见陆祖德在地上被摔得七荤八素，趁着混乱之际忍不住狠狠加上一脚。

一脚觉得不痛快，又暗中加上一脚。

陆祖德闭着眼睛哎呀叫唤，根本就不知道是谁在踹他。

她对这个侏儒委实也没什么好感，不过是看在鹿先生的面子上虚与委蛇罢了。

但今晚有些不对劲儿。

这么多人出动，都没能把那小子逮住，乍看好像己方无能，蓉姐定睛细看，发现人也没那么多，大都是春山会看场的喽啰，鹿先生身边的人并没有追上来。

为什么？

难道鹿先生觉得不值得为这小子出动自己的人？

可要是让他跑出去一通乱搅和，也能给他们带来不小的麻烦啊。

蓉姐狐疑且费解。

鹿先生也有点儿费解。

凌枢制造混乱的时候，他被手下护在中间退到一旁，手下想要追出去的时候，却被他叫住。

一个乳臭未干的年轻人，就敢到这里来大闹，而且一路畅通无阻，难道背后就没有倚仗吗？

如果有恃无恐，那么谁会是他的后台？

鹿同苍向来多疑，他也知道自己树敌无数，不必多想随便一数，就有四五位，这其中还有跟了他很多年，对他知之甚深的兄弟。

"鹿先生？"

手下询问的声音在耳边响起，促使鹿同苍下了决定。

不管有没有诈，小心三分总是没错的。

"走！"

他当机立断，转身离开后门，匆匆上车。

"鹿先生，我们去哪里？您的宅子吗？"司机问道。

鹿同苍在这附近有一处房子。

但他思索三秒，却拒绝了。

"不，去租界，进了租界找最近的巡捕房，去那里！"

租界离此更远一些，鹿同苍却宁可选择那里，也不想回老巢。

他觉得，如果今晚是一个精心布置、针对他而来的陷阱，对方现在一定守在他的房子周围，等着他主动上门。

但他偏偏不去。

三辆汽车开往租界，鹿同苍所在的那辆车被簇拥在中间。

这是很安全的位置，如果前后有人发动袭击，那么有了缓冲的他就可以从容逃脱，曾经有人想过用路上埋炸弹的方式暗算他，结果误中副车，鹿同苍大难不死。

从那之后，他就更加谨慎小心了。

路上没人，再远的距离也变得快了。

这个时候的巡捕房一般是没有太多人的，但晚上也有人值守，灯火通明。

鹿同苍既然在上海横着走，跟巡捕房的关系自然也不错，逢年过节没少打点，可以说上海每个角落的警察局和巡捕房，都要卖他几分面子。

如果对方知道他是鹿同苍，肯定会马上汇报上司，他选择的这个临时落脚点，就算有人想要暗算，也一定想不到他会来这里。

三更半夜的上海，静得有些瘆人。

巡捕房的门口，虽然亮着灯，也不会像白天一样有人把守，进进出出的热闹。

但鹿同苍觉得有些不对劲儿。

这种不对劲儿难以言喻，就像他许多年以来养成的对危险的敏锐直觉。

车停下来，鹿同苍却没让开门下车。

旁边保镖有点儿不解，也不敢催促。

"掉头，不在这里了！"鹿同苍忽然道。

司机有些摸不着头脑，但他只得探出头，准备对前后车辆示意，让大家掉头。

可就在这个时候——

前后忽然灯光大亮！

起码十来辆车突然开来，把他们前后三辆车堵得严严实实，不得寸进！

车前灯全开起来，司机一时无法直视，不得不眯起眼，看着对方从车上下来。

鹿同苍的人反应很快，立马下车掏枪。

对方同样如此！

黑洞洞的枪口互相指着，瞬间形成对峙之势。

前方最后一辆车里，有两个人没下来。

"要枪战吗？"岳定唐问。

"不会，鹿同苍惜命得很。"江河如此回答道。

岳定唐："我要去找凌枢了。"

江河："好。"

岳定唐开门下车，从反方向拐弯转入小巷，很快没了踪影。

江河叹了口气，像是对他的背影说，又像是对自己说。

"我也要去跟我那位大哥好好畅谈一番了。"

第 146 章

夜，有些凉。

鹿同苍坐在车里，忽然想起司机是不是忘了开暖气。

须臾之后他又恍然，这已经是夏天了。

车窗外面的风吹进来，对有些人来说是热，对他而言则是微凉。

自从很多年前受过枪伤之后，他就有些畏冷。

知道这件事的人不多，江河是其中之一。

鹿同苍不知道自己怎么会突然之间想起这些乱七八糟的琐碎细节，也许早在很久之前，他就开始防备这个兄弟，明里暗里派人调查试探，对方就像埋在自己心头的一根刺，不拔出来，他就永远都不舒服，坐立难安。

长街上双方合共十几辆车，两头围堵，无声对峙。

但巡捕房居然安静得像人全都死光了，没有一个人从里面跑出来询问察看。

鹿同苍就算是傻子，也知道其中有诈了。

但他想不通，如果说去刚才距离德成菜馆最近的房子，江河能料到也就算了，为何自己临时起意过来这边，江河也能堵个正着？

难道自己身边有内鬼？

不可能，自从他准备清除江河之后，就把身边的人也顺带清了一遍，现在留下的，要么跟江河不对付，要么是对他绝对忠心的死士。

如果江河还能在这种情况下往他身边安插人手，那他真要说一句佩服了。

"大哥，好久不见，我想与你聊聊。"

鹿同苍坐在车里，从后视镜看见江河下车。

声音遥遥传过来。

对方站在手下人墙后面，不肯越过雷池一步。

鹿同苍不由得冷笑：我当你多大胆，原来也不过如此。

江河看见前方中间的车子有人下来，却不是鹿同苍，而是他的司机。

"鹿先生说，他不想看见你。"

江河笑了："是不想看见我，还是心虚不敢看见我？"

双方有枪，鹿同苍看似处于劣势，真要火并起来，他手下那帮死士护着他未必不能突出重围，江河不着急动手，除了不想鱼死网破之外，事到如今，他希望鹿同苍认清形势。

司机弯腰将脑袋探入车里，似在请示，片刻之后又直起身体。

"鹿先生说，他待你不薄，你在街头流浪当混混儿，他将你捡回来，悉心栽培，让你得以有今日的荣华富贵，你却是个白眼狼，不仅不知感恩，还要转头反咬主人一口，实在令他很失望。"

这番话不仅是说给江河听的，也是说给江河手底下那些人听的。

鹿同苍意在告诉他们，你们效忠的人，是这么一个寡廉鲜耻、恩将仇报的人，他今日可以背叛我鹿某人，来日自然也可以对你们如法炮制。

江河摇头："你总是这样，自始至终都是看见别人的不是，却从未反省过自己。你的确对我有知遇之恩，但我也几次三番拿命救你，黄浦江边和租界仓库里那几次暗杀，要不是我帮你挡枪，你现在还有命在吗？你让我做什么，我就帮你做什么，有些脏活累活你不方便出面，我就出手料理，从来都没有二话。你看上大明星何幼安，她不愿意，你就不痛快，我还帮你杀人……"

鹿同苍听不下去了，江河的话里七分真三分假，真假参半，更能蛊惑人心。

"信口雌黄！"

他弯腰从车中出来，左右手下自然而然围住车子和他，以身体筑成肉墙。

想要杀他，就必须冲过这些人的堵截，而那时候鹿同苍大可从容逃脱。

江河微微一笑。

可这又有什么用呢？

就算鹿同苍所有手下全都为了他而死，他今晚的失败也已成定局。

"你今天晚上派人去春山会大闹，为的就是引我出来吧？难为你筹谋那么久，今日终于有了机会。"

鹿同苍冷冷看着他，眼神如一把刀子，刀刀都要把江河剜肉凌迟。

江河却毫不畏惧，淡定回望。

两人的目光穿过人群与时间，在某一点对上。

江河从对方眼里看见毫不掩饰的杀意，他觉得自己应该也是如此。

也许他们曾经兄弟情深，但所有的情分已经在多少年的互相试探和彼此杀戮中消磨殆尽。在那之后，两人明争暗斗，鹿同苍从来没有对他心软过，如果不是江河足够警醒，现在他根本不可能站在这里，成为胜利者的一方。

"大哥，你说这话，就太伤我的心了。"

江河不紧不慢道。他明白，当一切尘埃落定，应该急的就不是他了。

"凌枢不是我派去的，我也指使不动他。只能说，凡事都有一条线，你越了那条线，许多人就都看不过眼。老天想要收你，我也无能为力。要怪，只能怪你自己，做事太绝，太狠，不留余地。"

鹿同苍沉默半晌。

"你是怎么说服洋人跟你合作的？"

"大哥，我说过，很多人早就看你不顺眼了，你上次私吞洋人的那批货，你以为他们不会不满吗？敌人的敌人就是朋友，这个道理，你应该比我明白。"

说到此处，江河叹了口气。

"大哥，属于你的时代已经过去了，认清这个现实吧。放下枪，你自己走出来，我可以放你一条——"

"生路"二字没说出口，江河的声音戛然中断。

他扭身直接就往后扑去！

下一秒，耳边轰然炸开！

火光冲天，霎时照亮半条街道。

鹿同苍身边的人往这里扔手榴弹！

许多人躲闪不及，当场就被炸伤了。

又有好几枚手榴弹在各处爆炸，江河的人被炸得七零八落，不得不一边四散躲避，一边掏枪射击。鹿同苍的手下也一边还击，一边护送着他撤退。

刚刚江河还言之凿凿地跟岳定唐说不会枪战，正是因为他笃定了鹿同苍惜命怕死的性格，没想到他自以为了解鹿同苍，这次却料错了，鹿同苍无路可逃，在知道洋人也掺和一脚之后，居然还敢孤注一掷。

蝼蚁尚且有求生的本能，更何况是上海滩赫赫有名的大佬，哪怕有千分之一的机会，只要让鹿同苍跑了，来日他也许还能东山再起，重振旗鼓！

想及此，江河又怎么会放虎归山？

"追！"

…………

凌枢正在夺命狂奔。

离开德成菜馆并非意味着就安全了，当你只有一个人，而后面却追着一大群人，对方还都有枪时，凌枢觉得自己的处境就像一只刚刚挣脱陷阱的兔子，又一头扎进了老虎的营地。

看似龙入大海，实则凶险暗藏。

好在这附近都是七弯八曲的小巷，后面的追兵一时半会儿还没法马上追过来。

当然也有坏处，那就是万一对方更熟悉地形，直接在前面截住他，那可真是小命休矣了。

凌枢奔入一条暗巷，眼看前面三个岔口，想也不想便直接右拐翻墙，听着外头一大群人追过去的动静，一墙之隔，堪堪错过。

他微微松口气，靠在墙边略休息一会儿，心说这老岳和沈人杰也太不靠谱了，本以为沈人杰肯定会去通风报信，岳定唐那里自然知道下一步该做些什么，谁知道自己等来等去也没等到救兵，看来他跟老岳还是差点儿默契啊，指不定今晚就得靠自己活命了。

正想到此处，前方传来房门打开的动静。

原来他翻墙过来的这边，是一户人家的房子。

开门出来的则是个小姑娘，十六七岁的模样，披散头发，一双眼睛受了惊吓似的，睁得大大的，与他在月色下四目相对。

凌枢："……"

他忽然想起，自己今晚大闹一场，好像没被揍脸吧？

既然没被揍脸，那就是还能用美男计。

不知道是天太黑还是月色不够亮，那小姑娘居然没看清他的绝世俊脸，在呆滞片刻过后，立马张开嘴巴——

凌枢生出不祥预感，几乎想要转身逃跑。

"啊！！！来人啊，进贼了！！！"

少女的尖叫声堪比好几只公鸡一起打鸣，那效果是立竿见影的，左邻右舍倏地被惊动起来，霎时人声喧哗，四处响动。

"谁？"

"哪儿有贼，在哪呢？"

"快出去看看！"

提棍的、拿竿子的，脚步声纷至沓来，一时都热闹起来了。

再看凌枢，早就又翻墙溜了。

他刚跳下墙头，正好跟循声追来的追兵对上，为首的居然还是宋姐。

这女人一看见他就立马高声嚷嚷。

"他在那里，快抓住他！鹿先生说了，死活不论！"

死活不论就好办了，最难是要抓活口，众人一听，当即就对着凌枢开枪了。

凌枢反应更快，直接把墙边的箱子和垃圾通通推翻，两人高的箱子砸下来，子弹慢了半瞬，全部打在箱子上。

枪声吓到了一墙之隔的路人，那些提着棍子要追打凌枢的人，反倒是安静下来了。

凌枢很快发现自己处境不妙。

他一时跑晕头，居然跑到一条死胡同了。

前面是高墙，后还有追兵，角落倒是堆了不少箱子，散发着难以言喻的腌鱼味。

看来这附近住了个鱼贩。

天冷的时候倒还好，天气一热，这味道就有些一言难尽了。

除了猫，估计没有什么动物能受得了的，包括人。

宋姐指挥众人分三路追击凌枢，那么多人追了半天也没追上，她还不得不跟在后面一路紧赶慢赶。

虽则累得气喘吁吁，她心里其实并不怎么恨凌枢。

非但不恨，要是换个场合，说不定宋姐还得合不拢嘴地笑。

因为这门生意虽然是她跟陆祖德一起做的，但实际上以陆祖德为首，今晚闹出这么大动静，陆祖德肯定得背锅，说不定鹿先生一生气，直接把他从头撸到底，那她可不就成了接班的？

陆祖德刻薄寡恩，她原本就不大服气，如今倒算是阴差阳错得了便宜，这一切还多亏了凌枢。

胡思乱想的几个念头闪过，宋姐看见前边的人停住不动了。

她皱起眉头走过去。

"做什么——"

前面是条死胡同。

腌鱼味浓烈，个个掩着鼻子。

"人呢？"

手下道："宋姐，人跑到这里就没了！"

前方无路可走，两旁都是高墙，那么短时间肯定攀爬不上去，人十有八九就藏在这里，但前面都是一筐筐一箱箱的腌鱼，光是那味儿就令人退避三舍，众人面面相觑，对着筐子打出几枪，却都没听到惨叫声。

谁也不想先迈出一步。

宋姐气急败坏："赶紧搜啊，想让鹿先生怪罪下来不成！"

"鹿先生"这三个字让所有人振作起来，众人扑上去一顿乱搜。

腌鱼们死而复生，从筐里争相蹦跶出来，鱼腥味和零星盐花鱼鳞在半空盘旋舞动，密密麻麻织成一道天罗地网，把所有人熏得透不过气。

竹筐与腌鱼齐飞，气急共败坏一色，在所有人几乎把筐子都掀起来之后，一声枪响打断了他们的行动！

所有人循声望去。

只见角落里的一名弟兄蓦地往前栽倒，而凌枢掀开鱼筐一跃而起，抓住对方的身体当挡箭牌突然冲杀过来，一下子撂倒好几个人，眼看就要到宋姐面前！

宋姐大惊失色，禁不住连连后退。

她身后忽然传来一阵密集的脚步声。

紧接着——

"不许动！"

"格兰路捕房！都举起手，不许动！"

宋姐扭头一看，居然是巡捕房的巡捕们到了。

鹿先生跟他们上司的关系不错，上上下下早就打点好了，但这帮人平时尸位素餐，也不见得如何勤快。他们现在却突然冒出来，仿佛从天而降的正义，令人感觉荒诞可笑。

宋姐忙道："我们是鹿先生的人！"

这个名号在上海滩赫赫之威，对方居然道："我不管你们是鹿先生还是马先生，深夜上街斗殴，还敢动枪，这是活腻了？都给我绑起来，有话去巡捕房慢慢说！"

宋姐他们岂会坐以待毙，当即就掏枪还击，哪里还顾得上凌枢的存在。

子弹嗖嗖地在空中乱窜，凌枢没有急于出头大杀四方，反倒是借由刚才那具尸体在角落里蹲下，把尸体挡在身前。

严实，安全，保险，甚至还能打个瞌睡。

就是这鱼腥味，实在有点儿大。

凌枢打了个呵欠，他这一晚上折腾，滴水未进，耗尽体力，这会儿还真有点儿困倦了。

最妙的是周围伴随入眠的不是音乐，而是子弹和惨叫。

刚刚巡捕房一露面，他就知道肯定是岳定唐的缘故，要么对方喊了人过来，要么对方亲自过来，巡捕房背后就是洋人，洋人一动，宋姐他们就输定了。

看来老岳还是经得起念叨的。

…………

蓉姐有些坐立不安了。

好好一个春山会，被凌枢这么一大闹，客人全跑光了，下回还能不能办起来且不说，那些跑掉的客人全是非富即贵，只怕这回要把人给得罪狠了。

但这些事情还不是最让她担心的。

她常年负责看场子，跟各色人士打多了交道，脑筋也比宋姐那等专注一亩三分地的转得更快，所以她想到的是：如果有人胆敢到鹿先生的地盘来捣乱，这莫不是说明有人要对付鹿先生？

更有甚者，可能是实力不逊于鹿先生，或者相当强横的势力。

蓉姐的直觉素来很少出错，她越想越是不对劲儿，恨不得立马脚生双翼先回家里收拾两件行李以防万一，她那些财物可都藏在家里了，真想跑路都得带上，还有……

想及此，她真是一刻都待不下去了，无视一地狼藉，起身就往外走。

好巧不巧，门口来了个人。

"您想上哪儿去？"

蓉姐定睛一看，是个貌不惊人的中年人。

"你是谁？"

她不认识对方，对方却认识她。

"敝姓沈。"

沈人杰笑眯眯道。

蓉姐感觉来者不善，面上不动声色，心里则开始思索后门的方位。

"有事吗？"

"倒也没什么事，就是想请您跟我走一趟。"沈人杰似乎看穿她的意图，不紧不慢地接道，"我劝您还是别打逃走的主意，这里前后左右都被我们包围了，您想以死效忠鹿先生无所谓，就怕您死了，最后也没人记得。"

他话刚说完，蓉姐就瞧见原本守在外面的手下全都悄无声息退回来，面色凝重，回头冲她露出着急的表情。

蓉姐心头一沉。

难道鹿先生也自身难保了？

…………

凌枢还真睡着了。

睡觉的姿势太别扭了，加上周围的气味委实难闻，别人稍稍一碰他身前的尸体，他立马就惊醒了。

"哎哟，老岳，你可总算来了！"

凌枢下意识地紧绷准备出手的身体，在看见来人身形的瞬间就放松下来。

"你再不来，我可能就要死了。"

"睡死的？"

岳定唐觉得自己可能要调动对凌枢所有的善意，才能控制住捏鼻子的动作。

这身西装是别想要了，澡回去估计也得洗上两回。

凌枢哈哈一笑："被熏死的！"

枪战已经停火，宋姐的人毫无疑问一个个被捆成"粽子"带回巡捕房，胡同里还有不少尸体，其中也有几名巡捕的——刚刚双方可都是真枪实弹，谁也没留过手。

也正因为如此，岳定唐才更佩服凌枢，居然还能在这种情况下打瞌睡。

别人只怕吓都要吓死了。

坐久了，腿有些麻。

凌枢朝对方伸出手。

岳定唐看着那只几成咸鱼的手，微微叹口气，还是抓住，稍一用力，把人拉起来。

凌枢对他的反应很满意。

这可是对洁净程度有相当要求的岳家四少。

"感谢岳长官与我心有灵犀，恰到好处赶来救援，要不然我今天这条小命恐怕又要出现状况了。"

岳定唐："你有没有想过我万一没来得及赶过来？"

凌枢嬉皮笑脸："没有万一，咱们是最默契的搭档。"

第 147 章

鹿同苍能听见自己的心跳声。

扑通，扑通，扑通。

耳膜鼓噪，太阳穴隐隐作痛。

他从未落入如此狼狈的境地。

四面楚歌，十面埋伏。

而这一切的源头，始于江河。

在他看来，江河的势力虽然增长迅速，但也有硬伤，比如出身太低，搭不上洋人的线，洋人也不会放低身段越过自己去找江河。同样还是出身限制了他，但凡江河能娶个门第高的富家千金，假以时日可能真有跟自己一决高下的实力。

所以，在此之前，鹿同苍没太把对方当回事。

但鹿同苍没想到，这一天竟来得如此之快。

他闭上眼，喘了几口气。

额头的伤口火辣辣作痛。

那是刚刚被流弹擦过去的，幸而没打中。

狂奔许久，两条腿也有点儿发软。

他养尊处优已久，又有红颜在侧、软玉温香，早不是当年身强力壮的时候。

借着几枚手榴弹打了江河一个措手不及，手下护送他一路来到码头。

这里有条小船常年泊岸，正是鹿同苍留给自己的退路之一。

非到万不得已，不会动用。

而此刻，似乎就到了这个万不得已的时候了。

"先生，快上船吧，再晚就来不及了！"

手下满头大汗，距此不远还有一批人在跟江河的人枪战，只不过江河今夜有备而来，人数呈压倒性优势，迟早都会打到这里来。

鹿同苍的迟疑只是因为心有不甘。

但他还是迈开脚步，登上那艘小船，趁着夜色掩护迅速离开。

身后的喧哗动静渐近，枪声不断，鹿同苍不必亲眼去看，也知道战况有多惨烈。

只怕他那些悉心栽培、忠心不贰的手下，大部分都要折在今夜了。

如果早知道今晚江河会发难，他一不做二不休先下手为强……

世事没有如果。

小船在江面上摇摇晃晃，幸好船身比较宽敞，不至于一个晃身就掉进水里。

里面东西一应俱全，甚至还有鹿同苍常用的茶具铺出品的茶具。

船家早就在船头等着了。

两名心腹手下跟着他前后脚也上船来。

"先生，现在开船吗？"船家战战兢兢。

"这还用问吗，赶紧开啊！"

鹿同苍感觉有些不对劲儿。

这种感觉本不该在这样的紧张时刻突兀冒出来，但他心头的不妙感却越来越重。

"等等！"鹿同苍忽然道。

只见船家二话不说，突然跳入水里，咕噜噜几个泡之后就消失在水面下了！

手下大惊失色，想要追却哪里来得及。

另一名手下赶紧去拿桨子划船，使出吃奶的力气，总算赶在追兵追过来之前把船划出岸边一段距离。

"鹿爷，他们追不上了！"手下勉强松一口气，另一个人靠在船舱里守着鹿同苍，一边往外探身开枪，逼退岸上的追兵。

但奇怪的是，江河居然没有让人开枪。

不好！

鹿同苍心里咯噔一下，心头大震。

他待在船舱里，自然也就看不见岸上的江河缓缓抬手，举枪对准他们的船舱一处。

砰，砰，砰，砰，砰。

五枪连开！

…………

"然后呢？"

凌枢迷迷糊糊，都忘了自己怎么进的浴室洗的澡，又怎么差点儿在浴室里睡着，最后还是岳定唐进来给他洗头，逼迫他浑身上下用了无数香皂，才勉强从一条腌鱼变成香软可口的鲜鱼。

至少看在岳定唐眼里，凌枢总算恢复了原样。

凌枢自己则一头扎进床铺，忘了这是在岳家，也忘了这是岳定唐的床，直接睡他个天翻地覆。

他早就把体力透支，一切都得等醒了之后再说。

没承想，大半夜就醒了。

因为岳定唐端进来的一碗面。

"你还是人吗？"凌枢欲哭无泪。"赶紧，分我一碗。"

这不是一碗普通的面。

是用猪骨和鸡骨头熬煮两个小时之后，舀起汤头下面，再用爆炒的鸡腿肉覆盖盛好的面，光闻味道，就能想象其鲜美。

平素讲究餐桌礼仪的岳定唐，居然不在饭厅用这碗面，还端到房间里来用，其行径无疑是令人发指的，以至于凌枢凭着饥饿对食物的渴望而被唤醒之后，整个人就像灵魂出窍一般。

一半被面勾走了，一半还留在梦里。

然后他就顺带听见了事情的后续发展。

既然是合作，江河也表现出足够的诚意，起码他那边料理完成之后，还会派人过来告知岳定唐结果，客客气气地表示改天亲自登门拜访，还请岳先生拨冗相见云云。

"所以，鹿同苍是真死了？"

凌枢最终还是分到了半碗面。

他一边吃一边听，抽空回了一句。

面是老管家特意给他留的，但也不给留多，说大半夜的不能多吃。

不过幸而汤是管够的，半碗下去，足以熨帖他被老岳伤到的心灵。

"死了。"

死得明明白白，绝无弄虚作假、金蝉脱壳的余地。

江河早就查到鹿同苍这艘船的所在，却隐忍不发，只是暗中用各种手段威逼利诱收买船家，生生把人给逼成了自己的内线。

他也不需要船家干什么，只要在船舱里埋下炸药，等鹿同苍上船，船家自己往水里一跳，接下来的事情就无须操心了。

江河开的那五枪，直接就引爆了船上的炸药，将鹿同苍连同两名手下炸得尸骨无存。

事后肯定是要检查的，江河决不允许有什么漏网之鱼，尸体虽然面目全非，可也能认得就是鹿同苍，作为他多年的兄弟和得力助手，江河可以确认其真实性。

堂堂一代枭雄，风云际会趁势而起，就这样骤然消失，粉身碎骨。

鹿同苍既死，他那些手下，也就树倒猢狲散，要么被江河的人逮住，要么被巡捕房抓走，宋姐、蓉姐乃至陆祖德那些人，一个不落，全部落网。

凌枢自然知道这里头大多是利益交换，双赢合作，江河跟洋人两条大鱼互相瓜分鹿同苍留下的遗产，惩恶除奸只是其中一小部分，甚至也不是出于他们的主观意愿，但能看见恶人恶报，自己也亲手推了一把，凌枢还是觉得这个结局很是舒爽，大快人心。

"孙太太呢？"

"江河派人去把她找出来了，她妹妹生得像何幼安，所以才会被鹿同苍看上，却因为宁死不屈，鹿同苍就用孙氏来威胁，还让孙氏充当那些人口买卖的中介，以各种手段诱拐或诈骗良家妇女，让她们落入陆祖德手里，被调教转卖，春山会就是一个这样的拍卖平台。"

岳定唐起身去开窗，让夜风进来吹散面汤的味道。

"陆祖德因身材天生残疾，不方便出面，就与孙氏伪作母子，以此降低受害人的心防，屡屡得手，原本以他这个地位，是不必再亲自出面干活的，但他心理扭曲，竟也颇为屡试不爽而得意，觉得自己天生就是干这一行的料子。

"孙氏每次为他做事，良心就会受谴责，几番下来，早就受不了了，却苦于求助无门，不得不继续在他们的胁迫监视下为虎作伥，你姐夫的偶然出现，却为她带来一丝希望。"

第148章

陆祖德的身材既是缺陷，也是陷阱，许多年轻女性容易对一名陌生成年男子心生警惕，却会对陆祖德放松心防，他正是利用这一点，拐骗了不少年轻姑娘。

这些女孩子大多家世清白容貌姣好，在家里受着宠爱，否则也不至于轻易受骗上当，可正是这样的女子，比起那些辗转风尘或从小因贫困受苦的姑娘，更受人贩的青睐。

凌枢的姐夫周卅那天之所以会认识陆祖德，是因为陆祖德正在接近一名跟小狗玩耍的年轻女子，那女孩子是附近中学的学生，下学了跟伙伴玩耍，被小狗吸引，陆祖德眼看这么好的"货品"在眼前，自然不会放过，没想到那小狗突然发狂，追着他咬，陆祖德在女孩子面前又不能露出凶残一面，只好暂时抛下对方，狂奔一路，被狗追到好几条街以外，遇到了下班回家的周卅。

周卅以为他真是个寻常小孩儿，好心为他解围，还让他不要欺负小狗，陆祖德又不是真正的孩童，哪有心情听这些，只是看周卅衣冠楚楚，不免多试探两句，结果就发现周卅竟然在市政府工作，职位虽然不高，以后却未必没有机会打交道。

他起了歪心，有意交好，装成天真无邪的小男孩，而周卅没有孩子，也没想到陆祖德是戴着面具的恶魔，一来二去竟有些忘年交的意思。

因缘际会，作为陆祖德的"母亲"，孙氏也就见到了周卅。

这本来也不算什么，孙氏从来就没把希望寄托在周卅一个小小政府公务员身上，也不认为周卅能救自己，但偶然之下，她听见周卅提起了凌枢。

凌枢在凌家属于闲人一个，至少在姐姐凌遥眼中是这样认为的。

他唯一的本职工作就是跟着岳定唐混吃混喝，不务正业，可偏生每个月薪水比原先在警察局还多，凌遥一天到晚总担心弟弟以后找不到媳妇儿养不起家。

但周卅不一样。

他知道凌枢脑子灵活，身手敏捷，虽然查案只是阴差阳错的兼职，但几个案子都证明他在查案上很有天赋，假以时日认真起来，未必不能闯出一番名堂，所以他嘴边经常挂着小舅子，而且颇引以为豪。

孙氏也听过凌枢的名字，那是在袁门血案被破获之后，上海滩各大报纸争相报道，生怕这段夫妻相残的豪门恩怨不能公诸于世，唯恐曝光率落后于人，孙氏自然有所耳闻。

一切顺理成章。

听见凌枢的名字，想起凌枢的辉煌战绩，孙氏有了逃脱魔窟的念头，但她还不能表露出来，只能几次试探，确定凌枢的品行，才敢塞上那张求救的字条，后来凌枢两次上门，引起陆祖德和宋姐的怀疑，孙氏被下药昏睡，对外伪称生病，但凌枢早就起了疑心，这才追查到底。

若是凌枢中途放弃，恐怕现在别说挖出这里头的秘密，连孙氏也早就命丧黄泉了。

"她身上有不少伤，是被陆祖德他们虐待的，据说救出来的时候人已经昏迷了，现在还在医院里，回头你可以去看看她。"

听见岳定唐的话，凌枢点点头，忽而又想起来——

"那她妹子呢？"

岳定唐道："死了。"

凌枢愣了一下，睡意登时飞走不少。

"怎么就……死了？"

岳定唐道："上个月病死的，传出来就是病死，但也有传言说是惹怒了鹿同苍被他失手打死，孙氏应该还不知道死讯。"

孙氏心心念念地想把妹妹救出去，却没想到对方已经在获救之前就死了。

凌枢有些唏嘘，一时竟不知说什么才好，半天才找回声音。

"那春山会的其他女子……"

那些女子自然都获救了。

但也不算完全获救。

有些没来得及被糟蹋的尚好，登记姓名籍贯，通知家人来领，还能一家团圆，有些堕入魔窟经年，被转手多次，身心遭遇巨大创伤，甚至精神都出现不大正常的迹象，这些人才是最棘手的。

巡捕房和江河都不是开善堂的，肯定不可能收留她们，除开个别已经跟施害者狼狈为奸沆瀣一气的，大部分女子都无法再回到过去的生活了，家里要是知道她们的遭遇，未必就肯收留她们，许多人也因此不愿意谈起过往，连姓名住址都不肯交代。

匆匆一夜，千头万绪，江河和洋人忙着收拾抢夺鹿同苍死后留出的权力真空，谁也顾不上再去安置这些人，只有凌枢和岳定唐能想起她们。

岳定唐道："我认识一个教会的修女，回头问问，如果能暂时安顿，给她们一份儿活干也好。"

凌枢觉得这主意不错，也因此被启发了。

"还有一些工厂也招收女工，可以问问她们自己的意愿，若是愿意去干活，那就更好了，总不能下半辈子都自暴自弃，这年头也不讲究三从四德了，她们应该不至于去寻短见吧？"

话虽这样说，他自己也不确定。

毕竟在他心目中，那样坚强的凌遥，都会因为周卅的一点儿风吹草动而疑神疑鬼，甚至在情绪崩溃之后也没有考虑过离婚这个选项，骨子里依旧还残留一些封建的念头，更不必说这些饱受摧残的女子了。

岳定唐倒没有凌枢这样多的感慨。

"路已经给她们指出来了，走不走要看她们自己，如果她们不肯振作，就是扶着她们走也没有用。"

他见过有些人，在黑暗中待久了，就对黑暗有了依赖，哪怕有人牵着对方的手告诉他前方就是光明，这人也不敢相信，不愿意走出来。

说白了，时代沉浮，更迭汹涌，多少人身不由己，比这些女子更悲惨的也大有人在，许多时候并没有出现一个凌枢从天而降来拯救他们，他们只能依靠自己拼命挣扎，或就此沉沦溺死，或从荆棘满布斩出一条血路。

岳定唐觉得自己若是遇到这样一个人就要感同身受，只怕早就活活心痛而死了。

但凌枢不一样，他自己也是从枪林弹雨，九死一生里走出来的人，却偏偏感情丰沛，悲天悯人，嘴上吊儿郎当，行动却一点儿不含糊，若是遇见需要帮助的人，想尽法子也要帮助对方。

岳定唐一边不赞同对方，一边却又无可救药地跟在后面被动帮忙，一边生气凌枢冲动惹事，一边却又忍不住纵容这样的行为。

如果不这样做的凌枢，也就不叫凌枢了。

对于所有人而言，今晚注定是个不平静之夜。

江河是如此。

洋人们是如此。

凌枢更是如此。

第 149 章

老管家一如既往地起了个大早。

他在岳家许多年，到了他这个地位，本不必再干这些琐碎细活，岳定唐他们早将他当成岳家一分子，也是岳家的主人之一，但他年纪大了自己闲不住，又还总以岳家仆人自居，不肯舒服享受别人的服侍，每天早上亲自忙活，帮岳定唐准备早餐。

今天则多了一份儿，凌枢的。

这也不算特殊，凌枢偶尔也会在岳家下榻，虽然次数远比他在这里蹭饭少，但并不罕见。

老管家听说他们昨夜办了件大事，捅了一个天大的窟窿，跟本地大佬鹿同苍有关，牵涉黑白两道，似乎还有洋人和南京那边的高官卷入其中，错综复杂，他听了半耳朵也没听懂，索性也就不去问了，只要专心经营好家里，让孩子们回来的时候有盏灯亮着，有碗热汤喝，有个人等着。

岳定唐比往常起得还早点，头发随意梳了一下，带着居家的休闲，肉眼可见的心情不错。

老管家会心一笑，猜想应该是昨天的事情很顺利。

"四少爷，一切都还好吧？"

岳定唐知道他的言外之意，是问需不需要岳家出面，他点头让老管家安心。

"还好，不是我们的事情，只是凌枢正好发现一个可怜人，帮了她一把，才顺带引出这桩官司，鹿同苍已经死了，以后的事情跟我们无关。"

他三言两语概括了个七七八八，老管家也没多问，他这把年纪见惯风雨，再大的变故也很难露出过分惊讶的反应，只是闻言夸道："凌少爷真是个善良英勇的人。"

"凌枢估计是要睡懒觉的，早餐留一份儿给他就行。"

岳定唐拿起一个油饼，顺口道。

刚说完这话，就听见老管家道："凌少爷。"

他跟着回头，凌枢果然从楼梯上走下，睡眼惺忪。

"凌少爷，您吃油条还是油饼？"

"油……"话到嘴边，凌枢忽然改变主意，"还是豆浆吧，我今天想吃点清淡的。"

老管家笑道："清淡的也有，豆浆，鸡汤面，您昨晚不还念叨着吗，今天早上另给您做了一份儿，我去让人盛上来。"

"周叔你真好，那就麻烦了。"

老管家对他爱护有加，如自家子侄，凌枢也自然而然撒娇。

眼看岳定唐用餐完毕起身准备出门上班，凌枢放下空碗，瓮声瓮气道："岳长官，我身体不适，今日请假！"

这语气活像岳定唐欠了他十万大洋没还。

岳定唐居然也很自然地嗯了一声，还过来摸他的头。

"那你在家好好休息。"

凌枢："我想回家。"

岳定唐："我送你回去。"

凌枢："我又不想回家了，想去看电影。"

岳定唐："我载你去电影院门口？今天我有个会要开，没法陪你去看了。"

凌枢忽然蔫了，趴在桌上一蹶不振，挥挥手打发苍蝇似的。

"你去吧，不必管我了。"

凌枢把岳定唐赶出门，没精打采三分钟之后，就有新的事情找上门来了。

沈人杰过来拜访，说江河那边想跟他见一面，问他有没有兴趣，参与审问陆祖德。

第150章

陆祖德跟随鹿同苍也很久了，时间虽然比不上江河，但足够长的。

他帮鹿同苍操持贩卖人口这门买卖，独门独户的生意，自然在这一块比江河要知道许多隐秘，后期鹿同苍跟江河实际上已经闹翻了，很多事情鹿同苍不可能经江河之手，江河也不清楚，陆祖德却知道。

可以说，鹿同苍一死，他就成了许多秘密的唯一知情人。

这样一个人，凌枢自然是感兴趣的，然而他也明白秘密知道得太多，反倒死得更快，有时候装傻才能活得更长久。

所以他拒绝了沈人杰，并对他道："那些女子的安置，我可以帮忙，但是陆祖德此人，还是由江先生全权掌管吧，我不会干涉，你也最好别多干涉。"

沈人杰想往上爬，跟江河交好不失为一条途径，不过他这样没背景、没势力的人，也很容易被当成枪子儿。

凌枢这句提醒，是纯粹出于好意，老沈虽喜欢贪图小便宜，却不是个坏人。

沈人杰嘿嘿一笑："你放心，我胆小得很，让我参与太深我也不敢，他让我过来传话，是跟一件新案子有关，想让你帮忙。"

凌枢："跟这件事没关系的？"

沈人杰："没关系，但也有点儿关系。你听过冯珍珠吗？"

凌枢："冯家三小姐？前不久刚刚登报订婚，花费不菲的冯珍珠？"

沈人杰："对对，就是她！她失踪了，家里人还在找，没张扬。冯小姐失踪前，被人看见进过德成菜馆，所以现在怀疑事情跟陆祖德也有关系。"

德成菜馆就是春山会的地点，昨晚凌枢刚刚去大闹过一回，里头被他砸坏多少锅碗瓢盆、椅子凳子已经数不清了。

陆祖德就是做这门买卖的，而且专门针对家世清白的女孩子下手，冯小姐不明就里误入魔窟被抓去，也是有可能的。

凌枢正需要事情转移注意力，闻言就答应下来。

"那我跟你过去看看。"

陆祖德还被拘在巡捕房。

跟他一起的还有宋姐和蓉姐，这两个哼哈二将。

不过三人都是分开审讯的，以防串供。

凌枢过来的时候，江河正好也在巡捕房，跟洋人在闲聊。

"这次多谢你了。"

他看见凌枢进来，当先打招呼。

"我欠你一次，有什么事可以喊我。"

"别，您折煞我了！"凌枢夸张后退半步一拱手，"我这也是多管闲事，恰逢其会，主要还是为了自己的好奇心，可不敢居功，不过您要是肯请我吃顿饭作为谢礼，那我也就生受了。"

江河挑眉，他知道凌枢很聪明，这种聪明不是张扬在外面的锋芒毕露，而是披着吊儿郎当的皮，却比谁都洞明世事、人情练达。鹿同苍一死，江河就算要跟洋人分薄利益，实力也会进一步增强，隐隐已经有取代鹿同苍之势，这时候如果有人能得他这么一个人情，就算不是飘飘然，也绝不会像凌枢这样立马拒绝，清醒得可怕。

"请饭是应该的，一顿不够，起码三顿。"

凌枢："敢情好，只要不是在德成菜馆，上哪儿都成！"

江河哈哈一笑。

"那怎么着？你想先去吃饭，还是先去看看陆祖德？"

凌枢现在肚子都是涨的，怎么可能吃得下？

"先去看看陆祖德。"

江河意味深长："那你要有心理准备。"

半小时后，凌枢才知道他说的"心理准备"是什么意思。

陆祖德疯了。

这是一件很不可思议的事情。

明明昨天晚上他还跟凌枢斗智斗勇，被凌枢拎着跑了一路，还被凌枢打了一枪，那枪是打在腿上，没打在脑袋上。

可现在，这个不分场合一脸傻笑，在那儿流着口水也不擦的傻子，是昨晚那个老奸巨猾、人小心大的陆祖德？

"陆祖德。"凌枢开门见山，"你别装了，大家都知根知底，早点交代不好吗，你自己也能保住一条小命。"

说罢他扭头问江河："你准备杀人灭口不？"

江河："……"

估计是头一回遇上问这么直白的，江河沉默三秒，才开口回答。

"本来是准备把他移交公开审判的，但如果他肯言无不尽，我们自然也会从宽处理，起码保住他一条小命。"

这件事的社会影响过于恶劣，失踪者多为良家妇女，不少家庭都是报了案的，现在鹿同苍已死，江河也没必要帮他藏着掖着，这些案子已经陆陆续续曝光出来，如无意外，陆祖德作为头号帮凶打手，肯定会落得个枪毙的下场。

但江河的话，并没有能令陆祖德动容。

在他说话时，凌枢也以眼角余光仔细观察陆祖德的神情变化。

所谓神情变化……

就是一点儿变化也没有。

依旧傻笑不已，喉咙发出嗬嗬声。

就像真傻了一样。

他腿上还有血迹，是昨晚枪伤留下的，但巡捕房已经给他包扎过了，不可能任由他失血过多而死。

其他大大小小的伤口，也大多是外伤。

凌枢看着他脑门上的纱布："他撞到脑袋了？"

江河有点儿无奈："他自己撞的。"

其实昨天刚被抓回来的时候，陆祖德慌乱之下，急于保命，还真交代了不少东西。

比如，鹿同苍表面上道貌岸然，斯文儒雅，背地里则干了许多见不得人的勾当，这贩卖人口是其一。

陆祖德说，鹿同苍手下的兄长早死，鹿同苍听闻他嫂嫂颇有美色，就要求手下把她献上来，那手下为了荣华富贵，还真就屈服了，那女子就此成了鹿同苍的玩物。

这不啻一桩天大的丑闻，足以让鹿同苍被钉死在耻辱柱上，身后再也不可能翻案。

"他说的那个手下我认识，姓楼名峰，此人的确是对鹿同苍忠心耿耿，多年来一直待在他左右不曾离开，昨天晚上一直跟到小船上被乱枪打死的人之一，就有楼峰，但我从来没听说过他有个美貌的嫂子。"

说这句话的时候，两人是在审讯室隔壁，江河自然不会当着陆祖德的面说。

他到底是真傻还是装疯卖傻，还有待商榷。

凌枢："那楼峰有兄长吗？"

江河："有，这个我可以肯定，他兄长的确也是前两年死了，但妻儿家眷，我并未过问，昨晚让人查了一下，并无结果，鹿同苍老巢太多，一时之间也没那么快全部清剿，说不定还有没被发现的漏网之鱼。"

凌枢："是谁发现冯小姐失踪前去过德成菜馆的？"

江河："没有人发现，是蓉姐自己交代的。她说前两日有个年轻漂亮的女孩儿进了德成菜馆，说是要等朋友过来，正好被陆祖德瞧见，那家伙动了色心，后来蓉姐有事离开，回来之后也忘了问。我将冯小姐与她形容的模样对比了一下，应该是八九不离十了。"

凌枢："那陆祖德怎么说？"

江河："一开始审的是他，他除了交代那件事，还说了鹿同苍跟南京一名高官勾结，对方为他充当保护伞的事情，那人名字叫——"

"打住！"

凌枢抬手，赶紧制止他继续往下说。

"我说了不想听秘密啊！"

江河："……你听了才能完整了解陆祖德这个人，此事也不算什么秘密了，大家心照不宣，连洋人都知道，我不会杀你灭口的，放心。"

凌枢："那你说吧。"

江河说了一个名字。

凌枢沉默了。

此人可是鼎鼎有名的政府红人，能量巨大，经常能在报纸上看见他就站在委员长旁边，鹿同苍能在上海滩立足这么久，若是没有背景，谁都不信，可他的后台竟是如此强硬，此番要不是凌枢他们出其不意，根本不可能扳倒这棵大树，也因此江河事前才会迟迟不敢答应岳定唐。

"这与陆祖德有什么关系？"

江河道："陆祖德连这个人名都肯供出来，可问起冯小姐时，他却开始装疯卖傻，一会儿说自己不认识什么冯小姐，一会儿说冯小姐死了，还是被鹿同苍下令活埋的，一会儿又说自己看见冯小姐的鬼魂，吓得四处跑，还拿脑袋去撞墙，然后就疯得更厉害了。"

凌枢沉吟，难道这冯小姐有什么说不得的故事，比鹿同苍那个后台还要惊人？

不太可能吧，鹿同苍都死了，陆祖德还有什么义务要帮他保密？

凌枢左思右想也想不通，摇摇头。

"这件事单从你这只言片语来听，我也没有头绪，恐怕还得找更多线索。"

江河："冯家人现在很着急，听说案子跟陆祖德有关，已经求到工部局那边去了，工部局的人来找我，我又推荐了你。"

凌枢："……"

见他一脸无语，江河笑出声。

"这可不是我故意要给你找事，冯家已经出了钱，明码标价五万美金，这是能找到人，并且人完好无损的前提下。生要见人，死要见尸，万一冯小姐有意外，起码也要让冯家人找到尸体并知道真相，这个价格就略低了些，三万美金，也是个不错的数目了。"

江河这么一说，好像倒真是个美差。

"还有，过两天，报纸可能会来采访你，你要有心理准备。"

卷|五

还魂夜与鬼来电

第 151 章

随着鹿同苍的死，这件案子逐渐浮出水面。

江河希望一锤子把鹿同苍锤死，好彻底接手他的势力，洋人也希望将此事彻底定案，以免夜长梦多，双方一拍即合，此事闹得沸沸扬扬，那些黑白两道的事情不方便为大众知晓，但最能昭示鹿同苍罪状的，还是他唆使手下拐卖人口的事情，江河不方便露面，但总得有个破案的功臣，这件功劳自然而然就落在凌枢身上。

从救人的角度来说，也的确是凌枢揭开了这个井盖。

"如果不是你，就没有那么多女子获救，她们也不可能重见天日，如孙太太等人，必定会受尽折磨而死，虽说施恩不望报，但好人好事也得广为流传，才能鼓励更多善行，你不必害羞……为什么这么看着我？"

江河说不下去了，顶着凌枢怪异的目光，忍不住摸上自己的脸。

今天出门没刮胡子？

凌枢："你这些话是谁教你背的？"

江河："那么明显？我那新来的师爷教的。"

凌枢实话实说："略显僵硬，一眼就看出不是自己措辞的。"

江河直言不讳："那我下回背熟一点儿。"

凌枢："……"

江河明摆着装傻充愣。

对付厚脸皮的人，只能以子之矛攻子之盾。

凌枢笑道："江先生好算计，把我推到台前出风头，你自己却在后面躲清闲，这种新闻采访，对我来说没有任何好处，还是免了吧，什么采访，让你那些手下、情人出面就好了，当英雄这么大的好处，就留给他们了，当你欠我个人情吧。"

江河抽抽嘴角："手下就罢了，我哪儿来的情人，不要将我与鹿同苍相提并论。你若不爱出面，我就帮你推了，不过这是你打响名头的大好机会，你可以好好考虑一下，鹿同苍树倒猢狲散，那些人忙着亡命天涯都来不及，不会真有对他忠心耿耿的人来找你算账，你大可放心。"

凌枢："打响名头从何说起？"

江河不急不忙，先把烟盒递给他，得到对方否定的答案之后，又自己点燃一根，吞云吐雾，这才慢悠悠开口。

"你难不成一辈子都安于现状，在岳定唐身边当个小秘书、小助理吗？凌枢，你能力不差，要身手有身手，要脑子有脑子，何必在别人屋檐下低头？不如自立门户，开个侦缉社，我还能介绍些富家太太丢猫丢狗，捉奸丈夫，巡捕房和警察局都懒得管，却有不菲收入的活儿给你，不比现在滋润多了？"

凌枢笑了笑，没接话。

江河也许是好意，但他这样说，明显不了解凌枢。

他如今千帆过尽，就剩下混吃等死、得过且过一个爱好了。

如果非说还有执念，无非就是保护家人，再加上一个姓岳的。

"谢了，我好好考虑一下，新闻采访你随便找个人顶上吧，我就不露面了。"

江河见他要走，忙问："那冯家的事情？"

凌枢挥挥手，头也不回。

"晓得了！"

冯小姐这件事，光从江河这里听，是听不出个所以然的。

要打听冯家的消息，还有一个人比江河更靠谱。

凌枢怎么也得问个清楚明白，才决定接不接这个差事。

虽然他不怕麻烦，但也不想被人带坑里去。

眼看时近中午，凌枢寻思上哪儿去混一顿午饭，虽然不算饿，但午饭也是不能不吃的，尤其是能占便宜的情况下，绝没有自己掏腰包的理儿。

他东晃荡一下，西晃荡一下，看着琳琅满目的零嘴儿也没下手，终于晃荡到市局门口，进去一看，办公室是空的，岳定唐没在。

他日常两点一线，不是在市局就是在学校，这边没人肯定是在那边，凌枢又去了学校，居然也扑了个空，同办公室的教授告诉他，一名女学生来找，岳定唐跟着一起出去了。

这年头师生恋并非个例，社会上也有一些名人担任教职期间与女学生发生感情的，市井坊间总是对这样的故事津津乐道，不过数量终归是少，这教授说话时就带了种说不清道不明的意味，仿佛在等着看好戏，又似笃定岳定唐和女学生之间一定会发生点什么。

奈何凌枢心不在焉，根本没听出他的弦外之音，让教授的一腔八卦共享之心无处发泄，甚是失落。

跑这两趟下来，凌枢也才有些饿了，他离开学校，准备就近找间小饭馆随便对付一下，不经意路过一间咖啡馆，却看见坐在窗边两个人。

坐在岳定唐对面的，则是一名年轻貌美的女学生。

依稀还有点儿面善。

凌枢站在原地回忆，玻璃后面的人看见他了。

女学生正好面朝他这边，见状眉梢一扬，惊喜起身，还冲他招手，示意他进去。

凌枢也想起来了，上回他去岳定唐学校找人，途遇这个姑娘，对方正是岳定唐的学生。

"萧小姐，别来无恙。"

凌枢一进去就问候对方，萧月发现他还记得自己，便也更高兴了。

只是这高兴之中，还夹带几分忧心忡忡。

"凌先生好。"

萧月忙起身致意，很有礼貌教养。

"萧小姐不用客气，我是不是打扰到你们了？"

萧月看了岳定唐一眼，见老师没说话，忙道："没有没有！我是有事请托到岳教授这里来的，正好也是想拜托凌先生您帮忙，能恰好遇见您，真是太高兴了！"

"是冯小姐的事情，萧月是她的闺蜜，想让你帮忙。"岳定唐终于接话。

他的态度有些冷淡。

萧月也许看不出来，但凌枢一眼就看出来了。

凌枢一时琢磨不透对方这冷淡是冲着萧月，还是冲着自己。

"你是说哪位冯小姐？"

虽然刚刚从江河那里听到这件事，但凌枢还是再次确认一下。

萧月：“就是冯家三小姐，闺名冯珍珠。”

冯家和萧家乃是世交，萧月跟冯珍珠自小一起长大，感情也非同一般。

不过萧月爱读书，成绩也好，就上了大学，冯小姐志不在此，读了个中学毕业已经不错，她和吴家四公子吴蓬两情相悦，可谓金童玉女，两家人都喜闻乐见，绝不至于发生什么门当户不对的闹剧。

吴蓬一表人才，学的是建筑学，还准备出国深造，两人商量好，冯小姐打算结婚后就随丈夫出国，夫唱妇随，珠联璧合。

但好景不长，吴蓬在国内随老师到野外采风时，不慎从高处落下，摔成重伤，不治身亡，冯小姐还未正式过门，就痛失了未婚夫，悲痛不已，差点儿遁入空门。

“这件事当时我看过报纸报道过，的确很可惜。”凌枢道。

萧月点点头，神色黯然。

“此事过后，珍珠低落好久，我怎么劝，她也没办法振作起来，我生怕她想不开寻短见，不开学的时候，几乎日日陪伴她，开学之后有空也会去看她。但前段时间，她忽然就渐渐好起来了，还要跟吴家五公子订婚，她能走出阴霾，我也为她高兴。”

“等等，”凌枢听到这里，出声打断，“你说吴家五公子，是之前那位吴蓬的——”

“弟弟。”萧月补充道，“但不是同母所出，吴部长有过三房太太，长房是老家订的，他出来革命之后就另娶了，过了两年那位太太难产去世，他又另外娶了一位。”

吴部长年纪虽然大了，但不改风流本性，许多女人甚至不为他的权势富贵，就为他本人的魅力，愿意不计名分地为他生儿育女。

背后议论长辈是非，萧月面色略有尴尬：“吴蓬行四，是二太太所出，吴五公子吴斐，则是现在这位太太生的。”

联姻对象同样是吴家，前后还是兄弟，两家人自然也没什么意见。

但是萧月看着却不太对劲儿。

“我其实也说不上来，就是看珍珠跟吴五公子相处还挺开心的，但她有时候独处却还会怅然若失，神思惘然，我以为她是碍于婚约和两家交情，不敢悔婚，只能退而求其次，但她却给我说，吴蓬回来了。”

凌枢：“这是什么意思？吴蓬没死？”

萧月摇头：“怎么可能，他的葬礼我还出席了。我也听不明白，就问她，她又不肯直说，那句吴蓬回来的话，我记到现在，总觉得，听着有些发凉。”

凌枢：“这是什么时候的事情？”

萧月："大概是十来天前吧，之后我就再也没有见过她，昨天才从她家人口中得知她失踪的事情。"

一个单身女子失踪，家人自然是不肯大肆宣扬的，一来为了女子名节着想，二来为了家族声誉，要不是冯家关系大，在巡捕房那里挂上号，又爆出春山会的事情，两者也许都不会被联系起来，冯珍珠可能都要永远消失在茫茫人海里。

凌枢觉得能从萧月这里得到的信息差不多了，起码证明江河没有说谎，再详细的事情，她恐怕也不清楚，还得问冯家人，或者蓉姐。

萧月道："凌先生，我知道您破案很有一套，比那些巡捕和警察都强。"

凌枢好笑："我也是警察。"

萧月脸红，凌枢这"游手好闲不务正业"得让她都快忘了对方的本职。

"此事还请您帮帮忙，冯家现在也在悬红找人，我可以为您牵线联系。"

赶在凌枢答复之前，岳定唐忽然插话进来。

"先吃饭吧，吃完再说。"

凌枢假惺惺："不会打扰两位吗？"

岳定唐横他一眼："我说打扰你就会走吗？"

凌枢："那你可以先帮我和萧小姐点一桌菜，咱们分桌吃，互不干扰。"

第 152 章

岳定唐当然没有分开两桌点餐。

"来两份牛排，一份六成熟，一份七成熟。"

他轻车熟路地给自己和凌枢下了单。

"萧月，想吃什么你自己点。"

萧月答应一声。

等菜上齐，岳定唐又自然而然地把薯角放在凌枢面前，加上两份黑椒酱，后者则自然而然地将黑椒酱都倒在自己的牛排里。

吃完饭，萧月很有礼貌向两人道谢。

"凌先生，不知是否方便要个电话？如果冯家那边有消息，我也好及时知会您。"

这年头能安电话的家庭少之又少，非大富大贵之家不可，萧月有心联系凌枢，却开口就发现不妥，但话已经来不及收回了，只能暗自懊恼。

凌枢果然道："我家里没电话，把市局岳长官办公室的号码给你吧，你打那个电话也一样。"

"那，好吧。"萧月退而求其次，毕竟闺蜜失踪，她也有些担忧，纵然有心跟凌枢亲近，暂时也顾不太上。

岳定唐道："萧月，你吃完就回学校吧，我们还有点儿事。"

"……好的，岳教授。"

她感觉岳教授今天似乎有那么点儿不绅士，哪里有女士刚拿起餐巾拭嘴，就下逐客令的道理？

但学生在老师面前毫无反抗余地，萧月只好起身告辞走人。

凌枢也看出岳定唐并不是那么想让自己去蹚这趟浑水。

"这件事是不是有什么猫腻？"

岳定唐不答反道："你从东北回来之后一直没怎么调养，又碰上陆祖德的事情，应该好好休息一段时间。至于冯小姐的事情，谁去找都一样，冯家家世摆在那里，警察局不可能袖手旁观，必然会尽力的，多你一个少你一个都不差。"

凌枢挠挠脸，忽然问："老岳，我想问你个问题。"

他如此郑重其事，岳定唐有些不习惯。

"你会不会觉得，我挺不务正业的？"

岳定唐不动声色："这话从何说起？"

"你刚才也说了，其实找人这种事情，多我一个少我一个都无妨，他们找我帮忙，无非是我好奇心强，不放过任何一个细节。但仔细想想，这种好奇心有时候反而会给亲人、朋友带来麻烦。比如这次陆祖德，要是我最后没摆平他，我姐夫和姐姐的安全就要受影响了。说到底，还是多亏你去找了江河。"

有些念头起初就像荒草，无人问津，但风一吹立马见长，变得茂盛起来。

江河劝他另立门户那段话一直在脑海里徘徊不去，凌枢从不以为意到觉得也有几分道理。

"所以你的意思是？"

岳定唐却听得微微蹙眉。

"那什么，我知道你不需要，不过以后吃饭，我也出一半钱吧。"

说到这里，凌枢有点儿尴尬，下意识清清嗓子，干咳两声。

"怎么说我也该有所表示……你做什么这样看着我？"

"那这顿饭你来给？"
岳长官这句话颇有点儿小心试探的意味。

"行！"
凌枢回答得豪气干云，当结账单送过来的时候人傻了。
这顿饭顶得上他半个月薪水。
凌枢："……"
岳定唐："是不是太贵了？我来吧。"
凌枢忙伸手拦。
"别别，一顿饭我还是请得起的，你要不让我给，就是瞧不起我！"
这顶帽子扣下来，岳定唐还真受不住，不抢了。
凌枢的内心在悲泣。

第 153 章

把钞票递出去的那一刻，凌枢觉得自己刚才的豪气干云，都是昨晚脑子被下的蛊。结完账之后，他抓着空瘪的钱包，感觉前所未有的空虚，大有人生到此为止，一切了无生趣的彻悟。

眼睁睁看着钞票长翅膀飞走之后，凌枢干什么都提不起兴趣了，连头上两根头发都蔫了吧唧，像被霜打了的茄子，就连岳定唐提议去看电影，他也有气无力地摆摆手。
"你自己去吧。"
岳定唐有点儿好笑，又不能把笑意表现得太过明显，不然对方肯定更要恼怒了。
他勉强压平嘴角弧度，嗯了一声。
"我下午还要去一趟学校，有点儿事情，你先回家休息，晚点我过去找你。"
说完还顺带摸摸他的头，把那两根呆毛摸平。

凌枢目光呆滞地趴在桌上，后知后觉自己被当成小动物一样安抚，想起身追究，岳定唐已经走远了，他叹了口气，又默默在桌子上趴了会儿，打算一下午用晒太阳思考人生来度过。

可惜这份悠闲没能持续多久，就有人找过来了。

是去而复返的萧月。

"凌先生，您还在？"

萧月有些惊喜。

"我本想过来看看，没想到真能碰见您，要是不见人，可能就得打电话找了。"

凌枢还是那副懒洋洋提不起劲儿的样子，不过对着不太熟的女士，总算直起身体，知道要维持基本仪态。

"我也大不了你几岁，直接喊我凌枢就成，怎么了，是有急事找我？"

萧月点头，一路小跑过来，还有些气喘。

"我刚刚去了冯家，冯家伯父伯母都在，他们听过你的名头，很愿意让你也参与进来，帮忙寻找珍珠的下落。他们还说，若能找到珍珠，冯家愿意在原来的悬红上再加五千银圆。"

凌枢眨眨眼。

五千银圆足够吃多少顿饭？

即便是今天这样规格的午餐，也够吃很多次了吧？

"钱不钱的无所谓，主要还是找人，我跟你走一趟吧。"

萧月高兴道："多谢，您果然是个热心人！"

她自觉没看错人，在校园里遇到凌枢时，先为他的外表所吸引，这种好感在发现对方表里如一的时候自然更为强烈。

"我司机就在外面等着，我们随时可以走。"

能跟冯珍珠当闺蜜的萧月，家境自然也不会差到哪儿去，从出入都有司机接送就能看出来了。

凌枢跟她坐车到了冯家，抵达目的地之后，凌枢不由得挑了一下眉。

巧了，这地方离岳家还不远，可以说都在同一片区域。

这也难怪，这一片住的非富即贵，冯家与岳家住得近，理所当然。

"冯部长常年不在上海，这几天也是因为女儿的事情才回来，冯公馆平日住的是冯家几兄妹。"

下车路上，萧月一边给凌枢介绍。

"珍珠有两个哥哥。大哥跟着冯部长在南京，二哥在上海读书。"

凌枢想起来了："她二哥是不是叫冯谅？"

萧月："对，您认识吗？"

凌枢："很多年前认识，现在恐怕他也不记得了。"

的确是很多年前。

那时候凌家还未败落，偶尔在舞会派对上会遇见，两人读的学校也算是上海数得出比较好的中学，难免会有一起举办活动的时候。

不过凌枢跟冯谅的交集不多，因为后者成绩不大好，也无心学习，有什么活动都无法代表学校出面，凌枢还记得有一回舞会上，冯谅因为被父亲教训几句，让他向凌枢多学着点，就忍不住迁怒凌枢，后来还生出几句口角嫌隙。

多年过去，两人就像这座宅邸和外面偶然飞过的蒲公英，也许在某一刻会产生交集，但这种交集注定擦身而过，不痛不痒。

冯公馆从外表看来要比岳家奢华许多，不过凌枢一进去就发现，这里头的陈设，未必比岳家好，甚至与外头的装潢有些格格不入，带了些半新不旧的年代感。

当然并非说这些东西不值钱，凌枢自己也是经历过大富大贵的人，他只是从这些细节里看出一个答案：冯家并没有看上去那么光鲜亮丽。

凌枢记得刚才萧月提前离席之后，自己还问过岳定唐，冯家现在的境况如何，冯部长在官场上可还得意？

这些问题并非无的放矢，有时候一个人的失踪，未必和她本人有关，可能也与家人有千丝万缕的关系，但这些话又不方便当面询问冯部长，萧月一个小女孩也说不出个所以然，最合适的询问对象莫过于岳定唐。

岳定唐当时的回答是，冯部长刚刚被调去禁烟部当部长。

禁烟部是个什么地方，顾名思义，就是查禁鸦片大烟的相关部门，但如今大烟是个赚钱买卖，各地军阀占着大头不说，但凡有点儿关系的权贵亲戚，也都想千方百计往这门生意里钻，所谓禁烟，禁而不废，自然是空言，冯部长总不能去把某某人的小姨子或姐夫的摊子给掀了，不过是挂个名头睁一只眼闭一只眼，收拾点小喽啰罢了，没准儿有时候不小心动了哪位大人物的蛋糕，冯部长还得亲自去给人家赔不是。

这样的部长，自然当得有些憋屈。

可见冯部长仕途堪忧。

至于政敌，岳定唐也不大清楚，也许之前有过，但冯部长落败了，所以才会被打发到冷衙门去。

也许冯小姐的失踪，与此并无关系。

思忖之间，在冯家仆人的迎接下，凌枢和萧月走入客厅，见到了冯氏夫妇，和冯三小姐的两位哥哥，大哥跟着冯部长回来了，还有一位年纪相仿的年轻妇人，约莫是冯家大哥的妻子。

冯部长显然已经听萧月介绍过凌枢，见对方问好，便点点头，开门见山。

"我女儿的事情，想必你已经听萧月说过了。"

凌枢应是。

冯部长道："现在巡捕房和警察局的人都在帮忙寻找，我本是不想再惊动旁人，但萧月说你找人查案很厉害，江先生那边也推荐了你，就让你也参与进来，若是我女儿能平安归来，我自然会奉上丰厚的酬劳，但我也希望你守口如瓶，不要对外人提起这件事情，出了这个门，一切只当不知道。"

无论是为了家丑不可外扬，还是为了女儿的名誉着想，这番话都合情合理，虽然冯部长的语气略带生硬强势，凌枢也只当他是关心则乱了。

"冯部长放心，我不是小报记者，也没有探寻别人家事的兴趣，再者这件事，如果连警方都束手无策，我能起到的作用可能也有限，不过我会尽力帮忙的。"

冯部长微微皱眉，似乎对他的话不太满意，但也找不到更大的漏洞，只能就此作罢。

但旁边却有人发出一声疑问。

"凌枢？你是那个凌枢？"

冯谅对凌枢居然还有些印象。

从表情来看，好像不是什么好印象。

"你怎么在干这个，帮忙找人？探子？警察？萧月说的时候，我还以为是同名同姓，没想到真是你。"

探子也好，警察也罢，社会地位都不算太高，冯谅没想到当年被父亲挂在嘴边，让他好好学习的对象，现在成了要靠他家混饭吃的人，一时竟说不清是幸灾乐祸，还是嘲笑父亲眼光不行。

"父亲，您还记得他吧？凌枢，上学的时候您提起过的，说他成绩很好。"

冯部长面露疑惑，似乎还在回忆，冯谅已经迫不及待提醒他了。

"那会儿您不是老说他以后比我有出息吗？现在看来也未必吧，没了凌家他同样什么也不是。"

萧月忍不住道："冯二哥，凌先生是我的朋友，是我拜托他来帮忙的！"

冯部长不知有没有想起凌枢这号人物来，明面上他自然也是要训斥儿子的。

"不可胡言！"

凌枢笑了笑："没想到冯二公子还记得我，没了凌家，我的确什么都不是，想必有了冯家，你现在什么都是了吧？是个什么？"

萧月忍笑，没忍住，嘴角还是漏了点动静。

冯谅斗嘴不过，恼羞成怒："你若是不想领这份差事，只管滚出去便是，轮不到你来奚落主人家，这里不欢迎你！"

凌枢二话不说，转身就走。

他还真不靠冯家吃饭。

那笔钱看着诱人，也不是那么好拿的。

冯三小姐要是没找着，又哪儿来的钱？

萧月顿足，哎了一声，见冯家无动于衷，就也跟在凌枢后面追出去了。

冯部长虽然对儿子的表现很不满，但凌枢也没有重要到让他出声挽留。

一走，一不留，这事儿也就这么闹掰了。

萧月是个明事理的姑娘，追上凌枢还连连致歉，说是自己考虑不周，把过错全往身上揽。

"您别在意，冯二哥是个混不吝的，我平日也看不惯，就是不好说，您可算是为我出了口气，今日是我的错，不该拉着您上门的，改日请饭赔罪！"

凌枢正要说什么，却见冯公馆方向匆匆追出一人，细看竟是刚才站在冯老大身边的那个年轻妇人。

她踩着高跟鞋，脚步却丝毫不慢，后边还跟着冯家仆人，远远见了凌枢他们就喊。

"凌先生，请留步！"

"是冯大嫂！"萧月讶异道。

冯大嫂的脚步这样急，语气这样仓促，连表情都透露出想要留下他们的急切。

凌枢直觉他们离开的这几分钟里，冯家很可能又发生了什么事情。

第 154 章

冯家似乎真的发生了一些变故。

凌枢和萧月离开时，冯家人虽然着急，却也没像现在这样，把焦虑不安明晃晃地写在脸上。

凌枢意识到，这里头非同寻常，而且正是冯家人态度转变的关键。

果然，冯部长主动迎上来，朝凌枢伸出手。

"凌先生，刚才我已经教训过犬子了，他年轻气盛不懂事，平日里也被我惯坏了，还请看在我的面上，不要与他一般计较。"

到底是混迹官场多年的老狐狸，见凌枢没有伸手回握，他笑笑收回，也不露尴尬。

刚刚那个出言不逊、眼高于顶的冯二公子，不知被打发到哪儿去了。

"子青。"

冯部长喊大儿子的表字，冯大公子走过来，递出一个小匣子，当着凌枢的面打开。

里面全是一卷卷的美钞。

虽然匣子只比成人巴掌大一些，但这里头的美钞起码也有七八卷。

凌枢看见这匣子时，只有一个想法：瘦死的骆驼比马大，果然不能光从陈设来判断冯家的境况。

"无功不受禄，冯部长先说说为什么又把我们喊回来吧。"

他深知这家人吃硬不吃软，表现得过于礼貌反倒会让人看轻，便面色淡淡地也不说接不接受对方的道歉。

冯部长看了冯大一眼。

后者上前，沉默片刻，似在酝酿措辞，几秒之后才开口。

"我们接到一通来电，怀疑是三妹打来的。"

凌枢挑眉，静待下文。

"其实这样的电话，我们接到不止一通，前两天夜里，也各自有一通。对方有时候不说话，只是小声哭泣，头一回是用人接的，吓得挂断了，第二回是我接的，听哭声像是我三妹，但我问了几声，对方又不说话，还有沙沙声，像是，像是——"

他停住口，面色复杂，像是不知怎么形容。

旁边他的妻子忽然起身，低低说了句"我失陪一下"，就匆匆去了楼上。

冯大苦笑："抱歉，拙荆有些害怕，因为接那通电话的时候她也在旁边，亲耳听见了，那沙沙的声音，怎么形容呢，就像重物在地上拖动，我当时就想到了尸体……"

难怪他们会吓成这样，凌枢明了。

"就在刚刚，你走了之后，又有一通电话打来，对方还是不说话，我父亲怕是三妹打来求救的，就没挂断，追问之下，只听见那边有很粗重的呼吸声，还有两个字，那边在说：'救我'。"

这像是在讲一个鬼故事。

可冯家人不喜欢鬼故事，他们也不希望自己的亲人变成鬼。

那这样的描述就显得惊悚了。

凌枢相信冯家的人没说谎，谁也不会拿这种事开玩笑。

"冯大公子，你怎么确定电话那头正是令妹，而非别人故意捉弄你们？那声救命，的确是令妹的声音吗？"

"我不能肯定，"冯大道，"只是觉得相似。但是舍妹失踪这么多天，电话是失踪后才打来的，除了她之外，我想不出别的可能性。"

他的态度举止都比冯二正常多了，凌枢也更愿意和他打交道。

"能否详细给我说说三小姐失踪多少天了，还有她失踪之前的情况，我希望能够知道一切细节，这应该有助于我们去寻找她。"

"可以。"冯大点点头。

算上今天，冯珍珠失踪十天了。

冯家父子当时不在，能够充当目击证人的是随身服侍冯珍珠的用人。

根据用人所说，十天前，冯珍珠本来跟萧月有约，但临时让自己打电话给萧月，说自己身体不舒服，当时用人并没有觉得冯珍珠有什么异常，还劝她回房休息，冯珍珠答应了，一上午都在房间里，但下午突然就要出门，让司机载自己出去，说是跟萧月另约了时间，用人不疑有他，没想到冯珍珠这一去就没回来。

而司机则说，自己载冯珍珠去了德成菜馆门口，冯珍珠要在那儿等萧月过来，还说回头让萧家司机载自己回去即可，把司机打发走了。

萧月信誓旦旦："珍珠说不舒服之后，我就没有再约她，更没有另约时间之说，至于什么德成菜馆，我更是闻所未闻。"

听至此处，凌枢望向冯家用人。

"那么问题来了，萧月跟你们三小姐通完电话的这段时间里，还有谁打电话给她？"

用人冥思苦想。

"好像还有大公子的电话。"

冯大应道："不错，我打过，我本是为了找二弟的，但他不在家，我听说珍珠不舒服，就关心了她两句。还有，她跟吴五已经订了婚，两家得找个时间把正式婚期给定下来，吴家周末的舞会就是为此举办的，我让她养好精神，免得到时失礼。"

用人啊了一声："是了，还有一个电话，是五公子打来的！"

她口中的五公子，就是跟冯珍珠订婚的吴五。

按理说冯家应该喊姑爷的，不过现在两人刚订婚没多久，大家一时也改不了口。

凌枢："吴公子说了什么，你知道吗？"

用人："他们没说两句就挂了电话，但三小姐很快精神起来，心情看起来好了许多，应该是吴公子安慰了她吧。下午出门时，三小姐脸上还带着笑容呢！"

现在正是小两口感情甜如蜜的时候，好朋友闺蜜的十句安慰，也顶不上情人的一句温言软语，这也在情理之中。

但这也说明，冯珍珠的失踪，不是蓄谋已久的、出于主动意愿的失踪，跟之前甄丛云的离家出走不一样，她在离开时，明显没有料到自己会再也回不来。

凌枢转向冯部长："方便让吴公子过来吗？"

冯部长点头："我已经派人去喊了，应该马上就能到。"

说曹操，曹操到。

跟着吴五一起过来的，还有岳定唐。

凌枢有点儿意外。

岳定唐明明说自己下午学校有事的。

他有种多管闲事被当场逮住的心虚感。

岳定唐则朝他挑挑眉，好似根本不惊讶凌枢会在这里。

或者说，对方正因为知道凌枢在这里，才会过来的。

冯部长没瞧见两人眉眼交流，他迎向女婿，态度亲切热络。

"你来了。"

"爸！大哥！大嫂！"

吴五也习以为常，称呼很是亲近，已经与一家人无异。

"是不是珍珠有什么消息了？"

第 155 章

吴四和吴五虽非一母同胞，性格也南辕北辙，但对冯三小姐都很是爱护。

凌枢见过冯三小姐的照片，那的确是位美人。

美人风情各不同，能跟萧月成为好友，举止教养自然说得过去，这样的大家闺秀，必然是被众多男子喜爱追求的。

所以吴四虽然死于非命，也没人埋怨冯珍珠命硬克夫，还有不少人因此看见机会，重新追求，最后却由吴四的弟弟拔得头筹。

萧月说过，冯珍珠跟吴五在一起之后，虽然很开心，但偶尔也会失神，还会跟她说吴四回来了的话。

但萧月也说过，吴四和吴五不仅性情完全不同，连爱好、举止和长相，也都很容易区分。

那么冯三小姐就不存在把吴五当成吴四替身的情况。

吴五对冯珍珠失踪的事情很关切，每天都会打电话来询问近况，自己有空也会过来，来的时候还经常带着礼物，礼数让冯家很满意。

如果不是冯珍珠突然失踪，这就是一桩天作之合的婚事。

"你别急。"

冯部长温声安抚吴五，给他说了刚才那通电话，吴五听得色变。

"会不会是珍珠被坏人囚禁在哪个地方，乘人不备打的电话，又出于什么苦衷没法明说？"

凌枢道："电话是个稀罕物，不是大富大贵的人家，或者行政公所一类的地方，是装不起的，我倾向于这通电话不是冯小姐打的。如果是鹿同苍手下干的，他们绑人是为了贩卖，也没有必要再打电话过来骚扰。"

冯部长不是想不到这一层，只是现在找人毫无头绪，他忍不住把所有希望都押在陆祖德身上，期望能从那上面找到突破口。

吴五这才注意到凌枢。

"这位是？"

冯部长正想介绍，却被岳定唐抢了先。

"凌枢，我好友，平日也是我的秘书和助理。"

萧月的朋友，和岳定唐的朋友，那完全不是一个分量。

冯部长心里自有一杆秤，轻重一目了然。

吴五公子恍然，跟凌枢握手。

"幸会幸会。"

冯部长也介绍道："凌先生擅长追查侦缉，上回很有名的袁公馆谋杀案，还有前几天春山会的事情，都多亏了他鼎力侦破，这次我请他来帮忙，希望能尽快找到小女。"

凌枢不想把时间都浪费在寒暄上，点头致意之后，直接就进入正题。

"冯小姐失踪当天出门之前，跟吴先生通过电话，是吗？"

吴五："是的。"

凌枢："我能否知道你们说了什么吗？"

吴五："也没什么，都是寻常问候，她说她身体不太舒服，因此推了跟萧月的约会，我让她好好休息，当时我正在杭州，还说要买礼物回来给她。这不，几匹正宗杭州丝绸还在家里摆着，可惜没来得及送，就遇上这样的事。"

他的说法，跟萧月，以及冯家仆人，是对得上的。

凌枢又道："那我再冒昧问一声，冯部长和吴先生平日里是否得罪过什么人物？如果这几通电话跟冯小姐的失踪有关，那对方也许并不要冯小姐的性命。"

吴五一时没听明白："什么意思？"

凌枢："意思就是，对方在用冯小姐暗示威胁你们，等你们做到他要求的事情，她应该就会平安无恙。"

吴五糊涂了："但电话里不是什么也没说吗？"

凌枢："正因为什么也没说，才让你们抓不到把柄，冯小姐平时要么上学要么在家，顶多跟朋友出去逛逛街，人际关系极为简单，怎么会认识那些三教九流的人，干出这绑架威胁的事情？"

吴五："不是说可能跟春山会的人口买卖有关吗？"

凌枢反问："人口买卖会接着来几通骚扰电话吗？"

吴五不作声了。

冯部长忽然道："贤婿，你是否有什么难言之隐？如果与案情有关，还请坦白告知，我绝不会怪你的，只要珍珠能平安无事，需要付出什么我都在所不惜！"

他察言观色，似乎发现吴五的异状。

吴五忙道："没有没有，我也希望珍珠能早日归来，怎么会隐瞒事情不说？"

所有人都将目光集中在他身上，这样无声的攻势下，饶是吴五也有点儿顶不住，不禁露出苦笑。

"隔壁学校有个女孩子喜欢我，但我已经明确拒绝过她了，她也知道我跟珍珠订了婚，很快就是有妇之夫，上回遇见她，她当着我的面，说一定要让我后悔。但我想，她一个姑娘家，不至于、也没能力做出什么过激的事情，可你们刚这么一说……"

凌枢："你那位同学姓甚名谁？"

吴五："她叫杨春和，是我们隔壁女子大学的中文系的同学，读大二。我们是在一个观星协会认识的，我对天文很感兴趣，那个协会的姑娘很少，她又是每次沙龙都必到的。久而久之，我们就认识了。"

凌枢："你们确立过恋爱关系吗？"

吴五毫不犹豫："当然没有！我们只是在天文上谈得来，她想象力很丰富，总能为每一颗星星描绘出一个精彩的故事，聊天时也有其他同学在场，她曾经对我表示过好感，但我也告诉他，我喜欢的是珍珠，只能与她当朋友。"

凌枢："她的家庭境况，人口关系，你知道吗？"

吴五摇摇头："我刚才就说过了，我们除了天文和观星，很少聊别的话题。"

凌枢望向冯部长："那您这边？"

冯部长道："我新近上任，但也一直在南京那边，我夫人和大儿子同样在南京，如果有对手做出这种下作肮脏的事情，那么他首选也应该是拙荆或犬子才对。"

这话也有道理。

凌枢想了想，道："目前来说，我暂时也没有更好的办法，建议您几头分开寻找，巡捕房那边的人手不能断，还有，要找人去查吴先生说的那位女同学，毕竟她也是有嫌疑的。再者，我会去问问陆祖德和蓉姐，看能不能从他们那边找到什么突破口。冯部长，如果再有这样的电话，您一定要接，尽可能询问对方身份，起码弄明白对方玩这些把戏的目的，我们才好对症下药。"

他的话是老生常谈，但冯部长现在也没有更好的办法，只能表示同意。

"我这就给警察局去电，让他们查查这个杨春和。"

眼下暂时没有凌枢的事情了，他跟岳定唐告辞离开，提也没提冯部长那个装满美钞的匣子。

岳家不缺钱，那些钞票可以当作奖赏，但给凌枢，和给"岳定唐的好友"这两层含义是不同的，冯部长也拿不出手，就让长子另外准备了一些礼物，客客气气地把凌枢和岳定唐他们送出冯府。

岳定唐看他一脸促狭，就知道他憋了一肚子话。

前脚刚离开冯家，岳定唐生怕他憋坏了，主动道："你可以说了。"

凌枢打了个哈哈："我怎么觉得自己有点儿狗仗人势，狐假虎威？"

岳定唐无语，他头一回看见有人把自己比成狗的。

这语气仿佛还很光荣。

凌枢吊儿郎当："岳长官这么急着赶来，是怕我被欺负，坠了你的威名吗？"

被冯家轻慢，他非但没生气，反倒觉得冯部长挺有意思。

活生生的官场现形记，可不是有意思吗？

冯部长这本事，果然是块当官的料。

反倒是冯谅多年不见，依旧有些烂泥扶不上墙，看冯部长的意思，应该也不指望二儿子继承家业了。

"我倒是不怕你受委屈，反正也没人说得过你，我就是见不得别人对你横三阻四。"

岳定唐慢悠悠道，跟凌枢肩并肩走着。

他知道凌枢一定会管这个案子，索性提前去一趟吴家打声招呼，也方便之后询问调查，没想到冯家正好来了那个电话，冯部长派人去请吴五，他便也跟着一起过来了。

岳定唐不像别的豪门子弟，出入非得坐小汽车来彰显身份，此处离岳家不远，走回去也就二十几分钟的路程。

迎着晚霞，安宁平和，时间静止，他觉得再走多久也不是问题。

凌枢一拍脑门，懊恼不已："差点儿忘了，那个匣子，里头起码一千来块的美金呢！"

岳定唐："……"

夜里凌枢在岳家吃了饭也没回去，凌遥早就习惯弟弟会三不五时地借宿在岳家。

老管家专门给凌枢收拾出一间客房。

不过这天晚上，他们的睡眠质量注定不会那么好。

因为半夜所有人都被一通电话吵醒。

电话是冯大打过来的。

他并不知道凌枢在岳家过夜，但凌家没有电话，他只能先把电话打到岳家。

这个时候打电话无疑是严重的打扰，但冯大已经顾不上这许多了。

他在紧张局促，还带着一丝颤抖的语气中，快速说了两件事。

一是杨春和也失踪了。

二是就在几分钟前，他们又接到了鬼来电。

第 156 章

杨春和的失踪也很突然。

昨天下午本该是观星协会的例行讨论活动，每名社员会根据自己过去一周的观星所得提交一份报告，众人围坐一块儿就报告内容互相分享心得。但是活动暂时取消，大家就没碰上面。直到昨天凌枢和岳定唐走后，冯部长和吴五去找杨春和，才发现她根本就没回家。

杨家家境一般，属于比上不足，比下有余的情况，这样家庭的孩子，要么读完中学就罢了，要么就是去上免费的师范类学校，一般不会选择收费不菲的女子大学，但杨春和勤奋刻苦，成绩优异，在入学考试时被老师赏识，破格录用之后免了学费，自己只要交些生活费和书籍费，这才得以成为学校一员。

据杨家父母所言，杨春和平日很乖巧，除了在学校就是回家，基本上很少出门，她尤其嗜好看书，有时候从学校图书馆借了许多书回来，就一头扎进屋子里，能半天不露面，这次下学没回家，是破天荒头一回。

杨春和的失踪是如此巧合，正好就卡在他们想要找她问话的当口，让人很难相信她跟冯珍珠的事情没关系。但现在人不见了，想找杨春和问话也没地方找，冯部长只好让警察局的人先将杨家父母带回去审问调查。

当天晚上，冯家就又来了鬼电话。

这个电话与之前不大一样。

接电话的冯谅信誓旦旦地说自己真听见了妹妹的声音。

他说电话那头的冯珍珠在哭着喊救命，声音忽远忽近，好像在什么荒郊旷野，伴随着风声呜咽，令人不寒而栗。

冯谅当时接电话的手差点儿没拿住，把话筒扔出去，冯大慢了一步，赶出来只看见冯二脸色煞白，牙关紧咬，冯大还以为弟弟鬼上身了。

"我把电话抢过来的时候，对方已经挂断了。"

他对凌枢如是道。

"我二弟许久才缓过来，他说喊救命的肯定就是珍珠，但问题是我们根本就不知道她在哪儿，上海的荒郊多的是，这根本就没法找，而且，我有一个最坏的预想。"

凌枢："而且什么？"

冯大沉默片刻："舍妹很可能已经遭遇不测，这几通电话，实则是——"

实则是冯珍珠的鬼魂在给家人喊冤。

他不必出口的言外之意，凌枢已经知道了。

凌枢根本就不相信有什么鬼魂作祟，但现在他也没法给冯大解释到底是怎么回事。

冯家这通电话过后，凌枢也没什么睡意了，就睁着眼睛躺在床上琢磨。

有人敲响房门。

"进来。"

他都不用猜，就知道是岳定唐。

进来的果然是岳定唐。

但让凌枢鲤鱼打挺翻身坐起的，是对方手中那碗小葱水饺。

水饺是薄薄的皮，肉馅在汤水里隐隐若现，泛着欲拒还迎的诱惑，肥嘟嘟沉浮不定，不时与葱花交互起舞，光从视觉就给予深夜未眠的人一记重击。

"劳烦您老亲自来送夜宵，这怎么好意思？"

凌枢嘴上客气，身体却很诚实，双手已经接过去了。

岳定唐："我就知道你会睡不着。"

他又出去拿了碗饺子进来。

以前他是从来不会在房间里用餐的，这简直是岳定唐无法忍受的毛病。

但现在——

只能说，人的容忍度是随着对方不断突破下限而不断提高的。

"我明天想去见见杨春和的父母。"

一个饺子下肚，凌枢满足地半眯眼，后半句风马牛不相及。

"岳家厨子手艺真好！"

岳定唐："你觉得案子跟她有关？"

凌枢："你怎么看？"

岳定唐："杨春和一个弱女子，就算喜欢吴五，嫉恨冯珍珠，也不太有胆量干下杀人的事情。她家境一般，靠奖学金才上的女子大学，如果能毕业，那必定是前途无量，何必为了一段无果的恋情，葬送自己前程？"

凌枢："人在激动之下，很容易做出违背常理和理智的事情，如果杨春和真像吴五说的那样，暗暗倾心于他，在求而不得的情况下，会不会铤而走险，杀人行凶？"

岳定唐摇头："那她父母呢？就算她学费全免，每年的书本费和各种杂费也不是一个小数目，必然得是真心爱护女儿的人家，才会愿意出这笔钱。有如此父母，杨春和就算要杀人，也会想想后果的。"

"即便她不是凶手，肯定也与凶手有关，又或者，她也是凶手的其中一个目标。"

说到这里，凌枢自然而然想起一个人。

"吴五？"

这两个女人都和吴五有关系。

岳定唐忽然道："你有没有觉得，冯部长的态度也有点儿古怪？"

凌枢："怎么说？"

岳定唐："当时，你在询问他们是否得罪过什么人的时候，冯部长不是先反思自己的人际关系，而是先问吴五。"

凌枢："不错，的确如此。"

岳定唐："他怎么就笃定吴五那边出了问题，而非自己？"

也许他问心无愧。

但正常人在听见凌枢的问题之后，肯定会先从自己身边的人找起，冯部长的反应，就显得太快了，根本没有思考时间。

凌枢道："虎毒不食子，冯部长再怎么样，也不可能对自己的女儿下手吧？"

岳定唐斟酌言辞："会不会，他不希望冯家和吴家联姻，又不好明着撕破脸，所以想出这种法子，暂时把女儿藏起来，等到风头过了，想来吴家也不会再要这样一个儿媳妇？"

凌枢鼓掌："老岳啊老岳，我发现你的想象力丰富起来，故事信手拈来，眼睛都不带眨的！"

凌枢很快就没空琢磨鬼来电的事情了。

第二天中午他们才出门，先是去了租界巡捕房。

杨春和的父母被羁押在那里。

杨家并不住在租界，巡捕房算是跨界了，但这件案子本来就是春山会案件的延续，巡捕房手伸太长，警察局也不愿得罪洋人，就睁一只眼闭一只眼。

可怜杨家原本做点小买卖，家境也算殷实，却是寻常百姓人家，没什么门路人脉，这一被抓进去，就只能听天由命，杨氏夫妻被女儿失踪和可能杀人的消息双重打击，一夜下来，竟是憔悴得不成人样。

凌枢虽然之前没见过他们，但也知道，两人原来肯定不是这样的情状。

"两位好，我姓凌，你们可以叫我凌枢。我是受冯部长之托，过来了解一下案件的进展。"

凌枢接过沈人杰递来的口供本子，翻开看了一下，里头都是杨氏夫妇的供词。

他们对女儿的事情一无所知，只知道她成绩很好，受学校老师的喜爱，这年头能学费全免读大学是个荣耀的事儿，他们也一直引以为傲，左邻右舍更是将杨春和作为自家孩子学习的榜样。

骤然的晴天霹雳，普通人肯定很难接受。

"凌先生，春和那孩子很老实，她是真的不可能杀人的！请您明察啊！"

"是啊，求求您帮我们找到孩子吧！她一定是被什么人抓走了，我们都是奉公守法的良民，别说杀人了，春和连只鸡都不敢杀的！"

他们就像受惊惶恐的动物，不停地往外倾泻内心的不安。

凌枢安抚他们几句，又问了几个问题。

都是很普通，口供本上有的问题。

凌枢对沈人杰道："我没什么要问的了。"

沈人杰无语，心说你问的那些都是什么问题？家住何处，家里有几口人，杨春和平时跟他们怎么相处，昨日干了什么，这不都是口供本上写了的吗？

他甚至怀疑凌枢不想调查，在敷衍了事。

凌枢道："我想去杨家看看，需要他们带路指引，你跟上头申请一下，先把他们放了吧。"

沈人杰睁大眼睛："你以为巡捕房是我家开的？"

凌枢无辜道："这不是让你去申请吗？"

沈人杰提高声音："申请了也不行，这两个可是嫌疑犯的亲属，也可能是同谋！"

凌枢朝岳定唐下巴一扬："老岳，交给你了啊，我先去跟陆祖德他们叙叙旧。"

说罢摆摆手，还真潇洒地走了。

沈人杰把岳定唐拉到另一个屋子，苦笑解释。

"岳长官，您就别为难我了，我现在虽然升了点职，可也还是个小人物，这次失踪的可是冯部长的女儿，这要是放虎归山，谁也担待不起。"

岳定唐："他们方才的表现你也看见了，这两人不可能是同谋，但如果杨春和真是凶手，把他们放回去，她也许会忍不住回家探望，你们可以守株待兔。再者，这两人年纪大了，要是在狱中万一有个什么差池，毕竟是两条活生生的人命，你想必也不乐意看见吧？"

沈人杰面露难色："这……"

岳定唐："你是办案得力，才会升职，如果再立新功，又帮冯部长找回千金呢，难道你想一辈子都待在这里？"

沈人杰一咬牙："我尽量去申请一下吧，不过岳长官您要是也在，肯定事半功倍。"

岳定唐颔首："我陪你去。"

另外一头，凌枢见着了陆祖德。

对方仍是与上次一样，疯疯癫癫的，逢人就露出傻笑。

第 157 章

凌枢一直怀疑陆祖德在装疯卖傻。

但一个人能连续半个小时眼睛不眨在那儿傻笑，也是一种本事。

最起码，凌枢近距离观察之下，看不出什么破绽。

陆祖德被关这么多天里，肯定有形形色色的人来过，期望从他口中套出秘密。

包括鹿同苍的秘密，鹿同苍握着别人秘密的秘密。

鹿同苍死得突然，但他叱咤上海滩这么多年，手里捏着的那些见不得光的把柄，估计足以击倒大半个政坛，令不少大佬惊慌失措。

有多少人迫不及待地想要从陆祖德口中挖出这些秘密的零星碎片，就有多少人盼着陆祖德死。

凌枢听沈人杰说过，陆祖德入狱这么些天，就已经遇到了三次食物下毒，一次狱友暗杀。巡捕房的人只好将他单独关押起来，但这也阻止不了陆祖德自残，据说他逮着机会就会开始折腾，譬如用摔碎的碗瓷片划伤自己，把身上划得大大小小伤口遍布，巡捕房又不能让他死，如此一来还得找个人专门盯着他，可谓心力交瘁。

凌枢的目光从他脖子上向下打量，包括裸露在衣裳外面的手脚，上面一道道深深浅浅的伤口清晰可见，有些还在往外渗血。

他自己却好似毫无察觉，兀自盯着屋子角落的一个点，呆呆怔怔，神游太虚。

凌枢将负责看守他的巡捕支开了，后者忙不迭地如释重负，乐得片刻清闲。

看守这么一个人不是件美差，对方宁可上街巡逻，也不想面对一个疯子，久了能把看他的人也给逼疯。

牢房里只有凌枢和陆祖德。

不远处传来别的犯人嘶吼呐喊，在昏暗空旷中被放大，层层回荡开去，又显得没那么清晰了。

"陆祖德，我知道你不想死，装疯是你唯一活下去的办法。"

凌枢与他咫尺之遥，说出来的话只有对方能听见。

"你知道太多秘密，那些人不会让你善终，但现在这样，他们分不清真假，反倒一时不会杀了你，你就可以苟延残喘多些时日。但你有没有想过，自己还有别的法子活下去？"

陆祖德无动于衷，凌枢也不在意，继续说道——

"我可以帮你改名换姓，去香港。只要离开上海，那些人就奈何不了你，他们也许在这里能呼风唤雨，但离开上海，许多人的手就伸不了那么长，这是你唯一的生路，我希望你好好把握。"

凌枢没打算帮陆祖德改头换面逃命，但他这个办法是真的，但凡一个人还有求生欲，就绝不会在这里坐以待毙，即便装傻，总会下意识地流露出点反应。

但，让他失望了。

陆祖德什么反应也没有。

他依旧目光呆滞，神情木讷，连头发丝都没有颤动一下。

顶多就是嘴里喃喃自语，在唱什么童谣，十句有九句别人是听不懂的。

难道是真傻了？

凌枢不想要一个真傻的陆祖德，那会让他此行没有任何意义。

蓉姐和宋姐那些人加起来，都不如陆祖德知道得多。

即便冯三小姐的下落有什么消息，那肯定也是应在陆祖德身上。

"你想好了，今天我一走，就不会回来，如果你错过这次机会，以后就再也出不去了。我只对冯三小姐的下落有兴趣，其他秘密一概不想知道，你确定你连这次机会都不想抓住吗？"

他凑近陆祖德，一字一顿。

后者慢慢将目光移回他身上，蓦地嘿嘿傻笑出声。

凌枢正想起身，冷不防对方忽然发难，直接把他扑倒，还要张口咬人。

他直接抬腿一端，陆祖德飞了出去，直接摔在墙角。

"嗝……嗝……"

陆祖德喘着气，像老旧败坏的风箱，这一脚力道不轻，他现在腹部肯定疼得厉害，凌枢站在原地没动，居高临下，冷冷盯着他。

他居然开口说话了。

"冯三小姐……冯珍珠……珍珠圆溜溜，又白又光滑……嘿嘿嘿！"

陆祖德不介意凌枢说没说话，他兀自在儿那笑。

只是这笑，不像傻笑，听着倒有些瘆人。

凌枢缓缓道："你知道她叫珍珠，想起来了？那她究竟在哪里？"

陆祖德眨眨眼，笑道："珍珠，她就在你身后啊！"

壁角的煤油灯忽闪忽闪，微末光亮抵挡不了大片的阴暗。

不知何处吹来的阴风直逼后颈，饶是凌枢都禁不住打了个寒战。

凌枢上前逼近一步。

"你自己想清楚了，冯珍珠可以换你一条命，你很不亏，别敬酒不吃吃罚酒。"

陆祖德抱膝瑟缩向墙角，像是真有什么东西飘过去。

"别过来！别过来！你不是我杀的，别找我！"

凌枢心头一沉，他直觉这句话是在说冯珍珠。

难道冯三小姐当真死了？

可这世上真有鬼来电诉冤一说？

"别过来，冤有头债有主，你找他们去，找他们去！"

陆祖德还在小声嚷嚷，他面容扭曲，恐惧无法伪装。

凌枢："他们是谁？"

陆祖德嘟嘟囔囔，可声音越来越小，根本听不清。

凌枢再想凑近，对方却陡然尖叫一声，直接整个身体往墙角贴，后背对着他。

陆祖德身形本来就小，这一下更是缩成球一样。

不管这个人贩头子现在有多可怜，凌枢都不肯放过他，直接伸手一抓，把对方拽过来。

"说话！"

陆祖德瑟瑟发抖，猛烈摇头。

"不知道，我不知道！你去找他们，不要找我！你走开，走开！"

他像是在驱赶凌枢，更像是在驱赶黑暗中不知名的生物。

"冯三小姐是不是死了？谁杀的？你吗？如果是你杀的，你头上的罪名又会多一条，到时候神仙也救不了你！"

凌枢压低嗓子，恶狠狠威胁。

陆祖德只是摇头，却不说话。

凌枢起身，后退几步，又冷冷看了陆祖德很久，见对方依旧不肯交代，面上虽然不露，内心却有点儿无奈。

再逗留下去也意义不大，他准备离开了。

他本以为对方是装疯，现在看来，似乎又是真疯。

如果陆祖德的演技当真厉害到这个程度，那难怪那些急欲从他口中得到秘密的人，会弄不清他真疯假疯，留着他这条小命。

可这样活着，又有什么意思？

在黑暗里苟延残喘，在监视下装疯卖傻，光是两个鼻孔出气，就叫活着了？

这是陆祖德想要的？

身后，陆祖德又开始颠三倒四说话。

"珍珠，珍珠好漂亮，我喜欢玛瑙，火一样的玛瑙，火红火红的，火……他们说火是朱雀，火，嘿嘿，还有青龙，老虎，乌龟！"

凌枢的脚步一顿。

"乌龟我也喜欢，壳子，我要钻进去……我的壳子呢？咦，我的壳子哪儿去了？"

他驻足听了一会儿，发现对方的话毫无逻辑顺序，完全是想到什么就说什么，再听下去也没有用。

凌枢又去看蓉姐和宋姐。

果不其然，这两个女人倒是正常，但她们什么也不知道，蓉姐推翻了自己之前见过冯三小姐的说法，坚称自己是认错了。

巡捕告诉他，春山会被绑的女子之中，的确有一个跟冯三小姐有些相似的，但姓的是陈，家境普通，还是个女学生，跟冯家没什么关系，只是巧合。

凌枢在他们三人身上一无所获，只得彻底离开这里。

牢狱的阴暗跟外面的阳光普照形同两个世界。

凌枢长长地舒了一口气。

老实说，待在里面起初可能没感觉，但时间一久，那种压抑逼仄足以把正常人逼疯。

也许陆祖德就是这样疯掉的。

但他是真疯吗？

凌枢现在也有些不确定了。

没有一个人能装到这个地步，面对逃出生天的诱惑丝毫不动心。

岳定唐和沈人杰在外头等他。

跟他们一起的还有杨家夫妇。

岳定唐出面，事情果然很顺利，一通跟冯部长的电话之后，杨家夫妇被获准假释，换言之是软禁在家，巡捕房这边派人住在杨家，跟他们同进同出，这个人就是沈人杰。

凌枢听见这事就开玩笑："老沈，你都快成监视老手了吧？"

沈人杰唉声叹气："这差事整的，哎，其实我不愿意！"

凌枢一拍他肩膀："得了吧！你住在杨家，好吃好喝被供着，还不用回巡捕房点卯，不比之前舒服多了，这桩案子要是办好了，功劳又有一份儿，还有什么不满足的？"

沈人杰装不下去，闻言嘿嘿两声，不嘚瑟了。

"陆祖德那边怎样了？"岳定唐问。

凌枢摇头："他的嘴巴很紧，什么都撬不出来，我甚至怀疑他真疯了。"

沈人杰："你这下信我了吧，我们一开始也怀疑他装疯卖傻，后来各种法子都试过了，那些什么面贴纸，老虎凳，都没能把他试出来，人反倒还更疯了。其实吧，他疯了就疯了，本来也是天打雷劈不得好死，但上面的人却不想杀他，那就只能这么晾着呗，看他自己什么时候忍不住，不装了！"

凌枢叹道："如果他真是装的，那我对他真是佩服得五体投地，一个人能对自己心狠至此，难怪能在鹿同苍手下抢了江河的位置。"

杨氏夫妻跟在他们后边，不知道他们在讨论什么，却一脸战战兢兢，畏畏缩缩，现在被放回家，也没有丝毫放松。

巡捕房的牢狱不是寻常小老百姓能忍受的，虽然两夫妻没有陆祖德那样的遭遇，但肯定也受了不少折磨，加上心理上的摧残，没有病倒已经算很幸运了。

"几位长官，到了，还请几位先到屋子里坐坐，你们想查什么，我们一定给你们找来。"女人指着前边一栋房子道。

这是一栋貌不惊人的民宅，与周围其他房子无异。

凌枢是本地人，知道这一片住的都是不太富裕的百姓，比上不足，比下有余，称不上贫民窟，但是每年能余下来的钱也不多，有时候一场重病就能把他们攒下的家底耗得干干净净，尤其是在这样的世道，想要维持平静生活，更不容易。

杨春和能在这样的环境中读大学，必得是家里父母对她爱护有加，将女儿当成掌上明珠。

"大嫂，春和是你们唯一的孩子吗？"

凌枢彬彬有礼，又穿着便服，比沈人杰这个巡捕更能让杨大嫂亲近。

"是，她原本还有个哥哥，两年前因病去了，哎，我们膝下现在就春和这一个孩子，她平日下学之后还会帮我们干活，特别懂事可人疼……"

"大嫂，现在不是我们相不相信春和，而是她失踪了。就算她是无辜的，也得先把人找出来，不能就这么莫名其妙地失踪了，你们家只有一个孩子，又是大学生，也是未来的国家栋梁，我们会尽力的。"

凌枢一通安抚，果然令杨大嫂渐渐平静下来。

"是的是的，总该先把人找到……长官，那就拜托你们了！"

杨大嫂一抹眼角，抬腿往里屋去了，杨家男人则给他们斟茶倒水。

"几位长官还请见谅，我们两天没回来，家里也没什么现成吃的，不然我让孩子他娘出去买只鸡，今天炖鸡汤招待几位！"

他点头哈腰，殷勤备至。

杨大嫂则从里屋拿出一个小包裹，打开是几块银圆。

"几位长官，这是我们多年积蓄，一点儿心意，还请几位笑纳。"

沈人杰待要伸手，却被凌枢生生瞪回去。

凌枢把她的手一推，正色道："杨大嫂，我们不是来拿好处的，是真来查案的，我想去你女儿的屋里看看。"

杨大嫂忙道："我带你们去，这边请！"

这个家不大，杨春和的屋子更小。

但麻雀虽小，五脏俱全，里头什么东西都有，也不缺女孩子的情趣，窗口就养了些小植物，杨春和还做了一块块小木牌子，给它们一个个起了名字。

桌上的书不多，但笔记本很多，一摞摞的，令人一眼就注意到了。

凌枢随手拿起一本翻开，是杨春和手抄的《悲惨世界》。

再翻开一本，是《羊脂球》。

旁边杨大嫂道："我们家春和从图书馆借了书，回家就自己抄写，她说不想买，一来可以给家里省钱，二来抄写的时候也可以记忆，这样更容易把书的内容看进去，我和她爹也不懂，就由着她。"

凌枢点点头，的确是个刻苦勤奋的孩子。

他一本本翻过去。

大部分都是手抄书，有些是论文作业，杨春和对待每份作业都很用心，看得出她非常珍惜自己的学业。

凌枢注意到，在一些自由发挥的课程论文上，她的想象力很丰富，总会有各种各样的奇思妙想，她虽然不是历史专业，却对历史上各种奇闻逸事尤其感兴趣，在一本"观星感悟"下面，甚至还手抄了一本《梦溪笔谈》，在里面历朝历代各种奇物奇闻的那一章，写了不亚于原著字数的感悟。

譬如——

沈括曾写道："他家里有种透光的铜镜，背面刻有无人能看懂的古老铭文，只要把镜子放在阳光下，这些铭文就会照射在墙壁上，清晰可见。"

杨春和在边上注解道：此镜铭文未定上古之秘，记载长生驻颜之术，惜今无人识得，若有此镜，我定会穷其一生追寻其中奥秘。

信誓旦旦的语气，但也很孩子气的感想。

少男少女总有对世界抱有无穷的憧憬和幻想，姑娘家则更喜欢符合年龄的漂亮衣裳和胭脂水粉，像杨春和这样将注意力放在天文和古代不解之谜上的，倒是少数。

岳定唐见凌枢在那饶有兴趣地翻着杨春和留下来的各种笔记，甚至还有坐下不走的架势，便拍拍他的肩膀提醒一声。

"把你想看的带回去看吧，别在这里耽误人家。"

凌枢如梦初醒，想起杨氏夫妻被放回来的目的，是巡捕房想用他们来钓杨春和出来，自己和岳定唐在这里，杨春和就肯定不会出现。

但看过这些日记之后，他已经在心里排除了杨春和的嫌疑。

这充其量就是个爱幻想、天马行空想入非非的少女，绝对干不出因为嫉恨而绑架杀人的事情。

更何况，她这么多笔记里头，也没有关于吴五的任何记载。

这说明她对吴五就算有迷恋，也没深到那个程度。

不过自己手头还有两本笔记没看完，凌枢决定暂时不下结论。

"被你一说，还真有些饿了。"

"你想吃什么？"

"德大西菜社？"他不说则已，一说就说了个贵的。

"走吧。"岳定唐居然也答应了。

凌枢反倒不好意思起来。

"随便找家就行，我估计等不了那么久了。"

沈人杰在旁边听得流口水，忍不住插嘴："我知道德大西菜社的葡国鸡和里脊牛排最好吃。"

凌枢拍拍他的肩膀："为了对得起你的推荐，我们会多吃点的。"

沈人杰："……"

他还等着这两人邀请自己一起，哪怕是客套礼貌性询问，自己肯定也就借坡下驴顺着杆子爬嘛，结果他们居然问也不问！

沈人杰恨得牙痒痒。

杨家男人小心翼翼地过来问："沈长官，您可要喝点粥？"

沈人杰没好气："爷不饿！"

…………

拿着杨春和的两本笔记回到家，凌枢得以抽出一个晚上的时间来仔细阅读。

他发现，这最后两本笔记，居然是诗歌。

有写校园里的花和树，也有对某人隐晦朦胧的好感——凌枢看不出这里说的是不是吴五，因为杨春和根本没有任何明示和暗示，适合套在每一个年轻异性身上。

写得最多的，则是天上的星星们。

她真就像吴五说的那样，给每一颗星星都编出一个故事，写在一首诗歌里。

遣词造句有些稚嫩，但饱满的热情、丰富的想象足以弥补那些不足，让每一首诗歌都变成星的咏叹调。

凌枢带着查案和欣赏的双重目光浏览片刻，忽然咦了一声，身体从半躺在床上猛地鲤鱼打挺坐起！

他发现了一个奇怪的地方。

杨春和不止一次写到东方苍龙七宿，提到"苍龙"这两个字的频率未免也太高了些。

他翻开本子，一个个数过去，竟数到了二十七个。

杨春和为何对苍龙七宿如此感兴趣？

他最近好像在哪里听到过这些……

凌枢皱着眉头，在脑海里翻搅搜索，思路却冷不防地被姐姐凌遥的声音打断。

凌遥在门外喊他："小弟，定唐来找你了！"

"姐，你让他进来！"

"不像话，哪有这样招待人的。你别和他计较……"

外头传来姐姐隐约的抱怨和岳定唐似乎在说没关系的回应，房门很快被推开。

凌枢冲他挑挑眉，拍拍身旁的床位。

岳定唐却没动。

"冯三小姐回来了。"

"啊？"

第 158 章

夜是深沉的黑。

万家灯火逐渐熄灭，人间世界一片静寂。

老葱头是冯家的老用人，在冯家待的时间比冯三小姐的年纪还要长，因为他的脑袋比常人大些，很久前就有了这么个诨号。久而久之，大家甚至忘记他本来的姓氏，老葱头脾气好，也不反抗，每次都乐呵呵由得人喊，有时还应声。

这天是老葱头值夜，他像往常一样，在半夜时分提着煤油灯，准备绕冯家外面一圈，看看谁的门窗没关好，外面有没有蟊贼。

即使冯三小姐不在，冯部长他们又暂时回来住，这些都没有影响老葱头的日常工作。

炎炎夏日，这两天突如其来的雨，反倒使天气降温了，老葱头常年都是一身长袖衫，倒不妨碍，他从后门出来，绕着墙慢慢地走。

这条路已经走过千八百遍，他早就烂熟于心，闭着眼睛也不会迷路，当年冯家搬进这里，客似云来，车水马龙，随着冯部长搬去南京，这里逐渐落寞下来，时间跟他的年纪一样渐长，这里的外观也逐渐陈旧，墙上青苔斑斑，依稀还能闻到腐朽的味道。

老葱头有些惋惜，他还是喜欢以前那个崭新光亮的冯公馆，但这不是他能做主的，一草一木都属于冯家主人，而他只是冯家的附属品。

夜静得很，雨后连蝉鸣都听不见了。

老葱头忽然停住脚步。

他揉揉眼，刚才仿佛看见前面有人走过，一道白影，在夜里分外显眼。

也许是老眼昏花了，他心道。

下一刻，那白影又出现了在视线之内，就站在大门口的铁门外边。

老葱头心一抽，差点儿没晕死过去，他后退两步，颤巍巍喊了声——

"三……三小姐？"

白影没有应声，却像是听见老葱头的唤声了，缓缓从侧面转过来，给他一个正面。

惨白到没有血色的脸。

空荡荡随风飘荡的袖子。

细得像竹竿一样的脖子，上面撑着个脑袋摇摇晃晃，贴了一张老葱头很熟悉的人皮，朝他慢慢露出一个笑容。

老葱头心里那根弦彻底崩了！

"鬼……鬼啊！"

…………

两个小时后。

凌枢在冯家见到了冯三小姐。

他没法跟冯三小姐交谈，只能跟岳定唐一道站在房间门口，从门缝里窥见对方躺在床上，翻来覆去，似乎睡得很不是安稳。

凌枢冲岳定唐使了个眼色，将门虚掩，回到客厅。

"我没见过三小姐，你们能确定是她回来了吗？"

坐在他对面沙发上的冯大点点头。

"是三妹没错，她还记得我们，许多问题都能答得上来，唯独对这几天的去向一问三不知，好像失忆了一般，她精神也很不好，我们不好再追问，只能让她先休息，等醒来再从长计议，就先将这件事告诉二位，免得二位继续受累奔波，多谢凌先生，这次有劳您了，之前若有得罪，还请看在家父面子上，别跟我那不成器的弟弟一般计较。"

这话有两层意思，一是通知他们，冯珍珠已经找回来了；二者，既然冯三小姐回来，那先前的委托也就不存在了。

冯大说话，果然比冯二体面许多。

他又拿来一个匣子，正是先前凌枢没有接受的那个。

"虽然凌先生不看重钱财，但我们还是要有所表示的，小小礼数，还请笑纳。"

冯大没有打开盒子，但从手势来看，匣子里面应该比之前多了点东西。

凌枢当然知道，对方如此客气，大部分是看岳定唐的面子。

"不看重钱财"的凌先生手一伸，把盒子接过去了。

利索的动作让冯大微微愣了一下，他还以为凌枢会像之前一样视金钱如粪土拂袖而去的。

"既然这里没有我们的事，那我们就先告辞，不叨扰冯大公子休息了。"

冯部长没有亲自出来迎接，是不在这里还是另有要事，凌枢不知道，他和岳定唐也没想久留，客气话说完，就起身告辞。

冯大回过神："我送二位！"

凌枢揣着匣子，心事重重的样子，离开冯家时差点儿一脚踩空台阶，幸好岳定唐在旁边及时扶了一把。

"走路看路，想什么呢！"岳定唐轻声斥责。

凌枢其实没怎么把关注点放在冯三小姐的回来上，此事虽然蹊跷，但现在又没法把冯三小姐摇醒问话，冯家又那么说了，摆明是告诉他们此事到此为止，不必再追查了，凌枢总不可能去把冯珍珠绑出来问话。

他现在更加关心杨春和的失踪。

这个女孩子没有冯家那样的家世能疏通警察和巡捕两边力量倾力搜捕她的下落，冯珍珠回来之后，这件事肯定会慢慢淡化下去，如果杨春和再不出现，渐渐地只会被当作一桩普通失踪案处理，对杨家来说，失去唯一的女儿，无异于天塌下来。

"我想明天再过来一趟。"他对岳定唐道。

"你想从冯三小姐口中询问杨春和的下落？"

岳定唐很快就明白他的意思。

凌枢点点头。

冯珍珠回来，杨春和却没回来，两人失踪的时机又是如此之巧，也许只有冯珍珠，才知道杨春和的下落了。

"我在琢磨杨春和那本笔记，她在里头写了许多诗歌，其中多次提到苍龙七宿……咦？"

岳定唐："怎么？"

凌枢喃喃自语："苍龙，青龙？青龙，白虎，朱雀，玄武……"

他嘶的一声倒抽一口凉气。

"我想起来了！"

他说怎么老惦记着苍龙二字耳熟，今日狱中陆祖德不也念叨过吗？

难不成这两个字是有什么含义？

当然也有一种可能，那就是纯粹的巧合。

"老岳，我想去一趟巡捕房，找陆祖德问点事情！"

"现在？"

"现在！"

岳定唐没忙着追问，他直接让凌枢上车，让司机掉头载他们去巡捕房。

有他在，见陆祖德会顺利许多。

在途中，凌枢才向他说起自己的发现。

岳定唐皱着眉头没说话。

凌枢："你是不是想到什么了？"

岳定唐："你一说青龙，我就想到一个地方。"

第 159 章

"你听说过青龙会吗？"

面对岳定唐的问题，凌枢面露片刻困惑。

"你说的这个青龙会，跟日本那个黑龙会有什么关系？"

岳定唐："……一丁点关系也没有。唯一的关系可能是都有个'龙'字。"

凌枢打了个哈哈："那我没听过，你继续说。"

岳定唐："传闻十贯道门下有七大总坛，分别在北京、上海、天津、南京等地，以四象三才命名，其中上海的就叫青龙会。但这个青龙会，跟陆祖德和杨春和提及的青龙有无关系，我就不得而知了。"

凌枢一愣。

他没想到岳定唐会提起十贯道。

这可是一个在当下大名鼎鼎的组织。

名气大到，几乎没有一个人不认识。

政府称其为邪道，总是定期派人清剿，但总是剿而不尽，死灰复燃。

十贯道号称糅合儒、释、道、法几家之长，声称自己有几家神明附体，大力宣传末日之说，并能保佑世人在末日中幸存下来。

适逢日本虎视眈眈，外有列强，内有军阀，在北京、上海等大城市的普通市民尚且能得一隅之安，苟且度日，大城市之外的广袤土地，许多人因此失去土地，飘零流离，朝不保夕，更有黄河、长江沿岸连年水灾，内陆少雨地区常常干旱。

从大前年开始，全国大部分地区天灾和瘟疫就没消停过，先是鼠疫，再是霍乱，又是天花；前年则是长江下游因水灾导致的疟疾，因瘟疫导致的死亡数字从几千到几万甚至十来万不等，年年都有。

小有积蓄的人家为了治病尚且倾家荡产，那些本来就贫苦的百姓更是无药可医，只能绝望等死。凌枢当时从何幼安那里拿到的酬金，就有一部分用在去年伤寒流行时，染上疫病的那些郊外贫民，但这些也只能是杯水车薪。

走投无路之下，十贯道那些虚无缥缈的"长生""永生"的言论，受众自然越来越广，势力发展也越发迅猛，据说已经由下而上，甚至连某些高级官员，都是十贯道的信徒了。

凌枢一拍额头。

"你这么一说，我倒是想起从前在江湾区警察局时办过的一件案子。有一回我们抓到一个买卖人口的拍花子，后来查到他跟十贯道也有些联系，手底下还有几条人命官司，那拍花子说，自己只是十贯道里头上不了台面的小喽啰，根本不能算正儿八经的人物，那些大人物，个个都是神龙见首不见尾的。"

岳定唐点头："十贯道赖以生存的门道五花八门，赌馆、青楼不在话下，贩卖人口自然也是其中一条渠道，我甚至怀疑他们跟鹿同苍和陆祖德的春山会也有些联系。"

凌枢："但冯三小姐回来了，如果她是被拐卖的，这就说不通。"

冯珍珠暂时无法询问，杨春和失踪，也只有陆祖德有可能帮他们解开这个疑惑了。

"走，去巡捕房！"

但凌枢和岳定唐都没想到，他们去晚了一步。

陆祖德死了。

"时间是在晚上八点五十分左右，我们听见陆祖德隔壁牢房的犯人在号叫，想过去让人安静点，谁知道就看见陆祖德牢房那里流出一摊血。"

巡捕赶忙跑过去一看，才发现陆祖德脖子上居然被碎碗瓷片割开一道口子，身下都快被血浸满了，人自然也回天乏术。

这人是上头特地交代下来不能死的，他一死，巡捕房整个沸腾，所有人的头都大了，混乱持续到凌枢他们到来时还未平息，跟他们说话的巡捕愁眉苦脸，估计正担心遭受来自上级的狂风暴雨。

凌枢算了一下时间，八点五十分，也就是他们当时还没到冯家之前，可谁又能料到陆祖德会在那个时候自杀？

"你们确定是自杀吗？"岳定唐问。

"发现的时候牢门锁着，里头就他一个，凶器掉落在他身旁，上面全是血，除了自杀没别的了，我们奇怪的是，上回为了防止他自残，明明每次给他送饭都盯着，不让他打碎东西，就是打碎了，也有人把碎片都一块块收回来，他手里头那块不知道是什么时候藏起的，竟也无人察觉。"

凌枢跟岳定唐对视一眼。

"我们想去停尸间看看，可否方便？"

陆祖德的死状甚为凄惨。

脖子伤口处血肉模糊，让人几乎不忍再看第二眼。

他眼睛翻白半合不合，加上身材长相本就异于常人，看上去有些恐怖。

凌枢眼睛不眨地绕着此人尸体走过一圈，还低下头去仔细察看他的伤口。

"你有没有觉得，我们的行动意图，都被一双看不见的眼睛捕捉了？"

他们想找杨春和，杨春和就失踪了。

冯珍珠好不容易回来，人却只让他们远远瞧上一眼，连交谈都没有机会。

他们想重新在陆祖德身上寻找突破口，陆祖德就死了。

难不成，过几天冯珍珠也得死？

凌枢赶紧摇摇头，把这种可怕的想法从脑海晃出去。

岳定唐沉吟不语。

他不会验尸，所以思路更多放在陆祖德的死这件事上面。

"有很多人想要陆祖德死，他知道许多人的秘密，也有许多人想从他嘴里掏出秘密，他能活到现在，本身就是一场拉锯和博弈。"

言下之意，他的死未必就跟冯三小姐的失踪有关。

凌枢抓抓头发，有点儿烦躁。

"这样一来，线索又断了。"

"别急，真相从来不会被掩盖太久，所有费尽心机终究徒劳无功，这世间未必邪就不能胜正，但黑夜不可能长久占据天地，它迟早得为光明让道。"

岳定唐拉着他往外走，不希望他在尸体边上多待。

"冯珍珠不可能永远避而不见，冯家人可以不招待我们，但不能不招待萧月。"

凌枢："你意思是让萧月去问冯珍珠？"

岳定唐嗯了一声："女人跟女人说话，总比我们直接去问更方便些，冯珍珠对我们有戒心，对萧月却肯定放松得多。"

折腾大半宿，凌枢索性也不回自己家了，直接就去岳定唐那边对付一下。

隔天两人去冯家拜访，果然没见到冯珍珠，连冯大公子都没出面。

冯家管事的说法是冯三小姐现在魂不守舍，精神状态极差，别说见客，就连对家人的话也比从前少了许多。

凌、岳二人也不意外，他们没打算久留，寒暄两句就告辞离开。

岳定唐找到萧月，让她这段时间有空没事多去冯家，无论如何见到冯珍珠一面，关切之余，主要问明白她失踪那几天到底经历了什么。

萧月自然痛快地答应了。

此事过后的一周里，一切风平浪静。

萧月去了三次冯家，在第三次终于见到冯珍珠。

与冯珍珠在一起的还有吴五。

三人一同吃了下午茶。

"珍珠，你是不是昨晚没睡好？"

萧月伸手去拉她，手指刚刚触碰到对方，冯珍珠却惊吓似的陡然缩回，反应之大令萧月也愣住了。

这本是她们两人之间从前常常会做的小动作，再寻常不过，冯珍珠还喜欢将手伸到萧月腋下去挠痒痒。

但现在，她变得很抗拒别人的碰触。

"你别介意，她可能在外头受了惊吓。"吴五在旁边解释。

"没关系。"萧月越发担心了，她虽然受岳定唐之托，可也是真心关怀好友。

"珍珠，我们都很担心你，你这几天到底跑哪儿去了，是遇到坏人了，还是被困在哪里，能跟我说说吗？"

冯珍珠却像没听见她的话，出神地望着窗外玫瑰上的露水，眼睛一眨不眨，瞬间永恒。

萧月又唤了好几声，冯珍珠才回过神。

她慢慢转动眼珠，却没看萧月，而是停在她面前的白瓷杯上。

"你刚才说什么？"

萧月无奈，见状也不好再追问下去了。

"我是说，你既然平安脱险，回来就好好休息，不要再去想那些危险可怕的事情了，我们都会陪着你的。"

她自然而然要去握好友的手，希望借此给予她温暖和鼓励。

冯珍珠又一次避开了，就像萧月身上有什么病毒似的。

萧月有些尴尬，又忍不住去想冯珍珠这几天究竟遭遇了什么，整个人竟性情大变，惊吓如斯。一个年轻漂亮的女孩子沦落魔窟敌手后，所有可能面对的局面，萧月几乎都能隐隐猜到，却又不愿意去多想。

此刻她知道自己已经不能再追问任何事情了，就算问，冯珍珠也不会回答的。

"别怕。"

吴五伸手揽上冯珍珠。

后者像坐了弹簧似的瞬间震动一下，肉眼可见地浑身僵住，最终也没有挣开。

这是不是说明，她对吴五的信任，远大于对自己？

萧月自忖跟冯珍珠从小相识的交情，此时也不免吃醋。

"萧小姐，不如晚上留下来吃饭吧，你也可以多陪珍珠说说话。"吴五邀请道。

"不了，"萧月却决定起身告辞，"珍珠现在最需要的是你，还请你好好陪她。不过现在发生了这样的事，你们的婚期……"

吴五："婚期不变。不管珍珠遇到什么事，变成什么样，她永远是我的珍珠。"

萧月暗暗点头，庆幸好友大难不死必有后福。

…………

"大概就是这样。"

坐在市局的办公室内，萧月如是对凌、岳二人描述道。

"很抱歉我没有问到你们想知道的答案，但当时那种情况下，我也没法追问了，也许过段时间珍珠能慢慢恢复，到时候我再打听一下。"

"没关系，你已经做得很好了。"岳定唐颔首给予肯定。

萧月唏嘘道："幸好她还有吴五陪伴在身旁，不然真是不知道要怎么办才好。"

这话言犹在耳，两天之后，岳定唐就撞见一桩怪事。

第 160 章

这天，凌枢一进门就唉声叹气。

从凌遥给他开门，到中间去做菜，再到吃饭，细数没细数，起码叹了三四回气了。

"小小年纪叹什么气，把福气都叹没了！"

凌遥眼明手快，把凌枢欲伸向白灼虾的爪子给敲掉。

"用筷子！"

凌枢笑嘻嘻："我这不是帮你和姐夫着急吗？"

凌遥白他一眼："我和你姐夫好得很，用得着你着什么急，有话快说，别卖关子！"

凌枢一手抓筷子，用嘴巴剥下虾壳，另一只手也没闲着，往兜里掏了半天，掏出两张皱巴巴的电影票。

"有人送我电影票，你们拿去看吧，是卓别林的电影，国内新近译制的，你俩肯定喜欢。"

凌遥立马来精神了，饭也不吃了。

"谁？谁送你电影票？还两张？哪家姑娘？我可给你说，要是舞厅舞女，就算了，你给人家还回去，要么也得给钱！"

凌枢："……"

他看向姐夫周卅。

后者无声地给他传递唇语和眼色：你姐肯定是今天去外边买菜，遇到左邻右舍的三姑六婆，受刺激了。

凌枢："姐，你想哪儿去了？是老岳给我的，他喊我去看电影呢！"

凌遥白高兴一场，挥挥手："那你就去！"

凌枢："你真不要啊？"

凌遥朝周卅横眼："给他瞅瞅。"

周卅也掏出两张电影票。

《阵雨之间》，正跟凌枢的票一样，不过场次日期不同，一个今晚，一个明天。

"你姐夫也买了，你们自个儿去看吧！"凌遥意兴阑珊，"我还当有姑娘请你去看电影呢，你看你长得，成日也招不少桃花，可就是没一朵正经的呢？"

凌遥扳起手指头开始数。

"你呀，也就一张皮相还能看，吃饭前不洗手，总得我三催四请，又不思进取，混个差事就得过且过，你说说，哪家正经姑娘愿意嫁给你！"

"不吃了。"

凌枢气哼哼地放下碗筷，起身回房拿衣服准备洗澡。

凌遥在他身后喊："虾还有很多！"

凌枢头也不回："饱了！"

气饱的！

他原本还买了瓶香水，想洗完澡喷一点儿在衣服上的，被凌遥那一通数落之后，索性破罐子破摔，啥也不想弄了，擦干头发换身衣服就出门。

岳定唐比约定时间早来十分钟。

他也没坐在车里等，就让司机先回去，自己则站在电影院门口等了十来分钟。

凌枢来到的时候，岳定唐已经吸引了不少来来往往的目光，尤其是年轻女子。她们的眼神在岳定唐的等待上浮想联翩，延伸扩展，揣摩能让岳定唐等待的女子是如何优秀，可没想到竟等来同样英俊的另一个男人，两人对话几句，就进了电影院。她们心里一时竟有些五味杂陈，分不清是羡慕还是小鹿乱撞，芳心更为缭乱起来。

周末满座，两人位置不错，就在中间正对着银幕，不远不近，视角最好。

周围熙熙攘攘，有男女成双的，也有几名女性好友同行，男性好友一起过来的也不是没有，但凌枢总觉得自己是全场焦点。

幸好电影很快播放。

流浪汉夏尔的形象很快令电影院内响起阵阵笑声，这部电影其实岳定唐在法国就已经看过了，不过国内引进译制总需要时间，对国内的人来说，这已经算是比较新的作品了。

就算二次重温，也不影响岳定唐觉得它是一部经典，同样看得入神，偶尔也发笑。

他自然而然地转头，想跟身边的人分享有趣情节，哪怕是一个眼神对视，都能收获加倍的快乐。

肩膀忽地一重。

凌枢直接把脑袋歪过来，从打瞌睡发展到好梦正酣了。

岳定唐有些无语，只好调整坐姿，让对方睡得更舒服点。

早知道他就把电影院改成西餐厅了，起码看在食物的分儿上，凌某人肯定精神百倍。

如此一想，岳定唐看电影的心思也就淡了许多，目光漫无目的地在前面几排扫了一下，突然停留在第二排右侧的一颗后脑勺上。

那人，怎么看都像吴五。

岳定唐头一回对自己的眼睛和脑子产生怀疑。

第 161 章

吴五左手边坐着一个男人。

两人背对岳定唐，离得又有些远，岳定唐甚至不能肯定那就是吴五。

如果是吴五，他怎么会跟男人坐在一起看电影呢？

岳定唐忍不住推醒凌枢。

后者迷迷糊糊地嗯了一声，勉强将身体坐直。

"散场了？"

岳定唐抽抽嘴角："你看第二排，右边数起第三个位置。"

凌枢定定看了好一会儿，茫然道："那人怎么了？"

岳定唐："像不像吴五？"

凌枢："不像吧，他旁边也不是冯小姐。"

岳定唐怀疑他睡糊涂了，平日的敏锐悉数不翼而飞。

"算了，你继续睡吧。"

凌枢哦了一声，还真就倒头闭上眼睛，敢情周围观众的笑声都成他的催眠曲了。

岳定唐没法子，只能任由凌枢睡去，他也无心看电影了，不时地观察那个疑似吴五的人，直到电影落幕散场，对方起身朝出口走去，岳定唐这才拽上凌枢跟在后面。

他已经被此人挑起好奇心，今天非得弄明白对方到底是不是吴五不可。

吴五出了门就在人流里失去踪影，又是大晚上，很容易被追丢。

岳定唐早有准备，他提前一步从另外一个门出去，绕一圈等在电影院外面，过了一会儿，果然看见吴五从里面出来。

吴五后边跟了个人，没与他并肩走，但从头发轮廓来看，俨然是刚才与他同行的那个人，两人一前一后，看似素不相识。

岳定唐不由得多看了那人几眼。

对方黑色长衫，头戴圆帽，帽子下面还有一副墨镜，看不清长相，身形比吴五略高一些，瘦长瘦长的，像一根黑色的竹竿。

凌枢半梦半醒地被拽着走，踉踉跄跄地跟在后面七弯八绕，岳定唐眼看着对方竟似十分警醒，脚步匆匆，不时回头来看，只好缓下几分，等双方拉开距离再跟。

术业有专攻，平心而论，他也知道自己的跟踪技术远不如凌枢，但现在凌某人正迷糊着，他们跑出来这么久，凌枢才逐渐回过神。

"我们在跟谁？"

凌枢揉揉眼，终于意识到岳定唐在跟踪。

"吴五。"岳定唐言简意赅。

远远地，吴五跟那个男人一前一后进了一间宅子。

岳定唐看了一眼门牌。

兰江中路十八弄三十号。

跟是不能再跟了，岳定唐对这一带也不熟悉，更不能贸然上前敲门。

凌枢拍拍他的手臂，示意他跟自己走。

两人拐进一条巷子，凌枢带着他穿过一间没人住的空房子，又身手利落地三两下上了房子后院的树，借力一跃，直接跳到了墙头，回身朝他伸出手。

岳定唐没去接那只手，他也三两下攀上墙头，往下一看，隔壁并不是吴五进的那间宅子，隔壁的隔壁才是。

还没等他提出疑问，凌枢已经悄无声息跃下墙头，穿过人家的院子，又翻到吴五那间宅子的后院去。

岳定唐："……"

现在想阻止凌枢"做贼"也来不及了，

凌枢灵活且麻溜地翻过围墙，直接堵在人家后门门口，还正好赶上吴五从后门出来。

两人打了个照面。

吴五：嗯？

凌枢抬手挥了挥："晚上好？"

岳定唐从围墙上跳下，整整下摆，也冲吴五露出一个从容不迫的笑容。

吴五：嗯？！

岳定唐："没想到今日这么巧，我们在附近散步，也能遇到吴先生。"

吴五在内心疯狂呐喊：你们这叫散步吗？有大晚上在弄堂里散步顺便翻墙的吗？！

面皮抽搐一下，他缓缓扯出僵硬不失礼数的笑容。

"的确好巧。"

凌枢好奇往他身后的门缝里探看，吴五反应很快，伸手就把门给拉紧关上。

"吴先生，这一带都是长三堂子吧，没想到你在这里还有产业，你是过来视察产业的吗？"凌枢嬉皮笑脸，一副打破砂锅问到底的架势。

虽说伸手不打笑脸人，吴五却很想把他笑脸给打散。

只不过想法最终只是想想，且不说对方两个人，动静闹大了只会引来更多麻烦。

吴五就也笑："瞧您说的，也不全是长三堂子，有正经人住的，从小伺候我的一个老用人就住在这里，她年纪大了，身体又不好，我过来看看她。"

凌枢讶异："吴家都这么有钱了，又是从小伺候你的，都能让你过来看望老人家了，也不帮忙挪个地方住吗？知道的说吴先生孝顺，不知道的，还当你来逛窑子，传到冯三小姐耳朵里，就更不好了。"

吴五笑道："多谢凌先生的关心，珍珠知道我孝顺重情，只会更加欣赏我的。相逢不如偶遇，既然这么有缘，二位不如随我到吴家坐坐，喝杯茶？"

凌枢："不了，天色已晚，我们也该回去了，改日再约，告辞。"

说罢拱拱手，还真就跟岳定唐一道离开。

两人头也不回，一边走一边低声说话。

凌枢："打草惊蛇了？"

岳定唐："先回去，让沈人杰带人过来察看一番。"

凌枢："得快点，吴五明显在说谎，再晚点我怕他直接把所有痕迹清掉，我们就很难再查到什么了。"

岳定唐："话说回来，你怎么知道这一带全是长三堂子？"

凌枢："……这就说来话长了。"

岳定唐："我可以听你好好说。"

两人直接去了杨家找到沈人杰，把已经上床睡觉的沈人杰揪起来，又让他去巡捕房找些人手，双方直接去刚才那间宅子门口会合。

沈人杰虽然不情不愿，动作倒也很快，只比凌枢他们晚了半小时到。

但早到半小时的凌枢和岳定唐，也算是来晚了。

因为那宅子早就人去楼空，别说吴五和那个男人，里头所有文件也都全部被焚烧一空，火盆里还有未灭的火星，可见对方行迹匆匆，几乎是凌枢他们前脚刚走，后脚就开始"毁尸灭迹"。

折腾一晚上，最后却无功而返，别说沈人杰，连岳定唐都有点儿失望。

"累死我了！"

凌枢直接一扑，大半个身子就此瘫在床上，不想动了。

嘴巴埋在枕头里嘟囔。

"我现在真有点儿怀疑杨春和的失踪，跟吴五有关了。"

岳定唐居然还听得出他在说什么。

"不仅如此，我甚至觉得，他跟冯三小姐之前的失踪也有关系。萧月说，冯珍珠现在见了人就不舒服，精神萎靡不说，还总是走神，唯独没有抗拒吴五的亲近。如果她的失踪跟吴五有关呢？"

凌枢翻身而起："那就不是不抗拒，是不敢抗拒？"

岳定唐点头。

凌枢又颓丧躺平。

"我们在这里猜测也无用，冯珍珠又不肯见我们。"

"明日我再让萧月去冯家问问。"岳定唐顿了顿，"所以你是怎么知道那一带是长三堂子的？"

凌枢扯过被子往脑袋上一蒙。

"我睡着了。"

岳定唐："……"

第 162 章

用不着等萧月上门，岳公馆一大清早就接到来自萧月的电话。

彼时岳定唐晨跑回来，接完电话脸色骤变，沉吟片刻上楼叫醒凌枢。

凌枢从被窝里冒出个毛茸茸的脑袋，一脸睡眼惺忪。

他打从东北回来之后，不知是不是冻了一遭，人就一直有些嗜睡。岳定唐不放心，搂着他去看医生，检查一通之后也没发现什么问题，医生只说早年受伤落下的病根，以后随着年岁增长可能会逐渐出现一些影响，所以要多注意休息保养，别总以为自己永远年轻。

打那以后，岳定唐也就由他去睡，老管家周叔还到处找偏方，说要给凌枢补身体。

不过除了嗜睡之外，凌枢也没什么不适，照样该吃吃，该睡睡，身体倍儿棒。

"什么事，连你都变了脸色？"

凌枢打了个呵欠。

"好消息还是坏消息？坏消息就先别说了，我早饭还没吃，听完连早饭都吃不下。"

岳定唐点点头："那就等你吃完早饭再说。"

凌枢放下手。

"怎么，还真是坏消息？"

岳定唐说等吃了饭再说，就真的一句话不说，耐心等凌枢洗漱吃饭。

越是这样，凌枢的好奇心越是被勾起来。

没等到早饭端上来，他就忍不住问："到底怎么了？"

"专心吃饭。"

岳定唐头也没抬，继续看报纸。

这坏消息能让他觉得影响凌枢吃饭，那必然是跟最近的事情有关。

凌枢嚼着油条喝着豆浆，一边在脑子里把事情都转一遍，也就猜出个七八成了。

放下碗，岳定唐还没开口，凌枢先抬手。

"你甭说，让我自己猜，是不是跟吴五有关？"

岳定唐："不错。"

凌枢："能让你觉得影响我胃口的坏消息，那肯定是案件有了不好的进展，线索断了？死人了？谁死了？吴五还是冯三小姐？"

岳定唐觉得凌枢的确很适合吃这行饭，对自己所关注的每一个人和每一件事，总会细致入微，从未遗漏。

"吴五的确失踪了。"他顿了顿，"但坏消息不止这一个。"

凌枢心里咯噔一下，不由得道："该不会是冯三小姐也出事了吧？"

岳定唐："冯珍珠死了。"

凌枢心想，还好自己刚才吃了饭，不然真是一口都吃不下了。

冯珍珠死了，死于自缢。

早上用人敲门无人应答，以为自家三小姐睡懒觉，也就没再敲，中午时分觉得不对劲儿，喊来管家找钥匙开门，发现门直接从里面反锁了，众人无法，只得一边撬门，一边从外面楼下往二楼窗户爬。

爬窗户的是冯家园丁，身手敏捷，架了梯子三两下就攀到冯珍珠的窗台上。

窗户没关，开着条缝，园丁正想顺着窗户跃进去，冷不防地啊的一声大叫，直接从梯子上摔下来，还把腿给摔折了。

众人吓一大跳，只见他哆哆嗦嗦，脸上不全是摔下来的痛苦，还有惊惧交加的悚然，结结巴巴地说自己好像看见三小姐吊在床边。

冯家人吓得够呛，不管三七二十一赶紧将门撬开，果然入目便是冯珍珠的身体在床前晃晃悠悠，身上还套着睡裙，双足赤裸。把人从绳索上抱下来的时候，她早就通体冰凉，没了气息。

冯家一下子就炸了锅！

凌枢跟岳定唐赶过去的时候，冯小姐还在自家卧室床上躺着。

不单凌岳他们来了，警察局、巡捕房也来了不少人，众人来来往往，把冯家的小洋房衬得有些拥挤。

冯部长和冯大公子都去南京了，只有冯太太和冯二。

二儿子不顶事，冯太太慌得六神无主，一会儿打电话给冯部长报丧，哭着让他马上回来，一会儿又致电吴家，想问问吴五，冯珍珠为何会突然想不开寻短见，这才知道吴五也失踪了。

吴家人匆匆赶过来，满面愁容，焦头烂额不下于冯家。

谁也没想到，一桩珠联璧合的儿女婚事，会闹出这么多的变故。

"三小姐是什么时候进房间的，其间有没有人出入？冯家有没有客人来拜访过？五公子来过吗？"

凌枢跟岳定唐察看完尸体之后下楼，询问冯家女佣。

这一上午，女佣已经被几拨人问过很多回同样的问题了，可她也不敢不耐烦，只得一遍又一遍地回答。

"三小姐是昨晚大概八点半左右回的房间，昨天她就没出过门，从她回来之后，几乎没出过门，至多也就是在花园里走走，昨晚十一点我敲门问她要不要吃夜宵时，她还回了我的，说不要。早上七点钟我敲门，里头没声儿，我以为小姐还在睡，谁知道……从昨晚小姐回房之后，就没有客人来拜访过了，电话也没有的！"

岳定唐知道凌枢在想什么，密室杀人案他们不是没有处理过，袁公馆也是这样一桩类似的案子，杜蕴宁看似死在家里，凶手无影无踪，但实际上袁家本来就有漏洞，杜蕴宁跟凶手也是认识的，现在难保冯家也是同样的情况。

此时法医师从楼上下来，除下口罩和手套，众人齐刷刷地望向他。

"初步认为冯小姐是自缢，现场没有外力介入或冯小姐挣扎的痕迹，她的所有行动都很决绝，如果各位还有疑问，我建议保留案发现场，再将死者带往警局，做进一步的检验。"

凌枢上前一步："你刚才说，她的所有行动都很决绝？"

法医师点头："不错，俗话说，蝼蚁尚且偷生，常人寻死，死到临头肯定也会后悔，比如说我就见过有人上吊，绳子都套进去踢掉椅子了，自己后悔了，双手死命地去抓绳子，结果踩不到落脚点，生生把自己给勒死，这时尸体脖子和绳索附近就会留下抓痕，有些用力之大，指甲甚至会崩裂。但冯小姐身上干干净净，床上、盥洗间也都没有什么杂乱痕迹，说明她死志已决，毫无挣扎后悔之意。"

众人面面相觑，一时静默。

死志已决，这是什么概念？

冯珍珠出身富贵，衣食无忧，除了未婚夫吴四意外身亡之外，半生顺遂，没有受过什么磨难，可就算是吴四亡故之后，她也跟吴五相处甚佳，就算冯珍珠失踪回来一言不发，吴五也没有怪罪嫌弃，反倒准备如期举行婚礼，将冯珍珠迎娶过门，眼看新生活就在前面，冯珍珠为何还要毅然决绝地自杀？

难不成她在外面经历了什么，导致她内心痛苦无法消除，非得用寻短见来解决？

"敢问吴太太，五公子是什么时候不见的？"

正好两家人都在这里，警察局的人也用不着来回奔波了。

因着吴、冯两家的背景，今日来了一位副局长，岳定唐和凌枢也都认识，此时没有急着发言抢问，便先听副局长询问。

"昨天晚上就没回来，我以为他上哪儿去玩了，也没细问，早上才发现他彻夜未归，连秘书都没带，就让他们出去找，却到处都找不着！"

吴太太急得眼眶都红了。

"这孩子也偶尔不在家里过夜，但从没有这样毫无交代的情况，就算出去，他也会带着秘书，或者把行踪告诉秘书，他乖得很，唯独这次……这次……"

副局长安抚道："吴太太您别急，也许五公子只是一时忘了差人回家报信，回头我再让人去找找。"

冯太太忽然道："我想起来了！昨日中午，吴斐打电话过来找珍珠，接了电话之后，珍珠的脸色就一直不大好看，连晚饭都没吃几口，是不是他给珍珠说过什么？"

吴太太一愣，脸色越发难看。

"他能说什么？难不成你觉得冯珍珠的死跟我儿子有关？我还想问冯珍珠失踪那

段时间到底遇到了什么，怎么回来就跟变了个人似的？要不是我们遵守约定，现在谁会娶她？！你真当谁都不知道她在外头被什么人怎么了吗！"

据说吴太太年轻时也是个泼辣人物，凌枢今日算是见识了。

这话一出，冯太太立马气得跳起来。

"什么叫怎么了！你倒是给我说清楚！我们冯家家风清正，女儿清清白白，那几日就是她贪玩跑出去了，什么事也没有！她回来的时候明明好端端的，怎么反倒是见了吴斐之后就想不开，是不是吴斐不愿意这门婚事，又怕始乱终弃被人唾弃，就暗中逼迫了她什么！"

吴太太哂笑："家风清正？亏你说得出这样的话！谁不知道你们家老冯当着禁烟部部长，暗地里却与那些军阀勾结贩烟买卖，从中牟利，之前你们家姨太太就因为利益分配不均被人绑过，现在又轮到女儿了，谁知道这里头是不是有你们造的孽，你当所有人都是聋子瞎子，什么都不知道呢？！"

凌枢和岳定唐面面相觑，万没想到吴太太会当众把这种鲜为人知的秘辛说出来，即便这在某个小圈子里不算秘辛，但此时此刻无异于彻底把对方脸皮撕下来狠狠踩在地上。

眼看冯家人的脸色越来越难看，副局长等人赶紧都将目光移向别处，假装自己耳聋了。

吴太太的嘴跟机关枪似的，一开就停不下来了。

"要我说，你应该好好反省一下，冯珍珠有今日，是不是为你们当父母造的孽在赎罪，你们冯家背地里干了多少缺德冒烟的事情，你自己清楚得很，想把脏水泼我儿子身上，没门儿！我还怀疑我儿子是受了你女儿什么妖言蛊惑呢！早知道，当初老四死的时候，我就不该让我们家老头还结这门婚事，你女儿就是个扫帚星、丧门星，谁摊上她谁倒霉！"

"住口！"

啪！

冯太太直接一巴掌掴在毫无防备的吴太太脸上，把她给打蒙了。

吴家男主人没跟过来，只有吴太太带着两名用人，这会儿用人都惊呆了，一时半会儿也想不到贵太太们说动手就动手。

吴太太哪里受过这样的侮辱，当即大叫一声扑过去，直接把冯太太扑倒在地上，骑在她身上，揪着头发开始扇耳光。

冯太太尖叫中拳打脚踢，也把吴太太的发髻抓散。

两个贵妇人转眼变成泼妇，所有人都目瞪口呆，过了几秒才反应过来，赶紧上前把两人拉开。

"别打了，别打了！"
"这是做什么，有话好好说！"
"你敢打我妈！"
冯二公子还嫌不够乱似的，上前一手抓住吴太太头发把她整个拖开，吴家下人自然不可能再坐视不管，当即上前阻拦帮忙，冯二公子也挨了两拳，场面更是乱作一团。

简直是一出滑稽闹剧。

凌枢想到冯三小姐可还在楼上躺着，尸骨未寒，楼下两家人就先翻脸打起来了，禁不住唏嘘。

他的手臂忽地一紧，却是岳定唐把他拉得退后几步，远离人群，以免被波及。

"你看这事怎么算？"凌枢低声问道。

"亲家做不成，反倒要成仇了。"岳定唐摇头。

副局长一个头两个大，使出吃奶的力气劝架。

"两位太太，你们可消停些吧！现在事情真相未明，当务之急是先把吴五公子找出来，再调查冯小姐死亡的真相，两位少安毋躁，我们一定会尽全力的！这样，冯小姐的尸体，要是冯太太和二公子您不介意，我们想带回去做进一步调查。"

冯太太披头散发喘着气："不行！我家女儿岂能任人糟蹋！"

副局长面露为难："这……"

他其实并不想管这件棘手的案子，冯家不愿意让他插手，那他高兴还来不及。

冯二："我妹妹肯定是不可能被解剖尸体的，但吴五你们必须找出来，谁知道他是不是良心不安跑了！"

吴太太尖声道："血口喷人！你才良心不安！你们冯家没一个好东西！冯珍珠一开始失踪的时候，要不是我发现得早，你们还想藏着掖着，生怕坏了名声！要不是我们仁义厚道，我岂能让儿子娶一个丧门星，不要脸的贱人，在外面鬼混还连累我儿子！"

冯太太："你说什么！"

眼看两人又要打起来，众人忙将她们按住，副局长居中调停。

"我说两位，两位就先别吵了！既然冯太太您不愿将冯小姐交给我们，那就请节哀，案发现场，也就是三小姐的房间还请别动，我留两个人在这里继续收集证据如何？"

冯二烦躁道："现在人都死了，再多的证据能让我妹妹活过来吗，还是赶紧找到吴五吧！"

副局长："那您的意思是，就以三小姐自杀来结案？"

冯二："什么自杀！你刚没听见我母亲说吗，她就是给吴五逼死的，人言可畏，我妹妹好端端的怎么会自杀！"

场面再度有混乱的趋势，凌枢赶紧拉着岳定唐离开这乱糟糟的冯家。

快步走出大门，吵闹被抛诸脑后，两人不约而同地松一口气，又对视一眼，同时苦笑。

谁能想到，冯三小姐会突然自杀，吴五又会同时失踪？

吴五未必是杀人凶手，但他的失踪，肯定也与冯三小姐的死有某种关联。

甚至，冯三小姐之前的失踪，跟吴五现在的失踪，会不会是同一拨人干的？

这一切扑朔迷离，竟令人无从查找，毫无头绪。

第 163 章

"这件事说不通。"

在离开混乱一团的冯家，前往市局的路上，凌枢在小汽车内看着外面人来人往，冷不丁地冒出这一句。

岳定唐知道他的思路向来天马行空，跟不上已经是家常便饭，这会儿自然也不会勉强自己去揣摩，直接就问："哪里说不通？"

凌枢："刚刚冯、吴两家翻脸，吴太太揭穿冯家跟军阀勾结贩烟那些勾当时，我以为我找到了冯珍珠失踪的原因，但转念一想又觉得不对，就算冯珍珠失踪几天在外面被糟蹋了，回来过不去心里头那道坎儿，想不开轻生，那杨春和的失踪又作何解释？杨家小本买卖，跟冯家两个阶层，八竿子打不着，杨春和总不至于也被卷进去，那么吴太太的说法就不成立。"

岳定唐嗯了一声："我还是保持最初的倾向，认为此事与吴五有关。"

凌枢："但他现在也失踪了。"

岳定唐："你刚才是在跟吴五的秘书说话？"

吴五还在读书，哪儿来的秘书，不过是吴家给他的侍从，平时也带不进学校，只能在外头跟着，帮忙打个下手办点差事。

凌枢："我问他昨天吴五去了哪里，他告诉我，昨天吴五没课，但观星协会有活动，他得去一趟，结果就没再回来。"

岳定唐："杨春和也是这个社团的成员。"

两人对视一眼。

岳定唐对司机报了个地址，正是吴五所在的大学。

杨春和虽然是隔壁女子大学的学生，但观星协会是两所学校合办，而且由吴五所在的常春大学主导，所以会址就设在哲学系一间偏僻的教室里。

这间教室平时没什么老师会征用，渐渐就成为协会的常用会场。

凌、岳二人在系主任的带领下来到这里时，协会成员正在举办演讲活动。

"这里就是观星协会了，冯三小姐的事情我也有所耳闻，但没想到吴斐也会跟着失踪，这学生平日跟老师打交道不多，老实说我们对他实在没什么了解。坐在左侧的高个子男生叫何嘉年，是观星协会会长，也是我们系的活跃分子，品行和成绩都不错，也关心同学，有什么事你们可以询问他。"

系主任站在教室后门低声道。

他的言下之意很清楚，吴五在学校就不是一个优秀好学的学生，自然也不会经常去跟老师们提问题，老师对他的认识仅限于吴家，凌枢他们想了解案情，问老师肯定是没有结果的。

岳定唐会意："我明白，多谢您，肖主任，您去忙吧。"

系主任点点头，寒暄两句离开了。

协会今日的活动是与星象有关的民间传说，成员们正各自发挥想象畅所欲言，讲述自己搜罗来的故事。

"大家好，今天我要讲的是紫微星。这故事大家可能很少听见，我也是从姆妈那里听来的，据说是她小时候听姥爷讲的。话说前清那会儿，慈禧太后临朝四十几年，熬死了丈夫、儿子，又把妹妹的儿子扶持上来当皇帝，就是光绪皇帝，这是大家都知道的。传闻啊，当年她姥爷村里有个奇人，会看天象，那年某夜，那个人忽然看见两颗帝星接连坠下，就说有两位皇帝要过世了，但那时候朝廷只有一位皇帝，哪儿来的二帝，大家都当他胡说呢，谁知道过了一阵子才知道，光绪皇帝和慈禧太后接连两日前后脚走的。"

这同学刚讲完故事，就有人提出疑问。

"不对啊！紫微星自古以来也就那一颗，这古代传说里皇帝驾崩，就有紫微星陨落，那星星成天落下来又再安回去吗？否则哪里用得完？"

众人都哄笑起来，悬疑的气氛一下就消散无踪。

讲故事的人也红了脸，半天没想出怎么接下去。

凌枢和岳定唐都跟着笑起来。

一名年轻人早就注意到被系主任带过来的两位客人，见状悄声绕过众人走来。

"你们好，我是何嘉年，观星协会的会长。"

"你好，我叫凌枢，他是岳定唐，我们是来了解杨春和的案子的。"

凌枢亮出市警察局的证件。

何嘉年恍然。

"我有什么可以帮两位的？"

凌枢："你对杨春和跟吴斐这两个人有多少了解？"

何嘉年想了想："我跟杨同学打的交道要多一些，因为她对天文学和星象学非常感兴趣，平素也在图书馆查阅不少资料，我们每次活动，她永远都是发言最积极的人之一。我印象最深刻的是她讲故事，总能想出些别人想不到的情节，我们这里的同学都爱听她讲故事。"

"至于吴斐，我跟他交流不多，他加入观星协会之初，经常会找我们协会的女同学套近乎，有几个女同学跟我反映过这个情况，我也找吴斐同学谈过话，他就收敛许多。后来他不知怎的，又跟杨同学走得近。杨同学家境普通，我怕她不明就里，就给她提醒两句，后来也没看杨同学对吴斐如何热情，但吴斐倒还是经常主动来找她。"

何嘉年的话，跟吴五是完全不同的视角。

凌枢还记得，吴五跟他们说过，杨春和喜欢他，暗恋他，却被他拒绝了。

但凌枢却没有在杨春和的笔记本上找到关于吴五的蛛丝马迹。

如今听见何嘉年所说，凌枢发现，说谎的人很有可能是吴五。

"那吴斐是倾心杨春和吗？"岳定唐问道。

何嘉年摇摇头："我也不清楚，我提醒杨同学的时候，她说她心里有数，我看她不像是被富家公子迷惑的人，也不好多说，可没想到，她这说不见就不见了……"

凌枢拍拍他的肩膀："所以我们现在在找她。"

何嘉年握住他的手，诚挚道："我知道，杨同学家里没什么背景来头，比不得冯家和吴家，可她热爱学习，平日里很是上进，我们协会的人都很喜欢她，如无意外，她以后也一定是社会栋梁之材，还请你们一定要帮忙把人找到，我在这里谢谢二位了！"

岳定唐："你放心，我们会尽力。"

第 164 章

离开观星协会，凌枢他们心中对吴五的疑惑不但没有解除，反倒更深了。

凌枢还怀疑，杨春和的失踪，甚至冯珍珠的自杀，都跟吴五有关。

但冯珍珠自杀对吴五又有什么好处？

难道他在外面养了情人，嫌弃冯珍珠可能被玷污，所以故意言语奚落，让冯珍珠承受不了压力进而走上绝路？而他杀人之后心生害怕，所以一走了之？

这说不通。

因为吴五不可能在外面躲藏一辈子，总是要回来的，到时候冯家不可能不追究。

如果不是嫌弃冯珍珠，那又是什么原因？

凌枢觉得这其中必定有什么隐情，是他跟岳定唐还没找到答案的。

唯一可证实的，便是吴五此人并不像他对外表现得那样深情，他对冯珍珠，也未必就是出于真心喜爱。

"我听说，吴五跟他四哥的关系，并不是特别好。"凌枢忽然道。

岳定唐："他们并非同母兄弟。"

凌枢摇摇头："我的意思是，如果你讨厌一个人，会喜欢他的未婚妻吗？"

岳定唐："一般情况下，不太可能，除非他对冯珍珠爱慕已久，非常喜欢。"

凌枢："我原本也以为如此，但如果你很喜欢一个人，会在学校对另外的女人表现出兴趣吗？"

刚才何嘉年虽然没有说得很直白，但意思已经非常清楚，他觉得吴五是个花花公子，加入观星协会也是为了跟女学生搭讪，而不是真正对天文星象感兴趣。除了杨春和之外，他还接近过好几个女学生，只不过最终将目标锁定在杨春和身上。

是因为杨春和家境普通，更容易上钩吗？

岳定唐："吴五暂时是找不到了，我们再去杨家看看吧。"

从杨春和身上，也许还能找到什么线索。

岳定唐对杨春和那些笔记本里反复提及的苍龙七宿，印象深刻，虽然那未必就真跟什么青龙会有关，但在笔记里未必不能再找到一些跟杨春和失踪有关的线索。

凌枢打了个呵欠："正有此意，那走吧。"

阳光正好，他浑身上下都透着股懒洋洋的劲儿，只差没在脸上写"想睡觉"三个字了。

岳定唐走了几步，发现对方不动了，还以为他又犯懒，只好停下来回头。

却见凌枢正站在树下发呆。

岳定唐走过去。

"怎么，想学牛顿感悟万有引力？"

凌枢微微一笑。

"我只是忽然想起一件往事。"

岳定唐略一思忖："《罗密欧与朱丽叶》？"

凌枢咦了一声："你怎么猜到的？"

岳定唐笑了："不知道，我只是也正好想起那件事。"

年少轻狂的两人，一个在树上叫嚣，一个在树下跳脚，岳定唐敌不过凌枢口舌伶俐，还想上树去打架，结果倒好，两人一起摔下来。

当岁月远去，细节模糊，唯有那本《罗密欧与朱丽叶》成为记忆深处的永恒。

他以为只有自己记得那段插曲，可没想到对方也记得。

一个人记得是凄清，两个人记得，就是惊喜了。

"那本书，我去法国之前一直带着，原想等你去送别的时候赠你，没想到——"

"没想到我后来没去。"

凌枢抬起头，阳光透过树叶间隙洒落点点金斑，像记忆的细屑，落在身上，融入骨血。

"其实我本来想去的，但我爹病重卧床不起，抓着我的手说希望看我成家再走，我去跟杜蕴宁说，希望事急从权，过后再好好补偿她一个婚礼，但她犹豫了，她说家里长辈不答应。当时凌家境况已经大不如前，因为我爹的病又花了不少，杜家已经开始后悔这门婚事。我知道，但我爹不知道，我不能让他老人家知道这件事。我只能让杜蕴宁帮忙假戏真做，她不愿意，我们俩就吵了一架。后来的事情，你应该都听说了。"

凌父去世，凌家败落，杜家悔婚，凌遥散尽家财供凌枢出门求学。

曾经风光一时的凌家，就此在茫茫大上海湮没，如一朵浪花在沧海横流之中毫不起眼。

"其实我很庆幸杜家悔婚了。如果杜家不悔婚，我估计现在就是一个闲来无事的富贵女婿了。我这人懒，不被逼一下就不会向前走，如果当时没有出走上海滩，也就不会知道世界有多大，自己能做点儿什么。"

凌枢伸了个懒腰，依旧是一副没骨头的模样，朝岳定唐笑得眯起眼。

"说为国为民实在太大了，我担不起这么大的志向，但大老爷们儿堂堂一世，能在战场上多杀几个敌人，干点儿爷们儿该干的事，挺好，哪怕落下一身伤，我也觉得，问心无愧，很痛快……你这样看我做什么？"

岳定唐实话实说："我觉得你很迷人。"

凌枢扑哧一声笑了。

岳定唐："我要是早知道你去云南，兴许——"

就跟着一块去了。

枪林弹雨，同生共死，另一种人生似乎也不错。

凌枢忙道："可别！您这是块读书的料，跟我们这些大老粗不一样，您注定是要当教授的文化人，我怕您上了战场立马就变成炮灰，咱还是各得其所吧！"

岳定唐一听，哟呵，小样儿还嘚瑟起来了。

"这么长时间，我也没拖过你后腿吧？"

凌枢："平时跟战场可是两回事。"

岳定唐："我枪法不比你差。"

凌枢："不光是枪法……对了，话说回来，你枪法在哪儿学的，你在国外上过军校？"

岳定唐："你想知道？"

凌枢一副毫无好奇心的表情："您爱说不说。"

岳定唐："……"

两人边走边斗嘴，很快就到了杨家。

杨家夫妇依旧愁眉苦脸，倒是沈人杰闲得快要发芽了，见了他们就开始抱怨。

"我说岳长官，我还得在这里守多久？我现在算是明白了，清闲是清闲，可清闲过头也是要命了，什么事都没有，这人迟早都会废掉。这几天杨家别说生人了，连左邻右舍都不上门打招呼。说句不好听的，连外头的狗都绕着杨家走，我倒是想找条狗逗逗闷子呢，人家也不带搭理我的……"

凌枢和岳定唐在杨家四处察看，最后进了杨春和的房间，沈人杰就跟在后面一路絮絮叨叨。

"这封请柬哪儿来的？"凌枢突兀道。

沈人杰蓦地住口，莫名其妙："什么请柬？"

凌枢拎起书桌上面一封红色烫金请柬。

沈人杰一头雾水："今早我才进过这间房，没看见这玩意儿啊！"

凌枢翻开请柬。

送呈杨先生：

　　谨订于民国二十二年七月十五日子时，于青龙山庄举行婚礼，届时车马接送，恭候贵客光临。

底下没有署名，也没写新郎和新娘是谁。

"这东西，从哪儿冒出来的？"

沈人杰盯着那上面的墨色字体，寒意油然而生，禁不住后退两步，倒吸一口凉气，他甚至怀疑那墨色其实是鲜血所书，隐隐泛着血腥味。

第 165 章

这封请柬是从哪儿冒出来的？

没有人知道答案。

沈人杰跑到窗户外面察看，外头早就没人了，但窗台下面堆了不少盆栽，窗台又比较高，这种情况下，对方如果想从外边进来，又不踩坏盆栽，显然是不可能的。

"这些盆栽都好好的，没有被踩踏过的痕迹，应该不是从窗口进来的。"

杨家夫妇也得到消息，急急忙忙赶来。

看着那张鲜红色的请柬，两人的脸都煞白了。

凌枢知道他们在想什么。

"你们别着急，上面没有署名，也没落款，不排除有人恶作剧，即便是有意为之，这反倒是个好消息。"

杨家男人定了定神，忙追问："怎么说？"

凌枢："如果杨春和遭遇不测，也就没了利用价值，就不会再有这封请柬的出现。但现在既然有这封请柬，说明对方可能还有什么后手阴谋，杨春和也很有可能还平安无事。"

这算不上什么安慰，夫妻俩听完更担心了，却只能苦笑。

他们一个普普通通的家庭，何尝想过会被卷入这样的旋涡之中，女儿是他们的心头肉，可在那些权贵面前，优秀的杨春和也好，小富即安的杨家也好，都如无骨之肉一样不堪一击，杨家夫妇没法想象，女儿在他们看不见的地方，到底遭遇了怎样的折磨和非人待遇。

凌枢也不敢想象，只能如此安抚他们。

"那……那这封请柬上面说的青龙山庄在哪里？我们要不要去？"杨氏夫妇互相看了眼，张皇无措。

"你们不用去，因为请柬不是寄给你们的。"岳定唐道。

杨家男人不明所以。

凌枢明白岳定唐的意思。

杨家夫妻什么也不懂，对方自然是冲着他和岳定唐来的。

因为他们现在在调查这桩案子，重点关注到杨春和的失踪，已经牵扯其中，而且上次他们还追到吴五在长三堂子的落脚点，如果吴五背后是一个团伙或组织的话，对方肯定有所察觉并盯上他们了。

这是一场鸿门宴。

更像是一个明晃晃的诱饵，摆在凌枢和岳定唐面前，问他们去不去。

去了，有可能找到杨春和，找到这一切的答案，也有可能葬身其中。

可就算不去，对方也未必就会放过他们。

"我们去。"

把杨家两口子哄走，凌枢拿着请柬左看右看。

沈人杰不信凌枢能看出什么端倪，他自己连碰都不想碰，老觉得那请柬不吉利。

"农历七月十五是中国传统节日中的中元节，也就是三天之后。对方选在这个日子，很明显是故弄玄虚，先声夺人，给我们一个下马威。那天晚上我们就在杨家住下，看对方半夜到底会不会来接，正好去会会那个青龙山庄的主人。"

岳定唐点点头："找江河配上两把好枪，他常年混迹三教九流，肯定有些别人想不到的防身东西。"

凌枢精神一振："是了，要不是江河非让我们调查冯三小姐的事情，我们也不会被卷进来，他应该提供一些帮助才对。"

"两位爷，你们就没想过，这万一真是……真是那什么鬼啊怪啊寄过来的……"

沈人杰见他们已经开始筹划大闹对方地盘了，忍不住怯生生提醒。

凌枢挑眉："什么鬼？冯三小姐？还是谁？如果是冯三小姐给我寄请柬，那就更好了，我倒想问问她，为何要自杀，又是谁绑了她又放回来的？冤有头债有主，她看在我们辛苦为她奔波的分儿上，总该帮我们一把吧？"

沈人杰干笑，您高兴就成。

他没有凌枢这种大无畏的气概，只觉整件事由头到尾都让人瘆得慌，就算是人非鬼，冯、吴两家是何许人也，能把他们两家人都玩得团团转，这背后没有一个强大的势力能成吗？

沈人杰惜命得很，万不想去蹚浑水。

但凌枢却没放过他的意思。

"咦？"

只见凌枢将那请柬拿近，鼻子嗅了嗅。

"好像有个味道。你闻闻？"

他拿给岳定唐闻，后者点点头。

凌枢又递向沈人杰。

沈人杰不肯闻："你们闻就好了。"

凌枢："是冰糖蹄髈的味道。"

沈人杰怀疑凌枢饿疯了。

他犹犹豫豫凑近闻了一下，没闻出来，只好又拿到鼻子下面。

油印的味道之余，果然有股淡淡的香味。凌枢不说，沈人杰一时还分辨不出这究竟是哪种食物，他一说冰糖蹄髈，沈人杰就有种"还真是"的灵机一动。

随着这四个字印入脑海，刚才那种阴森恐怖的氛围自然而然跟着消散，沈人杰再看这封请柬，也就没了半点害怕。

他五味杂陈，真不知道自己是该乐，还是应该肚子饿。

"请柬上还有暗纹，细看好像是个龙头，还颇为精致，这是一般小作坊印不出来的，起码得在大的印刷厂，这样的厂子不多，正好开在卖蹄髈旁边的更是少之又少，只要稍微查一下，就知道这请柬到底是出自哪里了，再顺藤摸瓜，把人一连串给揪起来。"

凌枢拍拍沈人杰的肩膀。

"这个光荣的任务，就交给老沈你了！"

沈人杰：啊？

为什么又是我？

我只是一个打杂的，为什么要把这么大的案子交给我？

能不能让我好好混吃等死了？

灵魂三问让他越发心感悲催，进而提出反抗。

"岳长官，我是真不行，巡捕房不会听我的，我上哪儿调集人手去？还有啊，上海的印刷厂，说多不多，说少不少，万一人家开在法租界，那也不是我能查的啊！"

他知道这事最终还是岳定唐拍板说了算，要抗议肯定也得找正主儿。

岳定唐道："人手方面我会知会史密斯，让他给你调派，至于你说的可能性，也不是没有，我也会让史密斯跟法租界的人沟通协调，不会让你去处理这些的，你只需要带人去查这封请柬的印刷来源。还有，江河那边也会派人协助你。"

他的语气沉稳理智，但话里话外，还是凌枢那个意思。

总归这两个人，就是一唱一和，互相捧场，狼狈为奸，一丘之貉。

沈人杰反抗不成，生无可恋，有气无力道："江河，他是帮派头头，会掺和这些事情吗？"

岳定唐："他既然让我们帮忙寻找冯三小姐，肯定也会知道冯部长私下跟军阀勾结贩烟的那些事情，说不定，这是有人想查冯部长，让他出面的，所以他一定会帮这个忙。不仅帮忙，还会主动积极。"

沈人杰惊疑不定："冯部长私自勾结军阀贩烟？他不是禁烟部长吗？江河早就知道了？！"

他突然发现自己好像知道了什么了不得的内幕，再想捂上耳朵也来不及了。

凌枢笑嘻嘻："老沈，你这么胆小，以后怎么升官发财？"

沈人杰苦着脸："我的胆子都是被你吓小的，我还没升那么大的官，你就要我担那么大的事，我这小肩膀挑不起来啊！"

凌枢："这叫提前演练。"

很快，三天到来。

第 166 章

沈人杰有没有演练出铁胆且不说，凌枢觉得这三天过得太慢了。

他已经迫不及待地想要见见青龙山庄的庐山真面目。

这个岳定唐口中，很可能跟十贯道有关的地方神秘隐晦，几乎没有人知道，岳定唐也就是知道这么个名头，江河了解得稍微多一些，但仅止于青龙会大概都干些什么勾当，江河怀疑鹿同苍还有十贯道门人的身份，只是这些怀疑随着鹿同苍死去，都没有证据了。

十贯道的势力伴随着政治经济各种矛盾，借着站队之机渗透其中，发展壮大，最后盘根错节，难以铲除，其中不知干下多少伤天害理、夺人性命的勾当。

凌枢从没想过以一己之力行逆天之举，他只是个平凡无奇的小老百姓，但如果能恰逢其会，端掉他们其中一个坛口，也算是能吹半辈子的功绩了。

不过眼下，还是先把杨春和找到。

农历七月十五，将近午夜。

沈人杰莫名紧张起来，时不时地看一眼怀表。

这块怀表还是一个犯人贿赂的"战利品"，他爱惜得很，又想炫耀，三不五时就拿出来看看时间，把同僚羡慕得够呛。

但这会儿拿出来，不是为了让旁人艳羡，他是下意识地将怀表当成聊以安慰的工具，借看时间来消减紧张感。

"十一点五十五分……快五十六了……"

肩膀上忽然被拍一下，沈人杰差点儿吓得蹦起来，回头一看是凌枢，整个人差点儿瘫软。

"我说你，能不能稍微吱个声？"

凌枢无辜道："我吱声了啊，你没理我，我才拍你的，你怎么就吓成这样？"

沈人杰哭丧着脸："你当我想吗？我明明负责带人驰援，怎么就变成跟着你们去赴鸿门宴了？"

凌枢："江河跟巡捕房那边都说好了，到时候一路跟踪我们到青龙山庄外头，伺机发难，里应外合，一举把那处窝点捣毁。江河是个不错的合作伙伴，为了把鹿同苍的残余势力铲除，他这次肯定会不遗余力帮我们，你的任务已经完成一半，接下来就是跟着我们深入敌后，一探究竟了。"

甭管凌枢怎么说，沈人杰就是提不起精神。

"那就是嫌我多余了呗，还是让我在这里陪杨家夫妇吧，万一敌人杀个回马枪呢？"

"我们准备赋予你重任，现在青龙山庄什么情况，我们都不知道，就我和老岳两个，万一深陷其中，也还多个你能互相照应。"凌枢一脸天将降大任于斯人也的表情忽悠道。

沈人杰喃喃道："那万一我也沦陷了呢？"

凌枢："那也给我们的脱身争取了时间。"

沈人杰："……"

凌枢看他那样子都快哭出声了，不由得哈哈一笑。

"去参加婚宴，总该有人提着礼物吧，你正好混到别的地方去看看，咱们伺机逐个击破。"

还逐个击破呢，不被严刑拷打就不错了！

沈人杰没他那么乐观，尤其是随着怀表上啪嗒一声，指向十二点，沈人杰的小心肝也随着扑通重重一跳！

他下意识抬起头望向门口。

此刻他们就坐在正堂的四方桌前，大门离此不过一个小院子十几步的距离。

外面静悄悄的，什么动静也没有。

但想必正在后堂睡觉的杨家夫妻，现在也辗转难眠。

沈人杰下意识望向凌枢他们。

就在此时，外面响起汽车缓缓停下的动静。

过了一会儿，是敲门声。

笃，笃，笃。

沈人杰见凌枢他们没动，只好认命起身，硬着头皮去开门。

外头站了一个穿西装的男人，看不出年纪，因为他的脸色惨白，映得那身老旧西装也有种纸糊的感觉。

对方一双眼珠子动也不动，直直盯住沈人杰，似在打量他的身份。

"吉时已到，请尊驾上车，前赴婚宴。"

沈人杰感觉哗的一下，自己头皮全炸了！

因为他看得清清楚楚，这男人根本就没张嘴讲话，四周无人，声音不知道是从哪里冒出来的，幽幽浅浅，忽远忽近。

他禁不住倒退两步，后背被一只手抵住，吓得他再度跳起来。

"家中父母卧病，我是春和的哥哥，这是我家用人，还有我的朋友，一共三个人，我们能一起去吗？"

是凌枢。

沈人杰脚下一滑，差点儿直接转身躲到凌枢身后去。

对方盯着凌枢看，车前灯在他身后亮起，表情却是模糊的阴影，只能让人记住两只阴森冰冷的眼睛。

像死人的眼睛，凌枢心道。

"可以。"

他们又听见声音了，而且果然不是男人说的。

沈人杰左右四顾。

没人，车里车外，只有男人一个。

这世上真有鬼？

坐上鬼车，难不成是去乱葬岗里参加婚宴？

他的两条腿开始不听使唤，奈何胳膊被凌枢紧紧拽住，根本身不由己，就给拽上了车。

岳定唐坐副驾驶，他和凌枢坐在后面。

沈人杰一边害怕，一边又忍不住通过后视镜去观察司机。

他甚至怀疑整辆车都是纸做的。

民间不总有这种传说吗，有人被鬼遮眼浑然不知，不明不白地就死了，当了鬼替身，可人家那是被鬼迷惑了，他们却是自己送上门去，真是寿星公上吊——嫌命长了！

可现在害怕也来不及了，沈人杰咬紧牙关，抱紧了手里的礼盒。

小汽车很快开出市区范围，路灯没了，周围尽是荒郊野草。

上海郊外有不少错综复杂的岔道小路，连沈人杰这个本地人都认不大全，此时黑灯瞎火的，他就更是两眼一抹黑了。

凌枢和岳定唐倒是没什么异样，尤其是岳定唐，沈人杰偷看过几眼，对方坐在鬼司机旁边，居然一脸镇定，不由得他不佩服。

但车子忽然停下来。

沈人杰心一抖。

对面骤然一亮，他这才发现前方又多了两辆汽车。

上面下来两个人，与鬼司机一般打扮，分别站在车门两侧。

"这……这是要干什么？"沈人杰战战兢兢。

"让我们下车。"凌枢道，"走吧。"

沈人杰："等等！咱们各坐一辆？那不是要被分散了？"

凌枢努努嘴："你不肯，他就不开。"

沈人杰再看那鬼司机，果然是一张死人脸，动也不动。

他只好下车，跟着另外一个死人脸上了另一辆车，对方从前座递来一根汗巾。

沈人杰不明所以："怎么？"

死人脸："蒙眼。"

他的声音同样不是从嘴巴发出来的，就像有人在千里之外操纵这具死人傀儡，通过傀儡千里传音一般，声音更加尖细恐怖。

沈人杰："不行，没有这种道理，那我不去了！"

他伸手去开车门，却发现被反锁了，再看窗外，载着岳定唐和凌枢的两辆汽车不知何时居然不见了！

"放开我，我要下车！我不去了！"

沈人杰恶从胆边生，鼓起勇气去抓死人脸！

手还没碰到对方，却忽然感觉指尖一麻，这股麻意迅速贯穿全身，他身体抖了抖，蓦地瘫软下来，彻底人事不知。

第 167 章

入目是一片漆黑。

没有声音，没有影像。

凌枢甚至无法分辨，自己这是在梦中，还是现实。

混沌成团的意识像棉絮在黑暗中绵软飘飞，半天找不到一个落脚点。

这难道是，灵魂出窍了？

凌枢迷迷糊糊地想，任凭身体携着半梦半醒的意识轻飘飘晃荡。

他忽然想起小时候自己在溪边玩耍，光裸脚底踩在浅水下面的鹅卵石上，溪水轻柔荡漾，石头抚摩着肌肤，令人逐渐放松，很想永远沉浸在这种美好的触觉之中。

凌枢的呼吸逐渐放缓，身体也渐渐放松下来。

他有些困了，不再执着于寻找自己的存在，也忘记一切外物的影响，疲倦潮水般袭来，开始漫过头顶。

一只手摸上他的脸颊。

很柔，很暖。

分不清是男人还是女人的手，那并不重要，重要的是，凌枢觉得很舒服，并下意识依偎过去，身体的舒适度随着这只手的动作而微微起伏，就像猫被顺毛、挠下巴，身体自觉做出反应。

"你叫什么名字？"

他听见一个声音如是问道。

"……凌枢。"

他懒洋洋道，从记忆里找回零碎片断。

"不，你不叫凌枢，你是一只猫。"

"嗯……我是一只猫。"

当一只猫也不错，凌枢笑起来。

"你的家在哪里？"

"我的家……"

凌枢闻着花香，四肢瘫软，一动不想动。

"我想不起来了。"

"你的家在这里。"神秘声音道。

"嗯，我的家，在这里。"

他不想反驳，便由对方牵着鼻子走。

"你最好的朋友是谁？"神秘声音又问道。

凌枢近乎呓语："是一个，叫，岳定唐的人。"

至于"岳"是哪个"岳"，"定唐"又是哪两个字，他一时之间没能想起来，只是顺着意识深处的记忆回答。

"不，你没有朋友，你爹娘死了之后，你就来到这里，我们都是你的亲人，岳定唐是你最讨厌的人。"

是吗？

内心深处缓缓升起一个问号，凌枢微眯起眼，看见的也只有无边黑暗。

黑暗能带来不确定的恐惧，也能让人沉溺其中，放松警惕，彻底失去自我。

"嗯，他是我最讨厌的人。"

"所以，你要杀了他，只要看见一个叫岳定唐的人，就杀了他。"

杀了他。

杀。

岳定唐。

指甲刺入掌心，带来一阵剧痛。

凌枢对"杀"字毫不陌生。

他自己就是个双手沾满鲜血的人。

在战场的时候，从开枪手都会发抖，到眼睛不眨地用机关枪接连射杀敌人，在战壕里背着战友躲过炮火横飞，亲眼看着战友的身体在自己面前变得支离破碎血肉模糊，他的心在某一方面，已经变得和石头一样冷硬。

凌枢在心底冷笑一声。

这种蛊惑神志的催眠，换了旁人也许很容易奏效，可放在凌枢这种经历过铁与血洗礼的人，无疑是在隔靴搔痒。

或许他一开始还会半推半就，任凭身体沉浸在这种美好的虚幻之中，但心灵深处始终保留一丝清醒，犹如灵魂裂为两半，一半入戏体验，一半冷眼旁观。

此时对方的进攻触及底线，那"冷眼旁观"的一半就会被惊醒，主导身体的控制权。

此刻凌枢虽还一动未动，但心境已经不是刚才的状态了。

那个刚刚还神秘而又缥缈的声音，此刻在他听来，却怎的都显得傻帽儿。

尤其是对方不知道自己是神志清醒的，还企图一次又一次引诱误导他。

"杀了对你而言最重要的人，杀了岳定唐，知道吗？"

"知道。"杀你个大头鬼！

"杀了他，然后剖开他的心，将他的心脏取出来，是你对这个家最大的忠诚。"

"嗯。"去你的，要挖也是先挖你的心！

"你能做到吗？"

"能。"把你的心肝挖出来爆炒、红烧。

"很好，事成之后，你就是青龙山庄的大护法了。"

"我是大护法。"

凌枢看似在喃喃重复对方的话，深陷其中无法自拔，实则脑子却越发清醒了，反倒因为这句大护法有点儿想笑。

这年头哪儿来的什么大护法？

风起云涌，波澜壮阔，枭雄辈出，从来也不缺群魔乱舞，十贯道恰逢其时，不过是看准乱世人心的种种弱点。

他虽然还不知道冯三小姐和吴五是怎么被引诱其中的，但是在凌枢看来，这些未经世事的千金小姐和公子哥儿，弱点可真是太多了。

当然他没有笑，青龙山庄和大护法联系起来，似乎越发证实了岳定唐之前所言的正确性，这里的确是十贯道的一处分坛，这邪教不怀好意，将他们三人诱进来分而击之，凌枢没有入彀，是因为他打从心底不相信神鬼的存在，可若是换了沈人杰，他也不敢担保对方会不会被催眠迷惑，从而一步步落入对方算计好的陷阱里。

还有岳定唐……

想及此，凌枢不由得微微皱眉。

幸好黑暗之中，他看不见敌人，敌人自然也看不见他。

对方自以为将凌枢摆布于股掌之间，完成一系列催眠洗脑后，见他完全任凭摆布，声音自然也就停了。

凌枢重新得到了安静，也得到片刻的思考时间。

毫无疑问，他现在已经身在青龙山庄。

但这山庄究竟位于哪里，这里头有多少敌人，还有多少与他一样被挟持或引诱来的人，他一概不知。

身上的枪肯定已经被搜走了，但对方既然愿意花费精力催眠他，就说明他还有利用价值，暂时没有生命危险。

同理，岳定唐和沈人杰应该也是如此。

自己大可以不变应万变，等对方先出招，再决定下一步该如何走。

想及此，凌枢心安理得地重新合上眼睛。

不一会儿，浅浅的鼾声响起。

在这个什么都没摸清楚的神秘之地，他竟然就这么堂而皇之地睡过去了。

如果黑暗中有人在监视观察他，估计那个人现在会拼命地翻白眼儿。

不过凌枢没能睡个安稳觉，其间他被叫醒三四次，每次都重复先前洗脑一般的催眠，他知道这是对方不放心，为了巩固加强效果，但任谁好端端被频繁地叫醒，脾气也不会好到哪里去，他没有发作暴露，全是为了大局着想。

这样一来，凌枢觉得忍辱负重的自己当真伟大。

敌人万万没想到他脑子里在转什么乱七八糟的东西，否则只怕早就放弃同化他，转而一梭子弹打过来了。

再度被叫醒也不知是多久之后，眼前终于多了一根蜡烛，而不是满目的无边黑暗了。

凌枢下意识地想为自己终于能舒舒服服睡上一小觉而伸个懒腰，幸亏还没忘记自己身处哪里，赶紧打住念头，打量光源周围的事物。

这是一间小屋子。

也许它原本是储藏室，又或者有其他功能，但现在只有一个用处，那就是牢房。

凌枢没有贸然去动蜡烛，他觉得对方三番五次地把自己调教成毫无自主意识的傀儡，不是为了让自己去拿蜡烛的，所以他只是微微侧身，盯着那根蜡烛，思索岳定唐现在在哪里，又在做什么，是否与自己同样清醒，又或者已经不慎被迷惑。

铛！

忽然间，一声金属敲击的动静从远处传来，在空旷处层层回音，又迅疾传递到凌枢耳朵里去，刺得他陡然一个激灵！

"请贵客上筵席！"

拖长了的腔调如黄昏下吊死犯人的绞索，弥漫沉沉阴森和死气，令人不寒而栗。

凌枢看着一个手里握着烛台的男人走到牢房外面。

"出来。"

微弱烛光映照惨白面容，声音依旧不是从他嘴里发出来的。

凌枢不知道真正被催眠的人是什么样子，现在他不得不做出自己已经是被重度控制的木偶，缓缓起身，缓缓走向那人。

"开门，出来。"

凌枢依言伸手，牢房铁门居然没有上锁，一推就开了。

他跟在此人后边，仔细观察他的步伐，跟着一步步前进，没有乱了节奏，对方似乎也没有怀疑，一直在前边带路，这让凌枢暗暗松口气，发现自己蒙对了。

很快，黑暗中各个牢房里出来的人都跟在他们后面，鱼贯而出，安静得近乎死寂。

凌枢努力按捺自己想要回头寻找岳定唐的念头，跟着对方离开牢房，顺着阶梯往上，再穿过细长甬道，最终来到一间更大的屋子里。

与其说是屋子，倒不如说是宴会厅。

这里也有了更多的光明，但顶多也就是两三盏烛台吊灯，映出下面铺着白布的八仙桌，还有只见碗筷，不见食物的桌面。

桌面正中也摆着一根白色蜡烛。

寻常人家里，只有丧事才会像这样举目皆白，尤其是当周围半点人声都没有的时候，凌枢感觉自己如同置身遍地尸体的乱葬岗之中，任是胆大包天，也难免有些惴惴不安。

与他一般状况的有十几二十人。

凌枢借着烛光不着痕迹地飞掠一眼，发现视线所及的几个人个个神色木讷，目光呆滞，宛若毫无灵魂只会用两个鼻孔呼吸的活死人，他连忙调整呼吸频率和面部表情，以便自己看起来与这些人别无二样，不至于鹤立鸡群被人识破。

一张八仙桌能坐下四人，伴随引路人的命令，所有人都找到自己最近的座位并坐下。

好巧不巧，凌枢看见坐在自己对面的老熟人。

沈人杰。

趁着坐下的当口，凌枢朝对方挤挤眼使了好几个眼色，都快把眼泪给挤出来了。

沈人杰毫无反应，连眼睛都没眨。

正常人哪里会不用眨眼睛的？这分明是神志和身体已经深陷控制了。

凌枢暗道不妙，心说难道自己今天要孤胆奇侠勇闯夺命山庄了？

第 168 章

这更像是一出恐怖的默剧。

厅堂里高朋满座，但所有客人全都悄然无声。

非但没有声音，连表情和动作都是僵硬呆滞的。

凌枢只觉得自己脖子快要绷断了，想动一下都怕格格不入，只能忍着。

七八张桌子围出前方的空地，那里筑起两层阶梯的台子，不高不低，正好让所有人看见。

但凌枢觉得，看不看得见也不打紧，除了他这种假"活死人"之外，在场估计也没人会有什么想法，他试图找到岳定唐的位置，现场人虽然不多，光线却很昏暗，在脑袋没法左顾右盼的情况下，很难确认老岳所在。

也可能，岳定唐压根儿就没在这里。

所有人坐得笔挺，所谓婚宴，半点喜庆氛围都没有，倒更像是冥婚。

这念头刚起，人就进来了。

是刚刚提灯领他们从牢房里出去的男人。

这次凌枢大概看清了他的模样。

两颗眼白居多的眼珠子灯笼似的吊在一张马脸上，直勾勾盯着人的时候能让任何一个人心头发颤。

凌枢心说还不如没有看清，虽说长相天生，但能生得这么瘆人也是少见，就像生来为了待在黑暗里不见天日，在潮湿逼仄的角落压抑呼吸，不敢接触任何阳光生机。

男人后边还跟着两个人。

确切地说，是一个年轻男人，和一个抱着照片的中年女人。

凌枢差点儿发出动静。

那不就是吴五吗？

还有照片里的女人，不正是刚刚死去没多久的冯三小姐吗？

所以这还真是一场冥婚？

所谓冥婚，多是民间父母给早夭儿女配的阴婚，也有活人跟死人结合的，但那一般都是穷苦人家过不下去卖儿鬻女，配给那些早逝的富家子弟，似吴五这样的青年才俊，就算冯三小姐不幸身亡，吴家自然也不可能让他去娶冯三小姐的牌位，更不可能让后面跟吴五联姻的女方去当个填房。

但，这一幕却真真实实地在凌枢面前上演。

"吉时到，新人拜堂！"

马脸男人一板一眼，连吆喝都透着股阴冷。

吴五红袍红花，步履缓慢，一个指令一个动作，跟着弯腰鞠躬，中年女人也抱着照片，做同样的动作。

去掉拜天地和父母的环节，直接进入夫妻对拜，凌枢直觉这场婚宴不仅仅是让他们过来观礼那么简单，但此刻他又想不出哪里不对劲儿，只得静观其变。

却见马脸男人一挥手，一个坐着轮椅的新娘被推出来。

她微垂脑袋，生死不明，唯有那侧面轮廓异常熟悉。

凌枢暗暗伸长脖子，企图从那微弱光线中窥见一丝半点，却忽然在马脸男人举着蜡烛凑近那女子时才想起她的身份。

冯三小姐？！

凌枢差点儿将声音从喉咙口迸出来，幸亏又忍住。

冯珍珠明明上吊死了，他们在冯家还见着尸体了的，怎么又会出现在这里？难不成有人将尸体偷了过来？

这些人要她的尸体做什么？

他很快就知道答案了。

"冯珍珠是吾神忠诚之信徒，愿为吾神奉献精神肉体，今日尔等既是忠心，便将此作为尔等的奖赏，往后开始，尔等须得感念在心、忠贞不贰，都听见了吗？"

马脸男人缓缓道，凌枢盯着他的嘴巴，后者的确没动，声音却是从对方身上发出的。

他曾听说世上有擅长腹语者，能以腹部调和气息发出声音，外人不明就里，容易误以为是鬼神作怪，想必此人就是传说中腹语术的掌握者，而且青龙山庄里，还有不少这样的人，打从在杨家接人时，就以这种方式装神弄鬼，制造恐怖。

现场的人都被控制了，自然不会有人应声。

凌枢见没人起身应答，也就继续心安理得地坐着，但紧接着他就坐不住了。

因为那个推着轮椅出来的人，竟然开始弯腰解开冯珍珠的衣裳，然后不知从何处摸出一把锋利匕首，对准尸体的胸口划下去。

人已经死了三天，血自然是没血了，天气还挺热，凌枢不知道他们用的什么法子保存，尸体并未散发异味，只是眼下这种事情委实过于惊悚，他闻所未闻，一时忘了反应，只能目瞪口呆地看着他们如此践踏冯三小姐的尸身。

这是……要他们生食……

那些已经被控制神志的人自然毫无察觉，但凌枢是清醒的，他自然不可能去吃，可所有人都在吃，就他一个人不吃的话，他也会很快暴露。

不知何时，好几个"黑色长衫"就站在会场四角，目光梭巡观察所有人的一举一动，但凡有人不合群，立马就会被揪出来。

凌枢面前的红底小碗很快也分到一小块。

腐败刺鼻的臭味若隐若现，他需要费老大劲儿才能忍住掩鼻干呕的冲动。

旁边那些人却都熟视无睹，一动不动，仿佛被堵住嗅觉。

中年男人阴恻恻的声音再度响起。

"这些肉，都是经过吾神祝福加持的，吃了能添福增寿，有无穷福报，你们初入我门，吃了就算是真正的自己人了，往后同进同出，福祸与共。好了，吃吧！"

对方说罢拍拍手，仿佛某种命令或信号，凌枢周围的人齐刷刷低头。

凌枢："……"

他慢了半拍，勉强跟上节奏，但又无法面对。

同类相害，那是畜生才干的事情，可这恰恰是检验此人是否被彻底催眠的重要标准。

凌枢纠结万分，吃是不可能吃的，顶多用假动作骗过去，把肉先放兜里，反正这里光线这么暗，人也不止他一个，监视的人未必能发现。

他用筷子颤巍巍地夹起，心里已经开始后悔来这鬼地方了，真就跟群魔乱舞的无主幽冥之地一样，老岳不见踪影，沈人杰还中招了，真是祸不单行，危机重重。

可眼下就算要离开，也不知道怎么脱身，凌枢甚至不知道出了这个门要往哪里走。

如果老岳也在这里，他会不会也正在天人交战？

纠结的几秒之间，一阵呕吐声接连响起，在安静会场里显得异常刺耳。

凌枢很想扭头去看，却见周围所有人都没动，只好也强忍住。

他看见中年男人脸色一变，厉声道："把人拿下！"

身后传来桌椅翻腾的动静，还有年轻女孩子尖叫跑动，混乱很快波及这边，凌枢后背被重重推了一下，整个人不由自主往前倾倒！

他忙不迭地趁着混乱回身，却见昏暗中一个女孩子的身影在人群中狂奔，中间被桌椅绊倒之后又赶紧爬起来，很快又消失在黑暗中。

黑暗中乱成一团，不知多少人被推倒撞伤，哎哟叫痛之声此起彼伏。

这种情况下，即便是深陷催眠的人，也会从迷梦中清醒过来。

"哎哟，谁打我！"

"好痛啊！"

"这是哪里？我在哪儿啊！"

如一锅沸腾的油里扔进一块面团，霎时噼里啪啦地不复安静。

凌枢不用看，也知道中年男人脸都黑了。

"封锁前后门，把她给我拿下！"

此时不搅浑水，更待何时？

凌枢已经动了。

他直接扯住桌布整个掀翻起来！

哗啦啦所有东西摔碎一地，连带八仙桌四周的人也全部被撞开。

他一跃上桌，用桌布将吊灯上的蜡烛全部扯下，火点燃了桌布，凌枢迅速卷成一团，扔向冲他奔来的打手们，对方猝不及防闪避，那头凌枢已经跳下桌子，直接将桌子当成盾牌挡在身前冲向人群！

谁也没想到这些被催眠的人里头还隐藏着凌枢这么一个炸弹，突然间就把场面点燃了，他横冲直撞，直接把之前的局部混乱变为全局混乱。

没了微光的会场坠入彻底黑暗，连中年男人也只能在黑暗中徒劳无功地叫嚷，即便有人听从他的命令去追，也不知道追谁才好。

杨春和记得，这里有两个门。

一个是他们进来时的前门，但还有一个后门。

她心跳加剧，想趁着混乱之机摸向后门，逃离此处。

刚刚非是她故意想要暴露，实在是看见那惊世骇俗的场面，她已经无法忍住呕吐的感觉，在抬起手捂住嘴巴的那一刻，她就发现自己被那中年男人死死盯住。

对方已经发现她的神志没有被控制！

杨春和顾不上其他，转身就跑，慌乱之中还被绊倒在地，差点儿就被擒住，她在这里逗留几天，深知此处可怕，也预想到对方会用什么手段对付自己，一时思维混乱，竟无法及时做出反应，幸好别处再起混乱，她才得以连滚带爬地摸向小门。

小门没锁！

杨春和心头一喜，肩膀上却多了一只手。

啊！

她差点儿惊叫出声，嘴巴很快被捂住，身体随即被往前一推，门打开的同时，两人也消失在门后。

第 169 章

凌枢原本想等跑到一个无人的地方再把杨春和松开，奈何这姑娘一直挣扎，力气还出乎意料地大，眼看后面追兵就要追上来了，他不得不松开手，拽住她的胳膊低声威胁。

"噤声！我是受你爹妈之托来救你的，先跑出去再说！"

凌枢见过杨春和的照片，但现在黑灯瞎火，也无法确认她的身份，但从年龄和反应来判断，十有八九就是这姑娘了。

他生怕杨春和脑子一抽大叫救命，幸好对方并没有。

杨春和反手按住他小声说话，又急又快。

"跟我来！"

她似乎还认得路，带着凌枢在黑暗中穿梭拐弯。

这座青龙山庄，凌枢未曾见过它的全貌，但从走过的这些路来看，占地面积不啻一座城堡，内里的路线明显经过特别设计建造，与普通人家的住宅园林不同，只要不是拿着炮弹或开着战斗机来轰炸，这里必然是易守难攻、坚不可摧的堡垒，最适合做贼心虚的人缩在铁乌龟里头。

无灯无火的地方，全凭感觉摸索。

凌枢能感觉到头顶或脸颊偶尔一阵微风拂面，不大，但充分说明这里并非封闭环境，应该还有空气流通的。

杨春和拉着凌枢的胳膊钻进一处凹槽里，这里正好容得下两人站立，不过需要挤挤，姑娘家的柔软身躯难以避免地压在他身上，但现在谁也顾不上尴尬。

"你是谁？"

"你叫什么？"

两人几乎同时出声询问。

凌枢比她更快接了下一句："你是不是姓杨？"

"是，我叫杨春和，你真是来救我的？"

果然找到正主了，而且看样子暂时还没大碍。

凌枢暂时松口气："可算是找到你了！"

杨春和却道："我家家境普通，我失踪之后，我爹妈就算报案，但也不会有多余的钱贿赂通融，那些警察巡捕大多把寻找重心放在冯三小姐上面，请问你是受谁所托来找我的？"

她戒心还挺重，但不得不说这姑娘挺聪明，连这点也想到了。

"我姓凌，叫凌枢，是市警察局的顾问助理，这次也是为了冯三小姐的事情而来，你爹妈很担心你，特地拜托我帮忙把你找回去。"

杨春和啊的一声。

"你是凌枢？凌寒的凌，天枢的枢？"

凌枢没想到自己知名度还挺高："你知道我？"

杨春和兴奋道："当然知道，那会儿报纸连载袁门血案始末，我可是从头追到尾的，早就对你闻名已久了！"

凌枢苦笑："那都是小说杜撰的夸张情节，真实案件没那么跌宕起伏的。"

杨春和："我知道，可架不住写得好嘛，连带你的名字我也记住了，不光是我，我好多同学都知道你的，凌先生，你出去了可要给我签个名！"

"……能出去再说。"

凌枢抽抽嘴角，没想到这姑娘的关注点还能如此清奇，说好听了叫临危不乱，说难听就叫大大咧咧。但这样一个人，不大可能会为了吴五寻死觅活、吃醋嫉妒冯三小姐的。

这只能更加证明一件事：吴五在说谎。

凌枢道："我还有两个朋友在这里头，你能不能找到这里的出口？我们先出去搬救兵把他们救出来。"

杨春和虽然爽朗，却也不乏心细一面，两人的对话始终在压低声音中快速进行，在有脚步声接近路过时，她还会注意停下，等脚步声远去才重新开口。

"恐怕不行，我在这里待了好多天了，我自己也记不清待了多久，才勉强摸清一些路，这里已经是最安全的死角了，他们巡逻一般不会留意到这里来，前面就是他们巡逻的休息室了。"

凌枢有些意外："你怎么知道这么多的，这些天你一直都在这里头摸索？"

杨春和："不是，我白天也被他们催眠，晚上他们放松警惕的时候，我就偷偷跑出来，他们以为我是女子，神志又被控制了，没多防备，我这才有机会四处走走，可也没敢走远。"

凌枢奇怪："你这么聪明，到底是怎么被他们抓进来的？是吴五骗了你吗？"

这姑娘的回答再度让凌枢大跌眼镜。

"我是自愿被骗进来的。"

这年头要么是深陷骗局无法自拔，要么肯定不会往陷阱里跳。

杨春和偏偏是个例外，她明知山有虎，还偏向虎山行。

吴五在观星协会是个花花公子，这是大家的共识，杨春和是个正常家庭出来的姑娘，上了大学还学了新知识，俨然是新时代女性，自然也不会对吴五这样的人产生好感。

在吴五几次三番地接近搭讪之后，杨春和产生了怀疑。

她自认家世容貌都不出众，从小到大也没有这样对她穷追不舍的男性，吴五这样的公子哥儿，更加不可能喜欢上她，除非被下蛊了。

更有，吴五跟她聊天的时候，看似询问天文星象上的知识，实际上却时不时把话题岔到宗教那方面去，这让杨春和觉得很奇怪。

"他让我给他讲紫微星和文曲星是对应哪颗星，有什么故事来历，自己却听得心不在焉，还问我信不信这世上有神鬼，问我有没有因为做了什么坏事被报应。"

听到这里，凌枢忍不住道："他这是想诱骗你入青龙会。"

杨春和："没错，但当时我还不知道这里的存在，也想不到吴五一个前途无量的花花公子会去信这些虚无缥缈的东西，后来只觉他的行径越来越古怪，好似想拉我去一个什么地方，还想给我洗脑，我便有意疏远避开他。"

凌枢："他没有继续纠缠你吗？"

杨春和："有，但观星协会的同学们都会帮我挡掉，连着几次之后，他自己好似也觉得没意思，就没再找我了。直到听说他跟冯三小姐订婚，冯三小姐又失踪的事情，再结合他先前那些古怪言行，我怀疑，他是觉得我不好下手之后，转而又将冯三小姐当作目标。"

这些事情很关键，杨春和也没有废话，她语速很快，凌枢也听得很认真。

"但我当时也没有证据，只能暗中观察，我发现吴五最近一年经常在图书馆借一些与宗教有关的书。还有，他在学校正经上课的时间不多，其他时间经常请假，不知所终，我也不知道他去哪里，现在想想，他应该是已经被青龙会发展成信徒，经常往这里跑了。

"冯三小姐失踪之后，我的疑心达到了顶点，我觉得一个好端端的姑娘不能让人给骗去毁了，就暗中跟踪吴五，准备看他是否有嫌疑。"

凌枢轻斥："你这也太冒险了！"

这姑娘一腔赤诚固然可嘉，但单枪匹马又是弱女子，如何能深入虎穴？

杨春和知错就认："是，我当时没想那么多，只想着也许有机会找到冯三小姐，就一路跟着他来到这里，谁知他居然早就知道我在后边跟踪，故意引我过来的，我就被他们抓进来了。"

她见势不妙，即便不知道青龙会之名，也知道自己落入魔窟，凶多吉少，当即急中生智，抱住吴五，当场表白，说自己早就暗中爱慕吴五，只是碍于自身条件不好，和吴家门第不敢高攀，故而再三拒绝，可心中还是忍不住对吴五的爱慕，最终跟了过来。

"我不知道吴五信不信我那番话，但他的确表现得既意外又得意，我便趁机求他带我离开这里，他自然不肯，说我既然来了，就走不了了，就算没有荣幸被选上当祭品，也会当上这里的侍女，侍奉贵人。

"我就问他，祭品是什么，这里又是哪里。他告诉我，这里叫青龙会，会主是侍奉尊神的神使，在这个地方，所有进来的人都会被净化，净化之后才会分配去处，我们不需要思考，神使自然会奉尊神之命帮我们安排好一切，我们只需听从即可。

"他们所谓的净化，就是通过药物和语言上的催眠，蛊惑并控制别人神志，也许是我心志坚定，也不信鬼神的缘故，我的神志并没有被完全控制，清醒的时候我会用些办法，比如在手心藏针，刺激意识保持清醒。"

她没有多说自己从被催眠到恢复神志中间经历了多少困难，但凌枢能想象到。

换作另一个人，也未必有她这样的勇气和急智。

冯三小姐与她素昧平生，她却愿意为了一个陌生人的安危，潜入这龙潭虎穴，还差点儿把小命交代了。

凌枢可以说她太冲动，却不能不赞叹她的勇敢。

"难为你了，不过，这些人全都是这样被抓进来的吗？"

"不一定，非自愿的反倒少数，更多的是自愿奉献身心。凌先生，世道混乱，多少人在天灾疾病下，欲求一顿温饱而不得，还有不少地方的人因战乱而流离失所。只要有人告诉他们，信奉这位天地四方的真神就能吃得饱穿得暖，从此无惧风雨饥寒，他们立马就会毫不犹豫地成为虔诚信徒。"

她顿了顿，接着道："还有一些，像吴五这样不愁吃穿荣华富贵的出身，却自然有另外一些东西吸引他们，譬如权力、金钱、女人。我一开始也没法理解，为何吴五要自甘堕落，来投奔邪教，后来才知道，原来吴五一直喜欢一个女人，但她已经嫁人了，夫家家境也不是吴家能高攀得起的，吴五失魂落魄，对那女子势在必行，却无法巧取豪夺，才会栽进这里头无法自拔。据我所知，他现在想抽身也来不及了，青龙会早就把他当成傀儡工具，用来蒙骗不知情的外人入坑，毕竟吴家的招牌在这里，怎么也能蒙一些人。"

说至此处，脚步声蓦地由远而近急促传来。

杨春和赶紧闭上嘴。

凌枢也不吱声了。

刚刚那场混乱还没过去，对方早晚会发现他们两个失踪的人，说不定现在已经翻天覆地在找了，他们躲在这里，是很难躲太久的。

怎么办？

第 170 章

"人怎么一下跑了那么多？"

"听说是有坏人混进来了。"

"他们想干什么？"

"不知道，现在到处在找人，到底跑了多少也不清楚，现在抓住三个，他们要惨了……"

脚步声就在他们不远处停下。

来回走动，小声讨论。

凌枢憋着一口气的同时又有点儿想笑。

什么叫坏人混进来？敢情这些人还觉得自己是好人不成？

但他们的话里也透露出不少有用的信息。

一是刚才跟他们一样趁乱逃跑的人不在少数，并不是他们以为的只有两个，这应该也是凌枢跟杨春和躲在这里许久，暂时也没被人发现的原因之一。

二是这些趁乱逃跑的人里头，应该也有跟杨春和一样，假装自己被控制，实际上却还保留神志的。也就是说，方才不知道有多少人看着自己碗里那块肉恶心欲呕，只有杨春和忍不住露了馅儿。

三是现在已经有三个人被对方抓住，这里头也许有沈人杰，也许有岳定唐，这三个人可能会饱受折磨，遭遇酷刑，但凌枢自身难保，别说去救人，只要离开这小小的角落，立马就会成为那第四个人。

那些脚步声来去匆匆，短暂停留之后很快又离去。

凌枢和杨春和又一次安然无恙。

但两人都觉得此地不宜久留了。

"刚才那些人，是不是这里的护院打手？"

"是，我见过他们的装扮，全身黑色，连头脸都罩得严严实实，好像是因为这些人的面部多多少少有些残疾。我猜这个所谓的神使，在收拢走投无路的穷苦人家时，会有意识地将他们分成几部分，一些是身有残疾见不得光的，训练他们成为护院打手，反正这些人在外头也会饱受歧视，在这里反倒吃饱穿暖，必然会对神使忠心耿耿。

"还有一些则是有利用价值的，他们管这叫肥羊，也就是我们这种，先控制神志，在这里待上十天半个月，等斗志耗损得差不多了，再将人放出来，要么像吴五那样有所求而服软，要么像我这样的，可能会被带去……"

黑暗中，杨春和似乎咬了一下唇，没再说下去。

凌枢知道她的言外之意。

像她这样的年轻姑娘，最好的结局，也是被贩卖出去，辗转流落人手，或是秦楼楚馆，可那起码还能看见天日，竟是不错的下场，若是更不堪，那约莫是被凌辱，永远留在这里，被那所谓的神使用来招待客人，直到完全无用被丢弃为止。

想想这姑娘可能会有的未来，凌枢不由得庆幸自己进来了，最起码，几人合力，孤注一掷，还有逃出生天的机会，否则杨春和孤身在此，很可能永远沉沦，外面的人不知道她曾经是为了救人而进来，她的父母也会神伤悲痛不已。

"我有一个想法。"凌枢忽然道。

杨春和看不清他的面容，却下意识地觉得他是个可靠的同伴。

那些小报上的破案连载实在太深入人心了，在袁门血案之后，作者一看市场反响不错，又接连写了什么《李小姐失踪案》《无人接收的电报》等，虽然都是凭空杜撰，跟凌枢毫无关系，但还是以凌枢为主角，情节紧凑悬疑，深入人心，读者自然而然对凌枢如雷贯耳，连带杨春和都对这个临时搭档有无限的信心。

"你说。"

她听见凌枢问道："你知道这些黑衣人休憩的地方吗？"

这些黑衣人在山庄里的地位再低，肯定也是需要休息的。

只不过他们一般都是成群结队出现，很难找到落单的。

幸好这里处于地下，又常年昏暗，这在造成囚犯心理压抑的同时，也给凌枢他们现在提供了便利，尤其刚才逃出来的人不少，现在黑衣人在四处巡捕，凌枢有个熟悉道路的杨春和，比别人多了点优势。

"我没去过，上次只跟了一半，剩下的一半有三个岔路口，我上次不敢乱逛，生怕回不去。"

凌枢跟在杨春和身后，手搭在她的肩膀上，以免两人在黑暗里走散。

山庄地下同样占地广袤，凌枢怀疑这里头的面积丝毫不比地面上的山庄小，完全像是无数个小型仓库用密密麻麻的通道连接起来，堪比迷宫，连山庄主人自己可能都未必完全认清道路，更何况是在如此黑暗的环境下，那些黑衣人只能在有限范围活动，离开了那个范围，他们同样会迷路——这就能解释为什么刚才那么多人趁乱逃出去，至今却只抓到三个人。

路上偶尔会有一盏小灯，玻璃罩中微弱闪烁的煤油灯，因为这里空气流通差，灯芯若隐若现，将欲熄灭，能照到的范围很有限。

杨春和停住脚步。

"就是这里，我上次最远就来到这里，前面的没去过了。"

凌枢就着灯火摸索一阵，依稀能察觉这儿的确是有三个岔口。

他们两人是必然不能分开走的，再说只有两个人，分开走了两条路，还剩下一条。

"走左边。"他道。

这次换成凌枢走在前边，杨春和跟着他了。

刚走出几步，凌枢就摸到一扇小小的铁门。

门是上锁的，但这难不倒凌枢。

他进来的时候被搜过身，但凌枢留了个心眼儿，常年会把一根铁丝藏在鞋底，果然就成了对方的漏网之鱼。

别看只是一根细细的铁丝，往往能在关键时刻发挥意想不到的效果。

譬如现在。

铁丝插入锁孔里转动几下，门应声而开，两人迅速窜入，又把门关上。

杨春和看着凌枢干脆利落的开锁方式，崇拜之情更上一层，只觉报刊连载里那个凌枢，还比不上真正凌枢的万分之一。

"别点灯，门有小窗，我怕光亮会引人过来！"

听见凌枢的嘱咐，杨春和小声嗯了一下，两人分头在小屋里摸索一阵，果然有了点发现。

"凌先生，你快来！"

听见杨春和在叫自己，凌枢立马过去。

"这是不是衣服？"

入手几套布料柔软轻薄，拎起来掂量，应该是头套和长衫。

"应该是那些黑衣人穿的。"凌枢判断，"这里可能就是他们的休息室了，我刚才摸到一张通铺，大概能睡下三四个人。我们再分头找找，看这里有没有什么通行令牌之类的。"

"好。"

但什么都没有。

这里简陋得令人惊讶。

几套衣服被褥、一个水壶几个杯子，还有墙壁上徒留烛芯的烛台，除此之外，可谓家徒四壁，床上只有被子，居然连枕头都没有，自然就更没有什么令牌。

那这些人遇上了是怎么交流的？他们怎么就知道黑衣罩面下的一定是自己人，

而不是旁人假扮的？

凌枢没时间思考太多，他怕外头有人进来，赶紧捡起一套衣服往杨春和怀里塞。

"先换上！"

杨春和有些迟疑，但随即释然，伸手不见五指的环境，谁都看不见谁，更不要说避嫌了，两人三两下把衣服换好，杨春和的那套略过于宽大，但不影响走路，这要是长衫，估计容易被发现，但青龙山庄将这些人的衣袍全部做成黑色罩袍，麻袋一样往身上一套，男女都认不出来。

凌枢揣摩着，这样的穿法虽然让人认不出彼此，可也有助于别人降低对自己的身份认知，待上十天半个月，再时时被洗脑蛊惑，很快就会接受现实，永远成为这黑暗不可分割的一部分。

好巧不巧，刚出门，迎面就有三人提灯走来。

一样的黑衣罩袍，一样的身份。

凌枢和杨春和心里不约而同地咯噔一下，站住了。

对方走到他们面前，站定。

一双眼睛在罩袍下闪烁不定，也许是在确认凌枢他们的身份。

可怕的寂静。

难熬的寂静。

凌枢只觉一滴汗从额头滑下，以他的急智，一时半会儿竟不知道说什么才好。

万一他们这些人从来不交流，万一对面是个小头目，他一开口不就露馅儿了？

所以，最好是什么都不说。

但不说，也未必就完全没有嫌疑了。

饶是凌枢，也不由得紧张起来。

过了片刻——

"青龙下江吞日月。"

凌枢：嗯？

他不假思索："白虎上天连北斗！"

对方停顿几秒，没有表现出什么异样，错身走了。

没等他们松口气，身后又有声音响起。

"慢着！"

为首之人折返回来。

凌枢一颗心差点儿跳出胸腔，他甚至已经做好暴起发难，把这三人撂倒的准备了，虽然肯定会发出一些动静，但他应该可以赶在对方救兵来之前跑掉。

只不过这样一来，肯定就打草惊蛇了。

"你们刚才有没有看见什么可疑的人？"对方问道。

"没有，我们刚才就是从你们那儿过来的，路过进去喝口水，现在正准备继续追。"凌枢道。

他的语调很镇定，让人听不出半点端倪，对方自然也没有怀疑。

"那行，你们继续回头去找，我们找这边。"

"好。"

两拨人分道扬镳，短短几分钟，杨春和浑身都快被冷汗淹没了。

等走远了，她忍不住颤颤巍巍小声问："你是怎么知道他们对口暗号的？"

凌枢："我胡扯的。"

杨春和："……那他们怎么没怀疑？"

凌枢："好问题。要么我回答得太干脆，他们半信半疑顺水推舟，要么他们自己也不记得接头暗号了，再有一个可能性——他们和我们一样。"

都是假的。

杨春和轻轻啊了一声，有些哭笑不得。

不管是哪种可能性，她都希望他们别再撞上这种事情了。

但现实往往是事与愿违的。

两人刚走出没多远，就又碰上另外几个黑衣人。

这次为首那人似乎身份高了些，凌枢注意到对方虽然也穿着罩袍，却没有蒙面，是个头发花白的中年人。

他叫住凌枢二人："你们过来。"

待凌枢他们走过去，花白头发上下打量："你们进来多久了？身上有什么差事？"

这个问题该怎么回答？

杨春和只能从头到尾装哑巴，一切交给凌枢。

凌枢微微躬身，沉着道："一个月左右。刚刚奉命在找逃跑的人，还未找到。"

花白头发沉吟："一个月，短了些，不过算了，总算懂些规矩，你们不用搜人了，去伺候一位客人，不听不问不说，规矩都懂的吧？"

凌枢忙道："都懂！"

花白头发嗯了一声："跟我来。"

他挥手让手下先走，自己则带凌枢二人往前走。

一盏灯笼隐约映出前路。

凌枢跟在后头，发现这里比刚刚那处要华丽一些，地板是平整的青砖石，两旁墙壁似乎也都粉刷一新，房间门也不再是铁门，而是西式的木门，门把手一旋就打开了，没上锁。

这是不是说明里面住的客人，最起码身份比杨春和甚至吴五还要更高一些？

屋子里灯火通明，与外面完全不同。

这让眼睛已经习惯了黑暗的凌枢和杨春和，不由自主眯了好一会儿眼。

然后他就看见了一个老熟人。

何止是老熟人。

简直是冤家。

岳定唐岳大少爷正坐在一张西洋椅子上，右手拿着咖啡杯，左手捧着一本书。

除了地点不同，时间不同，这个姿势跟他在岳家，又有何不同？

凌枢心想：老子在这下面死里逃生几番周折生怕你落入敌手备受折磨，你在这里优哉游哉地喝咖啡看书？你怎么就不是被催眠、被控制、被迫见识那恶心的场面？

岳定唐的表情很冷淡，但明显很清醒，看见了花白头发也没什么反应。

反倒是花白头发对他有几分讨好："岳先生，这两个是伺候您的下人，这几天您先委屈一下，等神使确认了您说的那些话，就会立马将您接出去。"

岳定唐从鼻腔里轻轻哼了一声。

高高在上，目下无尘，带着大少爷的骄矜冷漠。

但花白头发还真就吃这一套。

他非但不怒，还一直赔笑。

"那您先休息，我就不打扰了。"又转头对凌枢二人道，"你们好生伺候岳先生，他让你们做什么就做什么。"

对方一走，岳定唐就对凌枢他们挥挥手。

"你们去外面候着。"

凌枢捏着嗓子："大爷，不需要我们伺候您吗？"

第171章

凌枢看见，岳定唐的表情微微抽搐一下。

虽然只有半秒，但也被他捕捉到了。

也许以为杨春和不是自己人，岳定唐犹豫片刻，还真陪凌枢演起戏来。

"我不知道你长什么样，怎么知道要不要你伺候？你先把面罩除下来。"

凌枢道："若我除下面罩，贵客又不想要我伺候了，我岂不是要被上头责罚？"

杨春和似懂非懂，听着两人唇枪舌剑，只觉怎么听怎么古怪。

岳定唐听到这话，就也知道杨春和是自己人了。

凌枢一把扯下面罩，喘口气，大大咧咧地走向岳定唐。

"起来起来，该轮到我坐一会儿了！你在这里舒服快活，我们却差点儿把小命交代了！"

岳定唐还真就听话起身，任由凌枢坐下休息。

杨春和也跟着摘下面罩，她想起凌枢还有两个朋友在里头，想必这就是其中一位了。

"这是，杨春和同学吧？"岳定唐问她。

杨春和好奇："您是？"

岳定唐："我姓岳，是跟他一起进来找你的，令尊令堂很担心你的安危。"

杨春和眼睛一亮："您就是福尔摩斯身边的那位岳华生？"

岳定唐：嗯？

这什么乱七八糟的？

凌枢见他看向自己，挥挥手："她说的是报刊上连载的小说情节，先不说这些了，你怎么会在这里？他们为什么没把你抓走，还对你客客气气的？"

岳定唐斯斯文文道："这就叫知识改变命运。"

凌枢：嗯？

姓岳的拿到的剧本，跟大多数肉票都不一样。

他没有经历被打晕催眠的过程，甚至没有经受半点虐待，而是被好生供了起来。

虽然这里的条件不怎么样，但这间屋子已经能看出对方是尽可能在为岳定唐提供舒适的环境。除了软禁之外，态度比起对待凌枢他们，可谓天壤之别。

因为当时岳定唐被分到单独一辆车上时，就说了一句话。

这句话令对方无法拒绝，甚至让岳定唐得到山庄副手的接见，再之后，就被奉为上宾了。

"什么话？"杨春和没忍住好奇心，插嘴问道。

"我能帮你们赚钱。"

杨春和一呆："就这样？"

岳定唐："就这样。"

小到一家，大到一国，都离不开钱，没了钱，什么都运转不了。

光靠那些真神保佑的空话，是无法填饱肚子的。

更何况十贯道创立之初，无非就是糅合各家的歪门邪道来敛财，实力壮大之后才有了别的诉求。

青龙会虽然依附在十贯道门下，但还是独立的宗门，自负盈亏，自然不会嫌钱多。为了招徕教众，养活他们，扩大规模，必然是需要越来越多的钱，但世上哪儿来那么多暴利的门道，哪怕青龙会跟鹿同苍勾结，鹿同苍也不是吃素的，自己肯定要吞掉一部分利润，剩下再从青龙会由上而下层层分剥，所剩无几。

青龙会这位神使比谁都更需要钱。

岳定唐告诉他，自己是大学教授，大学主修法律史，辅修金融，最重要的是，他姓岳，是岳家的人，对市面上的赚钱门道很清楚，知道怎么才能让青龙会在短时间内得到最大的收益，还摆出一副无惧于对方去调查的架势。

青龙会的人当然会去查，他们查到岳定唐的确是岳家少爷，岳老大和岳老二的名头过于响亮，以至于岳定唐身处两位兄长的光芒笼罩下，反倒有些不起眼。

然而就算再不起眼，他也是岳家的主人之一，价值可比吴五这种头重脚轻的富家子弟要大得多了。

岳定唐告诉青龙会副手，自己跟杨春和的父母有旧，他们抓了杨春和，自己受托帮忙过来看看，而且他也对青龙会很感兴趣，更知道鹿同苍死后，他们急于寻找新的合作伙伴。如果青龙会肯放了杨春和，他就会考虑跟他们合作，大家一起赚钱，青龙会提供庇护和遮掩，而他则可以稳居幕后操纵，否则一位大学教授跟邪教勾结在一起，终归是名声有损。

"你这样说，只解释了自己的动机，但还未展现能力，我想那人应该不会轻易相信的。"听到这里，凌枢道。

岳定唐点点头："所以我给他展现了一点儿微小的实力。"

他露出一个神秘的微笑。

杨春和很茫然。

凌枢却豁然开朗："江河？江河是你埋在外头的棋子？！"

岳定唐面不改色，从容不迫："我发现你越来越聪明了，这也许就是近朱者赤。"

"胡说，要不是我聪明机警，都活不到这里来见你！"

凌枢拿起他放在桌上喝了一半的咖啡，灌了一大口，咂巴一下嘴，不可思议。

"味道居然还不错！"

岳定唐竖起拇指调侃："你真识货，这是正宗的牙买加蓝山咖啡，一般只会在外国人开的高级西餐店才会有，我也不知道他们是从哪儿弄来的。"

凌枢："他们这么下本钱拉拢你，肯定是你也给了他们天大的好处，别卖关子了，赶紧说！"

岳定唐："我告诉他们，最迟在今年，世界性的经济危机将会逐渐解除，西方国家的经济会重现生机，具体也会反映在上海的证券交易所上，最近有哪几只股票的价格会涨，哪几只会跌，让他买跌看涨，短短半天之内，青龙会就赚了一大笔钱。"

凌枢狐疑："怎么可能这么快？"

岳定唐："就是这么快，我跟江河早就约好暗号，买或抛之前，都会用数字来暗示，所以我让他们买哪只股票，江河就会在外面配合做手脚，将那股票的价格直线拉上去，这些资金都是从鹿同苍那里搜刮过来的，他自己同时也能赚一些，不算白做好事。"

凌枢："你们在外头就已经料到会有这样的情况了？"

岳定唐："当时我觉得这里头情况复杂，单凭我们几个人闯进来，未必能见到头目，还会折戟沉沙。我索性开门见山，把自己的身份和好处摆出来，还有谈判的余地。"

让江河在外面干等，啥也不用干，最后就收网捞鱼，未免太便宜他了，岳定唐自然需要他做一些事情的，不然单凭自己几人，很难在里头闯出一片天。

凌枢原想赞他有先见之明，转念一想，忽觉不对，一拍大腿。

"不对！那你怎么不顺便把我们捞出来，还在这里独享好处？！"

岳定唐无辜道："我这不是刚得到相应的待遇，才能拉你们一把？"

没等凌枢继续算账，岳定唐话音方落，门就被敲响了。

三人立时没了声音。

第 172 章

进来的人是花白头发，借着灯光才发现他居然是方才主持婚宴的那马脸男人。

虽然婚宴上，黑衣面罩严严实实，但他给人的印象实在太深刻了，一看见他，凌枢就禁不住想起冥婚上他拉长的脸，一双野兽般的眼睛死盯着人，像饿极了随时等着你死去了便扑上来咬一口的恶狼。他恍惚想起自己刚刚醒来、意识模糊之际，似乎也看见过这样一双眼睛。

那来来回回在耳边震荡的声音似乎魔力未消，虽然自己最后没有被控制，但依旧难以避免地留下阴影，产生很不舒服的感觉。

凌枢感觉自己现在要是没戴头罩，表情就会露出端倪了。

再看杨春和，身体已经开始微微颤抖，似比凌枢还坚持不住，他忙伸出手抵住对方后背，杨春和一震，似有些清醒过来。

对方对着岳定唐露出与之前截然不同的谄媚笑容。

"岳先生，在下奉神使之命特来相告，今夜神使大人将会摆下筵席，还请您准备准备，大约在一小时之后，就会有人来接您了。"

岳定唐有点儿意外："这么快？"

他还以为得三五天才能见到所谓的青龙会会长。

花白头发忙道："您是贵客，神使大人百忙之中也会抽出空来，不会让您久等的！这是千载难逢的机会，您有什么话，可以先想好了，到时候一并与神使大人说，否则过了今夜，可能又得等很久才能见到他老人家了。"

岳定唐笑道："我若也加入青龙会，成为你们的自己人，不就时时能见到神使了？"

花白头发却道："并非如此。神使日理万机，不会轻易见人，更不会这么快就见新人，岳先生是例外之中的例外，据我所知，入会这么多人，也就您一个而已。"

岳定唐："如此说来，倒是荣幸得很。"

什么例外之中的例外，全是鬼话，说白了就是岳定唐能在最短时间内给青龙会赚到大笔钱财，这让那位神使成功注意到他了，想跟他见一面，让他再给青龙会做更大的贡献。

再多的神神道道也不如赚钱来得实在，哪怕岳定唐现在"跳大神"跳得再好，估计也比不上能赚钱的诱惑更大，青龙会虽然借宗教敛财，说到底还是一个帮派团伙，这位神使就是用神鬼包装出来的帮派头目，与鹿同苍乃至江河，都没有什么区别。要说有，就是他比江河更不择手段，更残忍猎奇，更突破人类认知的下限。岳定唐自忖见多识广，也闻所未闻。

花白头发没当他在说反话，反倒甚是认同。

"的确如此，神使大人神通广大，能入他老人家法眼的，少之又少，可见岳先生是位人杰，若是方便，能在大人面前为我说上一两句好话，我也心满意足了。"

岳定唐笑道："以何先生你的能耐，迟早都会出头，何必我说什么好话，不过你若是愿意，我倒也可以给你指些明路，大家有钱一起赚。"

花白头发面色一喜，搓搓手指："那我就先多谢岳先生了，近来需要用钱的地方确实多了些……"

岳定唐朝他招招手，花白头发凑过去，便见岳定唐拿出便笺，写了一组数字。

"这是我在汇丰银行的一个银行账号，里面有点儿小钱，原是准备结婚之后用来买房子的，但是现在我觉得跟着贵会混，以后不愁没有房子，我与何先生一见如故，这些钱，你去提出来，就当作是我对你、对青龙会的一点儿小小心意了。"

花白头发心痒又迟疑："这……不大好吧，你捐赠出来的会费，我怎好沾手？"

岳定唐："我来这里，人生地不熟，头一个认识的就是何先生你，你待我又和气，我这人别的不好说，谁对我好，我总会回报的，那个账户里头应该有一万左右的美金，你代我将八千捐给会里吧，我会和神使大人说的。"

言下之意，另外那两千，就是给花白头发的好处了。

对方果然喜上眉梢，不再客气就将便笺接过，对岳定唐的态度自然也更为亲热了。

"那老哥哥就不客气了，顺便多嘴提醒你一句，神使大人有些多疑，许多话可能会多问你几遍，你切记要心怀忠诚，不可妄言乱说，不然可能有麻烦。"

岳定唐心领神会："我明白了，多谢何老哥。"

两人因为那个银行账号迅速建立起深厚情谊，花白头发收了便笺，一张脸笑成一朵花，却更让人生出鸡皮疙瘩。

"那我就不打扰你了，你赶紧准备吧，待会儿来接你的人不是我。"

他叮嘱完岳定唐，起身准备告辞，走到门边，脚步却忽然停住。

岳定唐："老哥落下什么了？"

花白头发蓦地转身，径自走向凌枢二人，在杨春和面前站定，一双鹰眼直勾勾盯住她，像急欲吃人的野兽。

在这样的眼神盯视下，很难有人保持冷静，杨春和虽然勇敢，毕竟只是一个年轻的女学生，这趟青龙山庄之旅已经让她见识到人性深处最黑暗的一面。

眼看她立马就要坚持不住露馅儿，凌枢袖口啪嗒一下掉出东西，立马让花白头发转移了视线。

他低头，看见地上多了一根手指。

一根原本应该是活人身上的尾指。

"哪儿来的？"花白头发眯起眼，把手指捡起来。

"何管事恕罪，这是方才婚宴上被人丢在地上，属下捡起来的，原想归还，但是属下长这么大，都没摸过女人的手，一时鬼迷心窍，就……"

凌枢跪在地上，故意用一种垂涎三尺的恶心口吻来说这段话。

实际上他之所以收起这根手指，是因为手指指甲盖上面有一道白痕，别人认不出来，但如果是冯太太见了，肯定能知道是不是出自冯三小姐。

现在非常情况，只能用来给杨春和解围了。

岳定唐正想说话转移花白头发的注意力，却未想花白头发非但没有怪罪怀疑凌枢，反倒对他这种行为很是欣赏，桀桀怪笑几声。

"你要是想摸女人，我那儿多得很，非但有手，还有脑袋和身体，回头看看你的资质，要是你能入我法眼——"

他将手放在凌枢脑壳上，隔着头罩慢慢抚摸。

凌枢毛骨悚然，一动不敢动。

岳定唐差点儿忍不住想上前抓下那只手剁了，却碍于大局只能忍着。

他知道花白头发不是为了调戏凌枢，而是为了更悚然听闻的目的。

因为对方摸着凌枢的模样，就像在透过面罩和皮肉，看凌枢的骨头完不完美，适不适合收藏。

"以后你想要多少女人的手指，都不成问题。"

花白头发说完，满意地收回手，将断指放回凌枢手心，起身走了。

门关上，杨春和长舒口气，彻底瘫软在地上。

"这究竟是个什么样的魔鬼？！"

第173章

"我好像，在哪里听过这个声音。"凌枢喃喃道。

岳定唐见他神思不属，伸手捏住他的下巴，强行将他拉回现实。

凌枢定了定神。

刚醒来那会儿，他虽然不知道时间过了多久，但是能够清楚感知到自己意识的存在，说明并没有被控制心志，可是刚才，花白头发的手在他头顶摩挲时，他竟有种迷迷糊糊，想要起身跟在花白头发后面的冲动。

这是很不寻常的。

凌枢感到一丝诡异，也意识到花白头发的厉害。

他不敢多想，赶紧把此人甩到脑后。

"你看见沈人杰没有？"

凌枢听见岳定唐在问自己。

"看见了，冥婚的时候他就坐在我对面，也不知道他怎么样了。"

"呕——"

他话还没说完，杨春和飞快摘下头罩，跑到角落弯下腰，呕吐声传来。

刚刚花白头发出现的时候她就一直在强忍着，凌枢的话再度勾起她不好的回忆，当即真就一股酸流涌上喉咙，止都止不住。

其实她也吐不出什么东西来，她自进来这里，神思恍惚也不知道自己到底吃了些什么，日夜不分，黑白不明，只是心底一直有股心气支撑着不能倒下，婚宴上隐隐闻见尸体的味道，这才陡然清醒过来，想忍也忍不住，直接就露馅儿了。

"抱歉……"杨春和觉得自己拖后腿了，蔫蔫道，"我没见过什么世面，让两位先生看笑话了。"

凌枢道："我还真得谢谢你，之前要不是你吸引了他们的注意力，我还真不知道该怎么办，你一动，整个场面就跟着动起来了，那些浑水摸鱼的人也给我们制造了不少机会，不然我们现在早就被抓了。"

这是实话，凌枢简直没法想象自己吃下那块碗中之物。

"青龙会的组织架构很严密。除了会首之外，还有一位庄主，也就是刚刚接见过我的副手，他们之下，有管财务的，有负责调教新人的，还有统领那些护院打手的，分工明确，跟一个'小政府'差不多。"

岳定唐的话，让凌枢和杨春和重新把注意力放在他身上。

他们现在的处境并不比生死一瞬好多少，充其量从死刑立刻执行变成秋后问斩，死还是要死的，只是时间延长了，一旦身份暴露，又或者被他们发现岳定唐在拖延时间，悬在头顶的那把刀就会立马落下来。

"所以，摆在我们面前的现在有两条路。是速战速决，打他们个措手不及；还是徐徐图之，伺机而动。"

凌枢："我唯一担心的就两点。一是老沈的安危，现在还不知道他是死是活，我们把他带进来的，总得把人囫囵带出去。还有就是这个青龙会的会首，所谓的神使大人，至今没有露过面，如果我们错过今晚，是不是会再也找不到他？如果无法擒贼擒王，那我们就算捣毁了这个窝点，他们来日还是能东山再起的。"

岳定唐隐隐明白他的意图了。

果不其然，凌枢接着说道："不如就借他宴请你的机会，打他们个措手不及，一举将他拿下，如果能提住会首，就等于一举控制了整个青龙会，还愁其他人不束手就擒吗？"

岳定唐冷静道："如果他身边保镖成群，而你没有办法入内，单凭我一个人，是很难拿住他的。"

凌枢："两种情况，一种是我跟杨春和在外面守着，不让进去，你设法让神使的保镖都出来，你在里面劫持人质的那一刻，我在外面清场，同时配合你，我们挟天子以令诸侯，直接杀到外面，让江河过来接人。另外一种，就是我们也可以进去，到时候我可以跟你一起动手，把握更大。"

岳定唐微微蹙眉："你手无寸铁，枪都被搜走了，怎么保证自己能一举成功？"

凌枢嘿嘿两声，伸手进袖子，从手臂上褪下一根铁丝，细柔无骨，却很有韧性。

"想要杀人，什么东西都是武器，这东西别看软，要是刺入太阳穴，或者用来勒脖子，还真不是盖的。"

杨春和好奇："你从哪儿弄来的，进来不被搜身吗？"

凌枢："之前婚宴，我趁乱跑的时候，摸到冯三小姐身边，发现她后背插着几根这样的细铁丝，就顺手给抠下来了。"

杨春和："尸体后面为什么会有铁丝？"

凌枢："应该是用来固定尸体的，一端缠在椅子上，一端插进尸体里头，维持尸体不倒下，方便操作。"

杨春和恨不得给三秒前的自己一个耳光，让自己多嘴问什么问，只要一想到自己刚刚还手贱去摸那根铁丝，她不仅想扇耳光，还想剁手了。

凌枢看见她表情，贴心道："你放心，我顺手擦干净了，不然我也不敢缠在手上的。"

杨春和：……别说了，再说又要吐了。

为了转移注意力，她赶紧拉回刚刚的话题。

"我到时候可以帮忙，我从小帮爹妈干活的，力气大，可以帮忙抄起家伙一起砸人的，这里简直就像个地狱，绝不能让它再为祸人间了！"

许多人走投无路抓住青龙会这样一根稻草，却从此走上了不归路，青龙会一天不倒，这些人或自愿或不自愿地为虎作伥，就永无结束之日。冯三小姐也好，杨春和也好，还有更多两手空空的普通人，都会继续成为新的受害者。

岳定唐："杨小姐有什么想法吗？"

他觉得杨春和脑子活泛，胆子也大，说不定能想出什么新点子。

杨春和还真挺严肃思考了片刻。

"如果想要出其不意地挟持他，就得趁他心神最为松动的时候，美人计怎么样？"

岳定唐愕然："哪儿来的美人？"

杨春和指凌枢。

岳定唐、凌枢："……"

"你先休息吧，我们两人再合计一下。"

杨春和忙解释道："我不是说真让凌先生去引诱对方！这只是一个出其不意的办法，或者是岳先生你突然脱下衣服，令对方吃惊，哪怕是一两秒钟，我们也有机会动手。"

凌枢比较关心的是另一个问题："你确定江河一直在等我们吗？我们进来也有一段时间了，万一他在外面变卦反悔了，不想跟我们合作了，那我们就只能坐困愁城了。"

岳定唐点点头："我相信江河，主要基于两点——鹿同苍生前跟青龙会有合作，这其中不仅涉及一部分未被切割的利益，还有鹿同苍一些鲜为人知的势力。"

凌枢了然："前者关乎钱财，后者关乎性命，钱可以少赚点，命却不能再来一条。"

岳定唐："不错，万一青龙会将来威胁到江河，或者鹿同苍生前留下什么对付江河的法子，那他以后就要寝食不安了。所以对付青龙会，他肯定比洋人更加积极。我相信，他一定会在外头等我们的消息。我也已经跟他约好了暗号，一旦出去立马放出信号，他就会带人赶过来。他一来，租界和市局的人自然也会闻风而动了，这种有肉可分的事情，不会少得了他们。"

如果江河用什么情义来担保自己一定不会见死不救，恐怕连他自己都不相信，但现在大家的合作是居于利益的基础，反倒更加稳固可靠。

他们现在处境被动，很难还有其他更多的选择，只能先做好心理准备，再随机应变。

凌枢有些累了，他从醒来之后就一直是各种惊险刺激的经历，到现在脑海里都还回荡着冥婚现场上，暗色与红色交叉的诡艳，淡淡的尸腐萦绕鼻间，仿佛都有种香气，他甚至怀疑自己的嗅觉出了问题。

尸体怎么会是香的？

岳定唐看见凌枢坐在椅子上，说着说着居然就睡过去了，可见疲倦到了一定程度。

"岳先生。"

杨春和指着桌上的小碟子，那是刚才对方送进来给岳定唐的茶点，咖啡他已经喝了半杯，点心却没动过。

"小饼干能给我吃点吗？"

凌枢困，她却是饿，刚刚吐不出什么东西，反倒唤醒了味觉。

"你只管拿去吃。"

岳定唐对她道，伸手轻轻拍凌枢的脸颊。

"醒醒，去床上睡。"

凌枢忽然身躯一震，整个人几乎跳起来，动静之大连岳定唐都吓了一跳。

他惊悸未定，眯着眼看前方，却没聚焦在岳定唐身上。

岳定唐按住他的肩膀压他坐定。

"你冷静点！"

夏天衣裳薄，岳定唐很快发现凌枢的脖颈后背全是湿意。

凌枢还要挣扎，力道之大差点儿让岳定唐按不住。

"是我，你看着我。"

岳定唐强迫他将视线凝定在自己身上。

凌枢的表情有点儿迷茫。

过了好几秒，他紧绷的身躯才逐渐放松下来。

"我刚才做梦了。"

"什么梦？"

"不太好的。"凌枢伸手去摸额头，想把头发捋到后面，却摸到了一手的汗。"我梦见我手里拿着一把刀去杀你，我是绝不可能杀你的，可梦里递出刀子的动作却没有半点犹豫，我甚至还记得刀插进你身体的声音……"

"都是梦。"

听见对方的心跳，凌枢逐渐冷静下来，找回平日的理智。

"有点儿奇怪。说不上哪里奇怪，但我就有这种感觉。之前我刚醒来被催眠，还有个声音让我去杀了你，可你却又好端端坐在这里，被他们捧着。"

岳定唐："这不奇怪，你听见的，未必就是对方传递给你的，他也不知道你我的友情。只是你在精神被控制的情况下，会不由自主地滑向负面，首当其冲的就是平时最亲近的对象。"

凌枢还是感觉有些不对劲儿，但又具体说不上来。

他摇摇头，暂时不去深究这个问题。

敲门声响起。

三人不约而同地停下动作。

必然是对方来人通知去参加筵席了。

凌枢一跃而起，捡起头罩戴上，杨春和也赶紧把剩下的小饼干塞进嘴巴，戴好头罩去开门。

进来的不是花白头发，而是另外一个人，打扮与凌枢他们一样。

对方低头弯腰。

"岳先生，时间到了，大人让我过来请你。"

岳定唐整整衣服。

"知道了，你带路吧。"

目的地离此似乎不远，又好似很远，在重重叠叠的拐弯和甬道里，岳定唐觉得自己似乎失去对时间的概念，他大概有点儿明白凌枢刚才的感觉了——在失去光明的情况下，人的嗅觉和听觉会无限放大，但这里走路又会有回音，很容易让人产生错觉，混淆时间、空间。

他不相信青龙会里有如此深谙建筑的高手，特意建造出这座青龙山庄，也许是前人种树，后人乘凉，让这青龙会捡了便宜。

"岳先生，前边那扇门就是了，我不能再靠近，您请吧。"对方停住脚步，小声道。

岳定唐嗯了一声，举步上前。

凌枢和杨春和自然而然地跟在后面。

门口有人把守，但他们没有禁止凌枢二人跟进去，两人也堂而皇之地迈入其中。

一张圆桌，两副碗筷，一人坐在后面。

一个黑色长衫的男人，短发中年，看得出年轻时颇为俊朗，倒是相貌堂堂，完全看不出是邪教首领。

后面站着两人，同样黑袍黑罩，应该是贴身护卫。

对方主动起身拱手："这位就是岳先生吧，来，快请坐！"

见多了花白头发那样心理变态的人，加上这里阴暗的环境，岳定唐几乎要怀疑自己来错地方，见错人了。

"阁下就是青龙会的神使大人？"

对方哂然一笑："正是，鄙人姓应，你也不必喊我大人了，岳先生是我会求之不得的人才，侥幸比你稍长几岁，唤我应大哥即可。"

"不敢不敢，那我就却之不恭，应大哥。"

应会首举起酒杯："你远道而来，毕竟方式不美，他们也稍显粗暴了些，这杯酒，应大哥先向你赔罪，还请你不要介意，青龙会先兵后礼，对人才素来不拘一格，爱护有加，往后咱们就是一家人了！"

他先干为敬，又亲自给岳定唐斟酒，毫无架子。

凌枢和杨春和两人站在门口，距离应会首不远不近。

这个距离有些尴尬，要骤然发难并确保能制住对方远远不够，但总不能突兀移动，毕竟他们只是两个背景板，而不是客人。

要怎样才能接近这个应会首？

很快，他就有一个机会。

但这个机会，来得委实峰回路转，让人始料不及。

第 174 章

既然是要加入组织，岳定唐就不能表现得过于清高疏离。

他放下架子，拿出热情，与应会首推杯换盏，越聊越是投机。

从青龙会的现状到如今世界局势对青龙会的影响，应会首也是感慨万千。

"其实一开始，我就没想过当什么会首，只想着老老实实地做点小买卖挣点小钱，可恰逢这风云际会，英雄辈出嘛，那年我去黄河上收债，眼瞅着那年灾荒肆虐，尸横遍野，半夜我忽然就梦见一条青龙，那青龙给我说，它是黄河里的青龙王，不忍见人间受苦，见我命格清奇，特地将法力传授于我，让我造福世人，所以这些年，青龙会收容不少穷苦百姓，让他们吃饱穿暖，实则都是来自当年我对青龙王的发愿。"

应会首长吁短叹，声情并茂，换作一个普通富商，可能对这话就将信将疑了，但他谈话的对象乃是大学教授，岳定唐只作微微一笑地捧场，不置可否。

意识到对方对这番话并不感冒，应会首从善如流，又换了个角度。

"梦不梦的，有些从心了，对于你们这些信奉民主科学的大学问家来说，可能虚无缥缈。但青龙会的宗旨很简单，就是帮助一切有需要的人，这世道乱，人心也乱，但青龙会可以拨乱反正。这个天下需要秩序，人心也需要秩序，而青龙会，就是可以建立秩序的存在。"

他摆出促膝长谈的架势。

"岳老弟，我知道你是做学问的，家世又不一般，对小打小闹看不上眼，青龙会既然下决心做一番大事业，自然就会有应有的格局。实不相瞒，我与王主席关系不错，称得上莫逆之交，他来上海时，住的就是我家，青龙会名下的赌坊仓库，也有王主席的股份。"

见对方果然露出感兴趣的神色，应会首笑了笑，继续说下去。

"要是有你这样的大才加入，我们的版图一定可以往外扩张，并且日益壮大，终有一日，青龙会将会遍布中国，不仅如此，还要将海外的洪门势力也给吞并，成为华人第一帮派，届时岳老弟你，可就是当之无愧的首席军师和金融顾问了。"

"应大哥，你说的王主席，难道是当初在武汉的那位？"岳定唐好奇道。

"自然是那位，除了他，还有谁能被称呼王主席呢？"

岳定唐："王主席居然在本会也有生意？先前我还以为他与鹿同苍合作，没想到应大哥跟他的交情也如此之好，据说那一位，背后可是有日本人撑腰，实力雄厚得很。"

应会首诡秘一笑："你既然知道，我就多说两句。鹿同苍这些年得罪的人太多，迟早会有这个下场，我早就不意外，正好顺水推舟将他推到前台去，旁人都盯着他，也就不会注意青龙会了。王主席是贵人，自然不好与我们这些粗人大张旗鼓地打交道，你是自己人，知道也无妨。再说了，这些年生灵涂炭难道就少了？当年还不是有许多人嚷嚷着要反清复明，后来怎么还有康乾盛世？依我看，日本人也好，英国人也罢，只要能让我们过上好日子，那谁来当这个家，不也一样吗？"

岳定唐若有所思："应大哥此言，倒也有些道理。不瞒你说，我们学校里，经常也有人辩论，学日本还是学德国，甚至有人与你一般看法，既然自己人管理不好，乱糟糟一团，不如让外人来管理，说不定还能还我们一个朗朗乾坤。"

应会首轻轻一拍桌面。

"这话就对了，老弟，我真没看错人，你不同于那些迂腐书生，成日坚持什么非我族类其心必异，可照我说，同是中国人，那些割据地方的，难道就一心想着百姓了？还不都是把百姓当成牛羊宰！我出身寻常，多得青龙王青睐，降下神通，方才有今日，所以青龙会必也不会忘本。"

两人碰杯，一饮而尽。

酒过三巡，双方都亲近不少。

应会首挥挥手，让手下站远点。

自然，也还在房间里触手可及的范围。

他将椅子拉近岳定唐一些。

"老弟，不瞒你说，我手底下太缺你这样的人才了，打手倒是不少，但肯用脑子的太少，你愿意加入，我不知道有多高兴。若不是怕吓着你，我都想与你结拜了！"

"说到兄弟，应大哥，我原本是进来找杨小姐的，身边还带着两个朋友，他们现在也不知在何处受苦，能不能请你高抬贵手，把他们给放了？"

应会首奇道："杨小姐，哪位杨小姐？我怎么没听过这个人？"

岳定唐道："她叫杨春和，就是一个普通女学生，不慎被抓进来的，她父母与我是旧识，还请应大哥行个方便。"

应会首打了个哈哈："那自然可以，你的事情就是我的事情，别说杨小姐了，就是你那两个朋友，回头我也吩咐人找着，保证给你毫发无伤送过来！"

岳定唐拱手举杯："那我就先行谢过了，敬大哥一杯！"

应会首笑眯眯："好说。"

岳定唐："有件事，我也挺好奇的，听说十贯道门下，有青龙、白虎、朱雀、玄武四大分坛，那应大哥你这青龙会，是不是跟这也有些渊源？"

应会首笑了一下："渊源嘛，自然是有的，不过要说关系也没那么大，这些说来话长，以后再和你慢慢讲。我算过了，明日辰时，正是百年难遇的吉时，你的入会仪式就安排在那个时候，老弟以为如何？"

岳定唐疑惑："入会仪式？我这不已经是入会了吗？"

应会首打了个哈哈："虽然我把你看作自己人了，但老实说，你这还真不算正式入会。我们入会是有仪式的，就跟你上学时，有入学典礼一样，参加了典礼，才算是真正走了过场。不过我们这仪式，说来有些玄妙，届时你若是遇见什么异象，可不要过于惊讶！"

岳定唐来了兴趣："这么说，我能见到青龙王他老人家？"

应会首压低声音，神秘道："青龙王何等尊贵，轻易不会现身，但我与青龙王座下仙童也有联系，倒可以为你展示一二。"

岳定唐："现在？"

应会首："现在。"

岳定唐："这里？"

应会首："这里。"

岳定唐："那先将他们遣退？"

"不必，老弟，你来这里，要学会别把他们放在心上，他们是奉青龙王之命服侍你的，这是他们的荣幸，要不是青龙山庄，他们早就饿死了，所以他们把身心都奉上，对山庄绝对忠诚不贰。"

他说这番话的时候，凌枢不露痕迹地看了应会首身后的护卫好几眼，发现那两人果然一动不动，就连双手下垂的弧度，都跟刚进门时看见的几乎毫无差别，乍一看，甚至会以为是雕像。

正常人很难做到这样的程度，就算受过专业训练……可这些人原来都是些饥民来投奔，什么样的严酷训练能让人做到这个地步？

凌枢很快想到催眠术。

就像自己差点儿也被控制了一样，越是意志力薄弱的人，就越容易着道，当神志被完全牵着鼻子走之后，身体的控制权也就不归自己所有了。

这两个人，也是这种情形吗？

正胡思乱想之际，眼角余光瞥见应会首冲岳定唐眨了下眼。

凌枢：嗯？

第 175 章

他以为自己眼花了。

定睛一看，两人依旧是原先的距离。

应会首并没有做其他动作，岳定唐的脸色也无异样。

凌枢暗松口气，心道是自己恐怕还是受了催眠术的影响，产生幻觉。

刚这样想，他就看见对方又对岳定唐眨了下眼。

凌枢：嗯？

这回就连杨春和也看见了。

她惊得眼珠子都好像快要掉下来了。

要不是头罩遮盖，表情绝对早就露馅儿了。

应会首视线即收，不留痕迹。

他仔细观察岳定唐的神色。

没有异常，没有波动，就像刚刚什么都没发生。

应会首诡秘一笑。

自己果然没有看错。

但他并没有急着进一步动作。

"应大哥，来之前，我不知道你是这样好的一个人，现在既然咱们已经是自己人了，有些话，我不吐不快，若是应大哥听了不痛快，就当我没说。"

岳定唐放下酒杯，摆出一副长叹的模样。

应会首正是心情好的时候，哪里会计较，闻言就笑道："你只管说，我们兄弟自家人，不必顾忌。"

岳定唐道："应大哥的雄心壮志，令我佩服不已，当下乱世，能人辈出，若能闯出一番事业，自然不枉此生。不过，杀人以作祭品这样的事，终归不是正道，更何况冯三小姐颇有来历，如果冯家追究起来，还是有些麻烦的。我看应大哥是个有大志向的人，要是被小人利用，那就可惜了。"

应会首奇道："什么被小人利用？"

岳定唐："先前我听说，冯三小姐的死，与青龙会有些关系，好像还是吴五为了讨好青龙会，故意引诱逼死自己未婚妻的。"

应会首微微一笑："这件事别有内情，老弟不知道，不足为怪。你想想，冯家怎么也算是名门世家了，青龙会怎会无端端与他们对上，自然是受人之托，忠人之事。"

岳定唐惊异道："难道是，吴五不想娶冯三小姐，故而将她献祭？她自杀之后，自己也就不用负责任了。"

应会首："这只是其一。吴五的确不想娶冯小姐，不过他没胆子干这种事，心不够狠手不够辣，所以至今也没法进得青龙会核心，只能在外围打打下手，干点杂活。真正害死冯三小姐的人，你只怕想也想不到。"

他说得这样神秘，非但是岳定唐，就连在场默默无声的凌枢和杨春和，也都竖起耳朵。

凌枢原本已经做好骤起发难，将此人拿下的准备，一听见这话，却临时改变主意，想听听冯三小姐的死因到底有何内情。

这桩案子是他们踏足其间的起点，即便已经发现青龙会的存在，也证明吴五是被青龙会牵着鼻子走的傀儡，但冯三小姐的死依旧迷雾重重。如果一切都是青龙会布下的局，那么她为何会失踪几天又出现在家门口？难不成中间冯三小姐还清醒过，然后又自己逃回去的？还有，为何上海滩富家千金那么多，冯三小姐就偏偏被看中？

"你听过周玉林吗？"应会首忽然问。

岳定唐想了想："是盘踞东南的那位军阀？"

应会首点点头，得意道："他也是我会的忠实信徒。"

岳定唐面露惊异。

应会首见状就笑："想不到吧？"

岳定唐："大出意料。"

他口中的周玉林，乃是一络腮胡子的大汉，粗中有细，行事尤其阴狠狡诈，坑人无数，双手沾满鲜血，不知多少条人命挂在他那里，在东南一带凶名赫赫，能止小儿夜啼的那种。

岳定唐实在很难想象，这样一个人，居然会笃信邪教，成为青龙会的信徒。

应会首道："老弟，你虽学富五车，却不懂人心。越是坏事做绝的人，哪怕嘴上再说得无所谓，心里终究是会心虚的，只要心虚，他就有了弱点，我可以将他的弱点放大，自然也就能给他解药，让他得到救赎。"

岳定唐："可周玉林，跟冯三小姐，又有何关系？"

应会首："表面上看，自然没什么关系。但周玉林私下和冯三小姐的父亲往来密切，两人还一起合作，走私贩卖烟土，这你又想不到了吧？哈哈，堂堂禁烟部部长，竟然跟烟贩子勾结，这事甭说你不信，我起初也不信哪！"

先前冯三小姐自缢，吴家上门找儿子时，两家太太撕破脸，吴太太就已经把这事给捅出来了，只不过那会儿在场的都是体面人，大家心里怎么想的不知道，面上肯定还要拦着劝着，不如从这邪教头子口中说出来得震撼。

"我这边呢，正好有个人生了病，我为他举行祷神仪式，需要一名阴年阴月阴日出生的女子，最好是待字闺中，身子纯洁的，冯三小姐正好符合那个条件。"

岳定唐纵然已经隐隐猜到答案，却依旧问道："谁又会知道冯三小姐的生辰八字？"

应会首："这就是我说的精彩之处，自然只有她的家里人，才会知道这些。是冯部长亲自将冯三小姐的生辰八字交到周玉林手里，周玉林又转交给我的。通过此举，冯部长讨好了周玉林，很是发了一笔横财。最妙的是，周玉林还给他提供了一批烟土，让他得以收缴，去南京邀功，据说南京那位龙颜大悦，还准备给冯部长授予勋章。他献出一个女儿，得来光明的仕途，倒也不亏。"

岳定唐沉默片刻："何止不亏，对他们这种不把儿女当回事的人来说，简直赚翻了。"

应会首也不知听没听出他语气里的嘲讽，拊掌大笑。

"正是如此！"

岳定唐："此事，冯太太和冯三小姐的兄长们知道吗？"

"知道与不知道又如何，事情已经发生，他们也没法改变结果。"

应会首看了他一眼，像是在说你怎么会问出这么傻的问题。

岳定唐失笑："是我愚钝了，让应大哥见笑。"

应会首："你一时转不过弯来也是正常，虎毒不食子，谁又能想到偏有这样狠心的父亲呢？不过话说回来，为了自己的利益，别说儿女夫妻，就连自己都能出卖，青龙会里，这样的人并不少见，走投无路时，一丝希望也能让人奋不顾身去抓住。"

岳定唐："应大哥这话说得在理。不过献祭冯三小姐，当真能将病治好吗？应大哥你说的那个人，现在痊愈了？"

应会首笑道："非但痊愈了，力气还比原来更大，健步如飞，青春恢复，我知道你可能不信，但青龙王的神力的确惊人，冯三小姐为神献身，也终将得到福报，转世投胎必定能得偿所愿，荣华富贵，心想事成。"

凌枢心道：冯三小姐要是真泉下有知，恐怕第一件事就是从地底下爬出来把你们掐死吧！她生前难道就没有荣华富贵？只可惜这样一个娇滴滴的富家千金，到头来竟然是被亲生父亲给出卖了，只怕她临死前怎么想都想不通。

第一段爱情生离死别，第二段爱情却是个骗局，生在官宦之家，死得不明不白，这冯三小姐，可算是最可怜的糊涂鬼了。

终其一生，她看似一朵安逸优雅的人间富贵花，却被画地为牢，走不出无形的牢房，最终被活活困死。

凌枢离杨春和近，似乎听见她轻轻的叹息声。

同为女子，杨春和又怎能不叹息？

有人为了挣脱封建传统对女性的禁锢而奋发向上，也有人安于现状等待别人的垂怜施舍，这种施舍不唯独是金钱，也有人渴望被爱怜爱护，被圈养、被抚慰，正是这种骨子里的弱者心态，成为冯三小姐的死因之一。

但凡她懂得稍稍为自己的命运抗争，走出吴四死亡的阴影，甚至努力争取留洋学习，恐怕今日也不至于沦落到如此地步。

杨春和一面为冯三小姐叹惋，一面又暗自庆幸自己当初坚持要读书上进，并没有去走一条跟左邻右舍那些女孩子一样成年就嫁人生子的路，可想想自己现在还身在敌窟，又高兴不起来。

凌枢毕竟不是女人，没有杨春和那么多的长吁短叹。

他也惋惜，可仅仅只有一瞬，注意力就继续放在观察应会首身上。

闲谈过半，酒也喝得差不多了，双方都有几分醉意，应会首尤甚，他跟岳定唐的话题越来越随意，告诉岳定唐的消息也越来越多。

而负责保护他的那两名护卫，此刻正是心神最分散的时候。

因为刚开始为了防备来者，对方必然会提高警惕集中精神，当酒席过半，酒食香气和应、岳二人东拉西扯的话题，同样会影响他们。

这会儿如果按照先前约定好的，三个人同时发动，能不能控制住场面？

凌枢的脑子飞快转动，并没有急着给岳定唐发出任何手势信号。

既然凌枢觉得时机未到，岳定唐就继续跟对方周旋。

"冯三小姐是个美人，可惜是可惜了点，不过有这么一个父亲，也不能怪别人。"

应会首嘿嘿一笑："老弟觉得可惜？"

"美人难得，任何有怜香惜玉之心的男人，都会觉得可惜。"

应会首点头："那的确，我也为她可惜。"

"应大哥，青龙王的神术竟是如此神奇吗，连周玉林那样的军阀，都能成为您的信徒？我前些年在西方游学，也看见过不少号称有神术的僧侣和道士，曾经好奇接近了解过他们，但最后都证明，那些都是装神弄鬼的骗术罢了。"

听见岳定唐的疑问，应会首不屑地撇了撇嘴。

"是不是骗术，你亲自体验过了就知道。现在我就可以当场给你施法，让你坐在这里，足不出户，就能感受最欲仙欲死，妙不可言的世间极乐，你可愿试试？"

他噙着一抹神秘微笑，定定看着岳定唐。

"若是真有那么神奇，我自然是要体验一下的，还请应大哥施法。"

岳定唐的表现，完全是一个好奇而将信将疑的普通人。

应会首伸手摸上他的脸，慢慢往上摩挲。

岳定唐极力控制自己将欲冒出的鸡皮疙瘩，他发现对方的手很细腻，细腻到像是没有任何茧子，根本不像对方所说的——一个出身普通，走南闯北的商人。

难道这个应会首从头到尾都在对他们说谎？

这个念头刚起，他就看见凌枢的手轻轻动了一下。

原本自然下垂的手一指翘起，虚空点三点。

就是现在！

岳定唐突然抓住应会首的手，身形猛地立起，在对方还未反应过来之前，一臂伸长，绕过他的脖子，直接把人往后狠狠勒住！

与此同时，凌枢也扑向那两名护卫，手中钢丝直接往其中一人头上缠绕住，再用力往后一扯！

另外一头的杨春和，早就盯住边上的椅子，二话不说抄起来就往另一人的脑袋上砸！

哗啦一声，小小屋子登时动静四起！

第176章

应会首似被这种阵仗吓坏了，根本忘了反抗，更忘了运用他那神乎其神的邪术来扭转局面，直接就被岳定唐牢牢攥在手里变成人质。

"救命啊！救命啊！"

堂堂青龙会首脑，竟然二话不说就嚷嚷起来。

如果说之前凌枢对这位侃侃而谈的应会首还有几分兴趣的话，眼下他十足狼狈，溃败太快，反倒连看都不想看一眼了。

但完全不看也是不行的，有这样一位人质在手，他们这一路出去也许才能畅通无阻。

这个念头才刚冒出来，小屋子的门就从外头被踹开！

两名黑色长衫当先冲进来，二话不说就冲他们开枪。

凌枢眼明手快地拽过杨春和将她塞到桌子下面，自己则顺势滑入刚才两名护卫下面，拿他们当挡箭牌。

砰砰砰！

几声枪响，两人身上瞬间血溅开花，死不瞑目。

这是敌我通杀啊！

非但如此，两名枪手直接枪口一转对准岳定唐他们。

"别杀我！别杀我！"

应会首的声音吓得都走调了。

此时凌枢早前隐隐的猜测已然成形，但他没空去多琢磨，当下大吼一声——

"冲出去！"

几乎话音刚落，岳定唐就拖着应会首挡在前面冲向两名枪手。

枪手开枪！

岳定唐身体及时一歪，应会首被他抓着往旁边躲开，原本应该落在身上的子弹打偏了，深深嵌入胳膊，应会首嗷的一声，像濒死的刺猬陡然乍毛战栗，以不符合常人想象的速度，反倒朝两名枪手冲撞过去，连带岳定唐也被他反向带着跑过去。

堵在门口的两人和后面陆续赶过来的人被猝不及防地撞得往后倒去，多米诺骨牌效应使得他们连着倒下一连串，凌枢窥见机会，将护卫尸首朝他们丢去，一跃而上踩着那些人跳过，反手踢飞其中一人手里的枪，半空就抓在手里，转眼朝敌人连开三枪。

倒了三个。

动作行云流水，姿势果断冷酷，足以录入本世纪上海滩最佳身手瞬间。

只可惜这种时候没人留意他的帅气，岳定唐抓着应会首跟在他后面冲出来，杨春和虽不起眼，动作也快，手里还抓着根椅子腿，看见一个倒在地上的人将欲起来，二话不说就抡过去！

啪的一下，对方重新与地面来个亲密接触。

这里四通八达，却不辨东南西北，光线昏暗，待久了都觉得头顶世界长久混沌。

但后面源源不断还有追兵，他们只能不顾一切地往前走，在无数的拐弯和小道之间穿梭，犹如在时间空间跳跃变换，最终陷入无限循环之中，永无天日。

凌枢不管三七二十一，一把从岳定唐手里抢过人质。

其实也算不上人质，事情发展到这一步，他们已经知道，青龙会根本就不在意此人性命，也就是说，此人根本不是青龙会的头目。

他们被骗了。

"事到如今，你还不告诉我们出路，是想一起死在这里？"

应会首痛哭流涕，颤巍巍指着前边三岔路口的左边。

"这儿……朝这儿走！前边有条路，通向地宫！"

凌枢相信他不会拿自己的小命开玩笑，三人无须多言，直接就往他所指的方向奔去。

越往前，光线就越黯淡。

原本每隔几米，墙壁上还会有一盏煤油灯的，到了他们跑出几十米时，灯就没了，入目一片黑暗，凌枢一脚踩空，差点儿整个人往下摔，幸而岳定唐一直扶着他胳膊，眼明手快地把人拽住，他们这才发现自己已经来到了下行的阶梯边缘。

"你怎么不说这里有楼梯！"

凌枢没好气，狠狠地踹了应会首一脚。

刚刚还云淡风轻，满脸神秘大谈人性的应会首，这会儿彻底暴露人性脆弱的一面，他哭丧着脸，在黑暗里小声呜呜，很是委屈。

"你也没问啊……哎哟！"

腰眼都被踢了一脚，他不敢反驳了。

这人还有用处，否则他们刚才也不会把人给带出来。

一个唱黑脸，就得有一个唱白脸，对此套路，两人早就熟练无间，根本不用演习。

岳定唐自然而然接道："你刚才也看见了，他们根本不把你当回事，那些人很快就会追上来，到时候谁都跑不了，现在我们同一条船，你有一说一，最好别再瞒着。"

应会首可怜兮兮："我没瞒着你们，听说地宫的确有一条路可以出去，不过从这下去得经过一个水牢。但过了水牢应该就安全了，我也不知道为什么，他们从来不让人靠近这里，只有神使能进去，别人进去之后就没再出来过，他们都说，这里边有神兽镇守，事关青龙会的最高机密。"

凌枢无语："还神兽，你怎么不说你们那位神使的青龙王也住在里面呢！"

应会首战战兢兢："好像……好像的确是有这种说法！就因为有这尊青龙王在，本会始终保持独立的地位……"

"独立你个头，在前面带路！"

他后脑勺被重重拍了一下，话语戛然而止。

应会首没来过这里，他心里也发虚，一步步挪得慢，下个阶梯比临产孕妇走路还费劲。

后边隐隐传来纷乱的脚步声，凌枢忍不住推了他一把。

"走快点，追兵来了！"

对方猝不及防，直接骨碌碌地滚下去。

凌枢："……"

凌岳杨三人赶紧加快脚步跟上。

楼梯很长，应会首滚下去之后竟没了声息，也不知是不是晕过去，三人约数了几十个台阶，方才踩到平坦的地面，隐隐还闻见潮气。

"面前好像有光。"杨春和小声道。

她说的是右边拐弯后面，莹绿色微微映照出来，虽小，在黑暗中却如此显眼。

也借着这微弱的绿光，他们看见晕在水边的应会首，还有一大片在黑暗中看不见颜色的潭水。

"这就是他说的水牢？地下还有水牢，这地方该不是天然形成的吧？"

凌枢的疑问越来越多，三人也都发现，后面的追兵不知何时好像消失了，自从他们下了台阶，就没再有动静传来。

这前面到底有什么，竟连青龙会里除了会首之外的其他人都不能涉足？

第 177 章

"起来。"

脚尖轻轻踢一下应会首，凌枢轻声道。

岳定唐和杨春和则在四处摸索环境，试探水潭有多深。

没有追兵本该是好事，就怕这预示着更加巨大的危险。

到底是这里面的东西让他们不敢追，还是青龙会的主人下令让他们不要追。

无论哪种可能，似乎都令人不安。

应会首悠悠醒转，发现自己还活着，先是一喜，而后又得知自己在水潭边，差点儿再度哭出声，听见凌枢的询问，不由得抽抽噎噎。

"我也不知道，这里是禁地，就是听他们说，好像这地下原先是个什么商周王侯的陵墓，被改成地宫了，那些弯弯曲曲的路，其实就是通往棺木的路，神使大人之所以不让任何人靠近这里，据说是因为神使将青龙王请到这里来安家了，它老人家一年到头都在沉睡，一旦被惊扰，就会天崩地裂，所有人全得死！"

凌枢嘴角抽搐："上海这地方哪儿来的商周王侯墓？你怎么不扯远点儿，干脆说三皇五帝的墓？还什么青龙王，这种话你信吗？"

应会首呜呜道："我信！"

凌枢："……"

凌枢将他揪起来。

"不想死就赶紧帮忙，你们那神使大人派人过来架上机关枪一扫，我们全得玩儿完！"

为了自己的小命着想，应会首不得不哼哼唧唧地爬起，双手在地上摸索。

"我记得这里好像有条路，就在水下。"

凌枢狐疑："你不是说你没来过？"

应会首："我……我来过一次，但记不清了！"

明知道他在胡说八道，凌枢也不能立马把他给枪毙了，只能继续施以威胁恐吓。

"你觉得刚才没有我们抓着你，你还能活到现在？咱们现在已经没有后路了，你想活，就得跟我们走！别忘了，刚刚那些人对你开枪，可是半点没迟疑的！"

应会首瑟瑟发抖："我没骗你们，我是被神使大人带进来过，但当时迷迷糊糊的，也记不大清了，依稀记得水下有条路，可以踩着石头过去，但是……但是……"

他"但是"个半天，也"但是"不出个所以然来。

凌枢也顾不上逼问了，把他往前一推。

"你好好想想，去探路！"

"我想想……过了水潭，墙角会有灯和火柴，路好像是在——"

他跌跌撞撞地趴在地上，手伸进水里摸来摸去。

"这里！就是这里！"

凌枢顺着他的手往下一摸，果然在黝黑的寒水里摸到一块冰凉冷硬的石头，表面平坦略有凹凸，很明显被人为磨平过。

他没有让应会首去当试验品，而是自己先踩上去，果然前面还有一块。

又一块。

又一块。

一块连着一块，在水下铺成一条路，通向对面。

但突然！

凌枢一脚踩空，整个人直接落入水中。

应会首啊的一声在耳边响起，他两只耳朵就都被鼓噪的水声淹没。

眼前陷入一片黑暗，唯独黑暗中两盏幽幽绿光，如同冥界鬼火，牵引前往黄泉彼岸。

凌枢只觉那两盏绿灯笼无比熟悉，还未来得及反应，就见绿光越来越近，倏地近在咫尺！

这哪里是两盏灯笼，分明是两颗眼珠子！

硕大浑圆的眼珠子！

这是一条巨大的水蛇！

凌枢心头剧跳，连忙往后仰起，意图躲开，但水流的阻力让动作变慢，长长的蛇信从"灯笼"下面吐出，唰地贴到他脖子上。

冰冷，黏腻，就像女鬼的手指，柔弱无骨，却十足瘆人。

凌枢只觉浑身汗毛都要根根竖起！

他想也不想，举枪扣下扳机，子弹在水中穿梭而去。

四周太暗，凌枢没顾得上去看到底打中了没有，立马往后撤退。

胳膊忽然被拽住，他下意识地想挣开，没能挣开，不由自主地被对方拽着往上游动。

岳定唐拽着他游向岸边，一边又朝水里开了两枪，这把枪是刚刚冲出来时，杨春和从那两名护卫身上顺来的，她不会用枪，自然就落在岳定唐手里。

子弹似乎激起水中怪物的凶性，水波顿时震荡起来，两盏"绿灯笼"从水下倏然蹿起，蓦地半立在空中，又猛地俯冲下来，挟带腥膻之气，扑面直冲向凌、岳二人。

应会首干啥啥不行，惨叫却不遑多让，声音瞬间贯穿整个洞穴，竟连巨蛇这样的猛兽，也一时被震慑住，停顿了一下。

岳定唐和凌枢趁此机会游向岸边，水蛇竟也不去追他们，反而扑向惨叫的应会首。

应会首吓坏了，连滚带爬地往边上跑。

杨春和得了片刻安全，赶紧顺着刚刚凌枢他们走过的水下石阶过水潭，在中间落空处又机警地越过去，堪堪落在下一块石阶上，竟是敏捷迅速头一个过了水潭的，转眼就消失在水潭尽头的小路拐角。

凌枢也顾不上去计较她是不是自己先跑了，应会首还有用处，他们不能就这么让人死了，又不得不从水里游过去，岳定唐再度朝水蛇开枪。

砰砰！

金属撞击声隐隐传来，这子弹竟是根本连水蛇鳞片都打不穿。

凌枢总算知道，为什么这里会被列为禁地，而他们跑到这里时，追兵也不继续追了，因为对方根本就笃定他们不可能活着出来了！

水蛇被子弹激怒，掉转脑袋，两只绿眼睛幽幽盯住他们，慢慢直起身躯，甚至微微往后仰起脑袋。

岳定唐见过蛇，也被蛇攻击过，虽然那只是生长在野外，具有普通毒性的小蛇，远无法与眼前起码身长三米的巨蛇相比，但所有蛇的习性都是一样的，它在做出这种反应时，并不意味着畏怯，而是进攻的前奏。

他们缓慢后游，很有默契松开彼此搀扶，准备分开逃跑，这蛇总不可能突然分出两个头颅。

果不其然，水蛇在后仰之后，立马借力前倾，猛地扎过来，蛇信在半途就已经长长吐出，掠向中间，但水蛇反应极快，竟是在凌枢和岳定唐分开之后，毫不犹豫地朝凌枢咬去！

凌枢在水中本来就游不快，更不可能跟这种庞然巨物相比，眼看脑袋就要被咬上，岳定唐大急，瞬间把子弹打空，枪一扔，人就扑了上去！

千钧一发之际，水蛇嘶的一下，竟然自己转头跑了，嗖嗖两下又钻入水里。

凌枢他们抬眼一瞧，这才发现一团火球落在水面上，细看竟是黑布着火，火在水面不灭，应该是蘸了火油或煤油一类的助燃物。

"快过来！"

杨春和手提一盏煤油灯站在岸边朝他们招手。

凌枢和岳定唐深吸一口气，摸索石阶勉强一步步顺到对岸，再就着杨春和的手爬上去，纵使原本天气并不冷，此刻也感觉浑身寒透，忍不住打了一个又一个的喷嚏。

"快把、把那个假会首弄过来，别让他给跑了！"凌枢牙根微颤，话都差点儿说不稳。

"你们先去前边，那里有油灯火柴，可以取暖，好像还有一些物资，我没来得及细看！"

杨春和应了一声，又敏捷地从石阶上越过去，她早就摸清了水下石阶的分布方位，这会儿一路越过，在黑暗中竟似精灵一般轻盈，甚至有种武侠小说里武功高手的风范，只可惜在场无人欣赏。

应会首哭哭啼啼被她拖起来，死活不肯过水潭，非说里面的巨蛇还会随时跑出来吃人，杨春和说了两句，见他听不进去，跺跺脚，直接一巴掌挥过去，把人给打蒙了。

她这才把人半拽半拖地拉过来。

到了石阶后半段，根本就不需要杨春和催促了，应会首直接跟上了发条一样陡然往前狂奔，一路冲入凌枢他们歇脚的地方。

这里有了光。

光是点燃的煤油灯。

在这个四处无阳光的环境下，这样几盏灯已经足够让人感到温暖。

石壁里被凿进一个小小的凹槽洞窟，正好容得下三四个人在里边挤挤。

几个原本堆在角落的小木箱被拆开，里头东西散落一地，有煤油灯，火柴，还有压缩饼干，密封极好，甚至还有几把匕首，丝毫没有受到阴潮水汽的腐蚀，刀刃出鞘，闪闪发亮。

"我估计他们以为我们已经落入巨蛇腹中，变成它的食物了，一时半会儿不会追上来的了，我们可以休息一会儿。"凌枢道。

他看见岳定唐微微点头，显然认可自己的理论。

身体有些冷，微微颤了一下。

他也知道自己的身体大不如前，可没想到会这么虚弱，稍微过一过冷水就开始打摆子。

岳定唐察觉了。

他不着痕迹将身体挪近，贴着凌枢的胳膊，透过衣裳给他传递些微暖意。

半身湿透的应会首也瑟瑟发抖，可惜无人帮他取暖。

倒是杨春和，她来回几次都没有掉水里，反倒只是湿了小腿，直接将腿上布料拧干卷起，矜持露出一小块肌肤，黑暗之中，倒也无人特地去注视。

大家的注意力都放在这位假会首身上。

"现在你可以说了。"凌枢踢踢他，没用多大力道。

"说……说什么……"

凌枢语调危险："别装傻啊，要是我们觉得你没用了，等会儿追兵上来，直接用你来挡子弹，也算是物尽其用了！"

应会首抖得更厉害了，此刻已经全无方才谈笑自若的半点会首风采了，十足落魄无依的中年人，就连脸上胡须，都显得分外可怜。

"你……你们都知道了，还让我招什么，我什么都不知道……"

岳定唐："老兄，你现在的处境，你自己很清楚，我们知道你不是真正的青龙会主人，那么谁才是？他在哪里？还有，前面有什么，你既然来过，就再好好想想。"

应会首缩着肩膀蜷缩一团，好半天才唉声叹气。

"我的确是个西贝货，但也是被赶鸭子上架的，我根本就不想干这些事的！"

他支支吾吾。

"真正的会首，你们也见过的——"

岳定唐灵光一闪。

"何先生？！"

那个花白头发！

几乎同时，凌枢也想起来了。

那人给他的第一印象，是阴冷，再之后，是慢慢渗入骨子里的阴冷。

除此之外，还有变态嗜好，怪腔怪调。总之，浑身上下，透着一股让人不舒服的劲儿。

之前凌枢就揣测，这样一个性格特殊行为怪异的人，也许是青龙会里举足轻重的角色，却没想到他竟就是青龙会的主人。

"是是，我不知道他姓什么，他的真名不可能被我们知道，我们只能称之为神使大人。我在会里大概有一年半的时间了，基本都是在人前扮演神使，但实际上，真正的神使是他。"

这个假会首，不过是被放在台前的提线傀儡。

先前岳定唐就觉得，他们从进来以后，到面见会首，这个过程未免也太顺利了，他施展雕虫小技，立马博得会首青睐，得到亲自接见，还相谈甚欢，委以重任，如果青龙会能跟鹿同苍合作那么久，它就不该是这样轻率莽撞，对外人丝毫不加防备的。

现在果然如此，这个假会首就是饵，而他们是咬住了饵的鱼。

"我被选中之后，这地方应该就是他带我来过的，我有些印象，可具体记不清了，只能记得好像有条水路，还有妖蛇，还有……好像还有极乐世界……"

"什么极乐世界，乱七八糟的？"凌枢忍不住又踢了他一脚，"说明白些！"

"我没法说得明白。"假会首抱着脑袋，"我到现在，脑子都还总是响起他的声音，你们让我逃出这里，根本是不可能的，他控制我的一切，神使大人就是我的一切，我……我愿意为了青龙王而献身！"

他越说越大声，腾地起身。

杨春和被他吓了一跳，反应不及，眼看假会首起身直接就冲向黑水潭！

岳定唐反应极快，几乎没有站起的过程，脚跟在地上一蹬，兔子蹬鹰一般窜出去，就把人给按住了。

对方挣扎极为剧烈，岳定唐不得不一掌劈在他的后颈，让一切回归平静。

"这里的人受控制程度，远远超过我的想象。我从未见过这么厉害的催眠术，能催眠一个两个就算了，还能在这么长的时间内，让几十甚至上百人受到影响，这人明明已经远离姓何的了，却还会突然发作。"

"来不及细想了，我们现在先找路出去再说，江河在外面估计等急了。既然这人刚才说前面有路，我们就再往前探探。"

凌枢起身，没等另外两人说话，直接就提着煤油灯当先一步走了。

岳定唐回身望去，水潭淹没在茫茫黑暗之中，半点不显露痕迹。

他总觉得有些奇怪。

就算这里有条巨蛇，难道那位真正的会首，就真的撒手不管了？

"岳先生！凌先生走快了，我们快追上他！"

杨春和小声催促，岳定唐闻言回头。

凌枢早就走得不见人影了。

第 178 章

凌枢一直听见前面有动静。

若有似无，隐隐约约。

像有人在拉二胡，又像是有人在哭泣。

仿佛还有香气，说不清具体是什么味道，香甜柔软，似刚出炉的面包，又像女人身上的香水，难以言喻，无法描述。

他循声快步往前走。

煤油灯在手里一晃一晃，留下周身的小撮明亮。

越是往前，香气越来越浓郁，前面也陡然有了光，拐角后边，隐藏明亮世界。

凌枢毫不犹豫，走过拐角。

一个仓库。

很宽敞，但人工痕迹明显，比起前面的半人工洞窟，这里更像是特意修筑的地下工事，两边都有铁架子，上面陈列着大大小小的箱子，中间留出走道，四周还点了灯，一排排走过去，就像在逛图书馆。

箱子上有封条，上面还写了时间，凌枢仔细一瞧，有些是民国，有些竟然是宣统或光绪多少年的，他想撬开箱子，可惜手头没有工具，只得先作罢。

凌枢走得很慢。

这地方异常古怪，也不知道隐藏着什么危险，青龙会的人就此把他们放心丢在这里了吗？那会首狡兔三窟，还让人来假扮自己，可见一定会有什么后手，是笃定他们逃不出此地的。

但凌枢一会儿又想，会不会是他们太过高估敌人了？毕竟刚才冥婚会场上逃出去的人不少，为了抓分散各处的人，青龙会也得派出不少人手，未必就有余力顾得上他们这边，若是再有人也依法炮制捣乱一番，那青龙会此刻必定焦头烂额。

如是想法纷乱，慢慢走过一排排架子，凌枢就看见了一个个玻璃罐子。

约莫能抱在怀里的大小，里面灌满液体，微光下泛黄，还有一颗颗晶莹剔透的珠子。

凌枢莫名觉得那些珠子颜色诱人，不由得走近端详，却忽然吓了一跳。

那些珠子，竟是一颗颗眼球。

泡得泛白，晶体粘连。所谓光泽，不过是借着光和水投射出来的，那些眼珠子已经不知道泡了多久，一颗颗僵硬中透着诡异。

凌枢看得几近失神，忘了恐惧。

他仿佛透过这些眼球，能看见死者生前的惶恐不安，看见他们所有爱恨情仇、求而不得的憾恨，看见他们被杀之前鲜血淋漓、大喊大叫的痛苦。

这些情绪映射在他身上，好似身体也多出一道道伤痕，开始刺痛起来。

罐子里也不唯独全是眼球……

有眼珠子在前边，这些部位器官看习惯了，倒也让人觉得有些麻木了。

但有一点是能确定的，那假会首没说错，姓何的花白头发的，的确才是真正的青龙会会首，因为这些东西与他前边所表现出来的嗜好相符合，并且也只有会首，才能用这么大一个空间专门储藏，来满足自己变态的嗜好。

香味却更浓了。

角落里又传来动静。

离得越近，凌枢就听得越清楚。

他发现那个声音，并不是什么二胡，而是有人在咀嚼吞咽时发出的动静。

这地方怎么会有人在吃东西？而且还的确有这样的香气。

凌枢皱起眉头，不由得回头看一眼。

仓库外头黑漆漆的，老岳和杨春和不知道跑哪儿去了，一个都没出现。

他等不及了，直接循声源处走去。

前面的灯减少许多。
光线更暗了，空出角落一大片黑暗。
凌枢提着煤油灯走近。
角落里隐约有个人，蜷缩面朝墙壁，但从身形看，应该是个女人。

"谁！"
凌枢出声。
"转过身来，别动！"
他手里的枪在刚才跟水蛇搏斗的时候丢了，现在赤手空拳，手里只有一盏煤油灯，自然不敢太过靠近。
但那人听而不闻，继续背对着他，肩膀一耸一耸，像在吃东西。
在这种地方吃东西？
凌枢毛骨悚然，却又万分好奇，他越来越想知道此人为什么会在这里了，心念转动，他上前几步，猛地一按一抓，揪住对方肩膀，将人整个掀过来！

隐藏在黑暗中的脸露出半张。
熟悉而又陌生。
却让人脑中轰的一下，汗毛直竖！
竟然是冯三小姐！
"你没死？！"
连凌枢这样胆大包天的人，也禁不住失声喊道。
冯三小姐抬头看他一眼，又低头啃手里的猪蹄。
"你是谁？"
"我是……"凌枢想起对方应该是不认识自己的，也就不报名字了，"我姓凌，是来救你的人，你为什么会在这里？"
冯三小姐："我被抓进来之后，瞅见机会就跑，一路跑到这里来，就找不到出路了，回去又有那蛇怪，我不敢回去，只好被困着。"
凌枢："那正好，我们现在来救你了，你熟悉这里的地形吗？那里有扇门，后边是通往哪里，打不开吗？"
冯三小姐："我打开过，后边就是死路，这里唯一的一条路，就是回头路。"
"别说那么多了，你先跟我走，我们去找老岳，与他们会合了再说！"

凌枢见不得她如此磨磨蹭蹭，当下就伸手去拉她，一靠近才发现她手里啃的不是猪蹄，而是人的胳膊。

手一抖，他不由自主地把人松开。

冯三小姐见他后退了两步，居然停下咀嚼的动作，将手中之物递过来。

"你别怕，尝尝，还挺好吃的！这里没东西吃，你们迟早也会饿，不如先吃饱了，才有力气跑出去。"

凌枢居然还觉得她说的有几分道理，主要是他的确也饿了，而冯三小姐手里那条胳膊，也越来越散发浓郁香味。

他注视半晌，鬼使神差地伸手接过。

"你尝尝，尝尝就知道了。"

"我不会骗你的，我吃过了。"

女声温柔的蛊惑，不断挑动凌枢心弦。

他慢慢举起这条僵硬不腐的胳膊，张开嘴——

肩膀被重重拍了一下。

"你在做什么！"

凌枢猛地回头。

岳定唐正皱着眉头，表情莫名地看他。

"冯三小姐在……"

他一边说一边扭头回去。

但哪里有什么冯三小姐，就连他自己手里拿的，也不是什么人的胳膊，而是一块黑黝黝的石头。

刚才不觉得，现在一看是石头，立马就觉得沉手了。

"你到底怎么了？"岳定唐很关切，"我们刚刚追过来，找你找了半天。"

凌枢把石头丢开，苦笑。

"我也不知道，可能是太累了，产生幻觉，又或者是催眠术还有影响，你有没有闻见什么香味？"

岳定唐道："没有。"

凌枢用煤油灯照了照刚才的角落，不仅没有冯三小姐，也没有别的什么人，刚才一切，真就是他的幻觉。

可那些香气是如此真实，直到现在他都能感觉到鼻间充盈萦绕不去的味道，令人垂涎三尺。

"你们刚才去哪里了，我怎么都等不到你们，这里有些古怪……"

他回头对岳定唐道，表情却在这一刻突然凝固。

因为凌枢看见就在岳定唐身后，花白头发不知何时出现，正举起手中斧头，朝岳定唐的后脑勺无声劈下，对方眼睛却是看着凌枢的，那双眼睛，流露出诡异邪恶的笑意，与嘴角弧度映衬成双。

凌枢倒抽一口凉气，想也不想，就推开岳定唐。

"小心！！！"

第 179 章

凌枢几乎是毫不犹豫，推开岳定唐之后以身相挡，又极快扭身一脚踹了出去，毫厘之差错开锋利斧头，后发制人将花白头发踢了出去。

对方一声痛呼，重重后跌，凌枢自然不可能放过他，正待上去斩草除根，腰却被人一下抱住阻拦！

"住手！"

耳边是岳定唐的声音，但凌枢扭头余光一瞥，却看见了花白头发。

他心头一惊，下意识地猛力挣扎，花白头发一时压制不住他，直接松了手，凌枢待要还手，却见身后那人还是岳定唐，哪里有什么花白头发？

他再猛地回身去看刚刚被自己踹倒的人。

也不是花白头发，居然是杨春和。

女孩子哪里经得起他这一脚，直接躺在地上，捂着肚子痛苦呻吟。

凌枢定睛再看，还是岳定唐和杨春和，根本就没有花白头发。

但他后退两步，这次却不敢再轻信了。

"凌枢，你到底怎么了！"

抬眼是岳定唐急切的神色，在煤油灯下若隐若现，语气毫不作伪。

凌枢摇摇头，抬手阻止他过来。

"你让我想想。我们刚刚是不是抓了应会首为质？"

"不错。"

"他现在人呢？"

"过黑水潭的时候被水蛇拖进水里去了，我们才死里逃生的。"

不对。

凌枢抿了抿唇，那个假会首明明是跟着他们过了水潭，在表明自己身份的时候突然发疯，一路想要狂奔回去，这才被他们打晕的，怎么变成了被蛇拖下水了？

是自己记忆出错，还是岳定唐在撒谎？

岳定唐是不会骗他的，除非眼前这个，也不是真正的岳定唐。

换作旁人，面对这种情况，可能濒临崩溃边缘，但凌枢居然还能冷静思考。

额头滑落汗水，他的心跳加快，隐隐有些感知，但又混沌一团，很难将迷雾拨开。

仿佛背对悬崖，虽无法转身看见，却能察觉危险，出于生物本能。

但现在，危险到底在哪里？

是岳定唐，还是杨春和，还是他自己？

"老岳，我对那个假会首的记忆跟你不太一样，咱们对对。"

"好。"

"我姐姐的名字，你知道吧？"

"凌遥。"

"我们怎么认识的？"

"因为查案，袁公馆的案子，你是第一嫌疑人，我陪同史密斯到舞场找你。"

"不对，那是我们重逢，我说的是头一回见面。"

"中学同学，不是吗？"

到这里都毫无差错，凌枢嗯了一声，想想又问一句。

"那黄金佛塔找到了吗？"

"找到了。"

"在哪儿？"

"我后来给我二哥拿去典当行了。"

不对。

那座黄金佛塔，早就被伊万诺夫劫走，不知遗落在东北土地的哪个角落里，至今都没有找到，怎么可能是被岳定唐拿回来？

即便是岳定唐拿回来，这样重要的宝物，他也不会草率地交给岳家二哥，更勿论卖给典当行了。

"你在说谎，你不是他！"

凌枢厉声道，倏地朝对方伸手抓去，迅若闪电！

岳定唐阴笑两声，陡然在他面前失去踪迹，让凌枢硬生生扑了个空。

人呢？！

凌枢下意识地朝地上看去。

刚才还在打滚儿的杨春和，不知何时也不见了，与此同时后方传来一道光源，仓库内却完全暗下来，唯有他手里那盏煤油灯，还在岌岌可危地发着光。

这一切到底是梦，还是现实？

凌枢狠狠掐了一把手臂，会疼。

那就是现实？

但也不对。

他提起灯照，撸起袖管，刚刚掐过的地方，没有红痕。

又掐了一下。

依旧会疼，但没留下痕迹。

这是什么情况？

"岳定唐！老岳！杨春和！"

他已经顾不得会不会被人听见，直接大声喊起来。

没有人回答他，只有空荡荡的回音。

凌枢闭了闭眼又睁开。

还是此处的世界。

唯一的答案似乎只有循着光源找过去。

若是凶猛敌人或鬼魅，兴许他此刻还能镇定自若，但是他所面对的，是虚无缥缈，不知真实与幻境的所在，不知自己是谁，置身何处，敌人可以顷刻化为朋友，朋友也可倏然变成敌人，真真假假，完全无法分清。

他的内心深处不由得浮现一丝焦虑，幼猫挠爪似的，把整颗心都挠得晃动不安。

如果光源后面依旧是虚假，他要怎样才能走出这个世界？

门口忽然有个人影闪过。

对方还驻足片刻，扭头看了他一眼。

是岳定唐！

凌枢却反倒放慢脚步，不敢贸然追上去了。

"你不追吗？"

身后突兀传来声音。

凌枢猛地回身。

花白头发正站在他不远处，负手阴恻恻道。

"是你把我困在这里的？"凌枢眯起眼。

花白头发冷笑："这不是困，是你们自己跑进来的！青龙会没有邀请过几位，你们却自投罗网，这能怨谁？如今能不能出去，就全在我一念之间了。"

凌枢："你想怎样？"

花白头发："你应该庆幸，你还有点儿价值，所以我不杀你，我要你心甘情愿地成为我的祭品。"

凌枢："老匹夫，你是不是邪术学多了，把自己脑子也给学坏了？你看我现在这个样子，不掐死你就不错了，还当你的祭品？"

花白头发不以为意："你现在已经被我困住了，只要完成最后一步，你就是一个比冯珍珠还要完美的祭品。我很喜欢你这张面皮，回头把你的脑袋割下来之后，我会将你这张脸皮完整剥下来，制成面具，日日欣赏。"

凌枢不想再听他废话下去了，他抓紧手里的煤油灯，蓄势待发，准备一击即中。

但花白头发似未察觉他的意图，继续说道。

"你知不知道，你为什么总会被我牵着鼻子走？因为从你被催眠的那时候起，我就已经给你下了几重暗示，后面只要你看见我所暗示过的事物，就会触发新一重的暗示，一重加一重，你就再也走不出去了。"

凌枢在将煤油灯扔出去的时候，脑海里突然闪过一个念头，冯三小姐是不是也因为这样，最后死在自己走不出来的妄念之下？

灯盏落地，破碎，他人也跟着踹出去，却扑了个空。

花白头发不见了。

饶是心理素质强大的凌枢，也禁不住有种抓狂的崩溃。

这到底何时是个头！

回过身，身后的光源还在。

亮堂堂的，像是无数盏灯在那里，更像一个巨大的蛇果，引诱人上前去摘取。

正因为这样，凌枢才更不敢轻易追过去。

"你想知道破除暗示的关键是什么吗？就是你最在意的那个人。

"只要杀了他，所有迷障，都会自动解除。

"刀就在你手里，你要自己去选择。"

花白头发的声音陡然响起，带着悲天悯人的刻意，却掩盖不住其中阴毒。

凌枢冷笑。

他也不去捂住耳朵，也没再犹豫。

这番话反倒坚定他的脚步，促使他大步流星地奔向光源处。

门口拐弯，前面居然有吵闹声。

又是另外一番景象了。

凌枢既看见岳定唐，也看见杨春和，还有那个姓应的假会首。

应会首站在杨春和身后，畏畏缩缩，探头探脑。

岳定唐举枪对着他们。

杨春和表情复杂。

第 180 章

"你们在干什么？"凌枢大喝一声。

他疑心眼前还是幻觉，语气自然不用太讲究。

三人看见他，却都不约而同微微动容。

"凌先生！"

"你刚才跑哪儿去了？"

凌枢走过去。

"现在是我问你们，这是怎么回事？"

他的目光在三人之间来回梭巡，最后停留在岳定唐身上。

岳定唐眉头微皱，也同样看着凌枢，神情不掩关切。

依旧是那个熟悉的岳定唐，但凌枢已然不敢轻信。

"刚才你跑太快，我们在后面找你，杨春和突然就从背后袭击我。"岳定唐道。

凌枢："你受伤了？"

岳定唐："肩膀撞了一下，不妨事。"

凌枢注意到他举枪的姿势的确不太自然。

杨春和抿抿唇："我没有袭击岳先生，他走在前面突然就拿枪对准我们，说我是青龙会的内应奸细。"

凌枢望向她背后的应会首。

对方立马举起双手表忠心："我什么都不知道，我是无辜的！"

凌枢："我问你，他们俩谁在说谎？"

假会首面露惊异，因为在他看来，凌枢肯定无条件站在岳定唐那边，谁承想居然会问出这样的问题。

"我……我刚才走得慢，没看见……"

凌枢朝岳定唐伸出手。

"老岳，把枪给我。"

岳定唐微微蹙眉："你，不信我？"

凌枢不置可否："如果你信我，就把枪给我。"

岳定唐没动："那我怎么能够确定你是你？"

凌枢："你只管试探，但我也需要确认你是不是你。"

岳定唐："每人一个问题，轮换着来。"

凌枢："可以。"

杨春和跟假会首两人惊疑不定，视线在两人之间来回游移，不知道他们葫芦里在卖什么药。

岳定唐："我有几个姐姐，分别叫什么？"

凌枢："你只有一个姐姐，名叫岳春晓。"

岳定唐："平日我和谁住在一起？"

凌枢："春晓姐随夫出国了，你还有两个兄长，但他们平时很忙，神龙见首不见尾，几乎不在岳公馆住，那里只有你和老管家周叔，有时候我也过去借宿，周叔手艺很好，我有时候一住就是两三天，我姐经常拧着我耳朵，说我跟泼出去的水一样。够清楚了吧，你多问了一个问题，我也要问两个。"

岳定唐："你问吧。"

凌枢："你出国前原本想送我一本书，那本书叫什么？"

岳定唐："《罗密欧与朱丽叶》。"

他几乎毫不迟疑，想也不用想。

凌枢："当时我没能赶上给你的送行，如果你能把这本书给我，你想对我说什么？"

岳定唐一怔。

他望着岳定唐，岳定唐也凝视他。

杨春和似有些不自在，微微一动。

岳定唐立马察觉，将视线掉转回去，隐含威胁。

杨春和有些急切："你们能不能快些，追兵马上来了，我们得赶紧找到出路！"

那姓应的假会首也道："是啊，你们两位别争了，我们现在都是一条船上的人，同进同退，谁也不会背叛谁的！"

岳定唐冷冷道："那就说不定了，我宁可被敌人打败，也不想生死关头冒出个捅刀子的内鬼。"

杨春和急道："岳先生，您要怎样才肯相信我！"

凌枢："老岳，我的问题，你还没回答我。"

岳定唐思忖片刻："如果我当时能见到你，我会放弃出洋，帮你渡过难关，或者带你一起走，绝不会留你一人在上海。"

后面有脚步声。

细细碎碎，纷至沓来。

杨春和越发着急了。

但此时此刻，她只能眼睁睁看着几人对峙，而身后追兵的脚步声越来越近。

这时候，杨春和听见凌枢对岳定唐道："把枪给我。"

他朝岳定唐伸出手。

岳定唐没有马上动。

凌枢稍稍加重语气："老岳。"

岳定唐不答反问："如果回到那个时候，你来送我，我知道你家里的情况，你会跟我走吗？"

凌枢："会。"

岳定唐从眼睛里微微露出点笑意，他反手把枪递给凌枢。

后者接过来，以迅雷不及掩耳之势，先对准岳定唐的心口开了一枪！

血从胸口的衣服下面迅速漫出晕染开来，从一团血晕变成一大片血渍。

他遭遇毕生中最大的背叛，露出难以置信的表情，震惊且心痛，直直望住凌枢，目光比伤口还要更痛，苦酒一般几乎要将凌枢淹没。

和他一样震惊的还有杨春和跟假会首，两人不由自主地连连后退，生怕凌枢突然发疯将他们也给毙了，但凌枢压根儿就没给他们反应的时间，真就随即两枪，直接开在两人头上。

砰！砰！

对方脑袋开花，他的脑袋也轰的一声由此炸开。

一声尖叫仿佛拉开警报的闸门，震得凌枢站不住脚，直接歪倒在地上。

眼前所有景物轰然倒塌破碎，连同濒死的岳定唐，倒在血泊里的杨春和跟应会首，也都如玻璃一样片片碎裂，再也捡不起来。

"你怎么会发现？怎么会发现？"

花白头发的声音不知从哪儿冒出来，在他脑海里疯狂卷啸，来回咆哮。

"因为你的回答。"凌枢冷冷道，他头痛欲裂，勉强提振精神。

"我的回答，就是你内心深处的渴望，就是你的答案！"

"本来是。"

"什么叫本来是！不可能！你根本不可能发现！"

"你的催眠术的确很高明，给我下了一重又一重的暗示，给我造成幻觉，让我得到自己想要的回答，但是你忘了，所有回答，都是因我想法而生的，我可以产生它们，当然也可以捏造它们。"

"你撒谎就会被我发现，根本不可能！"

"所以我以毒攻毒，你可以给我下暗示，我当然也可以给自己增加记忆保护，第一层是表象，第二层才是真相。《罗密欧与朱丽叶》是对的，但第二个答案错了。就算当时岳定唐知道我家里的事情，他也不可能提出要我跟他走，就算提了，我也不会走，当时的我们，不是现在的我们，错误的时间加上同样的人，也不会有同样的结果。这是我给你设置的错误答案，而你信了。"

说到这里，凌枢笑了。

"从冯三小姐的死开始，你就神秘莫测，让人捉摸不透，他们谈起你，就会脸色大变，现在我算是亲身体验到了。难怪冯三小姐被你牵着鼻子走，最后走上绝路，还有周玉林那种杀伐果断的狠人，居然也能变成你的拥趸，你的确很有本事，可惜走歪了路子，心术不正，终究是白搭！"

说完，他毫不犹豫举起枪，冲着自己的太阳穴，扣下扳机。

剧痛伴随眼前五颜六色光点骤然炸开，所有一切归于起点。

死亡与新生连在一起，将万物毕生爱恨情仇凝为一个完整的圆，但所有人的圆，都不是完美无缺的，总有这样那样的憾恨。

有了憾恨，就有缺陷和弱点，就会被乘虚而入。

冯三小姐与吴四的爱情，是她完美一生中最大的缺憾，原本的金童玉女、天作之合被上天所嫉，最终阴阳相隔，碧落黄泉两不见。她痛苦无奈，空有锦衣玉食却无法让爱人起死回生，所以花白头发才能利用吴五，一步步将她引向死亡深渊。

凌枢只觉身体剧痛而沉重，一直被无形力量拉扯往下坠落无边无尽，他很想放任自己彻底休息，美美地睡上一觉，不必关心身外纷扰，那些令人头疼的麻烦事。

梦里很美好。

凌家还未败落，他依旧是无忧无虑的凌家大少爷。

姐姐凌遥嫁了个如意郎君，对方在政府任职，清闲富有学识，很得上面重用，据说很快就要委派出国深造。凌遥很高兴，出去买了许多衣裳，回来一件件试了又试，在他面前旋转炫耀，询问凌枢哪件更好看。

而凌枢，凌枢就端着咖啡杯，与岳定唐一道坐在那儿笑看着，他们俩也已经准备出洋留学，一个学英文，一个学数学，如无意外，他们将会在那里最著名的高等学府相遇，像所有家世优渥的学子一样，在泰晤士河畔度过每一个具有异域风情的春夏秋冬，他们也许会越走越近，也许会分道扬镳，但这些过程，无疑充满少年的酸甜，如刚从树上摘下的樱桃，红彤彤之中也会酝酿一抹小小的鹅黄。

嘴角不由自主流泻出笑意。

可脑海深处，还有另外一个声音，尖啸凌厉，怒声斥责，恨不能将现实苦难一股脑儿倒灌给他。

凌枢，你忘了什么！

我忘了什么？他反问。

你忘了很重要的东西！

最重要的，岳定唐和姐姐，他们都在我身边了，我没什么遗漏的了。

不，你忘了，你快想起来，时间不多了，留给你的时间不多了！

什么时间？我还忘了什么？我是凌枢，是风光无两的凌家独子，父亲宠爱，姐姐纵容，我和岳定唐很快还要留洋，回来便是天之骄子，傲然屹立于时代潮流之巅，奋发图强，责无旁贷。这些我都记得。

这些都是假的！

不可能，姐姐是真的，岳定唐也是真的。不，等等……

凌家，凌家早就没了。

他也未曾出洋留学。

泰晤士河是什么样子的，其实他从来就不知道，更没有见过。

所有一切，不过是从岳定唐的口中听说的，从照片上看见的。

而他——

他连大学都没上，就去了西南，差点儿连小命都丢了，从新兵蛋子变成老兵油子，从听见炮弹声就害怕，到后来炮弹落在战壕外头，他还能在里头呼呼大睡。

他是凌枢，名字与灵枢同音。

他还记得小时候父亲说起给他起名的来历，因为灵枢又是天枢的别称，而天枢是北斗第一星，父亲希望他能像天枢一样，永远傲然挺立，无惧乌云风雨。

人的生命是有限的，但灵魂的深度是无限的，父亲更希望他的灵魂能像星辰，亘古伫立，不因世事变迁而泯然众人。

所以，他是凌枢。

他也想过读书有成，学成归来，以天之骄子、海外精英的身份回国救亡图存，他也想过轰轰烈烈成就一番事业，上阵杀敌，在千军万马之中取敌首级，意气风发，万众瞩目，可最终这些理想都没能实现。

他上过战场，杀过敌人，在贪欲与人性之间摇摆过，也曾面对利益与气节的考验，最终伤痕累累，病痛缠身，再换到另一个没有硝烟的战场，因缘际会，屡破奇案，斗智斗勇，也算不负此生。

最重要的是，他遇到了岳定唐，此生有了知己，此生不再孤独。

一切缘分，皆是冥冥之中的前因。

他只是一个普通人，虽自诩心志坚定，也有柔软的肋骨，也会挣扎迟疑，也会被催眠术所迷惑，沉浸在梦境中不愿清醒。

但他必须醒过来！

因为他还想活，还想跟岳定唐一起出去重见天日，还想跟他一起多看几十年的月升日落，星起潮归。

凌枢眉头紧皱，强撑着用双手撕开最后一道屏障！

黑夜尽褪，光明重现！

他蓦地睁开眼睛，大口喘息，汗流浃背。

"凌先生！凌先生！"

呼唤声由远及近，从虚无空间逐渐转为清晰可闻近在咫尺。

火光。

摇晃的火光照亮附近区域，让他得以看见眼前此人的面容。

"你怎么在这里？"

"你可算是醒了！"

应会首差点儿喜极而泣，其喜悦之情跟看见亲爹死而复生没什么两样。

凌枢还有点儿恍如隔世的恍惚，反应慢了半拍，一时没什么反应，应会首不由得急了。

"凌先生，你昏迷好一会儿了，岳先生为了保护你都受伤了！"

凌枢一凛，果然清醒不少。

"为了保护我？什么意思？他怎么受伤的？"

他举目四望，杨春和在前面不远处堵着洞口，手里抓着在路上顺来的榔头，左顾右盼地防备着，前面还传来打斗声，不知道是岳定唐还是什么人，但显然不止一个，闹哄哄的。

"你怎么忘了？我们刚刚一路跑到这里来，前边没有出路了，只能循旧路回去，这时候你还突然发难袭击我们，岳先生被你开枪打伤了，追兵又追上来，幸好另外一拨人也逃到这里，双方打了起来，我们得以撑到现在！"

凌枢皱眉："我攻击老岳？"

应会首："对啊！"

凌枢："那我们没有遇到水蛇？"

应会首莫名其妙："什么水蛇？"

凌枢："你也没有突然发疯，说你的一切都被真会首控制在手里？"

应会首恍然："你刚才一直被他控制着？"

这个他，不必言明，两人都知道，指的正是花白头发。

凌枢凝目："你为什么没有被他控制？"

应会首苦笑："他想要我当傀儡，在人前冒充假会首，为他挡那些明刀暗箭，甚至还要在其他地区的十贯道门人面前弄虚作假，我知道的东西太多，他反而不好对我下手，否则我若是疯了，岂不就白费工夫？但我曾经亲眼见过他控制别人的心神，的确很可怕，没有人能逃脱，你是头一个能自己清醒过来的。"

凌枢盯着他，似乎想判断他说的是真是假。

应会首急切道："我知道得太多了，会首知道你们一旦挟持我，就会从我口中得知许多秘密，他现在绝不会放过我的，我只能跟你们一起逃出去！"

凌枢："这里没有出路，那我们怎么拼杀得过那些人？"

应会首："青龙会里也不是铁板一块，会主控制大部分利益，许多人已有不满，只是敢怒不敢言，这次我们闹起来，正好是一个机会，刚刚岳先生就说逃到这里以静制动，没想到外头真有暴乱了，说不定我们真能逃出去！"

他话音刚落，就听见杨春和一声惊呼，扶着个人连连后退过来。

凌枢定睛一看，居然是岳定唐。

他身上大半衣裳都染红了，虽然神情没有流露太多痛楚，但从略有些跟跄的步履来看，伤势显然不轻。

第 181 章

危险并没有随着岳定唐他们退进来而解除。

两名黑衣人突然从外面冲杀进来，一左一右扑向岳定唐和杨春和。

一人有枪，一人持匕。

持枪者几乎没有给他们任何反应的机会，只花了半秒钟就将目标定在岳定唐身上，然后举枪瞄准，扣下扳机。

对方很清楚，岳定唐的装扮必然意味团队中的首脑，没了他，另外几个人，要么是妇女，要么是叛徒，一定会马上群龙无首，束手就擒。

但他根本没有想到，子弹才刚刚从枪管里出来，人连带枪，就被侧面而来一股巨大冲击给狠狠撞倒在地，连带子弹也偏了轨道，擦着岳定唐的脸颊，钉入后面墙壁。

说时迟那时快，持匕者已经扑到眼前，但岳定唐以完全不符合伤势的灵活身手推开杨春和，伸手拽住对方持匕的手腕，借力一拽，脚尖踢向对方膝盖，对方吃痛一声，匕首滑落，杨春和眼明手快，直接用手里的榔头一砸，跟砸核桃一样，咔嚓声响，对方惨叫倒下！

另外一头，开枪的人也被凌枢狠狠摁在地上，两人很快缠斗一团，枪被踢开。

岳定唐想动，却觉肋骨剧痛，不由得倒抽一口冷气，只好嘱咐杨春和。

"快去拿枪！"

杨春和刚要动，脚踝就被抓住，她啊的一声，痛得扑倒在地。

被岳定唐掀翻的那黑衣人随即抓住机会扑上去抢枪，又被杨春和死死抱住双腿。

对方狠狠踹向杨春和肩膀，她剧痛之下依旧不肯松手，只面容流露出痛苦挣扎之色。

离枪最近的是岳定唐。

他一点点伸手去够，却总是差那么一点点。

两米，一米，半米。

还有一寸！

冷汗从额头滑下，他感觉随着动作腾挪，身体每一点动静都会带来令人牙酸的疼痛，但他无法起身，只能这样伸手去够。

几乎快要够着的时候，黑衣人狠狠一脚踹开杨春和，直接往前一扑，将枪抓在手里，立马将枪口对准他！

饶是岳定唐再冷静，心头也下意识地咯噔一下，犹如看见死神降临。

千钧一发！

身后人影从天而降，凌枢从背后将人扑倒在地，枪再一次被扑飞出去。

几双眼睛不由自主地定在那把半空飞旋的手枪上，它的下落，关乎这里几个人的生死。

凌枢死死摁住对方的肩膀，将他压在身下，但对方同样也掐住他的脖子，力道之大令他眼前阵阵发黑，根本无暇再去抢枪。

生死关头之际，耳膜仿佛传来闷响，他甚至分不清到底是枪真的响了，还是自己的幻觉。

如果不是幻觉，子弹又是落在谁的身上？

他感觉不到疼痛，只有窒息，脖子给死死掐住，喘不过气，脑子嗡嗡作响，身体却有些轻飘飘的，仿佛濒临死亡，又仿佛即将解脱，已经身不由己。

突然，掐住自己脖子的手一松。

他一时还未反应过来，直到对方往后躺下，他失去着力点，整个人瘫软在地上，虽然睁着双眼，但看什么都是黑乎乎的，眼眶还发疼，有种差点儿被人把眼珠子都掐出来的错觉。

"凌先生，你没事吧？"

假会首的声音传来，忽远忽近。

凌枢觉得自己是摇头了，但身体好像又没动，在混沌和清醒之间徘徊着。

他索性不去思考了，放任自己随意摊平在地上，懒洋洋的，偷得浮生半日闲。

直到他又听见有人在说话。

"岳先生，你没事？怎么这么多血！"

凌枢不记得自己哪儿来的力气又突然从地上弹起，一下就奔到声音来源。

"岳定唐！"

他耳朵还是嗡嗡的，索性就大声嚷嚷出来，也不知道音量到底有多高。

可他没等到自己想要的回答和声音。

那人仿佛死了一般，无声无息。

"岳定唐！你在哪里！"

不祥的预感越来越浓烈，凌枢嘶吼起来，近乎咆哮。

一只手握住他的肩膀。

"这里……"

凌枢顺势摸过去，将人紧紧抱在怀里。

"你怎样？"

他伸手摸索，衣服上半是干涸，半是湿漉漉的黏腻，说不清浸了多少血迹。

凌枢的心都跟着颤抖了。

他不敢再摸下去，生怕摸到一个鲜血淋漓的窟窿，摸到对方行将消失的生命。

而他却无法堵上那个窟窿，只能紧紧搂住对方。

"我没事……"

"你别说话，别说话！"

黑暗中，他不敢松手。

他怕一松开手，岳定唐就会离他而去。

他们曾经分开很多年。

很多年里音信全无。

凌枢在看见卧室书架上那本《罗密欧与朱丽叶》时，在母校梧桐树下抚摸树干时，未必没有想起过岳定唐，可那也仅仅是存在记忆之中的一抹亮色。

也许时时擦拭和翻新，也许人物因时间久远而有所美化，可那毕竟只是记忆了，再也影响不到现实里的人。

但某一天，岳定唐忽然从记忆里走出来，走到了他的生活中。

最初的重逢并不美好，甚至还火药味儿十足，两人针锋相对，凌枢输了一局，他看出岳定唐正经外表下的促狭，将计就计，顺水推舟，彼此不停地试探对方底线，在容忍的边缘不断来回。

重逢后的岳定唐似乎不只一张面孔，他想探究凌枢身上的秘密，凌枢同样觉得他将真正的自己隐藏在斯文儒雅的大学教授身份之下。

可究竟是什么时候，这种试探变了质？

凌枢记不清了。

或许是在东北，他躺在破旧道观铺满稻草的冰冷地上，看见岳定唐从门口进来，忧心忡忡，满脸都写着"凌枢"二字，背后漫天彩霞，飞虹流光。

　　或许是他放弃自己生的机会，宁肯两人一起死，在寂静无人的地道里，彼此传递了温暖。

　　从久别重逢到同生共死，那块缺憾被慢慢填补，凌枢已经想不起杜蕴宁的笑颜，却记得那个树后的身影。

　　"你会没事的，会没事的……"

　　他喃喃道，抱紧了怀里的身躯，企图把自己的寿命也分给对方一些。

　　"你再坚持一下，我马上就带你出去，你别死，别丢下我一个！"

　　岳定唐似乎叹了口气，很轻，无力。

　　"我不会死的。"

　　"别说话！"凌枢感觉眼眶涌上一股热流，止都止不住。

　　他的意志力在此刻一无是处，从前那些杀出一条血路的经验阅历，也无法让他能发挥哪怕是一丁点儿的作用。

　　凌枢心中充满了无力感。

　　"我不应该管闲事的，早知道，我就不会搭理冯家的委托，也不会到这里来，都是我一心冒险，反而害了你。老岳，你答应我的，你不能就这样丢下我。你死了，我上哪儿再找个冤大头坑，我还拿什么借口去你家蹭饭？"

　　凌枢抬起头，生怕眼泪控制不住掉在他脸上。

　　外面的喊杀声越来越激烈，也越来越近，但这里两名黑衣人已经被杨春和二人制住，凌枢两耳不闻，一心一意只有怀里的人。

　　哪怕到岳家蹭饭，现在想起来，都是求而不得的岁月静好。

　　"如果我死了，你想去，我也没法阻拦，而且我也希望，你下半辈子能像现在这样潇洒快活，不要因为我，就消沉不振。"

　　"少废话了，你不会死的，老岳，答应我撑住，我这就带你出去！"

　　凌枢的胳膊被拽住。

　　"我是说，如果我死了，可我还没死。"岳定唐的声音有点儿无奈，"我就是腿骨折了，你至于咒我死吗？"

凌枢慢慢回头，他的眼睛缓过来之后，已经逐渐能看见人了。

岳定唐的表情，怎么看，都很无辜。

"你刚才，为什么不说？"

"你也没有让我说的机会啊。"

"是不是看我声泪俱下，还挺有成就感的？"

"是有那么一点点。"顶着凌枢杀人般的目光，岳定唐笑起来。

外面生死一瞬，里面片刻安宁。

杨春和跟应会首两人不明所以的目光在两人身上游移不去。

但凌枢全然无暇顾及，他的目光依旧凝注着岳定唐。

"那你身上的血？"

"都是别人的。"

"也没伤口？"

"有些，都是外伤，不妨事。"

"岳长官，刚才好玩吗？"

"咳，还行，也不能算好玩，我刚才的确疼得没力气说话，你又一直在说，我也不好打断你，这不是找到空隙就赶紧给你解释清楚了？"

岳定唐觉得自己再不多说两句，就不是死于骨折了。

"现在我们先找到路出去，其余的，回头我再好好向你赔罪成吗？"

虽然他的语气足够诚恳，但凌枢总觉得那语气里多有笑意。

仔细看了又看，岳定唐脸上又是全然无辜。

呵，凌枢在内心冷笑，从他手里夺过枪，腾地起身，大步走向外面，准备将把岳定唐另一条腿也打折的熊熊怒火，全部发泄在不知名的倒霉鬼身上。

第 182 章

沈人杰做了一个很长的梦。

梦里他始终在温暖的海水里沉沉浮浮，脑袋和上半身浮于水面，下半身在水里泡着，说是海水，更像温泉，可还有夕阳的余晖照在水面上，溶溶如月，比在母亲怀里还要舒适，沈人杰闭上眼睛，根本不想挪动一根手指。

但阳光渐渐有些过于猛烈了，刺得眼皮发疼，沈人杰皱起眉头，忍了片刻，阳光亮得透过眼皮也能照进来，已经不是夕阳，而是大中午的太阳了。

沈人杰气冲冲地睁开眼睛，心说怎么做个梦都不安生，但他的神色很快变为惊讶，震惊，乃至极度的震撼。

金黄色，满眼的金黄色。

但不是阳光，而是黄金。

金灿灿的黄金，满眼皆是，各种形状。

金条，圆饼，甚至还有马蹄金。

沈人杰根本没顾得上去仔细辨认，他做梦似的怔怔半晌，拿起手边一块儿，张嘴咬下！

硬中带软，是黄金的口感没错。

沈人杰眉开眼笑，他有生以来从未见过这么多的黄金，别说他了，全上海滩最有钱有势的大佬，估计也没见过这么多的黄金，他从最底层爬上来，做梦都想多挣点儿钱，现在简直就是人生终极梦想突然实现，沈人杰满心欢喜不知如何是好，只想在这黄金之海尽情扑腾，再也不愿意起来。

这么多黄金就在身下，他翻来滚去，怀里抱着，居然也不觉硌得慌，沈人杰翻滚累了，心满意足地躺在黄金上面，开始畅想未来。

首先要买个大房子，他现在的房子太小了，一家三口挤不下，夜晚想办点事都不方便。如果能有钱，他一定要买个两进院子，有厢房的，主人房一定要大，要宽敞。再买上几个下人，她一直抱怨家里活儿太多，没人帮忙分担，这下也不用听她絮叨了。还有孩子上学的事情，有了钱总可以找找门路，去个好学校。

等等，什么她，什么孩子，她是谁？

沈人杰想了一会儿，想不起他们的名字，就懒得再想，宣告放弃了。

他眯起眼，又翻了个身，把脸彻底埋进黄金里。

黄金的味道，是什么样的？

沈人杰以前没闻过，他觉得是蜂蜜的甜，是刚出炉的烧饼热腾腾的香，是春天花苞里娇嫩欲滴的扑鼻芬芳。

但好像又不是。

居然是一种带着微微腥臭的味道。

沈人杰皱起眉头，将脸稍稍抬起一些，又不舍得离开这些黄金太远，不由得面露纠结。

黄金怎么会是这个味道？明明应该是集人间一切美好的，这怎么闻，都像是菜市场里放了几天的死鱼。

不，比死鱼还要难闻，就像，就像是——

尸体!

沈人杰悚然一惊，感觉自己好像忘记了一些很重要的东西。

忘记了什么？

不能细想，一细想，脑袋就开始发疼。

他不禁捂住额头，想要驱赶脑海里的阴影。

走开！走开！

他只需要快乐，有了这些黄金，他以后要风得风，要雨得雨，什么不能唾手可得？

就连职位，他想继续升迁，大可用黄金疏通门路，一路当敲门砖，敲开一扇扇门，说不定以后还能升入董事局，当有史以来第一位华人董事呢！

那这样一来，他可要风风光光地衣锦还乡，光宗耀祖，老家镇长肯定哭着求着想要给他立牌坊，前清时候可只有进士和烈女能获此殊荣，他是工部局华董，也不比前清进士差了吧？想想就觉得扬眉吐气，以前那帮在他面前趾高气扬的洋人和二鬼子，到时候还得在他面前点头哈腰，而自己肯定连一个眼神都不会给的！

还有家里的婆娘，平时那么凶，这时候就该好好给她看看颜色了，让她知道家里到底谁做主……嗯，婆娘，他的婆娘叫什么，怎么一时想不起来了？

沈人杰皱起眉头，只觉那股腥臭味越来越重，已经到了没法忽视的地步。

为什么黄金是这种味道？要是更香一点，甜一点，该多好。

脑袋嗡嗡的，像是有人对他说话，又隔了一层，朦朦胧胧，忽远忽近，听不清楚。

沈人杰想伸手去掏耳朵，却发现胳膊好像被压住，重得抬不起来，扭头一看，压住胳膊的竟也不是黄金了，而是沉甸甸的石头。

他大吃一惊，再左右四顾，发现不知何时这些璀璨夺目的黄金，正逐渐失去光泽，以肉眼可见的速度变得暗淡发灰粗糙，形状也从原先的金条和金元宝，变成一个个不规则的块状。

这哪里是黄金，分明是石头！

沈人杰脑海里那根弦嗡的一下崩断，他好似被人狠狠从背后推了一把，一下从迷雾里走出幻境，回到现实，再定睛一看，哪里有什么黄金石头，四周满是人声鼎沸，鲜血淋漓，他被推搡着在人潮里来来去去，起起伏伏，身上衣衫褴褛，连鞋子掉了一只都不知道，就像一只随波沉浮的破布袋，在众多只手脚踩踏中行将损毁。

他这才发现自己脚底下踩着软绵绵的东西，怀里又抱着半硬半软的长条物事，低头不由得魂飞魄散——原来脚下是尸体，怀里是胳膊，这条断了的胳膊不知死了多久，已经软中带硬，开始腐烂发臭，难怪他刚刚一直闻见腥臭味，原来是从此处传出，更恐怖的是他好像居然还当成黄金去咬？！

沈人杰不敢再细想下去了，一想就觉得毛骨悚然，恨不能魂体分离，飞往九霄云外，他也不知道自己究竟浑浑噩噩了多久，明明记忆停顿在去青龙山庄的路上，怎么转眼就出现在死人堆里。

四周俱是有人在厮杀，有枪响，也有刀斧横飞，沈人杰根本分不清是敌是友，也不知道凌枢他们在何处，只好忍着恶心尽可能把自己藏在死人里头，缩成鹌鹑万事不知，希望那些杀红了眼的人不要发现自己。

到底发生了什么？

忙里偷闲，沈人杰的脑子高速运转。

他感觉自己像是中了某种邪术，在很长一段时间内都处于梦游状态，根本清醒不过来，耳边听着周围的厮杀和暴乱动静，再想想自己刚刚在梦里啃黄金的情景，沈人杰不由得一阵后怕，如果没有及时苏醒过来，他现在的下场，就是在场众多尸体里的其中一具了。

挡在他身前的尸体不像是刚死的，沈人杰忍着恶心仔细摸索，发现尸体有些发硬，说明已经死了一段时间，两条腿也不见了，切割处整整齐齐，也不流血，说明肯定是出自人为刻意之手，是谁这么变态，人死了还不放过，非要割上这两刀？还有，现在这里的动乱，是不是也说明，青龙山庄内部出了问题，他们自己人跟自己人杀起来了？

思及此，沈人杰对自己逃离此地生出一丝希望。

下一秒，他的腰肋被狠狠一撞，沈人杰下意识发出惨叫，手里的尸体也掉了出去，他眼睁睁看着一人提着刀朝他砍过来。

他不想死啊！

沈人杰哀号出声，已经预见自己脑壳被劈为两半的情形，刀锋闪闪发亮，赫赫落下，他甚至能听见刀在空气里快速划过的声音，既快，且凌厉！

砰！

刀至半空，对方手一松，居然当啷落下。

不，不是刀落下，是人倒下！

沈人杰惊叫出声，喜极而泣："凌枢？！"

话刚出口，他才发现自己的声音就像被捏住脖子的鸡一样，尖细哽咽，差点儿认不出来了。

凌枢一手持枪，一手拿刀，犹如天神降临，遇魔杀魔，遇鬼杀鬼，在人潮之中，以一枪一刀所向披靡，生生开出一条血路，那些想要攻击他的，尤其是穿着黑色罩袍，一看就见不得光的黑衣人，个个都被他斩杀在手下。

子弹打光了，手里的刀就伸出去，直接捅在向他扑来的黑衣人身上，再用力一推到底，借着片刻工夫单手换弹夹，再眼睛不眨将左右两边正欲朝他攻击的敌人一边一枪打翻，趁着震慑住其他人的工夫，一手抓起还在发愣的沈人杰，让他免于被乱刀砍死在原地。

沈人杰呜呜出声，主动躲在凌枢背后，跟着他一路前行。

"凌哥，我们这是去哪里啊！"沈人杰的称呼自然而然变了。

"找青龙会的会首。"凌枢头也不回。

说要找，又谈何容易？

除了清醒过来逃离的，还有准备趁机叛出青龙会的，那些人个个都是黑袍头罩遮盖严严实实，花白头发只要把自己往这身衣服里头一套，趁乱逃出去，谁又能认出来？

但凌枢始终觉得，花白头发就隐藏在人群之中，根本不会走远，因为就在不久之前，对方跟自己交锋一回，那样如果不是亲自动手，绝不会有那样逼真恐怖的幻境，几欲置凌枢于死地。

凌枢希望把花白头发找出来，解决这个麻烦，一劳永逸，这才是他们此行真正的目的。

但花白头发必然也不会这么轻易让他抓到，凌枢觉得以此人刚刚的行为表现，想要绝地反击的欲望，肯定比逃走更盛。

就像自己想要揪出他，对方同样不甘于刚才的挫折，想要打败消灭自己。

那就看看到底谁更胜一筹吧。

凌枢脸上微微冷笑，心中对这个花白头发，恨不得除之而后快，此人心狠手辣，且丧尽天良，将人性玩弄于股掌之间，不仅打着邪神的旗号一心一意地蛊惑人心，还将魔掌伸向众多无辜的人，更可怕的是，他还能影响像周玉林这样的军阀。

试想一下，周玉林是可以将多人性命都捏在手里的军阀，如果他做出什么糊涂决定，一声令下，就会有成百上千的人间接因为青龙会而丧命，此等魔头不除，许多人将惶惶终日，寝食难安。

沈人杰没见过青龙会的会首，但他灵光一闪，忽然想起一件事。

"那人是不是三角眼，头发花白，手脚佝偻？"

"你见过？"凌枢扭头。

沈人杰点头："我刚刚做了一个梦，梦里躺在黄金上面，虽然不想醒过来，但老觉得有双眼睛盯着自己，怎么都不自在。你这么一说，我就想起来了，刚刚在梦里像是看见他躲在一堵墙后面，那堵墙上有三盏灯，都是雕花的，很漂亮，我记得很清楚。"

凌枢沉吟片刻，大概知道在哪里了。

岳定唐赴宴的房间外面，就有这样三盏灯，而且之后他们一路逃亡，都没再看见过相同的灯。

难道花白头发见势不妙，往那边跑了？

很有可能。

"追！"

他们突出重围之后，人已经渐渐少了。

青龙会内部乱作一团，有逃亡的，有叛乱的，有心志迷失大肆杀戮的，也有幡然醒悟决然离开的，四处都是教众丢弃的杂物，连墙上的煤油灯也被打破一些，地上不时还有刚死不久的尸体，可见当时情况有多混乱。

凌枢没想到杨春和大闹冥婚现场，竟像导火索似的引发后续一连串混乱，但歪打正着，这场混乱又正好是他们想要的结果。

就怕斩草不除根，这青龙山庄一倒，花白头发换个地盘又能东山再起，到时候他们折腾一圈也等于白费力气。

"就是前面那几盏灯！"

两人停住脚步，沈人杰叫出声。

灯后有堵墙，墙后就是刚刚他们出来的房间。

门口一个人影闪过，像极了花白头发。

凌枢想也不想就追上去。

房间里倒还有灯，不算全然黑暗。

但一眼可以看尽的屋子，却没有半个人影。

刚刚仿佛错觉，人影闪没于门后，此刻浑无踪迹。

凌枢下意识疑心自己见鬼了。

自打进了青龙山庄，诡异的事情频频发生，他甚至不得不时时警醒，唯恐片刻不留神就踩进对方陷阱，又陷入奇异幻觉。

但房间里的确没有人。

"人呢？你刚才看见没有？"他问沈人杰，头也不回。

"看见了！"沈人杰道。

"在哪儿？"

房间里唯一可以藏人的就是座椅旁边的帘子。

凌枢上前一把掀开！

没有。

"你在找谁，找我吗？"

身后房门砰的一声关上。

凌枢猛地回头。

原本沈人杰站立的地方，居然变成花白头发。

他朝凌枢露出诡异笑容。

凌枢毫不犹豫举手开枪。

空的！

没子弹了！

花白头发桀桀怪笑。

"你输了！"

他迅速掏出枪，以迅雷不及掩耳之势对准凌枢脑门儿。

砰！

枪声响起。

凌枢一动不动。

花白头发睁大眼睛，眉心多了一个血洞。

他难以置信地盯住前方，似根本没弄明白局势到底怎么在半秒之内翻转，而自己又怎么会死。

帘子后面走出一人。

岳定唐。

他脚步蹒跚，脸色苍白，但拿枪的手很稳，刚刚没有半分颤抖。

"你是不是很奇怪，我从什么时候发现是你。"

凌枢微微一笑，看他的眼神就像看一只蝼蚁。

一只必然要被消灭的蝼蚁。

"从你躲在我身后，说要带路的时候。沈人杰不是这种人，他贪生怕死，何时如此大义凛然过，你演过头了，死得不冤。"

花白头发轰然倒地，死不瞑目。

"这回真死了？"

岳定唐一瘸一拐地走过去，弯腰拨弄对方。

"应该是真的。"

凌枢也长松口气，直接一屁股瘫坐在椅子上。

"你给我一巴掌，我该不会还在幻觉里吧？"

岳定唐走过来，抬起头。

——当然没有抽巴掌，而是摸了一下他的脑袋。

凌枢咕哝一声，像是在抱怨他摸宠物一样的举动，却还是没躲开。

下一刻，岳定唐直接把摸头变成掐脸，力道根本没留手，疼得凌枢瞬间表情扭曲，张牙舞爪。

"你现在还觉得是幻觉吗？"岳定唐真诚发问。

如果眼神能杀人，岳定唐现在已经死上一百遍了。

岳定唐哈哈一笑，赶紧松手。

逗猫不能逗过火，趁猫爪子伸出来之前就得赶紧顺毛，他深谙养猫之道。

"沈人杰现在已经趁乱跑出去找救兵了，江河应该很快就能赶到，外头还有残局需要去收拾。这些都不用我们操心，终于可以偷得浮生片刻闲了。"

岳定唐其实也很累，时至此刻，他终于可以闭上眼，好好休息一下了。

更妙的是，他此生最重要的人，也还在身边。

人间有味是清欢。

番外

1

凌枢发现有人跟踪自己，是半小时之前。

当时他刚刚从报社出来，准备绕道咖啡馆，去买一份儿蛋糕，就发现自己被远远追上了。

跟踪是一门技术活。

自以为技术高超，实则错漏百出的人并不鲜见，凌枢很快就发现那两个拙劣的跟踪者。

但他大意了。

他以为对方跟踪技术拙劣，其他方面肯定也不出色。

在抄近路走小巷的时候，凌枢被他们从背后袭击了。

这两人身手不错，甚至称得上敏捷，凌枢没想到自己刚来香港没多久，人生地不熟的，他还没把这里摸透，居然就有人找上门来意图不善了。

瞧这阵仗，居然还掏出木棍、麻袋，准备将他掳走绑票？

凌枢知道香港黑帮中外势力错综复杂，一时也弄不清自己得罪了哪一拨人，但被绑票是绝无可能的，他堂堂凌大少，大江南北都没怯过，怎么可能栽在这里？

对方似乎也没想到凌枢的反抗如此激烈，身手如此之好，以一敌二的情况下，居然还能暂时战个平手，不落下风。

这里虽然是小巷，但并非人迹罕至，分分钟会有人过来，他们必须速战速决，否则容易引发麻烦，这是双方都明白的道理。

凌枢有意拖延时间，而对方无意，两边一时打得难解难分，凌枢虽处劣势，挨了好几拳，但对方一时半会儿也奈何不了他。

正巧巷口有人路过，凌枢立马高声嚷嚷起来。

"大哥，你抢我媳妇儿就抢了，我们两个亲兄弟，你为了个女人，不仅给我戴绿帽，还要打我？！你怎么对得起爹妈！"

他不能喊抢劫杀人，一喊，路人就吓跑了。

可要说戴绿帽子，路人肯定来了兴趣，非得过来围观一下。

果不其然，这一嗓子马上引来好几个人的兴趣，他们直接凑过来。

凌枢吼得声情并茂，直接让那两人一个激灵，差点儿忘了自己要做什么。

眼看围观的人越来越多，他们已然达不到目标，只好咬咬牙，扯呼走人。

凌枢微哂，掸掸身上灰尘，还对围观群众作了个揖，这才诡诡然离开现场，朝马路走去。

此时是一九三八年。

作为东方巴黎的上海，去年沦陷。

其实早在去年之前，一切就已有征兆，自打国门洞开，正面战场胜少败多，整个国家随即卷入比军阀混战还要深重的苦难之中。

如果说以往军阀混战，起码生活在城市中的居民，或者像岳家这样有头有脸的人家，可以幸免于难的话，这场侵略将所有中国人都牵扯进来，从上到下，无一幸免。

距离上海沦陷还有两年时，岳定唐跟凌枢就搬迁到这里来，一起过来的还有老管家周叔，和岳家小部分产业。

岳家老大和老二，一个去了美国，一个留在南京，没有与他们同行，但三兄弟之间都保持着定期的联系，战争令人离散，但似乎也让从前疏远的感情，一点一滴地回来了。

最起码，在此之前，岳老大和岳老二，已经因为政见和价值观等诸多不同，有很久没说过话了，有什么话都是让岳定唐从中代为传达，有一段时间让岳定唐很困扰，以他的情商之高，也不知道如何劝导这两位兄长。

全面战争开始之后，岳老二的想法似乎有所改变，他甚至抽空回到上海岳家，跟岳老大和岳定唐匆匆见了一面，让他们赶紧离开上海，往西走。

也正因为他这一番话，才加快了岳家搬迁的进程。

凌遥和周卅原本不愿意走，他们认为上海是大都会，英美不可能坐视日本将其吞并，局势还没坏到那一步，尤其是周卅在上海任职，家当老小不是那么容易说迁走就迁走的。后来还是岳定唐出面在重庆给周卅找个职位，两夫妻这才从上海搬到重庆去，也让凌枢彻底没有后顾之忧。

岳定唐在香港找了一所大学，继续当老师，用部分岳家产业开了一家报社和一家工厂，他自己没时间打理，打理的活儿自然就落在凌枢和周叔身上。

凌枢凭空接手一家报社，从未有此经验的他不想被人蒙骗，主动从一线记者做起，跟那些普通小员工一样，每天出去跑新闻找素材，由于报社倾向市井小民，街坊邻居的家常风格，很快就赢得广大中下阶层的欢迎，又因其版面里也有关于世界局势的点评，且每次都有精准预言般的效果，加上岳家的人脉，很快就在上层精英中也占据一席之地，销量很是可观。

岳定唐和凌枢，算是在香港渐渐站稳脚跟，安了家。

但今日两个陌生人的袭击却有些突兀，往常从未有过。

凌枢细细回想，疑心是自己上次亲手撰写的关于英国人在香港太平山顶的特权报道，又或者是上上回那篇抨击国军在战场后方吃拿卡要的无能，戳痛了某些人的心窝子，让他们派人出面想给自己来个教训。

这两人身手可观，看着也不像是一般的街头混混儿，他们手上还拿着麻袋，这是想把自己套走？难道不是单纯的痛殴教训？

凌枢满肚子疑问，准备回到家再跟岳定唐好好讨论一下。

香港岳公馆比上海的小了些，但格局大体不差，周叔在临走前将从前一些容易搬动的家具都带了过来，如果不仔细看，很容易让人产生还在上海的错觉。

但香港毕竟是香港，它不是上海。

破碎的山河也已经回不去了，他们唯有继续前行。

唯一值得庆幸的是，岳家和凌家没有人因此死亡，在时代的狂潮中，他们好歹保住了自己和亲人的性命。有命在，才能展望将来。

但今天，岳定唐居然没有提前回来。

他以前总会提前下班，绕路买凌枢最爱的蛋挞，然后在家里看报纸。

老管家周叔发现凌枢下巴的淤青，大惊小怪地赶忙拉着他去上药，过了片刻，岳定唐的身影才出现在岳家门口。

"今天怎么这么晚？"老管家关切道。

凌枢看一眼外头天色，都黑了。

"学校里有些事。"

岳定唐有些倦色，不是面容乏觉，而是精神上的疲惫。

他眼睛注视凌枢，心神却在万里之外。

凌枢感觉他学校里的事情一定不小。

"要是学校有什么人仗着资历欺负你，别忘了你后面还有一个报社老板。"

放在平时，这种笑话必能让岳定唐捧场发笑，但今天他没有笑，仅仅是敷衍地扯起嘴角。

凌枢意识到他心里有事，而且很可能不是小事。

用完一顿心不在焉的饭，岳定唐去洗澡，周叔则把岳定唐的西装交给凌枢，让他顺手带上二楼挂好，凌枢走路吊儿郎当，不经意把西装里口袋里的东西给抖了出来。

他弯腰捡起来一看，居然是一支口红。

自然是女人用的口红，这年头没有男人会用口红的，除非是电影明星。

岳定唐不是电影明星，所以肯定是别人用的。

会是一个什么样的女人，在岳定唐兜里塞口红？

又或者说，岳定唐会给什么样一个女人送口红？

岳定唐洗完澡出来，一身清爽地坐在床上看书。

一切与往常无异，那支口红已经被凌枢放回西装里。

但凌枢却有许多疑惑。

"老岳，你要是遇到什么难处，可别藏着掖着，我不是被你遮风挡雨的小姑娘。"

他们这些年经历的风雨也不少，不说从前在上海的惊心动魄，把家当自上海搬往香港，这一路就不是件容易的事，两人也算是共患难了。

岳定唐抬起头冲他笑了笑。

"你放心，我还有什么事瞒着你？"

心不在焉，灵魂出窍。

连周叔都注意到凌枢下巴的淤青，他却恍若未见。

思及对方最近早出晚归，两人甚至难得出门看一场海景，岳定唐总是来去匆匆，似乎有忙不完的事情，比起在上海，简直不可同日而语。

再想到西装里那支口红，凌枢的心一点点往下沉。

"真没事？"

他不死心，又问了一句。

岳定唐还是给予肯定的回答。

"真没事，别担心。"

凌枢觉得，自己可能有必要重操旧业了。

想当年，他想跟踪的人，可是从来没有跟丢的。

岳定唐到底在干什么见不得光的事情，也许很快就有答案。

隔日一大早，岳定唐没有忙着出门，凌枢却起得很早，他没让司机载自己去报社，自己中途折返回来，就在岳家外头不远处盯梢。

中午时分，他终于看见岳定唐出了家门。

对方没去学校，而是让家里的司机把自己载到一条街上停下，然后打发司机回去，自己则步行前往隔壁街道，进了一间咖啡馆。

还挺有防备心思，凌枢心道。

他很清楚，对方此举无疑是不希望他从家里的司机口中追查到自己的行踪。

只是他们两连战火都走过来了，也曾将性命托付给对方，如今对方却这样防备自己。

凌枢微微叹了口气。

他没有追进咖啡馆，而是绕到后门，买通其中一名侍应生，换上他的衣服，摇身一变成为送咖啡和下午茶的侍应生。

2

这间咖啡馆不算高档，但中午人不多，他很快就看见岳定唐。

他正坐在靠窗的位置，与对面一位年轻女士谈笑风生。

下意识地，凌枢仔细看了看那位女士。

西洋裙子，花边小圆帽，蕾丝手套脱下来软软搭在桌上，身前摆着咖啡杯，金色小汤匙在阳光下闪闪发光，为她的面容也镀上一层金边。

这显然是个漂亮而富有风情的女人，即使只能看见她的侧面，凌枢也可以以阅人无数的眼光下此论断。

如果非要比较，那她的美貌也许比不上曾经的大明星何幼安，但她那种活泼与开朗，却是何幼安身上所没有的，这种特质能牢牢吸引住许多人，包括邻桌的年轻老外，也频频朝她看去，甚至还叫来侍应生，端去一盘点心，请那位年轻女士分享。

女士很有礼貌朝老外颔首，欣然收下这份小礼物，落落大方，更令人欣赏。

至少，岳定唐就丝毫不掩饰自己眼中的欣赏之色。

那两个人怎么看，都是郎才女貌。

反观乔装打扮混入其中的凌枢，倒更像是闯入歌剧院的小丑，浑身上下透着格格不入。

除了上课，平时不算健谈的岳定唐，此刻像是换了另一个人。

他不时地说话，逗得对面女人咯咯发笑，自己随后也笑起来，眉目温柔，举止文雅。

凌枢回想了一下，岳定唐似乎从未如此仔细过。

是的，仔细。

这个词用在这里，恰如其分。

旁边侍应生撞他的胳膊。

"第九桌的客人想要续杯，快去！"

岳定唐不知道坐在自己对面的女人叫什么。

他们萍水相逢，一见如故，双方只问了姓氏，对方自称姓尤，"尤其"的"尤"。

岳定唐觉得，这个姓氏后面，应该是有个风情万种的名字，方才配得上如此瑰丽的尤小姐。

尤小姐跟他一样留过洋，见多识广，风趣幽默，是个极好的聊天对象，两人总有说不完的话题，从来不担心冷场，不管他说什么，尤小姐总能飞快接上。

更难得的是，她舞也跳得极好，这在前两天的舞会上，岳定唐已经有过体会了。

"不知什么时候有荣幸，再请尤小姐跳一支舞。"他道。

"岳先生应该多回去陪陪家里人吧？"尤小姐抿唇而笑。

岳定唐道："跳一支舞的时间还是能抽出来的。"

尤小姐："这么说，岳先生果然已经成家了？"

岳定唐摇头："我还未结婚。"

尤小姐诧异："您这样仪表堂堂，怎么会没有成家？"

岳定唐笑道："仪表堂堂，和成没成家，是两回事，不是吗？"

尤小姐扑哧一笑："那倒是！"

这种发言，真是充满了负心汉的味道啊。

凌枢站在不远处的桌子为客人续杯，将话悉数听入耳中，默默感叹。

岳定唐背对着他，显然还没发现凌枢就站在他背后，直到后者端着点心小盘子走过来，彬彬有礼地询问。

"两位可还需要来点曲奇饼干？刚出炉的。"

岳定唐倏地抬首，二人目光相接，岳定唐难以避免露出不可思议的眼神。

凌枢冲他微微一笑。

岳定唐："……"

凌枢很快收回目光，转向尤小姐，笑容更加迷人。

尤小姐显然没想到咖啡馆里还有如此英俊的侍应生，愣了片刻，微微脸红，移开视线。

"那，给我们来一份儿吧。"

"小姐真是慷慨大方！"凌枢毫不吝啬赞美道。

尤小姐从手提包里拿出一张纸钞，放在他的托盘里。

这自然不是曲奇饼干的钱，而是小费。

凌枢的笑容越发灿烂了，他微微躬身。

"祝两位有一个美好的下午。"

拿起装小费的托盘，转身走人。

几乎是同时，岳定唐毫不犹豫，起身抓住他的胳膊。

凌枢回头，面露诧异："先生，您这是？"

岳定唐沉下脸色："别闹了。"

凌枢："嗯？"

尤小姐很是惊讶，看看岳定唐，又看看凌枢。

岳定唐一时无从解释，凌枢想要甩开手，他又不肯放，两人就这样僵持，引来不少旁观者的瞩目，咖啡馆老板以为凌枢得罪人了，赶忙过来想要圆场。

谁料凌枢反手一把抓住岳定唐的衣襟，将他扯近自己。

"姓岳的，你真是家里稳如泰山，外面春风得意，我告诉你，你别以为我没你的帮助，就什么都做不成！跟我走！"

岳定唐皱起眉头，不愿与他拉扯，自然而然地被他拽着往前走，两人就这么在一路目瞪口呆的注视下离开咖啡馆。

"姓岳的，你这个浑蛋，为人师表，道貌岸然！

"你在学生面前是不是也这样的？衣冠楚楚，实则禽兽！"

凌枢一路走一路骂，岳定唐终于忍不住了，直接一把掀开他的手，反手把人摁在墙壁上。

"你闹够了没有！"

岳定唐面色黑沉如阴云密布。

"有话回去再说，在这里闹像什么样子！"

两人四目相对，似从未有过如此陌生的时刻，近在咫尺，却又远隔山海。

岳定唐望着他，千言万语，无从说起。

在外人看来，这也许是两个行将闹翻的密友，也许两人之间还有什么其他纠纷存在。

可惜在大庭广众下闹翻了。

"不要扭头，你身后八点钟方向有人盯梢，从刚才你们在咖啡馆里，这人就一直在外面走来走去，各种方位观察咖啡馆，视线基本没有离开过你们！"

在两人距离足够近的时候，凌枢忽然冒出一句，又轻又快。

但岳定唐听清楚了。

外面不像里面，有许多人近距离围观，什么话都难以私密进行，现在两人周围没人，这句话他能确保只有岳定唐听见。

"我知道，尤小姐也知道。"

岳定唐也以同样的音量回了一句，随即又以更高、更不耐烦的语气出声。

"蛮不讲理，我懒得跟你多说，别以为我们两家是世交，我就得容忍你！"

伴随话语，岳定唐甩开他的手，转身大步走人。

凌枢挑起眉头，对方这句话蕴含的信息量就有点儿大了。

但这出戏既然开了头，他就得演下去。

凌枢露出恼羞成怒的表情，伸手一揪，没能揪住岳定唐，转身冲渐渐围观过来的路人撒火。

"看什么看，看什么看！没看过吵架啊？！"

他透过人群看向盯梢的人。

后者见两人分开，岳定唐离去，很快就抛下凌枢这边，朝岳定唐追过去。

3

岳定唐知道有人在盯梢，这不稀奇。

打从在上海他们接下何幼安的委托，到离开上海之前，大大小小也经手过不少案子，其中像捣毁十贯道分号青龙会这种事情，是单拎出去就能炫耀半辈子的事情。

从那之后，岳定唐什么都历练出来了。

如果有人还将他当成普通寻常的大学教授，那必定是要吃亏的。

但他说，尤小姐也知道。

这就大有内涵了。

一个跟他萍水相逢，乃至"一见钟情"的尤小姐，一看就是养尊处优的女孩子，为什么会知道有人盯梢的事情？

想法从凌枢脑海匆匆闪过，他借故发脾气拨开人群，很快就离开众人视线聚焦之处，从后面绕道，远远跟上岳定唐。

在凌枢前面，那人果然还在跟着岳定唐。

岳定唐既然早有准备，十有八九就吃不了亏。

凌枢转念一想，掉头朝咖啡馆方向疾步而去。

那个尤小姐已经不在了，座位空空，侍应生正在收拾桌上的杯盘，咖啡馆外边刚才的动静已经消散无踪，路人四散，各自去忙自己的事情了。

在各自忙碌的城市里，又有谁会因为不相干的人事耽误自己的活计？尤其是在香港，谁敢轻易管闲事？

凌枢顺着门口另外一个方向追过去，果然看见尤小姐刚刚出门不远，并且没有走大路，而是走向大路旁边的小巷，行色匆匆，头也没回。

他正想追上去，就看见一个鸭舌帽在他前面追了上去。

又一个跟踪者。

凌枢不动声色，反倒不着急了。

他没必要跟住尤小姐，只要跟住鸭舌帽，自然就不会把尤小姐弄丢。

尤小姐的反跟踪经验显然比岳定唐逊色多了，她的脚步时快时慢，一脚深一脚浅，肉眼可见的内心紧张。

凌枢暗暗摇头，这种时候，她更应该走大路，可尤小姐为了避开耳目，选择了小路，她一个弱女子，反倒更容易落单中招。

他脚步未停，不远不近看着鸭舌帽跟另外两个方向而来的同伙会合，三人准备包抄尤小姐。

尤小姐一无所察。

她直觉自己的处境并不太安全，但几次回首，都没看见可疑人士，心想盯梢的人应该优先去追踪岳定唐了，自己这边暂时是无虞的。

于是尤小姐放下大半的心，准备去往自己之前预定的隐秘地点。

人越来越少，因为附近大半些人都出去上工了，小巷里回荡小皮鞋的声响，尤小姐有点儿忐忑。

突然！

一只手从旁边木门里伸出，拽住她的手腕！

在尤小姐还没来得及惊叫之前，人就被拖进木门后面了，嘴巴被死死捂住，只从指缝里逸出一声微弱的呻吟。

"别叫！我是老岳的朋友！"

她耳边有人如是道，声音还很熟悉。

岳这个姓让她停住挣扎。

尤小姐胸膛起伏，惊悸未定。

借着门缝里进来的光线，她认出来人。

"你不是刚才咖啡馆里的……"

"是我！有三个人在跟踪你，先别出声！"

尤小姐脸色一白，她只发现一个，没想到还有另外两个。

凌枢没有占她便宜的意思，见她不会叫嚷，很快就松开手。

尤小姐扒着门缝，果然很快看见三个人顺着她来时的方向奔过来，又在附近停下，左顾右盼。

一个鸭舌帽，一个码头工人打扮，还有一个街头小贩。

容貌寻常，走在大街上绝不会让人看第二眼。

但尤小姐认识那鸭舌帽，对方正是刚刚在咖啡馆外盯梢，被岳定唐指出来的。

他竟还有同伙。

如果自己没有发现，兀自傻傻往前走，是不是就把他们给带到目的地去了？

尤小姐一阵后怕。

她屏气凝神，等着三人在原地说了几句话，又往前追去，这才松了口气，伸手想去开门，却被凌枢阻止。

"别动！"

尤小姐惊疑不定看他。

刚才咖啡馆里那场争执犹在眼前，她对凌枢也不是全然的信任。

但很快，她就明白凌枢为什么这么说了。

因为那三人去而复返，又回到附近。

尤小姐恍然，他们刚刚只是假意离开！

这回她耐心了，两人又足足等了半小时，那三人回来两趟，终于觉得此处没有尤小姐踪迹，这才悻悻离去。

"你真是老岳的朋友？"尤小姐转身问凌枢。

凌枢挑眉："我姓凌，名枢，天枢的枢。我不知道他是否跟你提起过。"

尤小姐啊了一声："原来是你！"

看来是提过的。

尤小姐面露难色，像是想解释，又有难言之隐，左右为难，纠结万分。

凌枢也不追问："你现在贸然离开不安全，他们三个一定没走远，这里是我朋友的私宅，他现在不在这里住，你可以暂时在这儿住一晚，明天再走，晚上我让家里人给你拿吃的用的过来，我就不方便再露面了。"

尤小姐欲言又止，最终点点头。

"多谢你了。"

凌枢回到家，岳定唐果然还没回来，他也不着急，先洗个澡，喝一碗周叔炖的冰糖雪梨糖水，再美美地睡上一觉，正梦见他还在上海岳家老宅，跟岳定唐、岳春晓、周叔打麻将，大杀四方时，被人叫醒了。

睁眼一看，岳定唐正坐在床边。

凌枢叹了口气："我都快赢钱了，这下全没了。"

"我补偿你。"岳定唐笑了一下。

凌枢道："我梦见春晓姐了，不知道她现在怎么样，我有点儿想她了。"

岳定唐敛去笑容，沉默片刻。

"我也想她了。"

4

岳春晓夫妻俩还在国外。

国内战火连天，他们身在国外也未见得安稳，岳春晓的丈夫几次发电请求回国效力，却都被南京方面拒绝了，依旧让他们留在国外待命。

实际上国外的待遇，对心系祖国的人而言，也未见得好。他们看在眼里，急在心里，四处奔波，却无济于事。

外人看来，能留在海外的外交官，此时无疑是幸运的，他们不必经历国内的战火，不必担惊受怕时时被威胁生命，但对岳定唐的姐夫这种人来说，他却宁可回国，也不想留在外面虚度光阴。

电报有时亦未必能及时发出收到，间隔半月的寥寥几字中，岳春晓仅仅发来平安的信息，就再也没有旁的，远隔重洋，岳定唐和凌枢纵然担心，也毫无办法。

此时的他们，的确还是安全的，这是唯一让人安心的一点儿了。

但一提起来，总归是一家人天各一方，分布五湖四海。

从前凌枢自己出去闯荡的时候没什么感觉，也许那时候年少气盛，一味往前冲，从不回头看，一心想着出人头地，让姐姐长脸，不再认为留洋读书是能让凌家振兴的唯一出路，但如今因局势而分居两地，他反倒容易时时想念起他们，姐姐凌遥和姐夫周卅，他那刚满周岁的外甥，还有岳春晓。

后来他渐渐明白，自己想念的其实不仅是人，这些思念里还有破碎山河再次完整的企盼，换作十年前，他一定毫不犹豫扛上枪就参军上一线，但现在他却只能离开家乡，去一个完全陌生的城市重新开始，因为他还有亲人，这些人都希望他平安喜乐。

两人相对沉默片刻。

凌枢道："也许我可以从你这里听见一些什么，而不是由尤小姐来告诉我？"

岳定唐没有直接回答。

"我不想把你拖进旋涡里。"

凌枢笑了："什么样的旋涡，能比我在战场上，顶着敌人的炮火匍匐前进那时还要危险吗？"

岳定唐不语，只是望着他。

房间里只开了台灯，岳定唐的眼睛在昏黄光线中有种魔力，会不由自主让人沉溺进去。

这么多年来，有些话，不必说出口，两人之间也早有默契。

而他同样，也不希望岳定唐有任何危险。

有一种成全，叫明知同生共死，也希望对方安然无恙。

"岳家在香港的产业，写的是你的名字。"

他听见岳定唐如是道。

"凌枢，我希望无论如何，你都能好好的。"

"我会很好，前提是你活着，老岳，你很了解我的性格，如果你不说，我会自己去找答案，到时候说不定，你反而将我置身危险之中了。我们现在已经安全了，你还在做什么危险的事情吗？"

"不，现在香港并不安全。"岳定唐道，"日军迟早会切断国内与国外的海陆交通运输线，而香港就是其中的关键一环。"

这些新闻，在凌枢主持的报纸上，几乎三五日就能看见一回，凌枢并不陌生。

岳定唐："以当前的局势，远东这边的地盘迟早会被日本人蚕食，香港必然毫无反抗之力。"

凌枢："你的意思是，将产业往海外转移？"

岳定唐："现在暂时还不用，但需要做好这方面的准备。"

凌枢："你跟瞒着我的事情又有什么关系？"

岳定唐叹了口气，终是道："有一批物资，要从香港运送，各方都在盯着。"

他的话言简意赅，但凌枢一下就明白了。

香港这个鱼塘很小，却是情报天堂，各种鱼应有尽有，鲨鱼伪装成无害的小鲤鱼在鱼塘里游走，暗潮汹涌，尔虞我诈。

岳定唐想要帮忙运送这批物资，那他就等于选择了一边的立场，而在另外一边，必然也有无数人，不希望他这批物资运送成功，这其中也许会有日本人、英国人，甚至是中国人。

他只要揽下这件事，开了个头，以后所有与此相关的事情，就都脱不开身了。

凌枢："如果我没问，你会一直瞒下去？"

岳定唐摇头："不会，但我还没想好怎么跟你说，本来带你和周叔来香港，就是想给你们安稳的生活，现在这样，实非我的初衷。"

凌枢轻佻地笑，语气却毫不相符。

"老岳，你这将我当成温室里的花朵了？当初在租界巡捕房里审问我的时候，可没见你这么怜香惜玉啊，现在知道后悔了？"

岳定唐也笑了。

"你还记得那事？"

凌枢："你看看你这笑容，明显不知悔改，下回再犯。"

岳定唐："你也没见得吃多少苦啊，还在监狱里聚众赌博。"

把他气得够呛，当场掉头就走。

说起往事，两人不约而同笑了。

"咱们从上海，一路到东北，又是跟洋人斗，又是跟日本人周旋，末了还捣毁邪教老巢，这样都走过来了，安然无恙，现在仅仅是运送一批东西而已，你就以为我怕了？别把我看得太娇弱了，我不是只能站在你背后躲避风雨的人。你知道今天你走了之后发生了什么？要不是我去帮尤小姐引开那三个混混儿，她现在很可能已经有危险了。"

岳定唐皱眉："那她现在人呢？"

凌枢："我暂时将她安顿在广东道的那间屋子里，让周叔过去给她送些东西了。她到底是什么人？"

事已至此，岳定唐再隐瞒下去，已经没有意义了。

"尤小姐是接头人之一，我将物资筹集好了之后，她就会跟长沙那边对接，那边再派人过来，将物资运回内陆，从粤汉铁路北上，直达长沙、武汉等地。"

凌枢："但依我看，尤小姐并没有太多经验，她甚至差点儿就被逮住了。"

岳定唐点头："我原先的对接人，姓陈，长期在此驻扎，经验丰富，可惜，在半个月前死了。"

凌枢："这么巧？"

岳定唐："光天化日下当街被人开枪打死，枪手找不到，最后不了了之。"

这样的事情，每天都有可能发生。

凌枢："也就是说，尤小姐是仓促上任，毫无经验。"

岳定唐："不错，她原本在南洋帮忙宣传筹集经费，如今香港缺人，只好让她顶上了。这几天我们碰面，就是为了敲定物资运送的时间和地点，但周围危机四伏，我们只能采取这样的方式，我与她'偶遇'，然后动心，再一度春风。"

凌枢笑了起来："挺不错的剧本！"

岳定唐："但我们依旧联系不上原本应该跟我们对接的第三人，没有他，我们就无法联系上内地，只有他知道轮船到港的时间和具体哪一艘货轮，也只有此人能跟货轮上的人对接。"

凌枢："现在比原定时间延迟了？"

岳定唐："不错，我们原本约好昨天下午五点在半岛酒店见面，但那人并没有赴约，我们也没有收到进一步的消息。"

凌枢："你有没有想过，对方也可能已经遭遇不测，又或者，叛变了？"

岳定唐："如果他叛变了，昨天我们就会被人找上门来了。"

凌枢："但你们今天被盯梢了。"

岳定唐："盯梢的人，是跟在尤小姐后面来的。也就是说，尤小姐原先的住处已经不安全了，我原本想出门甩开跟踪者之后，再折返回去找她，结果你把她带走安顿起来，也算歪打正着了。"

凌枢似笑非笑："那你是不是应该感谢我？你们的计划差点儿就毁了。"

"你是我的福星。"岳定唐从善如流。

"那你们现在打算如何？"

"明天我去找尤小姐，只有她能联系上那个人，也许对方只是临时发现不妥，这才取消见面，如果一切安全，我们可以另约时间。"

"需要我帮忙做什么吗？"

"你平安无碍，就是对我最大的帮忙。

"我们不能两个人同时置身在危险之中，总得有一个人在岸上，这样才能在情况不妙时，随时将我捞出来。"

凌枢耸肩，也不知表示同意，还是不同意。

对于他的作风，岳定唐很了解，这次对方如此安静快速消停，反倒让他隐隐不安起来。

幸好隔天，尤小姐跟对方联系上，重新约好隔天早上在半岛酒店五楼五〇二号房间见面。

为了分散风险，两人并不凑到一处，而是分头前往。

岳定唐并不知道尤小姐比他早到还是晚到，在距离约好时间还有十分钟的时候，他站在五〇二号房间门口，敲响了那扇房门。

叩，叩叩，叩叩叩。

这是双方早就约好的敲门暗号。

过了片刻，后面传来动静。

门打开了。

岳定唐：嗯？

凌枢冲他露出一个绅士的微笑，手往里面一引，示意请进。

岳定唐："……"

他还看见了凌枢后面，同样一脸茫然的尤小姐。

5

电光石火之间，岳定唐忽然就想通了一切。

两人相交多年，凌枢不至于对他连这点信任都没有，非要跟到咖啡馆去亲眼见证他与尤小姐"偷情"。

凌枢其实是为了证实岳定唐跟尤小姐的身份，也为了验证他们对任务的忠诚可靠程度。

如今看来，他才是那个隐藏最深的人物。

岳定唐露出一丝苦笑。

原本不想将他卷入旋涡，想让他好好生活，现在好了，大水冲了龙王庙，一家人不认识一家人。

搞半天，凌枢才是那块天生搞情报的料。

岳定唐明白了，尤小姐却还是不明白。

等岳定唐进门，三人分头落座，她就迫不及待发问。

"这到底是怎么回事？岳先生，我们的事情，是你跟凌先生说的吗？"

语气中隐隐有些责怪，毕竟这件事情何等机密，一旦泄露，物资运不出去，前方战场很可能就会少一批供给，影响战士性命甚至战局成败，尤小姐的责怪不是没有道理了，换作另一个人，很可能直接就发火了。

没等岳定唐解释，凌枢就笑道："尤小姐，你错怪他了，这个地点，他从来没有告诉过我，也未曾说过你们的会面时间，是我掐指一算，算出来的。"

尤小姐皱起眉头，犹有不解。

岳定唐看不惯他装神弄鬼，直接就揭晓了答案。

"因为他就是另一名接线人。"

尤小姐啊了一声，神色变幻，视线不由得在凌枢和岳定唐之间来回游移。

"那……岳先生你能不能告诉我，这到底是怎么回事！"

"尤小姐别激动，请坐，我可以给你完整解答。但现在时间仓促，下午货船很快就要出发，半小时后，我们就必须从这里出发，将你们的货物运到码头，运上货轮，船会直接开到广州卸货，这批货也将会运赴长沙、武汉。"

言下之意，长话短说，事不宜迟。

岳定唐："你是什么时候成为接线人的？"

凌枢："你记得肖先生吗？"

这问题没头没脑的，岳定唐一时自然想不起来。

凌枢立马就给出线索。

"何幼安遗书里面，那位肖先生。"

岳定唐记性是极好的，他自然记得。

那封遗书，从头到尾，他至今还能记个九成左右。

何幼安的苦难，何幼安的倔强，何幼安的复仇计划。

这个女子与他们相交不深，却贯穿他们大半生的版图，以至于岳定唐自己也很难说清楚，自己帮忙运送物资，这其中到底是不是有被何幼安触动的成分。

在她的书信里，她那位冤死的兄长，有一位姓陈的朋友，后来成为她复仇的助力，陈先生背后还有一位肖先生，也在其中起到重要作用。

何幼安寥寥几笔，轻描淡写，并未多提及，但对她里面说到的每一个有姓名的人物，岳定唐却注定不可能忘记。

他听见凌枢道："何幼安死后不久，她那位朋友肖先生就联系上我，将何幼安留在银行保险柜里的一本书带走，我大约知道他的身份，也不想多问，就交给他了。此后多年我们并无联系，直到我们来香港之后，这位肖先生又找到我，说之前跟你们联系的接头人牺牲了，希望我能帮这个忙。"

岳定唐："他们一般情况下很谨慎小心，绝不会用没有经过考验的人，因为这关系到同伴的性命和大批物资，你是怎么通过考验的？"

凌枢挑眉："老岳，这话好像应该是我问你才对。你是怎么通过考验，又是什么时候成为接线人的？"

岳定唐沉默片刻："那是在法国读书时候的事了，一个跨越时间很长的故事，有空我再讲给你听。"

凌枢点点头，也没非要在此时此刻打破砂锅问到底。

细说起来，他们两人都对对方隐瞒了，但这并非出于对对方不利。恰恰相反，不希望对方知道太多，反而是希望对方能活得更久。

如今出现在同一所屋子里，倒是有些滑稽了。

"肖先生有我过往的档案，知道我是个怎样的人，他跟老袁，又是如今的同事，有老袁以性命担保，这个忙，我怎么都得帮。"

老袁正是袁三思，在战场上跟凌枢有过命交情，后来又在东北相遇，他能把文物平安地运出奉天城，也多亏凌枢跟岳定唐的鼎力相助。

岳定唐总算将这一连串人事关联起来了。

尤小姐在旁边，早就听得目瞪口呆。

纵使她不太能从这些零碎话语里拼凑出两人的过往辉煌，也大概明白来龙去脉——岳定唐和凌枢，如今都是她的同志——三人志同道合，只有一个目标，将这批物资安全送上货轮，运抵广州。

"半小时到了，茶话会结束，我们该行动了。"凌枢低头看一眼手表。

"你来安排吧。"岳定唐道。

凌枢起身，没有废话，当仁不让。

"老岳，你现在和尤小姐出门，假装情侣，迅速调动物资，我现在动身去码头等你们，货轮编号不是原先那艘了，明年很可能就要海上禁运了，英军最近查得紧，临时换了一艘，编号是——"

他当着尤小姐的面，迅速在岳定唐掌心写下一串字母数字，见岳定唐点头，这才收回手。

尤小姐有所触动，不由得在房间里四处观望，凌枢似乎知道她在想什么。

"我过来之后已经把屋子检查了一遍，没有窃听装备，但为了保险起见，还是小心点好，事不宜迟，我们各自行动吧，你们先走。"

岳定唐深深地看了他一眼。

"你也小心。"

在得到对方的眼神回应之后，他头也不回，带着尤小姐下楼了。

尤小姐满腹疑问，在两人离开酒店之后，忍不住发问。

"岳先生，凌先生当真可信？"

这一切委实过于巧合，她至今还有些无法确信。

前来接他们的是岳家的车，车会先开往学校，尤小姐在那里乔装改扮，掩人耳目，换上男装，两人再分头前往物资仓库会合。

面对她这个问题，岳定唐看她一眼，说了一句话，就直接让尤小姐不再有疑问了。

"我比相信自己，还相信他。"

凌枢在他们走后，又仔仔细细地把房间查了个底朝天，确认没有任何可疑痕迹之后，将床单被褥弄乱，咖啡倒到杯子里喝一半，做出有人住过的痕迹，眼看时间差不多，这才整整衣裳，起身离开房间。

岳定唐觉得凌枢是块儿搞情报的料，凌枢自己也是这么认为的。

他甚至觉得，要不是当年遇到岳定唐，说不定他现在已经是闻名四海的谍战奇才了。

言归正传，凌枢在离开半岛酒店的时候，还真发现几双可疑的眼睛。

对方明显从昨天他到咖啡馆大闹的时候，就把他也盯上了。

岳定唐那边，想必也有盯梢的，但凌枢不担心岳定唐会冒冒失失地直接前往货物仓库，至于他这边——

凌枢从酒店后门出来，已经换了一身黄包车夫的褂子，瓜皮帽低着头，挨着墙角躲开耳目，先回了他之前在别处设置的安全屋，又换了一身码头工人的衣服，这才直接前往码头。

一切早已安排妥当，只要办事的人不出问题，没有人从中捣乱，事情很顺利就可以办完。虽然中间出了点差错，但最终三人胜利在码头会师，亲眼看着一批批货物搬上货轮。

而尤小姐也将随同这艘货轮一道，前往广州，进行交接。

这一趟本该是凌枢去的，但考虑到他身份特殊，一举一动容易引人关注，最后遂改变了计划。

两人目送尤小姐登船，此次行动保密，自然不宜大张旗鼓。

凌枢有点儿不放心："尤小姐没问题吧？"

岳定唐道："你放心，她身手还可以，就是刚当接线人没多久，有些过分警惕小心，这也不是坏事。只要你货轮上安排的人都可靠，到了广州，一切就安全了。"

凌枢却不乐观："你说，万一将来广州也沦陷了，物资又要从哪里运入内地？"

这不是诅咒，而是对战局的预测，他们虽然身在香港，但每一个稍微关注战事的人，都不难得到战争的进展。

同胞苦难，历历在目。

岳定唐沉吟道："滇越铁路是一条路线，我听说滇缅公路也已经建成，只要越南和缅甸这两个地方安全，物资就还是能从云南进入，只不过到时候肯定更加周折，没有现在这么方便。"

凌枢："到时候，你会回去吗？"

岳定唐："那你呢？"

凌枢想了想："万一真到了局势极度恶化的地步，天下之大，已经没有一个中国人的容身之所，我想我会的。"

就算不能上战场，他也还有许多事情可以做。

岳定唐："你的答案，就是我的答案。我只需要你答应我一件事。"

凌枢抬眼看他。

岳定唐："就算死，我们也要死在一起。"

凌枢笑了。

两人靠站在码头一角，面朝海风。

岳定唐摸出一包烟，凌枢也从自己衣兜里摸出一个打火机给他点上。

迷蒙烟雾很快就被海风吹散。

"我姐前两天给我来信了，说她生了一个女儿，我有外甥女了。她说她想给外甥女冠姓凌，姐夫也没意见。她还说，以后想把我那小外甥女交给我来抚养，你觉得我应该怎么答复她？"

岳定唐："都说外甥似舅，我很期待看见她，不过最好还是等她再大一些，把她接过来玩一阵，再让她自己决定。"

凌枢："我也是准备这么回复的，所以我们一定要好好活着，活到看见她长大。我姐还让我给我那外甥女起名，我想了好几个，都不太合适，你是大教授，你来起吧。"

货轮启航，逐渐离开码头，驶向更远的海面。

岳定唐不答反问："这个行动计划，代号是什么？"

凌枢："北斗。"

他忽而恍然，哈地一笑："就叫凌北斗吧！'沧浪河汉清，北斗长庚明。'总有一日，华夏定会涤荡妖魔，海晏河清。这名字好，霸气，一听就是我们凌家的风格！"

6

凌北斗是一个很早熟的小姑娘。

早熟到什么程度呢？

别的小朋友都还在牙牙学语、口齿含糊的时候，她已经可以流利表达自己的观点，跟大人争辩得头头是道，虽然大部分都是歪理，但也不妨碍长辈们对她异于其他同龄小朋友的能力表达出惊讶。

当其他小朋友刚刚识字念书，学会用歪歪扭扭的字体写下自己名字时，凌北斗已经开始看一些学科入门阶段的书籍了，并且大部分可以用正确的发音念出来。

凌枢一度担心她成为新时代的"伤仲永"，变着法子给她讲北宋小朋友方仲永被揠苗助长的故事，听到后面凌北斗都能将这个故事倒背如流了，还能反过来教育凌枢。

"你怎么成天都担心我变成方仲永，这就跟你对自己没信心一样，我如此天纵奇才，又是你手把手教出来的，能重蹈覆辙吗？"

得，小小年纪，会用成语了，还倍儿自恋，果然有他的风范。

凌枢跟岳定唐，后来也没能去成内地，一是凌枢的身体已经不再适合上前线，二是香港这边也有任务需要他们去完成。

前线与后方同样重要，三军未动，粮草先行，有人用血肉之躯冲锋陷阵，同样也需要人护住他们的后背，让他们没有后顾之忧。

凌枢觉得自己既然当不成那把杀人的枪，那就当抵挡枪林弹雨的护甲，为此他跟岳定唐二人，不仅仅停留在香港，还下南洋，远赴欧美，帮忙做了不少筹集资金物资的事情。

凌遥一家，也正是那个时候来到他们身边，家人团聚，是战争中唯一值得慰藉的事情了。

当时的凌北斗小朋友刚刚两岁，就已经展现出未来不平凡的一面，她不仅口齿伶俐，而且非常喜欢自己这位孩子一样会带她四处去玩儿的小舅，整天缠着小舅要他讲故事。凌枢就驮着她走遍香港的大街小巷，把从前的凌家辉煌与没落，他参军上战场，后来又和岳定唐两人走南闯北，屡屡破获奇案，也甭管小孩子听不听得懂，一股脑儿地都讲给她听。

他以为小孩子听个新鲜，过后也就忘了，谁知道凌北斗不仅记得，回家还依样画葫芦，讲给凌遥和周卅听。凌遥也因此彻底了解凌枢出门上学那几年里，缘何带了一身旧伤回来，到底经历了怎样的腥风血雨，气得她当场动用家法，把凌枢追得吱哇乱叫满院子跑。

战后国家百废待兴，肖先生托人带话，希望他们留在香港，像他们这样的人才，留在那儿反而能帮国家做更多事情，比如组织民间友好交流、做些官方不方便在台面上进行的工作、帮助人才投身建设，等等，凌枢和岳定唐也因此在香港定居。

凌北斗小小年纪，性格外向，从十岁起就跟着凌枢他们东奔西跑。渐渐地，凌枢和岳定唐发现，这小姑娘不仅早熟，智商也挺高。尤其在生物化学方面，展现出有别于常人的天赋，对于这一点，凌枢和岳定唐自然不会加以限制，他们买来不少书籍，又请了家庭教师为凌北斗启蒙，还托人从各地搜罗相关方面的专业书刊，让她在兴趣爱好上得以深入了解。

凌北斗二十二岁那年，刚刚拿到化学博士学位的她，向亲人们宣布了自己以后的人生发展计划，她想回国，回到那片两岁之后就再也没有回去过的故土，去从事科研教育。

这些年，凌枢和岳定唐积攒起广泛人脉与巨额财富，也帮忙暗中运作送过不少人回国效力，可从未想到有朝一日凌北斗也会做出如此决定。

在凌北斗心中，那片土地虽然早已模糊了记忆，但自己从小到大熟悉的语言，经常在凌枢、岳定唐口中提起的锦绣山河，以及无数为了同胞未来，放弃荣华富贵回国的人，无不深深烙印在心。

凌北斗已经长大了，从一个勇敢的小姑娘，变成无所畏惧的大姑娘，她任何经过深思熟虑的决定，凌枢和岳定唐都是尊重的。

即使雏鹰的翅膀再柔嫩，再担心它在风雨中经受摧折，甚至被闪电击中，老鹰也不可能将它一辈子护在羽翼下，强制它必须按照父母的人生轨迹来飞行。

就如当年，凌遥散尽家财送凌枢留洋，凌枢却半途改变方向，任性地留在国内，前赴战场，想赚到第一桶金，改变家境和外人对凌家的轻视，如果凌遥那时候就知道凌枢的决定，想必也会千方百计反对。

人生道路千百条，只要做出决定就不再后悔，凌枢和岳定唐认为自己没有任何立场去反对凌北斗。

"你在看什么？"

岳定唐从屋子里走来，穿过草坪，递给他一杯热茶。

凌枢抬头看一眼，撇撇嘴。

"我要的是酒。"

"你昨天刚喝，克制些。"

岳定唐轻描淡写，他自己是个节制而有毅力的人，也总能在生活上管住凌枢。

"你还记得何立心吗？"

岳定唐这一生接触过的人何止百千，这突如其来的一个人名，饶是他记性不错，也想了好几秒，才想起来，还有些迟疑。

"是不是，何幼安兄长的遗腹子？"

"正是。"凌枢笑道，"我也没想到竟还能在小囡写来的信上看见他的名字，小囡估计都不知道，何立心这名字，当初还是你起的呢！"

"为天地立心，为生民立命，为往圣继绝学，为盛世开太平。"岳定唐给人起名的风格素来大气，对凌北斗是这样，对何立心也是这样。

何立心被岳定唐的同事，一位姓李的教授收养，夫妻俩是善心人，准备在何立心十八岁的时候，就告知他的身世，恢复他的本姓。

但后来战火纷飞，凌枢他们出国日久，四处奔跑，跟李教授一家，也很久没有联系了。

"他如今怎样了，怎么会跟小囡认识？"

"他跟小囡在同一家研究所里，是同事，知道小囡的身世之后，就给她说了自己的，他们这才知道两个人还有这种渊源，他还让小囡转达对我们的问候。"

岳定唐笑了一下："看来李教授他们将何立心教得很好。"

凌枢一听就不服气了："咱们小囡才是最好的。"

"那是肯定的，这世上没有比小囡更好的了。"岳定唐与他一道看信。

"你们在外头磨蹭什么呢，还不快进屋里来，吃团年饭了！"

落地窗后面，凌遥远远喊了一声，催促他们。

凌枢把信和茶往岳定唐手里一塞，抬腿就走。

"你不让我喝，我姐肯定让我喝，今晚我要跟姐夫不醉不归！"

岳定唐看着手里一口未动的茶，禁不住摇摇头。

怎么还跟个小孩儿似的！

图书在版编目（ＣＩＰ）数据

北斗 . 大结局 / 梦溪石著 . — 广州 : 广东旅游出版社 , 2023.10
ISBN 978-7-5570-3077-3

Ⅰ . ①北… Ⅱ . ①梦… Ⅲ . ①长篇小说—中国—当代 Ⅳ . ① I247.5

中国国家版本馆 CIP 数据核字 (2023) 第 107962 号

北斗 . 大结局

BEIDOU . DAJIEJU

出 版 人：刘志松
责任编辑：何　方　李　丽
责任技编：冼志良
责任校对：李瑞苑

广东旅游出版社出版发行
地址：广州市荔湾区沙面北街 71 号首、二层
邮编：510130
电话：020-87347732（总编室）　020-87348887（销售热线）
投稿邮箱：2026542779@qq.com
印刷：嘉业印刷（天津）有限公司
（地址：天津市静海经济开发区北区银海道 48 号）
开本：700 毫米 ×980 毫米　1/16
字数：377 千
印张：19
版次：2023 年 10 月第 1 版
印次：2023 年 10 月第 1 次印刷
定价：48.00 元

如发现图书质量问题，可联系调换。质量投诉电话：010-82069336